KB098181

하우스
THE
HOUSEMAID
메이드

하우스
메이드

THE
HOUSEMAID

프리다 맥파든 지음

김은영 옮김

BOOK PLAZA

프롤로그

이 집을 나가는 순간, 내 손목에 수갑이 채워질 게 분명했다.

기회가 있을 때 도망쳤어야 했다. 이젠 달리 방법이 없다. 경찰들이 집에 와 있다. 그들이 위층을 수색하고 있으니 정말 되돌릴 수가 없다.

5초 뒤 그들은 내게 미란다 원칙*을 고지할 것이다. 왜 아직 나를 체포하지 않는 걸까? 어쩌면 내 입에서 결정적인 말을 끄집어내려는 속셈인지도 모른다.

내 옆 소파엔 머리가 희끗희끗한 형사가 앉아있다. 땅딸막한 체구에 짙은 갈색의 이탈리아산 가죽 재킷을 입은 그는 이내 자세를 바꿔 앉았다. 그의 집에 있는 소파는 어떨까? 지금 그가 앉아있는 소파처럼 수천 달러를 호가하진 않을 것이다. 아마도 촌스러

---

* 경찰이나 검찰이 범죄 용의자를 연행할 때 그 이유와 변호인의 도움을 받을 수 있는 권리, 진술거부권 등이 있음을 알려 주어야 한다는 원칙

운 오렌지색에 반려동물 털이 덕지덕지 붙어있고 솔기가 군데군데 터지지 않았을까? 혹시 지금 집에 있는 소파를 떠올리며 이런 소파로 바꾸고 싶다고 생각하고 있지는 않을까?

아니, 그보다 다락방에서 발견된 시체를 생각하고 있을 것이다.

"한 번 더 짚어봅시다." 형사가 뉴욕 사람 특유의 느릿느릿한 말투로 말했다. 좀 전에 이름을 알려줬는데 도무지 생각나질 않는다. 형사들은 새빨간 명찰을 착용할 필요가 있어 보인다. 극도로 스트레스 받는 상황에서 어떻게 형사 이름까지 기억하겠는가?

"시체를 발견한 건 언제입니까?" 형사가 내게 물었다.

이쯤에서 변호사를 불러야 하지 않을까? 변호사 선임 절차가 어땠는지 기억이 가물가물했다.

"한 시간 전쯤에요." 내가 대답했다.

"애초에 다락엔 왜 올라갔습니까?"

나는 입술을 꽉 물었다. "말했잖아요. 소리가 들렸다고."

"그리고요…?"

형사가 눈을 크게 뜨고 몸을 앞으로 숙였다. 오늘 아침 면도를 안 했는지 그의 턱 주변은 수염이 까칠했다. 그가 내 입에서 나오길 기대하는 말이 무엇인지 정확히 알고 있다.

'내가 그랬어요. 내가 범인이에요. 나를 체포해요.' 하지만 그런 말을 입 밖에 꺼낼 정도로 멍청하지는 않았다.

나는 소파에 등을 기대고 앉았다. "그게 다예요. 그것 말곤 아는 게 없어요."

형사의 얼굴에 실망한 기색이 스쳐 지나갔다. 그가 턱을 만지작거리며 지금껏 이 집에서 발견된 증거들을 곰곰이 되짚어 보고 있었다. 내 손목에 수갑을 채울 만큼 증거가 충분한지 생각 중인 듯했다. 증거가 충분했다면 벌써 나를 체포했을 텐데 아직까진 확신이 없는 모양이다.

"여기요, 코너스!"

다른 형사의 목소리가 들렸다. 우리 둘 다 시선을 돌려 계단 위를 올려다봤다. 그곳엔 훨씬 더 젊어 보이는 형사가 기다란 손가락으로 계단 난간을 잡고 있었다. 주름 하나 없는 그의 얼굴이 하얗게 질려있었다.

"코너스, 당장 올라와서 여기 좀 보세요." 그의 목울대가 요동치는 게 1층에서도 보였다. "정말 끔찍해요."

제1부

3개월 전

01

밀리

"밀리, 당신은 어떤 사람이죠?"

니나 윈체스터가 카멜색 가죽 소파에 앉아 몸을 앞으로 내밀며 물었다. 그녀가 다리를 꼬자 새하얀 실크 스커트 아래로 무릎이 살짝 드러났다. 브랜드를 잘 알진 못해도 그녀가 입고 있는 옷들은 누가 봐도 고가로 보였다. 손을 뻗어 그녀가 입은 크림색 블라우스의 감촉을 느껴보고 싶었다. 물론 그랬다간 일자리는 물 건너갈 것이다.

솔직히 말해서 이런 집에서 나 같은 사람을 고용할 리가 없다.

"글쎄요…" 나는 단어 하나하나를 신중히 고르며 조심스럽게 입을 열었다. 지금껏 수도 없이 퇴짜를 맞았다. 하지만 일자리를 구해야 했다. "전 브루클린 출신이에요. 제 이력서를 보면 아시겠지만 여러 집에서 가사도우미로 일한 경험이 있어요." 매우 정성 들여 위조한 이력서였다. "그리고 전 아이들을 무척 좋아해요. 그리고 또…." 나는 주변을 슬쩍 둘러보며 강아지용 장난감이나 고양이용 화장실이 있는지 살폈다. "반려동물도 좋아하고요."

인터넷에서 본 가사도우미 구인란에 반려동물 얘기는 없었다. 하지만 반려동물 얘기를 한다고 손해 볼 건 없다. 반려동물을 좋아하는 사람을 싫어할 사람은 없을 테니까.

"어머, 브루클린이요?" 니나 윈체스터가 나를 보며 환하게 웃었다. "나도 브루클린에서 자랐어요. 저랑 이웃이었네요!"

"어떻게 이런 우연이." 사실은 아니지만, 맞장구를 쳤다. 브루클린에는 작지만 비싼 돈을 들여서라도 사고 싶은 타운하우스*가 들어선 멋진 동네가 많았다. 나는 브루클린 출신이 아니다. 니나 윈체스터와 나 사이에 공통점이라곤 눈곱만큼도 없다. 하지만 그녀가 그렇게 믿고 싶다면 나는 기꺼이 브루클린 출신이 될 수 있다.

니나가 반짝이는 금발 머리칼을 귀 뒤로 넘겼다. 턱까지 내려오는 세련된 헤어스타일 덕에 그녀의 이중 턱이 덜 도드라져 보였다. 30대 후반쯤으로 보이는 그녀는 헤어스타일과 입고 있는 옷이 아니었다면 매우 평범해 보였을 것이다. 그렇다고 그녀가 돈을 쏟아부었다는 사실을 지적하고 싶은 건 아니다.

그저 그녀와 내가 정반대라는 게 조금 우스울 뿐이었다. 나는 맞은편에 앉은 그녀보다 족히 10살은 더 어려 보였지만, 면접용으로 중고 할인 매장에서 산 두툼한 울 스커트와 소매에 퍼프가 들

---

* 공동 주택의 한 종류로, 2개 이상의 주택을 1채에 붙여 지은 주택이다. 각 주택은 벽을 공유하지만, 별도의 외부 출입구를 가지고 있다.

어간 흰색 싸구려 블라우스를 입고 있었다. 윤기라곤 없는 푸석한 금발 머리칼을 동그랗게 말아 가지런히 묶었고 굳이 필요 없는 큼지막한 뿔테안경을 코 위에 눌러 썼다. 일은 잘할 것처럼 보이지만 매력이라곤 조금도 찾아볼 수 없었다.

"당신은 주로 청소를 맡아서 하게 될 거예요. 그리고 괜찮다면 가벼운 식사를 준비해 주면 좋겠어요. 요리는 좀 해요?" 그녀가 물었다.

"그럼요." 요리는 내가 이력서에 적은 내용 가운데 유일한 진실이었다.

니나가 옅고 푸른 눈동자를 반짝이며 말했다. "어머, 잘됐어요! 솔직히 우린 집에서 식사를 잘 안 해요. 요리할 시간도 없고요." 그녀가 웃음을 참으며 말했다.

나는 동조해서 웃지 않으려고 입을 꾹 다물었다. 니나 윈체스터는 일을 하지 않는다. 그녀의 하나뿐인 아이는 온종일 학교에 있는 데다가 지금은 청소 도우미를 쓰려고 면접을 보는 중이다. 심지어 이 집에 들어오면서 보니 넓은 정원을 관리하는 정원사도 따로 있었다. 식구도 얼마 되지 않는데 요리할 시간이 없다니, 어처구니가 없었다.

하지만 함부로 판단해선 안 된다. 그녀의 삶이 어떤지 나로선 알 수 없다. 단지 돈이 많다는 이유로 그녀를 깎아내릴 순 없다.

"그리고 가끔 세실리아 돌보는 것도 부탁해요. 오후 레슨이나 친구랑 약속이 있을 땐 픽업도 해줘야 하고요. 차는 있어요?"

그 말에 하마터면 웃을 뻔했다. 차가 있냐고? 당연하지. 차는 지금 내가 가진 전부다. 10년 된 내 닛산 자동차가 그녀의 집 앞에서 냄새를 풍기고 있다. 냄새 나는 그 차가 현재 내 집이다. 내 짐은 죄다 차 트렁크 안에 있다. 나는 지난 한 달간 차 뒷좌석에서 지냈다.

차에서 한 달을 살면 소소한 것들이 무척이나 소중해진다. 화장실이며 싱크대, 두 다리를 뻗고 잘 수 있는 것까지. 무엇보다 마지막 것이 제일 간절했다.

"그럼요." 내가 대답했다.

"어머, 잘됐네요!" 니나 윈체스터가 손뼉을 치며 말했다. "차에 카시트를 설치해 줄게요. 물론 휴대용 부스터에요. 세실리아가 아직 체구가 작아서 부스터가 필요하거든요. 소아과협회에서 발표한 카시트 권장기준에 따르면…."

니나가 키와 몸무게에 따른 카시트 권장기준을 설명하는 동안 나는 거실을 쓱 둘러봤다. 모두 최신식 가구였다. 초대형 평면 TV가 눈에 들어왔다. 지금껏 내가 본 TV 중에 가장 컸다. 틀림없이 거실 구석구석 서라운드 스피커가 설치돼있어 최고의 음향을 경험할 수 있을 것이다. 거실 한쪽에는 벽난로가 있었고 그 위에는 세계 곳곳을 여행하며 찍은 가족사진이 어지럽게 놓여있었다. 위를 올려다보니 반짝이는 샹들리에 위로 엄청나게 높은 천장이 눈부시게 빛나고 있었다.

"밀리, 안 그래요?" 니나가 물었다.

나는 그녀를 향해 눈을 깜박였다. 그녀가 무슨 말을 하고 있었는지 기억을 더듬었지만, 도통 생각이 나질 않았다. "그럼요."

니나는 내 대답에 만족한 듯 말했다. "그쵸? 당신도 그렇게 생각한다니 정말 다행이에요."

"당연하죠." 나는 조금 더 힘을 주어 말했다.

니나는 다소 넓적한 다리를 풀었다가 다시 꼬았다. 그러곤 내게 물었다. "구인 광고란에서 봐서 알겠지만, 필요한 물품은 구입 후에 비용을 정산했으면 하는데 괜찮아요?"

나는 마른침을 삼켰다. 구인 광고에 제시된 급여는 그 액수가 상당했다. 하지만 이런 집에서 그렇게 많은 돈을 줘가며 나 같은 사람을 고용할 리가 없었기 때문에 지원을 살짝 망설였었다.

"그럼요. 괜찮아요." 목이 잠겨 말이 잘 나오지 않았다.

니나가 눈썹을 치켜올리며 물었다. "그런데 밀리, 입주 도우미인 건 알죠?"

그녀는 지금 닛산의 뒷좌석을 떠나야만 하는데 괜찮냐고 묻고 있었다. "물론이죠."

"좋아요!" 니나가 스커트 자락을 잡으며 자리에서 일어났다. "그럼 집을 한 번 둘러볼까요? 당신이 지낼 곳인데 어떤지 봐야죠?"

나는 그녀를 따라 자리에서 일어났다. "좋아요." 니나는 마치 부동산 중개인이라도 되는 양 집 안 구석구석을 안내해 주었다. 구인 광고를 보고 온 게 아니라 마치 집을 계약하러 온 사람이라도 된 느낌이 들었다.

아주 멋진 집이다. 1층에는 드넓은 거실과 새롭게 인테리어를 마친 주방이 있었고, 2층에는 부부의 침실과 딸 세실리아의 방, 그리고 윈체스터 씨의 서재와 맨해튼 최고급 호텔에나 있을 법한 게스트 룸이 있었다. 다음 방 앞에 다다르자 니나가 갑자기 멈춰 섰다.

"이곳은 바로⋯." 그녀가 방문을 활짝 열어젖혔다. "우리 집 홈시어터예요!"

아래층에 초대형 TV가 있는데 집 안에 영화를 볼 수 있는 멋진 극장이 따로 있다니! 안에는 영화관에나 있을 법한 의자가 나란히 놓여있고 그 앞쪽으로 바닥에서 천장에 이르는 대형 모니터가 설치돼있었다. 심지어는 방 한쪽에 팝콘 기계도 보였다.

정신을 차리고 보니 니나가 내 반응을 기다리고 있었다.

"세상에!" 나는 그녀가 만족하기를 바라며 호들갑을 떨었다.

"끝내주죠?" 니나가 기쁨에 들떠 말했다. "원하는 영화는 뭐든 볼 수 있게 아주 다양한 영화를 구비해 뒀어요. 물론 스트리밍 서비스를 이용할 수도 있고 영화 채널 시청도 가능하고요."

"정말 멋진걸요."

그녀와 나는 방을 나와 복도 끝에 있는 마지막 문 앞에 멈춰 섰다. 니나가 손잡이를 잡더니 잠시 주춤했다.

"여기가 제 방인가요?" 내가 물었다.

"그런 셈이죠⋯." 그녀가 손잡이를 돌리자 요란스러운 소리가 났다. 다른 곳에 비해 문이 훨씬 더 두꺼웠다. 문을 열자 어둠 속에 계단이 보였다. "당신이 머물 방은 위로 올라가면 있어요. 다락방이긴 한데 그래도 기구도 있어요."

어둡고 좁은 계단은 화려한 이 집과 어울리지 않았다. 전구라도 하나 달아놓는 게 그리 어려웠을까?

니나와 함께 계단을 오르자 좁은 복도가 나왔다. 1층과 달리 천장이 낮아 불편해 보였다. 내 키가 그다지 큰 것도 아닌데 허리를 구부려야만 할 것 같았다.

"화장실도 따로 있어요." 니나가 왼쪽 문을 쳐다보며 말했다. "여기가 당신 방이에요."

니나가 마지막 방의 문을 열었다. 방안은 몹시 어두컴컴했다. 니나가 전등 줄을 잡아당기자 그제야 방안이 환해졌다.

좁았다. 출입문은 하나뿐이고 천장은 지붕 선을 따라 기울어져 있었다. 심지어 천장 한쪽은 높이가 내 허리 정도밖에 되지 않았다. 부부 침실에 있던 엄청난 크기의 킹사이즈 침대와 장식장, 원목 화장대 대신 이 방에는 싱글사이즈의 작은 간이침대와 허리까지 오는 서랍장, 작은 옷장이 있고 거기에 갓도 씌우지 않은 알전구 두 개가 천장에 매달린 채 방을 밝히고 있었다.

허름했지만 그래도 이 정도면 감지덕지다. 방이 근사했다면 나를 고용할 확률이 더 낮을 것이다. 방이 형편없다는 사실은 그만큼 니나의 기준치가 낮다는 말이고, 그 덕에 어쩌면 나에게 기회가 올지도 모른다는 뜻이다.

하지만 왠지 모르게 방이 꺼림칙했다.

"좀 좁죠?" 니나가 눈살을 찌푸렸다. "그래도 프라이버시 하나는 확실해요."

나는 홑겹으로 된 창문으로 걸어갔다. 방이 좁으니 창문도 작았다. 겨우 내 손바닥만 하달까? 창문으로 뒷마당이 내려다보였다. 이 집에 들어올 때 봤던 정원사가 큼지막한 원예용 가위를 들고 담장나무를 손질 중이었다.

"어때요, 밀리? 마음에 들어요?"

창밖을 내다보던 나는 고개를 돌려 미소 짓고 있는 니나의 얼굴을 바라봤다. 하지만 꺼림칙한 기분은 사라지질 않았다. 마음 한구석에 알 수 없는 두려움이 똬리를 틀기 시작했다.

어쩌면 창문 때문일지도 모른다. 창문이 뒷마당으로 나 있어 여기서 무슨 일이 일어나도 아무도 모를 것 같았다. 도와달라고 아무리 소리를 질러도 소용이 없을 것 같았다.

지금 이게 무슨 배부른 소린가? 이런 집에서 살 수만 있다면 그것만으로도 감사한 일이었다.

내 방에, 그것도 두 다리를 뻗고 누울 수 있는 침대라니. 작은 침대지만 차에 비하면 더할 나위 없어 보였다.

"마음에 들어요." 내가 대답하자 니나는 매우 흡족해했다.

나는 그녀를 따라 좁은 계단을 지나 다시 2층으로 내려갔다. 계단을 나서며 나도 모르게 참고 있던 숨을 내쉬었다. 조금 전 본 방에선 뭔지 모를 으스스한 기운이 느껴졌다. 하지만 이 집에서 일할 수만 있다면 그 정도쯤은 감수할 수 있다.

막 다른 질문을 하려던 찰나 뒤에서 니나를 부르는 소리가 들렸다.

"엄마?"

뒤를 돌아보니 작은 여자아이 하나가 복도에 서 있었다. 아이는 조금 더 옅긴 하지만 니나를 꼭 닮은 푸른 눈동자를 가지고 있다. 금발인 머리칼은 거의 흰색에 가까웠고 가장자리에 흰색 프릴이 달린 아주 옅은 파란색 드레스를 입고 있었다. 아이가 나를 뚫어져라 쳐다봤다. 마치 내 영혼을 꿰뚫어 보는 것처럼.

옥수수밭 같은 데서 살며 악마를 신봉하고 심령술을 부릴 것 같이 소름 끼치게 생긴 아이가 오싹한 오컬트 영화의 한 장면에서 튀어나온 것만 같았다. 오컬트 영화 관계자가 본다면 오디션 없이 바로 캐스팅할 것 같은 그런 아이였다. 한 번 보고 바로 '오케이. 소름 끼치는 여자아이 3번으로 딱이야.'라고 할 것 같은 그런 모습.

"씨씨! 벌써 발레 수업 끝나고 온 거니?" 니나가 화들짝 놀라며 물었다.

아이가 천천히 고개를 끄덕였다. "벨라네 엄마가 데려다줬어요."

니나가 깡마른 아이의 어깨를 감싸 안았지만 아이는 한 치의 표정 변화 없이 옅은 푸른색 눈동자로 나를 뚫어지게 쳐다봤다. 아홉 살짜리 아이가 나를 죽이기라도 할 것 같아 등골이 서늘했다.

"이 아줌마는 밀리야. 밀리, 얘는 내 딸 세실리아예요." 니나가 아이를 소개했다.

"안녕하세요." 세실리아가 얌전하게 인사를 건넸다.

니나가 아이의 정수리에 입을 맞추자 자그마한 몸집의 아이는 쪼르르 자기 방으로 달려갔다.

1층으로 내려가자 온몸에 긴장이 풀렸다. 니나는 부잣집 사모님 치고는 평범하고 친절했다. 그녀는 집 얘기, 딸 얘기, 일 얘기를 늘어놓았고 나는 멍하니 듣고만 있었다. 머릿속은 온통 이 집에서 일하고 싶다는 생각뿐이었다.

"밀리, 더 궁금한 게 있나요?" 니나가 물었다.

나는 고개를 저으며 말했다. "없습니다, 윈체스터 부인."

니나가 못마땅한 듯 혀를 찼다. "그냥 니나라고 불러요. 우리 집에서 일할 사람이 나를 윈체스터 부인이라고 부르는 건 좀 그래요." 니나가 웃으며 말했다. "내가 무슨 부잣집 마나님도 아니고."

"감사합니다… 니나."

해초 팩을 하는 건지 아니면 오이 팩을 하는 건진 몰라도 부잣집 사모들은 얼굴에 바르는 게 따로 있는지 그녀의 얼굴엔 광채가 났다. 주기적으로 관리를 받는 모양이다. "예감이 좋아요, 밀리. 정말이에요."

나 역시 예감이 좋았다. 내 거친 손을 그녀의 아이같이 보드라운 손으로 꼭 잡자 희망의 불꽃이 피어올랐다. 조만간 그녀가 내게 전화를 걸어 이제 그만 냄새나는 자동차를 떠나 우리 집에 오라고 할 것만 같았다. 제발 그러길 바랐다.

하지만 니나는 멍청이가 아니니, 집에 입주해 자신의 아이도 돌봐야 할 사람을 간단한 신원조회도 하지 않고 도우미로 고용할 리가 없었다. 그렇지만 신원조회를 했다간….

목구멍에서 뭔가가 울컥 올라왔다.

니나는 나를 현관까지 배웅해 주었다. "밀리, 와 줘서 고마워요." 그녀가 다시 한번 내 손을 꼭 움켜잡았다. "조만간 연락할게요."

그럴 리가 없다. 이렇게 멋진 집에 다시 발 들일 일은 없을 테다. 애초에 오지 말았어야 했다. 이렇게 시간을 허비하고 있느니 차라리 패스트푸드 매장 같은 곳을 알아보는 게 나았을지도 모른다.

좀 전에 다락방 창문에서 본 정원사가 이번엔 앞마당으로 자리를 옮겨 일하고 있었다. 여전히 큼지막한 원예용 가위를 들고 집 앞의 담장나무를 다듬고 있었다. 체구가 큰 남자는 팔뚝에 새긴 문신과 근육이 고스란히 드러나는 티셔츠를 입고 있었다. 남자가 잠시 가위질을 멈추고 야구모자를 고쳐 쓰는가 싶더니 짙고 까만 눈동자로 나를 쳐다봤다.

나는 손을 들어 인사를 건넸다. "안녕하세요."

남자는 나를 빤히 쳐다볼 뿐 어떠한 인사도 건네지 않았다. 심지어 꽃밭을 밟지 말라는 말조차 없었다. 그저 나를 쳐다만 볼 뿐.

"만나서 반가웠어요." 나는 나지막하게 중얼거렸다.

집과 마당을 에워싼 철제 담장을 빠져나와 차로, 아니 내 집으로 터덕터덕 걸어갔다. 그러곤 마지막으로 뒤를 돌아봤다. 정원사가 아직도 나를 쳐다보고 있었다. 남자의 시선에 등골이 오싹했다. 그 순간 남자가 누구도 알아챌 수 없을 만큼 미세하게 고개를 저었다.

마치 내게 경고라도 하는 듯.

그 어떤 말도 없이.

02

　차에서 지내려면 최소한만 유지하며 살아야 한다.

　우선 누군가를 초대하는 건 꿈도 꿀 수 없다. 와인에 치즈를 곁들인 파티는커녕, 포커도 한 판 치기가 어렵다. 만나고 싶은 사람도 없으니 그런 건 아무래도 괜찮았다. 다만 씻는 게 문제였다. 직장에서 해고되고 3주 만에, 그러니까 원룸에서 쫓겨나고 사흘 만에 샤워 시설이 있는 휴게소를 발견했다. 정말이지 그땐 왈칵 울음이 터질 뻔했다. 칸막이도 없는 공동 시설에 배설물 냄새가 스멀스멀 올라왔지만, 그런 걸 따질 상황이 아니었다.

　이젠 자동차 뒷좌석에서 점심을 먹는 일쯤은 아무렇지 않다. 시가잭에 꽂아서 쓸 수 있는 핫플레이트도 장만했지만, 특별한 경우가 아니면 주로 샌드위치를 먹는다. 샌드위치라면 아주 물리도록 먹었다. 고기나 치즈를 보관할 수 있는 아이스박스도 있고 마트에서 파는 99센트짜리 흰 빵도 쟁여뒀다. 감자칩, 땅콩버터가 들어간 크래커, 미니 초코바 같은 간식거리도 좀 있다. 건강에 좋지 않은 것들은 널리고 널렸다.

오늘은 빵에 약간의 마요네즈를 바르고 햄과 슬라이스 치즈를 넣어 먹을 생각이다. 샌드위치를 한 입 베어 물때마다 지겹지 않다고 스스로 되뇌었다.

샌드위치를 반쯤 입에 욱여넣을 때쯤 휴대폰이 울렸다. 나는 충전한 금액만큼만 사용할 수 있는 선불 폰을 쓰고 있다. 휴대폰은 필요한데 돈은 없으니 어쩔 수 없다.

"빌헬미나 캘러웨이 씬가요?" 전화기 너머로 웬 여자가 딱딱하게 물었다.

성까지 붙인 내 이름을 들으니 몸이 움찔했다. 빌헬미나는 오래전에 돌아가신 할머니의 이름이다. 사이코패스가 아니고서야 어떻게 아이 이름을 그렇게 구닥다리로 지을 수 있단 말인가? 부모님과는 연락을 끊은 지 오래라서 굳이 이유를 물을 필요도 없다. 어쨌든 나는 늘 밀리였고 누가 나를 빌헬미나라고 부르면 곧바로 밀리로 불러달라고 했다. 비록 전화기 너머의 사람에게는 그렇게 요구할 수 없을 것 같지만. "네, 전데요?"

"캘러웨이 씨, 먼치스 버거의 도나 스탠턴입니다."

먼치스 버거, 그제야 생각났다. 며칠 후 면접을 보기로 한 패스트푸드점이다. 버거 패티를 뒤집거나 계산을 담당할 직원을 뽑고 있었는데, 열심히 일하면 승진의 기회가 있을 것도 같아 지원했다.

게다가 거기서 받는 월급이면 차에서 지내지 않아도 될 것 같았다.

물론 가장 일하고 싶은 곳은 윈체스터 저택이었다. 하지만 니나 윈체스터를 만난 지도 벌써 일주일이 지났다. 이제 그 집은 물 건너간 것 같다.

"저기, 우리가 이미 사람을 뽑아서 빌헬미나 씨에게 기회를 주지 못하게 됐어요. 다른 델 알아보셔야 할 것 같습니다."

방금 먹은 햄과 치즈가 뱃속에서 부글거렸다. 온라인으로 알아봤을 땐 먼치스 버거의 채용 규정은 크게 까다롭지 않아 나같이 전과 기록이 있는 사람도 지원 가능해 보였다. 더군다나 먼치스 버거는 내게 남은 마지막 면접이었다. 게다가 니나에게선 별다른 연락이 없다. 앞이 깜깜했다. 이젠 단 하루도 차에서 샌드위치를 먹고 싶지 않다. 정말 그러고 싶지 않다.

"스탠턴 씨," 나는 불쑥 말을 내뱉었다. "다른 지점이라도 어떻게 안 될까요? 저는 정말 성실하고 믿을 만한 사람입니다. 늘—."

나는 하던 말을 멈췄다. 그녀는 이미 전화를 끊은 후였다.

내 왼손엔 휴대폰이, 오른손엔 샌드위치가 있었다. 앞길이 막막했다. 아무도 나를 써 주지 않는다. 다들 나를 색안경을 끼고 본다. 정말 새롭게 시작하고 싶은데. 시켜주기만 하면 무슨 일이든 등골이 휘어지도록 일할 수 있는데.

나는 애써 눈물을 참았다. 사실 닛산 뒷좌석에 앉아 운다 해도 나를 쳐다볼 사람은 없다. 누가 내게 관심을 주겠는가?

그때, 휴대폰이 다시 울렸다. 화들짝 놀라 신세 한탄을 멈추고 손등으로 눈물을 훔친 뒤 통화 버튼을 눌렀다. "여보세요." 목이 메었다.

"여보세요? 밀리 씬가요?"

왠지 모르게 목소리가 낯설지 않았다. 나는 휴대폰을 귀에 가까이 가져갔다. 심장이 요동치기 시작했다. "네, 전데요⋯."

"니나 윈체스터예요. 지난주에 면접 봤던."

"아!" 나는 아랫입술을 꽉 깨물었다. 뭐지? 역시 다른 사람을 채용했다고 말하려고 그러나? "네. 말씀하세요."

"당신만 괜찮으면 우리 집에서 일해 줬으면 해요."

피가 머리로 솟구쳐 어지러울 지경이었다. 우리 집에서 일해 줬으면 한다고? 진짜? 먼치스 버거 정도는 혹시나 했지만 니나 윈체스터 같은 여자가 나를 고용할 거라곤 생각지 못했다. 역시 이대로 죽으라는 법은 없는 모양이다.

그런데 신원조회를 하지 않은 걸까? 간단하게라도 나에 대해 알아보지 않은 걸까? 너무 바빠 그럴 겨를이 없었나? 아니면 자신의 직감을 철석같이 믿는 사람인가?

"밀리, 듣고 있어요?"

그제야 내가 아무 말도 하지 않고 있었다는 사실을 깨달았다. 그만큼 놀랐기 때문이다. "아, 네."

"우리 집에서 일해 볼래요?"

"네." 나는 속마음을 들키지 않으려고 애썼다. "좋아요. 당신을 위해 일하고 싶어요."

"위해가 아니라 함께 하는 거죠." 니나가 덧붙였다.

나는 억지웃음을 지으며 말했다. "네. 물론이죠."

"언제부터 일할 수 있어요?"

"글쎄요, 언제부터가 좋을까요?"

"빠르면 빠를수록 좋아요." 나와는 달리 편히 웃을 수 있는 그녀가 부러웠다. 마법을 부려 그녀와 나의 위치를 바꾸고 싶었다. "세탁물이 산더미예요."

나는 마른침을 삼켰다. "내일부터 어떠세요?"

"너무 좋아요. 그런데 짐을 싸려면 시간이 좀 필요하지 않겠어요?"

짐은 이미 트렁크에 다 있다고 말하고 싶진 않았다. "금방이면 돼요."

그녀가 다시 웃음을 터트렸다. "밀리, 마음가짐이 마음에 들어요. 당신이 얼른 왔으면 좋겠어요."

니나와 내일 어떻게 할지 자세히 이야기를 나누다가 문득 내가 10년간 감옥살이를 한 걸 알고 나서도 그녀가 나를 지금처럼 대할지 궁금했다.

03

다음 날 아침 니나가 세실리아를 학교에 데려다주고 올 시간에 맞춰 윈체스터 저택 앞으로 갔다. 나는 그곳을 둘러싼 철제 담장 밖에 차를 세웠다.

지난주에 왔을 때는 문이 열려있었는데 오늘은 닫혀 있었다. 잠겨 있는 게 분명했다. 나는 여행용 가방을 발밑에 내려 둔 채 어떻게 들어가야 할지 잠시 고민에 빠졌다. 초인종이나 벨은 보이질 않았다. 그때 지난번에 본 정원사가 손에 삽을 든 채 흙구덩이 속에 웅크리고 있는 게 보였다.

"실례합니다!"

정원사가 뒤를 한 번 힐끗 쳐다보더니 다시 땅을 팠다. 소리가 들리긴 한 모양이다.

"실례합니다!" 나는 더 크게 소리쳤다.

그러자 남자가 천천히 자리에서 일어났다. 남자는 전혀 서두르는 기색 없이 너른 잔디밭을 지나 대문 쪽으로 어슬렁어슬렁 걸어왔다. 그러곤 나를 보더니 두꺼운 고무장갑을 벗으며 인상을 찌푸렸다.

"안녕하세요." 나는 기분이 나빴지만, 티 내지 않았다. "밀리 캘러웨이예요. 오늘부터 이 집에서 일하게 됐어요. 윈체스터 부인이 기다리고 있는데 어떻게 들어가야 할지 모르겠어요."

남자는 아무 말이 없었다. 멀리서 봐도 나보다 머리 하나는 더 크고 팔뚝은 내 허벅지만 한 것이 체구가 엄청나게 컸다. 게다가 가까이에서 보니 일하느라 땀에 젖은 새까만 머리칼 하며 까무잡잡한 피부, 다부진 얼굴이 굉장히 매력적이었다. 남자는 30대 중반쯤 돼 보였다. 가장 먼저 눈동자가 눈에 들어왔다. 어찌나 새까만지 동공과 홍채를 구분하기 어려울 정도였다. 그 눈빛에 나도 모르게 뒤로 한 발짝 물러나며 말했다.

"저기, 좀 도와주시겠어요?"

마침내 남자가 입을 열었다. 나는 그가 길을 잃었냐고 묻거나 신분증을 보여 달라고 할 줄 알았다. 그런데 남자는 이탈리아 말로 빠르게 중얼거렸다. 아니, 이탈리아 말인 것 같았다.

"저기…, 영어는 못하세요?"

"영어? 영어 못해요." 그가 아주 강한 악센트로 영어를 못한다고 했다.

나는 목소리를 가다듬고 최선을 다해 내 뜻을 전달하려고 애썼다. "그러니까, 나는…." 나를 가리켰다. "오늘부터 여기서 일해요. 윈체스터 부인과 함께요." 집을 가리켰다. "안에… 들어가야 해요." 대문을 가리켰다. "저기 안에요."

남자가 나를 보며 인상을 찌푸렸다.

휴대폰을 꺼내 니나에게 전화를 걸려는 순간 남자가 옆쪽으로 가더니 버튼을 눌렀다. 그러자 문이 천천히 열리기 시작했다.

문이 열리자 나는 앞으로 지내게 될 집을 잠시 올려다봤다. 다락이 있는 이층집은 높이가 브루클린의 한 블록만큼이나 높은 모던한 느낌의 건물이었다. 페인트칠을 새로 했는지 눈이 부실 만큼 하얬다.

내가 가방을 들려고 하자 부탁도 하지 않았는데 남자가 대뜸 가방 두 개를 들고 현관으로 향했다. 물건이란 물건은 다 들어있어서 가방이 제법 무거울 텐데 남자는 싫은 내색 한 번 하지 않았다.

"그라시아스(감사합니다)." 내가 감사 인사를 건넸다.

남자는 재밌다는 듯 나를 쳐다봤다. 아차! 그라시아스는 스페인 말이다.

나는 가슴팍을 가리키며 말했다. "밀리."

"밀리." 남자가 알겠다는 듯 고개를 끄덕였다. 그러곤 자신을 가리키며 말했다. "엔조입니다."

"만나서 반가워요." 내 말을 알아듣지는 못하겠지만 그래도 어색한 인사를 건넸다. 여기서 일하는 걸 보면 약간의 영어는 알아듣지 않을까 싶었다.

"밀리," 남자가 강한 이탈리아 악센트로 나를 불렀다. 할 말이 있는 것 같았지만 영어로 말하기엔 버거운 모양이었다. "당신…."

남자가 뭔가를 내뱉는 순간, 문 열리는 소리가 들렸다. 그러자 남자는 황급히 원래 있던 자리로 돌아가 일을 시작했다. 남자가 '페리콜로'라고 말한 걸 어렴풋이나마 들은 것 같다. 무슨 뜻인지는 모르겠지만 대충 콜라 같은 음료수 이름인가 보다고 생각했다.

"밀리!" 니나가 나를 두 팔로 꼭 안으며 반갑게 맞았다. "와줘서 정말 기뻐요. 우리가 이렇게 인연이 될 줄 알았다니까요."

역시나 니나는 내게 어떤 직감 같은 걸 느낀 게 분명했다. 그래서 굳이 뒷조사를 하지 않은 거다. 이젠 니나의 의심을 사지 않게 잘하면 된다. "맞아요. 저도 그렇게 느꼈어요."

"밀리, 어서 들어와요!"

니나는 내가 짐 때문에 끙끙거린다는 사실도 모른 채, 빨리 들어오라며 내 팔꿈치를 잡아끌었다. 하긴 애초에 그녀가 도와줄 거라곤 생각지 않았다.

안으로 들어가자 처음 왔을 때와는 완전 딴판이었다. 달라도 너무 달랐다. 면접 때 본 집은 티끌 한 점 없이 깨끗해서 바닥에 떨어진 것도 주워 먹을 수 있을 정도였다. 하지만 지금은 말 그대로 돼지우리였다. 소파 앞에 놓인 커피 테이블에는 온갖 끈적한 액체가 담긴 컵이 여섯 개나 널려있었고, 찌그러진 피자 상자하며 구겨진 신문과 잡지가 열 개도 넘게 사방에 나뒹굴었다. 옷가지며 쓰레기가 거실 여기저기 굴러다녔고 식탁엔 먹다 남은 음식이 그대로 있었다.

"보다시피 당신의 도움이 절실해요."

이게 바로 그녀의 비밀이었던 것이다. 니나 윈체스터는 게으름뱅이었다. 청소를 하려면 몇 시간은 족히 걸릴 것 같았다. 어쩌면 오늘 안에 어려울 수도 있었다. 하지만 상관없었다. 일을 하고 싶어 몸이 근질근질했으니까. 오히려 내가 그녀에게 필요한 존재 같아 마음이 놓였다. 내가 니나에게 꼭 필요한 존재가 된다면 내 실체를 알게 되더라도 나를 해고하지 못할 테니까.

"가방 먼저 가져다 놓고 청소를 시작할게요."

니나가 즐거운 비명을 질렀다. "밀리, 당신은 내게 온 기적이에요. 정말 고마워요. 그리고…" 니나가 주방 카운터에서 핸드백을 가져와 뒤적뒤적하더니 최신형 아이폰을 꺼내 내게 건넸다. "이거 받아요. 저번에 보니 핸드폰이 너무 구형이더라고요. 내 연락을 받으려면 제대로 된 연락 수단이 있어야 하지 않겠어요?"

나는 어떻게 해야 할지 몰라 머뭇거렸다.

"신경 써 주셔서 정말 감사해요. 그런데 제가 요금을 낼 형편이…"

니나가 손을 내저으며 말했다. "가족 요금제로 묶어놔서 요금은 거의 나오지 않을 거예요."

정말 괜찮다고 거절하려는데 계단 쪽에서 발소리가 들렸다. 뒤를 돌아보자 회색 양복을 입은 남자가 2층에서 내려오고 있었다. 그는 거실에 서 있는 나를 보더니 깜짝 놀라 계단 끝에 멈춰 섰다. 그러더니 내 짐가방을 보고 눈이 휘둥그레졌다.

"여보!" 니나가 큰 소리로 남자를 불렀다. "이리 와서 밀리와 인사해!"

앤드루 윈체스터였다. 며칠 전 윈체스터 집안에 대해 구글링하다가 이 남자가 가진 자산에 눈이 튀어나올 뻔했었다. 재산을 알고 나니 홈시어터와 집을 둘러싼 철제 담장이 조금은 이해가 갔다. 그는 아버지로부터 잘 나가는 회사를 물려받아 수익을 두 배로 늘렸다. 그가 나를 보고 놀라는 걸 보니 집안일은 대부분 아내에게 맡기는 듯했다. 게다가 니나가 깜빡 잊고 입주 가사도우미가 온다고 얘기를 하지 않은 모양이었다.

"안녕…하세요." 윈체스터는 인상을 쓰며 거실로 걸어왔다. "밀리라고 했던가요? 죄송합니다. 모르고 있었…."

"여보, 내가 말했었잖아." 니나가 고개를 갸웃거렸다. "청소랑 요리랑 세실리아를 돌봐줄 사람을 구해야 한다고 분명히 말했어!"

"아, 그랬지." 윈체스터는 표정을 풀고 내게 손을 내밀어 악수를 청했다. "밀리, 어서 와요. 잘 부탁합니다."

사람을 꿰뚫어 보는 것 같은 갈색 눈, 마호가니 색깔의 풍성한 머리칼, 살짝 들어간 매력적인 보조개, 누가 봐도 끝내주게 잘생긴 얼굴이었다. 흠잡을 데 없이 꽃단장한 아내보다 몇 배는 더 매력적이었다. 순간 조금 이상하다는 생각이 들었다. 이 얼굴에 이 정도 재력가라면 어느 여자든 만날 수 있었을 텐데 왜 스무 살짜리 슈퍼모델을 아내로 두지 않은 걸까? 그러자 그가 더 대단한 사람 같아 보였다.

나는 새 휴대폰을 청바지 주머니에 찔러 넣고 손을 내밀었다. "윈체스터 씨, 만나서 반갑습니다."

"그냥 앤드루라고 불러요." 그가 따뜻한 미소를 지으며 말했다.

앤드루가 내게 말을 건네는 순간 니나의 얼굴에 알 수 없는 무언가가 스치고 지나갔다. 그녀는 입술을 파르르 떨고 눈살을 살짝 찌푸렸다. 이유는 정확히 알 수 없었다. 내게 이름을 불러도 된다고 했던 그녀 아닌가! 더군다나 앤드루는 나를 눈여겨보지도 않았다. 그저 예의상 눈만 마주칠 뿐 내게 아무런 관심조차 보이지 않았다. 하긴, 볼 것도 없었다. 오늘은 가짜 뿔테안경까진 쓰지 않았지만, 출근 첫날에 어울리게 수수한 블라우스에 편안한 청바지를 입었다.

"그나저나 여보, 사무실에 나가봐야 하지?" 니나가 앤드루의 말을 싹둑 잘랐다.

"그렇지." 앤드루가 넥타이를 바로 잡았다. "9시 30분에 회의가 있어서 서둘러야 해."

앤드루가 니나의 어깨를 감싸 안고 입을 맞췄다. 두 사람은 참 행복해 보였다. 게다가 앤드루는 자산이 몇천만 달러인 남자치고 소탈해 보였다. 현관에서 아내에게 다정하게 손 키스를 날리는 모습을 보니 애처가임은 분명했다.

"남편분이 참 다정하신 것 같아요." 앤드루가 나가고 니나에게 말했다.

그러자 니나는 의심스러운 눈초리로 나를 쳐다봤다. 그러곤 대답은 하지 않고 대뜸 물었다. "안경은 어쨌어요?"

"네?"

그녀가 인상을 찌푸렸다. "면접 땐 안경을 썼잖아요?"

"아, 네." 당황스러웠다. 그날은 진지하고 지적으로 보이고 싶고,

덜 매력적이고 덜 위협적으로 보이고 싶어서 가짜 안경을 썼다고 말하고 싶진 않았다. "저기… 그러니까, 오늘은 렌즈를 꼈어요."

"그래요?"

왜 거짓말을 했는지 모르겠다. 그냥 안경을 꼭 써야 할 정도는 아니라고 말할 걸 그랬다. 그것도 모자라 끼지도 않은 콘택트렌즈까지 들먹이다니! 니나가 내 눈동자를 유심히 살피는 게 느껴졌다.

"혹시… 그게 무슨 문제라도 되나요?"

니나의 오른쪽 눈 밑이 파르르 떨렸다. 순간 그녀가 내게 이 집에서 나가라고 할까 봐 두려웠다. 하지만 그녀는 곧 인상을 풀며 말했다. "문제 될 게 뭐가 있겠어요? 그냥 안경 쓴 모습이 참 귀엽다고 느꼈거든요. 잘 어울렸어요."

"아, 네…." 나는 떨리는 손으로 가방 손잡이를 잡았다. "일을 시작하려면 짐부터 가져다 놓는 게 좋겠어요."

"어머, 좋은 생각이에요." 니나가 손뼉을 치며 말했다.

다락까지 계단이 많았지만, 이번에도 니나는 짐을 나눠 들 마음이 없어 보였다. 계단을 반쯤 올라가자 팔이 떨어져 나갈 것 같았다. 니나가 조그마한 내 생활공간을 환히 비춰줄 전구 줄을 잡아당겼다.

"지내기 괜찮을 거예요. 화장실도 따로 있는 데다가 프라이버시가 보장된 공간이라 아마 마음에 들 거예요." 니나는 이 조그마한 방을 그럴듯하게 포장하기 위해 애쓰는 것 같았다.

넓은 게스트 룸이 비어있는데도 고작 청소함보다 살짝 큰 방을 내줘서 미안한 마음이 든 건지는 몰라도 나는 상관없었다. 닛산의 뒷좌석보다 조금 더 클지언정 이곳은 내게 궁궐과도 같았다. 빨리 밤이 돼서 두 다리를 쭉 뻗고 자고 싶었다. 모든 게 그저 고마울 따름이었다.

"완벽해요." 솔직한 심정이었다.

침대며 옷장이며 서랍장, 거기다 지난번에 보지 못한 것도 눈에 띄었다. 벽 안쪽으로 쏙 들어가 있어 아주 자연스럽게 벽의 일부가 된 미니 냉장고였다. 나는 바닥에 쪼그리고 앉아 냉장고 문을 잡아당겼다. 냉장고 안에는 두 개의 작은 선반이 있고 위쪽 선반에는 작은 물병 세 개가 놓여있었다.

"수분 섭취가 아주 중요해요." 니나가 사뭇 진지하게 말했다.

"그렇죠…."

내가 당혹스러운 기색을 보이자 그녀가 웃으며 말했다. "이제 당신 냉장고니까 뭐든지 넣어요. 당신을 위해 특별히 신경 쓴 거예요."

"고맙습니다."

"아무튼…." 니나는 깨끗한 손을 굳이 허벅지에 닦으며 말했다. "짐부터 풀고 청소를 시작해 줘요. 난 내일 있을 학운위 준비를 해야 해요."

"학운위요?"

"학교 운영 위원회요. 내가 학부모 부대표를 맡고 있어요." 그녀가 나를 보며 환하게 웃었다.

"멋지세요." 그 말이 듣고 싶을 거라고 생각했다. 니나를 기분 좋게 하기란 식은 죽 먹기다. "짐부터 얼른 풀고 바로 일을 시작할게요."

"정말 고마워요. 밀리, 당신은 나의 구세주예요." 그녀의 손가락이 내 팔을 살짝 스쳤다. 따뜻하지만 푸석했다.

니나가 방을 나가려고 하길래 문손잡이를 잡아 주었다. 그때 알았다. 이 방에 처음 왔을 때부터 나를 괴롭히는 게 뭔지. 속이 울렁거렸다.

"니나?"

"네?"

"저기…." 나는 목소리를 가다듬었다. "이 방은 잠금장치가 안에 없고 밖에 있어요?"

니나는 마치 처음 알게 된 사실인 것처럼 손잡이를 유심히 내려다봤다. "아! 미안해요. 이 방이 원래는 창고였어요. 아마 그래서 그럴 거예요. 그러다가 창고를 우리 집에서 일하는 사람들이 지낼 수 있도록 방으로 바꿨는데 잠금장치까진 미처 생각 못 했나 봐요."

마음만 먹으면 누구라도 나를 이 안에 가둘 수 있었다. 창문도 하난데 그나마 그것도 집 뒤편으로 나 있었다. 자칫하면 이 방이 죽음의 덫이 될 수 있었다.

하지만 누가 나를 여기에 가두려 하겠는가? 그럴 일은 없다.

"제게도 방 열쇠를 주시겠어요?"

"어디 있는지도 몰라요." 그녀가 어깨를 으쓱해 보였다.

"하나 만들어주시면 안 될까요?"

니나가 옅은 푸른색 눈을 내리깔며 물었다. "왜요? 우리 모르게 뭘 숨기려고요?"

어처구니가 없었다. "저는…. 그런 게 아니라…."

니나가 고개를 뒤로 젖히며 깔깔 웃었다. "농담이에요. 밀리, 여긴 이제 당신 방이에요! 열쇠가 필요하면 하나 만들어줄게요. 약속해요."

순간 이 여자가 이중인격자가 아닌가 싶었다. 한없이 차갑게 굴다가 언제 그랬냐는 듯 금세 다정하게 군다. 그녀는 농담이라고 말했지만, 그것도 진짠지 잘 모르겠다. 아니, 그런 건 중요치 않았다. 어차피 내게는 다른 길이 없다. 이 집에서 일하게 된 것만 해도 축복이나 다름없다. 무조건 잘해볼 생각이다. 어떻게든 니나에게 호감을 사야 한다.

니나가 방을 나가고 방문을 닫았다. 그런데 문을 닫고 보니 나무로 된 문에 자국 같은 것이 보였다. 길고 가느다란 줄이 내 어깨 높이에서 시작해 바닥까지 쭉 이어져 있었다. 손가락으로 자국을 따라 훑었다. 그건 마치⋯.

손톱자국. 누군가 문을 손톱으로 긁은 것 같았다.

밖으로 나가기 위해.

아니, 어쩌면 내가 너무 예민하게 구는 걸지도.

갑자기 방안이 참을 수 없을 만큼 후덥지근하게 느껴졌다. 닛산보다야 크지만, 방은 몹시 비좁았다. 하긴 창고로 썼다니 그럴 만도 했다. 나는 방안을 둘러보고 서랍장을 열어 크기도 확인했다. 작은 옷장은 원피스만 몇 벌 걸면 꽉 찰 것 같았다. 그리고 그 안에는 옷걸이 두어 개와 파란색 작은 양동이 하나가 있었다.

환기를 시키려고 창문을 힘껏 밀었지만, 꿈쩍도 하지 않았다. 뭐가 문제지 싶어 창문을 자세히 들여다봤다. 손가락으로 창틀을 훑어보니 창문과 창틀 위에 그대로 페인트를 칠해 서로 붙어버린 듯했다.

창문이 있어도 열 수가 없다.

니나에게 창문이 열리지 않는다고 말할까 했지만, 첫날부터 이러쿵저러쿵하면 안 될 것 같았다. 창문은 다음 주쯤에 말하는 게 좋을 것 같다. 창문이 열리게 해달라는 게 과한 부탁은 아니니까.

뒷마당에서 엔조가 잔디 깎는 기계를 돌리고 있었다. 그는 근육질의 팔을 들어 이마에 맺힌 땀을 닦더니 위를 올려다봤다. 그러곤 작은 창문 앞에 서 있는 나를 발견하고 손을 흔들었다. 순간 이 집에 들어오기 전, 그가 내뱉은 말이 생각났다. 페리콜로.

주머니에서 새 휴대폰을 꺼냈다. 화면을 터치하자 문자, 전화, 날씨 등의 작은 아이콘들이 잔뜩 나타났다. 내가 감옥에 들어갈 즈음에는 이런 휴대폰이 없었다. 그리고 출소하고 나서는 돈이 없어서 살 수가 없었다. 하지만 출소 후에 알게 된 어지간한 집 여자애들이 모두 이런 휴대폰을 갖고 있어서 사용 방법은 대충 알고 있었다. 인터넷 검색을 하려면 어떤 걸 눌러야 하는지도 안다.

인터넷 창에 '페리콜로'라고 쳤다. 다락방이라 신호가 약한지 검색하는 데 한참 걸렸다. 일 분쯤 지났을까 드디어 검색 결과가 화면에 떴다.

이탈리아어, 위험.

04

자그마치 7시간에 걸쳐 집을 청소했다.

작정하고 더럽혀도 이보다 더 더러울 순 없었다. 어디 하나 깨끗한 곳이 없었다. 커피 테이블 위에 놓인 피자 상자에는 오래된 피자 두 조각이 고스란히 남아있었고, 피자 상자에서 고약하고 끈적한 액체가 흘러나와 상자 바닥이 커피 테이블에 딱 들러붙어 있었다. 굳어버린 액체를 녹이는 데 한 시간, 끈끈한 자국을 빡빡 문질러 닦아내는 데 30분이 걸렸다.

주방이 더 가관이었다. 쓰레기통은 쓰레기로 가득했고 거기다 쓰레기봉투 두 개는 내용물이 밖으로 질질 흘러넘쳤다. 그중 하나를 들었더니 밑바닥이 찢어져 쓰레기가 바닥으로 줄줄이 쏟아져 내렸다. 냄새가 어찌나 고약한지 구역질이 올라왔다.

싱크대에는 그릇이 산더미처럼 쌓여있었다. 최신형 식기세척기는 그냥 장식용인가? 식기세척기를 열자 그 안에도 제대로 닦이지 않은 더러운 그릇들이 가득했다. 그릇을 다짜고짜 넣고 그냥 돌린 게 분명했다. 이 여자는 그릇을 불려서 식기세척기에 넣어야 하는 걸 모르는 모양이다. 그릇들을 불린 뒤 식기세척기를 세 번이나 돌렸다. 프라이팬은 모두 따로 빼서 닦았다. 대부분 며칠 된 음식이 들러붙어 있었다.

오후가 한참 지나서야 주방이 겨우 주방 같아졌다. 뿌듯했다. 오늘은 술집에서 해고된 이후로 가장 열심히 일한 날이다. 물론 그 해고는 부당했지만, 내게 그런 일은 다반사였다.

열심히 일하고 나니 기분이 좋았다. 이 집에서 계속 일할 수 있다면 바랄 게 없었다. 그리고 한 가지 더 욕심부리자면, 내 방 창문이 열리길.

"누구세요?"

식기세척기를 마지막으로 돌리고 그릇을 꺼내 정리하는데 희미한 목소리가 들려 화들짝 놀랐다. 뒤를 돌아보니 세실리아가 창백한 푸른 눈으로 나를 뚫어지게 쏘아보고 있었다. 더군다나 흰색 프릴이 달린 드레스를 입고 있어서 그런지 마치 작은 인형처럼 보였다. 물론 호러 영화에 나오는 섬뜩하고 오싹한 말하는 살인 인형 말이다.

"안녕, 세실리아!" 나는 밝게 인사를 건넸다. "나는 밀리야. 오늘부터 너희 집에서 일하게 됐어. 청소도 하고 너희 엄마가 부탁하면 너를 돌봐주기도 할 거야. 우리 잘 지내보자."

세실리아가 창백한 푸른 눈동자를 깜빡이며 나를 쳐다봤다. "배고파요."

"먹고 싶은 게 있니?"

"몰라요."

"뭘 좋아하는데?"

"몰라요."

나는 이를 악물었다. 세실리아는 섬뜩한 어린 소녀가 아니라 성가신 어린애였다. 아직 만난 지 얼마 안 돼서 그럴지도 모른다. 몇 주 뒤면 우린 좋은 친구가 되어 있을 것이다. "그래 그럼, 간식을 좀 만들어줄게."

아이가 고개를 끄덕였다. 그러곤 식탁 의자에 올라가 앉았다. 하지만 눈동자는 여전히 내 비밀을 캐내려는 듯 나를 뚫어지게 쏘아보는 것 같았다. 나를 쳐다보는 대신 거실에 가서 초대형 TV로 애니메이션이라도 봤으면 좋으련만.

"어떤 TV 프로그램을 좋아하니?" 내가 넌지시 물었다.

아이는 기분이 상했다는 듯 인상을 찌푸리며 말했다. "책이 더 좋아요."

"멋지구나! 어떤 책을 읽는데?"

"책이요."

"그러니까 어떤 책?"

"글씨 있는 책."

세실리아, 그렇게 나온단 말이지. 좋아, 책에 대해 말하고 싶지 않다면 화제를 바꾸지 뭐. "학교에선 방금 왔니?"

세실리아가 나를 못 본척하며 말했다. "그럼 내가 어디서 왔겠어요?"

"저기 그런데⋯. 집엔 어떻게 왔니?"

세실리아가 몹시 짜증을 내며 씩씩거렸다. "발레 수업이 끝나고 루시네 엄마가 데려다줬어요."

15분 전쯤 위에서 인기척이 들렸다. 니나는 집에 있는 게 분명했다. 니나에게 세실리아가 왔다고 알려야 할까? 하지만 그녀를 방해하고 싶지 않았다. 게다가 세실리아를 돌보는 것도 내가 할 일이다.

다행히 세실리아는 내게 흥미를 잃었는지 옅은 분홍색 가방을 뒤적거렸다. 팬트리를 열어보니 땅콩버터와 리츠 크래커가 있었다. 예전에 엄마가 해주던 대로 크래커에 땅콩버터를 발랐다. 엄마가 하던 일을 내가 하고 있자니 슬쩍 옛 생각이 나서 슬퍼졌다. '이럴 수밖에 없어, 밀리. 이것 말고는 방법이 없어.' 엄마가 나를 그렇게 버릴 거라곤 꿈에도 몰랐다.

크래커에 땅콩버터를 바르고 그 위에 바나나를 얇게 잘라 얹었다. 땅콩버터와 바나나 조합은 그 맛이 끝내준다.

"짠!" 나는 카운터에 있던 접시를 밀어 세실리아 앞에 놓아주었다. "땅콩버터와 바나나야!"

세실리아가 눈을 동그랗게 떴다. "땅콩버터에 바나나라고요?"

"아줌마 말을 믿어봐. 진짜 맛있어."

"나는 땅콩 알레르기가 있어요!" 세실리아가 얼굴을 붉혔다. "땅콩버터를 먹으면 죽을 수도 있단 말이에요! 지금 날 죽이려는 거예요?"

심장이 덜컥 내려앉았다. 니나는 내게 땅콩 알레르기에 대해 전혀 언급한 적이 없었다. 더군다나 팬트리에 땅콩버터가 떡하니 있었다. 딸에게 치명적인 땅콩 알레르기가 있는데 어떤 엄마가 땅콩버터를 집에 둔단 말인가!

"엄마!" 세실리아가 계단 쪽으로 뛰어가며 소리쳤다. "가정부 아줌마가 땅콩버터를 먹여서 날 죽이려고 해요. 엄마, 도와주세요!"

맙소사.

"세실리아!" 나는 목소리를 낮춰 세실리아를 불렀다. "모르고 그런 거야! 나는 네가 땅콩 알레르기가 있는 줄 몰랐어. 정말이야…"

아뿔싸! 니나가 벌써 계단을 쏜살같이 뛰어 내려오고 있었다. 집은 난장판인 와중에 그녀는 새하얀 스커트에 새하얀 블라우스를 완벽하게 차려입은 모습이었다. 흰옷을 입은 두 모녀와 이 하얀 집은 꽤나 잘 어울리는 조합이었다.

"무슨 일인데 그래?" 니나가 계단을 내려오며 소리쳤다.

세실리아가 니나의 품에 달려가 안기자 덜컥 겁이 났다. "엄마, 저 아줌마가 나한테 땅콩버터를 먹이려고 해요! 내가 땅콩 알레르기가 있다고 했는데 내 말을 듣지 않아요."

니나의 창백한 얼굴이 붉으락푸르락해졌다. "밀리, 그게 정말이에요?"

"저는…" 목이 메었다. "저는 세실리아에게 땅콩 알레르기가 있는 줄 몰랐어요. 정말이에요."

니나가 인상을 찌푸렸다. "밀리, 세실리아에게 알레르기가 있다고 말했잖아요. 도저히 이건 용납할 수가 없군요."

니나가 내게 말을 했다고? 장담하건대 그녀는 세실리아에게 땅콩 알레르기가 있다고 입도 뻥긋하지 않았다. 설령 했다고 치자. 그렇다면 팬트리에는 왜 땅콩버터가 있단 말인가! 그것도 버젓이 맨 앞줄에!

하지만 그녀의 머릿속엔 온통 내가 자기 딸을 죽일 뻔했다는 생각뿐일 것이다. 손가락 사이로 일자리가 빠져나가려 하고 있었다.

"정말 죄송해요." 울컥하고 목이 메었다. "제가 깜빡했나 봐요. 다시는 이런 일이 없도록 하겠습니다."

세실리아가 엄마 품에 안겨 흐느껴 울자 니나는 딸의 머리를 부드럽게 쓰다듬었다. 흐느낌은 잦아들었지만, 세실리아는 엄마 품을 떠날 줄을 몰랐다. 엄청난 죄책감이 밀려왔다.

니나가 숨을 크게 들이쉬었다. 그러곤 잠시 눈을 감았다가 떴다. "알겠어요. 하지만 이렇게 중요한 일은 두 번 다시 잊어선 안 돼요."

"네. 명심할게요." 나는 주먹을 꽉 움켜쥐었다. "팬트리에 있는 땅콩버터는 버릴까요?"

니나는 잠시 아무 말도 하지 않았다. "그냥 둬요. 필요할 수도 있으니까."

어이가 없었지만, 그녀가 딸의 생명을 위협하는 땅콩버터를 집에 두고 싶다면 나는 그 결정을 따라야 한다. 내가 할 수 있는 일이라곤 다시는 땅콩버터를 사용하지 않는 것뿐이다.

"그나저나, 저녁은 언제 준비돼요?" 니나가 물었다.

저녁이라고? 내가 저녁을 준비해야 한다고? 니나가 뭔가 착각하고 있는 건 아닐까? 하지만 땅콩버터 때문에 한바탕 난리를 치르고 난 뒤라 달리 방법이 없었다. 냉장고를 열고 저녁거리를 찾을 수밖에.

"7시쯤 어떠세요?" 3시간이면 될 것 같았다.

"저녁 음식에 땅콩버터를 넣진 않겠죠?"

"그럼요, 당연하죠."

엄마 품에 안겨 있던 세실리아가 눈물로 얼룩진 얼굴을 들고 나를 한참 동안 노려보았다. 우리 둘은 시작이 좋지 않았다. 하지만 나는 만회할 방법을 찾을 것이다. 브라우니 같은 걸 만들어주면 어떨까? 마음을 얻는 건 어른이 어렵지, 아이들은 쉽다. 그리고 어떻게든 니나와 앤드루도 꼭 내 편으로 만들고 말 것이다.

05

6시 45분쯤 저녁 식사 준비를 거의 마쳤다. 냉장고를 열어보니 양념 된 닭가슴살이 있었다. 겉봉투에 조리법이 적혀있어서 하라는 대로 그냥 오븐에 넣었다. 이 집은 주로 밀키트를 이용하는 모양이다.

주방에서 맛있는 냄새가 솔솔 풍겼다. 그때 차고 문이 꽝하고 닫히는 소리가 들렸다. 잠시 후 앤드루가 한 손으로 넥타이를 풀면서 집으로 들어왔다. 냄비 안에 든 소스를 멍하니 젖고 있던 나는 잘생긴 그의 얼굴에 다시 한번 감탄을 금치 못했다.

앤드루가 나를 보더니 환하게 웃었다. 웃으니 잘생긴 얼굴이 더 잘생겨 보였다. "밀리, 일은 할 만해요?"

"네. 좋아요."

그가 숨을 크게 들이셨다. "와, 냄새가 아주 끝내주네요."

나는 얼굴을 붉혔다. "고맙습니다."

그가 만족스러운 듯 주방을 둘러봤다. "아주 깨끗해진걸요."

"그게 제 일이에요."

그가 흡족한 미소를 지었다. "수고 많았어요. 첫날인데 괜찮았어요?"

"네." 땅콩버터 때문에 벌어진 대참사는 말하지 않을 생각이다. 니나가 일러바칠지는 몰라도 내 입으로 굳이 말하고 싶진 않았다. 내가 자기 딸을 죽일 뻔했다는 걸 알면 달가워할 리가 없다. "집이 참 예뻐요."

"뭐, 아내 덕분이죠. 집 관리는 아내가 하니까요."

그때 니나가 불과 몇 시간 전에 본 것과는 다른 흰색 옷을 입고 주방에 들어왔다. 이번에도 역시 흠잡을 데 없이 완벽했다. 그런데 아까 벽난로 위를 청소하다가 본 사진 속 니나는 지금과 매우 달랐다. 불과 몇 년 전인 것 같은데 지금처럼 금발도 아니었고, 화장기 없는 맨얼굴에 평범한 옷을 입고 있었다. 게다가 지금보다 최소 20킬로그램은 덜 나가 보여서 하마터면 그녀를 알아보지 못할 뻔했다. 그에 비해 앤드루는 그때나 지금이나 변함이 없었다.

"니나." 니나를 보자 앤드루의 눈이 반짝였다. "정말 아름답네. 늘 그렇지만."

그가 니나를 끌어당겨 진하게 입을 맞췄다. 니나는 앤드루의 품에 폭 안기며 그를 꼭 껴안았다. 입맞춤을 나눈 후 니나가 앤드루를 올려보며 말했다. "보고 싶었어."

"내가 더 보고 싶었어."

"내가 더 더 보고 싶었어."

참 나, 언제까지 저렇게 누가 더 보고 싶었냐를 따질 셈인지. 나는 뒤를 돌아 주방을 왔다 갔다 했다.

니나가 먼저 화제를 딴 데로 돌렸다. "둘이 벌써 친해진 거야?"

"그게, 밀리가 뭘 만드는지 냄새가 좋다고 하던 중이었는데… 안 그래요?"

나는 힐끗 뒤를 돌아봤다. 나를 바라보는 니나의 푸른 눈동자에 그늘이 드리웠다. 남편이 나를 칭찬하는 게 못마땅한 모양이었다. 누가 봐도 남편이 자기에게 푹 빠져있는데 뭐가 걱정이람.

"네, 맞아요."

"아내는 요리엔 영 소질이 없어요." 앤드루가 니나의 허리에 팔을 두르며 웃었다. "아내에게 요리를 맡겼다간 우리 가족은 다 굶어 죽을걸요. 예전엔 어머니가 직접 요리하신 음식이나 개인 요리사가 만든 음식을 들고 들르곤 하셨어요. 그런데 어머니 아버지가 은퇴하고 플로리다로 가시고 나서는 거의 음식을 테이크아웃해서 먹고 있어요. 그러고 보니, 밀리, 당신이 우리의 구세주네요."

나는 멋쩍게 웃었다. "10분 안에 저녁을 차릴게요. 준비되면 부를 테니 잠시 거실에 앉아 계세요."

앤드루가 눈썹을 치켜올리며 물었다. "밀리, 당신도 같이 먹어요."

니나의 짜증 섞인 한숨 소리가 주방을 가득 메웠다. 그녀가 말을 뱉기 전에 나는 얼른 고개를 절레절레 흔들었다. "아니에요. 저는 방에 올라가서 좀 쉬려고요. 물어봐 주셔서 감사해요."

"같이 먹어요."

앤드루가 재차 권하자, 니나가 그의 팔을 툭 쳤다. "여보, 밀리는 하루 종일 일했어요. 집주인이랑 밥을 같이 먹고 싶겠어요? 방에 올라가서 친구들에게 문자나 보내면서 쉬고 싶을걸요. 안 그래요, 밀리?"

"네." 내겐 친구가 없다. 적어도 저 바깥세상엔.

앤드루는 이래도 저래도 상관없어 보였다. 그냥 예의상 물어본 것뿐인데 니나가 싫어할 줄은 몰랐던 모양이다. 난 아무래도 상관 없었다. 하지만 니나의 기분을 망치고 싶진 않았다. 나는 그냥 묵묵히 일만 열심히 하고 싶다.

06

두 다리를 쭉 뻗고 자는 게 얼마 만인가!

간이침대 매트는 울퉁불퉁한 데다 살짝만 움직여도 침대 스프링이 삐걱삐걱 소리를 냈지만, 차에 비할 바가 아니었다. 어디 그것뿐인가? 밤에도 언제든지 사용할 수 있는 욕실이 바로 옆에 있었다. 이제 차를 몰고 휴게소를 찾아다닐 필요도, 호신용 스프레이를 꼭 쥐고 볼일을 볼 필요도 없다. 아니, 이젠 호신용 스프레이 자체가 필요 없다.

얼마 만에 누워보는 침대란 말인가! 너무 행복해 베개에 머리가 닿자마자 시설하듯 잠이 들었다.

눈을 떠보니 아직 밤이었다. 나는 소스라치게 놀라 벌떡 일어나 앉아서 여기가 어딘지 기억을 더듬었다. 차 안이 아닌 건 분명했다.

한참 만에 지난 며칠간의 일들이 생각났다. 니나가 내게 일자리를 주었고, 차에서 나왔고, 작지만 침대라는 곳에서 잠이 들었다.

천천히 호흡을 가다듬었다.

니나가 준 휴대폰을 찾으려고 침대 옆에 있는 서랍장 위를 더듬었다. 새벽 3시 46분. 아직 일어날 시간은 아니었다. 나는 까끌까끌한 이불을 발로 걷어차고 침대에서 일어나 자그마한 창문으로 들어오는 달빛에 눈이 익숙해져 앞이 보일 때까지 기다렸다. 화장실에 다녀와서 더 잘 생각이었다.

발이 마룻바닥에 닿을 때마다 삐걱 소리가 났다. 하품을 늘어지게 하고 기지개를 쭉 켰다. 손끝이 천장에 매달린 전구에 닿았다. 방이 작은 덕에 내가 거인이 된 기분이었다.

문으로 걸어가 손잡이를 잡았다. 그런데….

손잡이가 돌아가질 않았다.

사라졌던 공포가 다시금 엄습했다. 문이 잠겼다. 윈체스터 부부가 나를 이 방에 가뒀다. 니나가 나를 이 방에 가뒀다. 도대체 왜? 이게 무슨 개 같은 경우란 말인가? 그들은 이곳에 가둘 전과자를 찾고 있었던 걸까? 나처럼 아무도 찾지 않는 그런 전과자를. 문에 난 스크래치를 손가락으로 쓸어내렸다.

왠지 나 같은 사람을 말도 안 되게 좋은 조건으로 고용하더라니. 주방이 끔찍하게 더럽기는 했지만, 이 집은 꿈의 직장이라고 생각했다. 니나가 내 뒷조사를 한 게 틀림없다. 그래서 아무도 나를 찾지 않을 거란 걸 알고 이곳에 가둔 게 아닐까.

감방문이 꽝하고 닫히던 10년 전 그날 밤이 떠올랐다. 그때의 나는 그곳이 오랫동안 내 집이 될 거란 걸 알고 있었다. 그리고 그곳을 나가면 무슨 일이 있어도 다시는 갇히는 신세가 되지 않으리라 다짐했었다. 그런데 그곳에서 나온 지 채 1년도 못 돼 또다시 갇혀 버리고 말았다.

아니다. 다행히 휴대폰이 있으니 911에 전화를 걸면 된다.

나는 서랍장 위에 두었던 휴대폰을 낚아챘다. 낮에는 신호가 잡혔는데 지금은 아무것도 뜨지 않았다. 와이파이 표시도, 신호도, 아무것도 없었다.

젠장, 이곳에 갇혔다. 뒷마당이 내려다보이는 열리지 않는 작은 창문뿐인 이 다락방에.

이제 어떻게 해야 할까?

문을 때려 부수든 뭐라도 하려고 손잡이를 다시 잡았다. 손목이 돌아갈 정도로 세게 손잡이를 돌렸다.

그러자 갑자기 문이 확 열렸다.

나는 숨을 가쁘게 몰아쉬며 비틀비틀 복도로 나갔다. 심장박동이 제자리를 찾을 때까지 잠시 서 있었다. 갇힌 게 아니었다. 니나가 이 방에 나를 가두려고 음모를 꾸민 게 아니었다. 그냥 문이 꽉 닫힌 것뿐이었다.

하지만 왠지 모를 불안감을 떨쳐낼 수가 없었다. 나갈 수 있을 때 이 집에서 나가야 할 것 같았다.

07

아침이 되어 1층으로 내려가 보니 니나가 아주 대놓고 주방을 난장판으로 만들고 있었다.

싱크대 아래 수납장에서 온갖 냄비며 팬을 모조리 다 꺼내 놓았고 위 서랍장에서 접시의 절반가량을 꺼내 놓았다. 거기다 접시 중 몇 개는 깨진 채 주방 바닥에 뒹굴고 있었다. 그것도 모자라 냉장고를 열어 음식을 닥치는 대로 바닥에 집어 던졌다. 니나가 우유 한 통을 통째로 꺼내 바닥에 내동댕이치자 우유가 콸콸 쏟아지며 냄비와 접시, 그리고 깨진 접시 조각 사이로 흘러 새하얀 강을 이뤘다. 나는 너무 놀라 넋을 잃고 그 광경을 쳐다봤다.

"니나?" 내가 머뭇거리며 그녀를 불렀다.

니나는 베이글을 두 손으로 움켜쥔 채 그 자리에 얼어붙었다.

그녀가 고개를 휙 돌려 나를 보며 물었다. "어딨어?"

"어디라니…. 뭐가요?"

"내 노트!" 그녀가 잔뜩 화가 나서 소리쳤다. "오늘 밤 학운위에 쓸 노트를 주방 카운터에 올려놨단 말이야! 그런데 없어졌어! 내 노트 어쨌어?"

첫째, 그녀는 왜 노트가 냉장고에 있을 거라고 생각했을까? 둘째, 나는 노트를 버리지 않았다. 99퍼센트 장담할 수 있다. 정말 만에 하나 내가 카운터에 있던 구겨진 종잇조각을 쓰레기로 오해하고 버렸다면? 물론 그럴 가능성도 배제할 순 없다. 하지만 무언가를 함부로 버리지 않으려고 신중에 신중을 기했고, 솔직히 거의 대부분이 쓰레기였다.

"전 노트를 본 적도 없어요."

그녀가 주먹을 불끈 쥐었다. "그럼 내 노트에 발이 달렸단 말이야?"

"아니요, 그런 말이 아니라—" 내가 조심스럽게 니나를 향해 한 발짝 내딛자 바닥에 뒹굴던 접시 조각이 운동화에 밟혀 와자작 부서졌다. 주방엔 절대 맨발로 들어오지 말아야 할 것 같았다. "다른 데 둔 거 아닐까요?"

"그럴 리가 없어!" 그녀가 톡 쏘아붙였다. "바로 여기에 뒀단 말이야." 그녀는 손바닥으로 주방 카운터를 탁탁 내려쳤다. "여기 카운터에 놨어. 그런데 지금 없잖아! 사라졌다고!"

한바탕 소란에 앤드루가 무슨 일인가 싶어 주방으로 들어왔다. 짙은 색 양복을 입은 그는 어제보다 훨씬 더 멋있었다. 그가 넥타이를 매면서 들어오다가 주방 바닥을 보고는 그대로 얼어붙었다.

"니나?"

니나가 눈물을 글썽이며 앤드루를 바라봤다. "밀리가 오늘 밤 학운위에 필요한 내 노트를 버렸어!"

나는 아니라고 말하려고 입을 열었지만 그래봤자 소용없는 일이라는 생각이 들었다.

"속상해서 어떡하나." 앤드루가 두 팔을 벌리자 니나가 달려가 그 품에 안겼다. "그런데 당신, 노트에 적은 것들을 컴퓨터에 저장해 두지 않았어?"

니나가 비싼 양복에 대고 코를 훌쩍였다. 양복 여기저기 콧물이 묻었다. 하지만 앤드루는 양복 따윈 신경 쓰지 않는 듯했다. "일부만 저장해서 거의 다 다시 해야 해."

그러곤 나를 원망하듯 쏘아봤다.

나는 구태여 내가 그런 게 아니라고 주장하지 않았다. 내가 버렸다고 그녀가 믿는다면 내가 할 수 있는 최선은 사과뿐이다. "니나, 죄송해요. 제가 어떻게 하면…."

니나가 난장판이 된 주방 바닥을 내려다봤다. "문제는 내가 알아서 해결할 테니 난장판 된 주방이나 깨끗하게 치워봐요."

그렇게 말하곤 쿵쾅거리며 주방을 나갔다. 그녀의 발소리가 잦아들자 나는 쏟아진 우유와 여기저기 굴러다니는 20여 개의 포도알과 깨진 접시 조각들을 어떻게 치우면 좋을지 생각했다. 한 발짝 내디디자 운동화 바닥이 온통 엉망이 됐다.

앤드루가 니나를 따라 나가지 않고 고개를 저으며 주방을 서성거렸다. 니나가 없으니 괜히 변명이라도 하고 싶었다. "저기, 제가 그런 게 아니라—"

"알아요." 결백을 주장하려고 하는데 앤드루가 가로채며 말했다. "니나가… 너무 예민해서 그래요. 하지만 착한 사람이에요."

"네…"

그가 짙은 색 양복 재킷을 벗고 잘 다려진 셔츠 소매를 걷어 올렸다. "같이 치워요."

"그렇게까지 안 하셔도 돼요."

"같이 하면 금방 끝낼 수 있어요."

그가 주방 한쪽에 있는 청소 용구함에서 대걸레를 꺼냈다. 대걸레가 어디에 있는지 정확히 알고 있다니 놀라웠다. 더군다나 어떻게 치워야 하는지도 알고 있었다. 그래서 알았다. 니나는 전에도 이랬던 게 분명했다. 그리고 그때마다 앤드루가 정리를 한 게 틀림없다.

"제가 할게요." 나는 그가 잡고 있던 대걸레를 잡았다. "옷 버려요. 이런 일 하려고 제가 이 집에 온 거잖아요."

그가 잠시 주저하더니 대걸레를 넘겨줬다. "고마워요, 밀리. 열심히 일해 줘서 정말 고마워요."

주방을 청소하다가 벽난로 선반 위에 있던 앤드루와 니나의 사진이 생각났다. 사진은 결혼 전, 그러니까 세실리아가 태어나기 전에 찍은 것 같았다. 두 사람 다 젊고 행복해 보였다. 앤드루는 여전히 니나를 무척 아끼고 사랑한다. 하지만 뭔가가 달라진 것 같았다. 왠지 모르게 그런 느낌이 들었다. 니나는 예전의 니나가 아니다.

뭐, 그렇든 말든 내가 상관할 바는 아니다.

08

니나가 냉장고 안에 있던 음식의 절반가량을 주방에 던져버린 덕에 마트에 다녀와야 했다. 보아하니 앞으로 식사 준비는 내 몫인 것 같았다. 고기를 사다가 양념에 재워두면 몇 번은 먹을 수 있을 것 같아 고기를 사기로 했다. 니나가 내 휴대폰으로 그녀의 신용카드를 쓸 수 있게 해 두었다. 물건을 구입하면 자동으로 원체스터 계좌로 요금이 청구된다.

감옥에선 메뉴가 다양하지 않았다. 치킨, 햄버거, 핫도그, 라자냐, 부리토 그리고 먹을 때마다 구역질이 올라왔던 정체불명의 생선 패티가 번갈아 가며 나왔다. 그리고 때마다 으깨질 정도로 푹 삶은 채소가 곁들여졌다. 그래서 감옥을 나가면 어떤 근사한 음식을 먹을까, 혼자 상상의 나래를 펼치곤 했다. 하지만 정작 감옥을 나와도 경제 사정이 여의찮아 선택지는 그다지 나을 게 없었다. 주로 할인하는 것만 살 수 있었고 차에서 살다 보니 먹을 수 있는 게 많지 않았다. 하지만 윈체스터 가족을 위한 쇼핑은 다르다. 나는 곧장 스테이크 코너로 갔다. 유튜브로 조리법도 검색해 두었다. 예전에는 가끔 아버지를 위해 스테이크를 요리하곤 했었다. 하지만 그건 아주 오래전 일이다. 재료가 비싸면 뭘 해도 맛있다.

집에 도착해 보니 트렁크에 식료품이 가득한 봉투가 네 개나 되었다. 차고는 니나와 앤드루의 차가 각각 자리를 차지하고 있었다. 니나는 내게 진입로에 차를 세우지 말라고 했기 때문에 할 수 없이 길가에 차를 세웠다. 트렁크에서 짐을 꺼내느라 끙끙대는데 때마침 엔조가 오른손에 정원 손질하는 데 쓰는 무시무시한 장비를 들고 집에서 나왔다.

그는 내가 끙끙대는 걸 보고 잠시 주저하더니 내 쪽으로 뛰어왔다. 그가 나를 보며 인상을 썼다. 그러곤 억양이 강하게 들어간 영어로 말했다. "내가 합니다."

내가 식료품 봉투 하나를 들려고 하자 그가 육중한 팔로 네 개를 번쩍 들어 올려 현관까지 들고 갔다. 그러곤 고갯짓으로 문을 가리키고 내가 문을 열 때까지 기다렸다. 그가 40킬로그램쯤 되는 물건을 들고 있는 동안 나는 서둘러 문을 열었다. 엔조는 현관 매트에 신발을 탁탁 털고는 주방까지 짐을 가져가 카운터에 올려놓았다.

"그라시아스." 내가 감사의 인사를 건넸다.

그러자 그가 입술을 실룩거렸다. "그거 아니에요. 그라치에."

"그라치에." 나는 다시 인사를 건넸다.

그가 미간을 찌푸린 채 잠시 주방을 서성거렸다. 자세히 보니 살짝 무서워 보이긴 해도 잘생긴 얼굴이었다. 팔뚝에 새긴 문신이 티셔츠에 반쯤 가려졌지만, 오른쪽 팔뚝에 하트가 그려져 있고 그 안에 '안토니아'라고 새겨져 있었다. 팔뚝이 얼마나 두꺼운지 마음만 먹으면 나 같은 건 땀 한 방울 흘리지 않고 손쉽게 죽일 수 있을 것 같았다. 하지만 이 남자는 나를 해칠 생각이 조금도 없어 보였다. 오히려 나를 걱정하는 것 같았다.

지난번 니나가 나타나기 전에 그는 내게 '페리콜로'라고 중얼거렸다. 내게 무슨 말을 하고 싶은 걸까? 내가 이 집에 위험한 존재라고 생각하는 걸까?

위층에서 인기척이 들려 정신이 번쩍 들었다. 엔조가 숨을 한 번 들이쉬더니 "나는 갑니다"라고 말하곤 휙 돌아 현관문 쪽으로 성큼성큼 걸어갔다.

"저기…" 내가 서둘러 뒤따라갔지만 걸음이 워낙 빨라서 내가 주방을 벗어나기도 전에 사라지고 없었다.

나는 거실에 서서 장 봐온 걸 정리할까 아니면 엔조를 쫓아갈까 잠시 고민했다. 그때 니나가 흰색 바지 정장을 입고 거실로 내려오는 바람에 고민이 끝났다. 그녀는 흰색이 아닌 다른 색 옷을 입은 적이 없었다. 물론 흰색이 그녀의 머리 색깔과 잘 어울렸지만, 흰색을 새하얗게 유지하려면 얼마나 힘들지 생각하니 머리가 지끈거렸다. 앞으로 세탁도 내 몫이 될 텐데. 다음번 마트에 갈 때는 표백제를 더 사 와야 할 것 같다.

니나가 거실에 서 있는 나를 발견했다. 눈썹을 어찌나 치켜올려

그렸는지 헤어라인에 닿을 지경이었다. "밀리?"

나는 억지 미소를 지어 보였다. "네?"

"무슨 소리가 들렸는데 누가 왔어요?"

"아니요. 별일 아니에요."

"낯선 사람을 집에 들이지 말아요." 그녀가 인상을 찌푸렸다. "손님을 초대하고 싶을 땐 적어도 이틀 전에 허락을 구하도록 해요. 그리고 당신 손님은 당신 방에만 있게 해요."

"장본 식료품들을 날라주느라 정원사가 잠깐 왔다 갔어요. 그게 다예요." 그렇게 말하면 니나가 그러냐고 할 줄 알았다. 하지만 그녀의 눈빛이 어두워지더니 오른쪽 눈 밑에 경련이 일었다.

"정원사요? 엔조 말하는 거예요? 그 사람이 여기 왔단 말이에요?"

나는 목덜미를 만지작거렸다. "저기, 그 사람 이름이 엔조예요? 몰랐어요. 그냥 짐만 옮겨주고 갔어요."

니나는 거짓의 기색이 있는지 살피듯 내 얼굴을 훑었다. "다시는 그 사람을 우리 집에 들이지 말아요. 밖에서 일하는데 얼마나 더럽겠어요. 이 집을 깨끗하게 관리하려고 내가 얼마나 애쓰는지 알아요?"

나는 할 말을 잃었다. 엔조는 집에 들어오기 전에 장화를 깨끗이 털었고 먼지 하나 남기지 않았다. 그리고 이 집에 처음 일하러 왔을 때 본 광경이야말로 더러움의 극치였다.

"밀리, 알겠어요?" 그녀가 내게 대답을 재촉했다.

"네. 알겠습니다." 나는 곧바로 알겠다고 했다.

니나가 또다시 나를 기분 나쁘게 훑어봤다. 주방으로 가려는데 니나가 물었다. "그런데 안경은 왜 안 써요?"

손가락을 얼굴로 가져갔다. 왜 첫날 그 멍청한 안경을 써서 이 난리람. 안경을 쓰지 말았어야 했다. 그리고 어제 니나가 안경에 관해 물었을 때 거짓말하지 말았어야 했다. "그게…."

니나는 눈썹을 치켜올리며 말했다. "어제 다락에 있는 화장실에 갔는데 렌즈 용액 같은 게 안 보이더라고요. 뭐, 보려고 해서 본 건 아니에요. 우리 아이를 픽업하려면 시력이 좋아야 하지 않겠어요? 그래서 물어본 거예요."

"그게…." 나는 땀에 젖은 손을 청바지에 닦았다. 그냥 솔직하게 털어놓는 게 나을 것 같았다. "그게, 사실은" 내가 목소리를 가다듬었다. "전 안경을 쓰지 않아요. 면접 때 쓴 안경은… 그냥 잘 보이고 싶어서 쓴 거예요."

니나는 입술을 핥으며 말했다. "그렇군요. 거짓말을 했군요."

"거짓말이 아니라 그냥 패션이었다는 말이에요."

"알겠어요." 그녀의 푸른 눈동자는 마치 얼음장 같았다. "그런데 내가 나중에 물었더니 렌즈를 꼈다고 했잖아요. 아닌가요?"

"아." 나는 두 손을 모았다. "그게, 그러니까… 맞아요. 그건 거짓말이었어요. 안경을 썼던 게 좀 창피해서…. 정말 죄송해요."

니나는 못마땅하다는 입꼬리를 내렸다. "다시는 내게 거짓말하지 말아요."

"네, 그럴게요. 죄송해요."

니나는 알 수 없는 눈빛으로 잠시 나를 뚫어져라 쳐다봤다. 그러곤 눈으로 집 안 구석구석을 훑었다. "거실 청소 좀 해요. 정원사랑 시시덕거리라고 당신에게 월급 주는 거 아니에요."

09

오늘 밤 니나는 내가 노트를 버려서 망쳤다는 학운위 모임에 나갔다. 니나는 다른 학부모들과 저녁 식사를 할 예정이라 앤드루와 세실리아가 먹을 저녁만 준비하면 됐다.

니나가 나가자 집이 쥐 죽은 듯 조용했다. 이유는 알 수 없지만, 니나는 집 안을 가득 채우는 에너지를 가지고 있다. 나는 주방에 홀로 남아 오븐에 넣을 안심 스테이크를 팬에 담고 강한 불로 겉면을 익혔다. 집이 정말 조용했다. 좋았다. 까탈스러운 니나만 아니라면 이보다 좋은 직장도 없을 것 같았다.

오븐에서 막 스테이크를 꺼내 주방 카운터에 내려놓는데 앤드루가 도착했다. 타이밍이 완벽했다. 그가 살며시 주방을 들여다보며 말했다. "오늘도 역시 냄새가 끝내주네요."

"고맙습니다." 나는 버터와 크림을 잔뜩 넣고 으깬 감자에 소금을 약간 넣었다. "세실리아를 불러주실래요? 제가 두 번이나 불렀는데 아직…" 사실 세 번 불렀다. 그러나 세실리아는 대답조차 하지 않았다.

앤드루가 고개를 끄덕였다. "넵!"

나는 접시에 스테이크와 으깬 감자를 담고 그 옆에 브로콜리를 곁들였다. 그 사이 앤드루가 다이닝룸으로 사라졌고 곧 세실리아를 부르는 소리가 들렸다. 그러자 계단을 빠르게 내려오는 발소리가 났다. 역시 그럴 줄 알았다.

세실리아는 관리하기 어려운 옅은 색의 화려한 드레스를 입고 있었다. 단 한 번도 평범한 옷을 입은 모습을 본 적이 없다. 솔직히 의아했다. 저런 드레스는 너무 불편해서 놀기도 힘들고 때도 금방 탈 텐데. 세실리아가 식탁에 앉아 내가 깔아둔 냅킨을 펼쳐 무릎 위에 조심스럽게 올려놓았다. 잠깐이지만 그 모습이 예뻐 보였다.

세실리아는 내가 그녀 앞에 놓아준 물 잔을 보며 콧등을 찡그렸다. "물 말고 사과주스."

어린 시절 내가 저렇게 말했다면 엄마는 내 손을 탁 치며 '주세요.'라고 말하게 했겠지만, 세실리아는 내 아이가 아니었다. 게다가 아직 세실리아의 환심을 사지도 못했다. 나는 상냥하게 웃으며 물을 치우고 사과주스를 가져왔다.

주스를 놓아주자 세실리아가 컵을 들더니 눈을 가늘게 뜨고 컵을 빛에 비춰가며 여기저기 살폈다. "컵이 더러워요. 다른 걸로 주세요."

"컵은 깨끗해. 식기 세척기에서 방금 꺼냈는걸."

"얼룩이 보여요." 그녀가 인상을 썼다. "이거 싫어요. 다른 컵으로 주세요."

나는 마음을 진정시키려고 심호흡했다. 이 조그만 아이와 싸울 순 없다. 새 컵에 달라고 하면 새 컵을 가져다주면 그만이다.

주스를 새 컵에 따라 가져다주는데 앤드루가 주방으로 들어왔다. 넥타이도 풀고 흰 와이셔츠의 버튼도 몇 개 푼 상태였다. 와이셔츠 사이가 살짝 보이길래 얼른 다른 곳으로 시선을 돌렸다.

나는 감옥에서 나온 후 남자를 어떻게 대해야 할지 몰라 여전히 연구 중이었다. 아니 '연구'라는 말보다 남자라면 무조건 피하고 본다고 하는 게 맞을 것이다. 감옥에서 나와서는 바에서 웨이트리스로 일했다. 이 집에 오기 전까지 내 유일한 직장이었다. 그때 남자 손님들이 데이트 신청을 하곤 했지만, 나는 번번이 거절했다. 엉망진창인 내 삶에 남자까지 들어올 공간은 없었다. 물론 데이트 신청한 남자들이 하나같이 내 취향이 아니기도 했다.

나는 17살에 감옥에 갔다. 고등학교 때 서툴지만 첫 경험을 했기에 이미 처녀가 아니었다. 감옥에 있는 동안 멋있는 남자 교도관에게 매력을 느끼기도 했고 성적 욕구 때문에 괴롭기도 했다. 출소하고 기대했던 것 중에 하나가 섹스와 키스를 할 때 느낄 수 있는 감정이었다. 그 감정을 느껴보고 싶다.

하지만 지금은 때가 아니다. 나중에 때가 되면 그때.

그런데 앤드루 같은 남자를 보니 지난 10년 간 남자를 만지거나 그런 비슷한 경험도 하지 못했다는 생각이 들었다. 앤드루는 내가 웨이트리스로 일하던 지저분한 바에 기어들어 오는 그런 류의 남자가 아니었다. 앤드루는 내가 찾던 완벽한 타입의 남자였다. 유부남인 것만 빼면.

조금 눈을 낮춘다면 엔조도 괜찮았다. 하지만 글쎄, 영어를 못하니. 아니, 하룻밤 상대로 의사소통은 문제 될 게 없다. 엔조는 여자를 어떻게 대해야 하는지 잘 알고 있어서 말이 필요 없을 것 같아 보였다. 더군다나 앤드루와 다르게 엔조는 네 번째 약지에 반지를 끼고 있지 않았다. 그런데 팔뚝에 새겨진 '안토니아'라는 이름이 마음에 걸렸다.

나는 섹시한 엔조의 모습을 머릿속에서 떨쳐내고 음식을 가지러 주방으로 들어갔다. 앤드루가 풍부한 육즙에 완벽하게 구워진 스테이크를 보고 눈이 휘둥그레졌다. 스테이크가 맛있게 잘 요리돼 나 역시 정말 뿌듯했다.

"밀리, 정말 맛있겠어요!"

"고맙습니다."

하지만 세실리아는 다른 반응을 보였다. "웩! 스테이크 싫어." 그럴 줄 알았다.

"씨씨, 스테이크는 맛있어. 한 번 먹어봐." 앤드루가 세실리아에게 말했다.

세실리아는 아빠를 한 번 쳐다보더니 다시 접시를 내려다봤다. 그러곤 스테이크가 튀어 올라 자기 입에 들어가기라도 할까 봐 무섭다는 듯 오만상을 찌푸린 채 포크로 스테이크를 조심스럽게 콕콕 찔렀다.

"씨씨…." 앤드루가 말했다.

나는 어떻게 해야 좋을지 몰라 세실리아와 앤드루를 번갈아 쳐다봤다. 아홉 살짜리 여자애라면 스테이크를 싫어할 수도 있겠다 싶었다. 이런 집에 사는 아이는 입맛도 고급스러울 테니까.

"그럼, 다른 거라도…?"

다른 걸 줄까 싶어 말을 꺼내려는데 앤드루가 의자에서 일어나 세실리아의 접시를 가져가며 말했다. "좋아, 그럼 아빠가 치킨 너겟을 만들어 줄게."

나는 앤드루를 따라 주방으로 들어가며 연신 미안하다고 했다. 그러자 그가 웃으며 말했다. "걱정하지 말아요. 세실리아는 치킨 너겟을 엄청 좋아해요. 롱아일랜드 최고의 식당에 가도 치킨 너겟을 달라고 할 걸요."

그 말에 살짝 마음이 놓였다. "들어가서 식사하세요. 제가 할게요."

앤드루가 주방 카운터에 접시를 내려놓고 손가락을 흔들며 말했다. "아니요. 제가 해요. 그리고 여기서 일하려면 당신도 알아두는 게 좋을 것 같아요."

"네…."

그가 냉장고를 열고 냉동 치킨 너겟이 담긴 특대 사이즈 봉투를 꺼냈다. "이게 세실리아가 좋아하는 치킨 너겟이에요. 다른 브랜드는 안 돼요. 이 브랜드만 먹어요." 그가 지퍼백을 어설프게 열어 냉동된 너겟 하나를 꺼냈다. "그리고 꼭 공룡 모양이어야 해요. 공룡, 알겠죠?"

나는 웃음을 참을 수 없었다. "넵!"

"그리고 말이에요." 그가 치킨 너겟을 들고 말했다. "먼저 치킨 너겟에 머리랑 다리, 꼬리가 있는지 살펴야 해요. 하나라도 없으면 탈락입니다." 그는 전자레인지 위쪽 수납장에서 접시를 꺼내 완벽한 너겟 다섯 개를 골라 담았다. "세실리아는 딱 다섯 개만 먹어요. 전자레인지에 넣고 정확히 1분 30초 동안 돌리세요. 조금 덜 돌리면 제대로 안 익고 더 돌리면 너무 익어버려요. 이게 한 끗 차이라는 거죠."

나는 사뭇 진지하게 고개를 끄덕였다. "알겠어요."

"아참, 세실리아는 전자레인지로 조리한 음식만 먹어요."

'까탈스러운 녀석'이라는 말이 혀끝에서 맴돌았지만 그렇게 말할 순 없었다. "좋고 싫은 게 분명하네요."

"아주 확실하죠." 전자레인지가 다 돌아가자 앤드루가 너겟이 담긴 뜨거운 접시를 꺼냈다. "당신은요? 식사했어요?"

"저는 방에 가서 먹을게요."

그가 눈썹을 치켜올리며 농담처럼 물었다. "우리랑 먹기 싫어요?"

솔직히 마음 한편에는 그와 같이 있고 싶다는 생각도 있었다. 앤드루는 무척 매력적인 남자였고, 그를 더 알아가고 싶었다. 하지만 니나가 귀가해 우리 둘이 식탁에서 웃고 떠드는 걸 보기라도 한다면… 생각만 해도 피곤했다. 게다가 세실리아 역시 내가 있는 걸 싫어할 것 같았다.

"그게 아니라 방에서 먹는 게 편해요."

그가 같이 먹자고 하려다 참는 것 같았다. "미안해요. 입주 도우미를 쓴 게 처음이라 어떻게 하는 게 예의인지 잘 모르겠어요."

"저도 잘 몰라요. 그래도 사모님이 보면 싫어하실 것 같아요."

나는 괜한 얘기를 해서 선을 넘은 건 아닌가 싶어 긴장됐다. 하지만 앤드루가 고개를 끄덕였다. "당신 말이 맞아요."

나는 고개를 들고 그의 눈을 바라봤다. "아무튼 치킨 너겟 만드는 법을 알려주서셔 감사해요."

그가 웃으며 말했다. "언제든지."

앤드루가 너겟이 담긴 접시를 들고 식탁으로 갔다. 잠시 후 세실리아가 맛있게 먹는 소리가 들렸고 나는 잠시 주방에 머물다가 내 방으로 올라갔다.

10

이 집에 오고 일주일이 지났다. 거실로 내려가니 니나가 쓰레기가 꽉 찬 봉투를 들고 있었다. 순간 또 무슨 일이지 싶었다.

이 집에서 고작 일주일 있었는데도 불구하고 몇 년은, 아니 몇백 년은 있었던 것 같다. 니나는 도무지 종잡을 수가 없다. 어떤 날은 나를 꼭 안으며 이 집에 와줘서 정말 고맙다고 하고 또 어떤 날은 시키지도 않은 일을 안 했다고 나무란다. 아주 변덕이 죽 끓듯 했다. 세실리아 역시 버릇이 없는 데다가 내가 이 집에 있는 걸 대놓고 싫어했다. 다른 데 일할 곳이 있었다면 진즉에 그만뒀을 테지만 지금으로선 어쩔 수 없었다.

이 집 사람 중에 괜찮은 사람이라곤 앤드루뿐이었다. 몇 번 스쳐 지나가듯 본 게 다였지만. 솔직히 니나와 사는 게 쉽지 않아 보여 가끔 앤드루가 불쌍하다는 생각이 들었다.

　나는 거실 입구에서 서성거리며 니나가 쓰레기봉투를 들고 저러는 이유를 생각해 봤다. 이제부터 쓰레기도 알파벳순으로, 아니면 색깔이나 냄새별로 분류하라는 건가? 쓰레기봉투를 잘못 사 왔으니 다시 담으라는 건가? 도무지 감이 오질 않았다.

　"밀리!" 니나가 소리쳤다.

　위가 쥐어짜듯 아팠다. 니나가 쓰레기를 들고 왜 저러는지 이유를 알아내려고 너무 신경을 쓴 탓이었다. "네?"

　니나가 내게 오라고 손짓했다. 나는 사형장에 끌려가는 것처럼 보이지 않으려고 안간힘을 쓰며 걸었지만 그게 좀처럼 쉽지 않았다.

　"뭐가 잘못됐나요?"

　니나가 무거운 쓰레기봉투를 값비싼 가죽 소파에 집어 던졌다. 나는 얼굴을 찡그렸다. 비싼 가죽에 쓰레기를 묻히지 말라고 말하고 싶었다.

　"옷장을 정리하다가 조금 작아진 드레스들이 있길래 봉투에 담았어요. 저것 좀 기부 물품함에 넣어줘요."

　다행히 별거 아니었다. "네. 그럴게요."

　"저기…" 니나가 한 발짝 뒤로 물러나 나를 쭉 훑었다. "사이즈가 어떻게 돼요?"

　"55정도 입어요."

　그러자 니나가 활짝 웃으며 말했다. "잘됐네요. 여기 있는 건 전부 55나 55반이에요."

　55나 55반이라고? 니나는 최소한 77은 돼 보였다. 아주 오랫동안 옷장을 정리하지 않은 게 분명했다. "아…."

"당신이 입어요. 변변한 옷도 한 벌 없던데."

그녀의 말이 틀린 건 아니지만 그 말에 나도 모르게 움찔했다. 마땅한 옷이 없는 게 사실이다. "제가 입어도 되는지…."

"당연하죠!" 니나가 봉투를 내게 내밀었다. "진짜 잘 어울릴 거예요."

봉투를 받아 들고 슬쩍 열어봤다. 그러곤 맨 위에 있는 작은 흰색 원피스를 꺼냈다. 무척 비싸 보이는 데다 소재가 정말 부드러워 그 옷을 입고 수영을 해도 될 정도였다. 그녀 말이 맞았다. 내게 너무도 잘 어울렸다. 아니 내가 아닌 누구라도 잘 어울렸을 것이다. 밖에 나가 데이트라도 하게 된다면 괜찮은 옷이 필요하긴 했다. 비록 온통 하얀색이긴 해도.

"예뻐요. 고맙습니다. 이렇게까지 신경 써 주시다니."

"별말씀을. 마음에 들었으면 좋겠어요."

"혹시라도 다시 필요하시면 말씀해 주세요."

내 말에 니나가 고개를 젖히고 이중 턱이 떨릴 정도로 깔깔 웃어댔다. "앞으로 당분간은 내 옷 사이즈가 줄어들 일은 없을 거예요. 더군다나 임신까지 하면."

그 말에 너무 놀라 입이 떡 벌어졌다. "임신하셨어요?"

니나의 임신이 희소식인지 아닌지 모르겠다. 그래서 그동안 변덕이 심했나 싶었다. 니나가 고개를 저었다. "아직은 아니에요. 노력 중인데 잘 안되네요. 하지만 우리 둘 다 아기를 간절히 원해요. 그래서 전문의 상담을 잡아놨어요. 내년 정도에 우리 집에 둘째가 태어나지 않을까 싶어요."

나는 어떻게 반응해야 할지 몰랐다. "어⋯. 축하드려요."

"고마워요." 니나는 나를 보며 환하게 웃었다. "그건 그렇고, 또 줄 게 있어요." 니나는 흰색 핸드백을 뒤적거리더니 열쇠를 꺼냈다. "방 열쇠가 필요하다고 했죠?"

"고맙습니다." 이 집에 오고 첫날밤 방에 갇힌 줄 알고 식겁해서 깬 이후로 열쇠에 대해 크게 신경 쓰지 않았다. 문이 뻑뻑해서 안 열렸던 것뿐 나를 몰래 방에 가둘 사람은 없었다. 더군다나 내가 방에 있을 땐 열쇠가 필요치 않았다. 하지만 방을 나갈 땐 문을 잠그는 게 좋을 것 같아 열쇠를 받아 주머니에 넣었다. 니나라면 내 방을 기웃거리고도 남을 테니까. 문득, 또 다른 걱정거리를 이야기하기에 좋은 타이밍이라는 생각이 들었다. "니나, 한 가지만 더 부탁드려도 될까요? 제 방 창문이 열리지 않아요. 아예 페인트를 칠해 창문을 막아버린 것 같더라고요."

"그래요?" 니나가 뭘 그런 것까지 말하냐는 투로 물었다.

"혹시나 불이 나면 위험할 수도 있고요."

니나는 자기 손톱을 쳐다보더니 흰색 매니큐어가 떨어져 나간 걸 발견하고 인상을 찌푸렸다. "불이 날 리가요."

"어쨌든⋯. 창문을 열 수 있었으면 좋겠어요. 방이 좀 답답하기도 하고요."

"사람을 불러서 한번 보라고 할게요." 그녀의 말투로 보아 사람을 불러 고칠 것 같지는 않았다. 아무래도 내 방 창문은 영원히 열리지 않을 것 같았다. 니나는 쓰레기봉투를 내려다봤다. "밀리,

당신에게 내 옷을 줄 수 있어 기쁘지만 제발 그 쓰레기봉투 좀 우리 집 거실에서 치워줄래요. 그렇게 두는 건 예의가 아니죠."

"아, 죄송해요." 내가 말을 얼버무렸다.

니나는 나를 보며 작은 한숨을 내쉬었다.

11

"밀리! 세실리아 픽업 좀 부탁해요!"

나는 양 팔에 빨래를 한가득 안고 어깨와 귀 사이에 휴대폰을 끼운 채 전화를 받았다. 니나의 전화라면 어떤 상황에서든 무조건 벨이 울리자마자 받는다. 안 그랬다간 전화를 받을 때까지 몇 번이고 계속 걸기 때문이다.

"네, 알겠어요."

"고마워요." 니나가 별 의미 없는 칭찬의 말을 쏟아냈다. "당신은 정말 소중한 사람이에요! 2시 45분에 윈터 아카데미에요. 밀리, 당신은 최고예요."

세실리아를 어디서 만나야 하는지, 윈터 아카데미가 어디에 있는지 묻기도 전에 그녀가 전화를 끊었다. 전화를 끊고 시간을 보다가 화들짝 놀랐다. 윈터 아카데미가 어디인지 알아내어 집주인 딸을 데려오기까지 채 15분도 남지 않았다. 세탁은 나중으로 미뤄야 했다.

계단을 뛰어 내려가며 구글에 학교 이름을 쳤다. 하지만 아무것도 나오지 않았다. 가장 가까운 윈터 아카데미는 위스콘신에 있었다. 니나가 아무리 이상한 요구를 한다고 해도 설마 위스콘신에 있는 딸을 15분 안에 데려오라고 하진 않을 것이다. 니나에게 다시 전화를 걸었지만 역시나 받지 않았다. 앤드루에게 걸었다. 그역시 받지 않았다.

좋아. 일단 해 보자. 나는 이럴 땐 어떻게 하는 게 좋을지 고민하며 주방을 왔다 갔다 했다. 그러다가 냉장고에 붙어있는 종이한 장을 발견했다. 윈저 아카데미의 방학 일정이었다.

니나는 윈터라고 했다. 윈터 아카데미. 분명 그렇게 들었다.

아닌가? 니나가 학교 이름을 잘못 알려줬는지, 아니면 딸이 다니는 학교 이름도 모르는지, 그리고도 학운위 부대표를 맡을 자격이 있는지 고민할 겨를이 없었다. 종이에 있는 주소를 보니 대충어딘지 알 것 같았다. 이제 10분밖에 남지 않았다.

윈체스터 부부는 최고의 공립학교를 자랑하는 동네에 살고 있었지만, 세실리아는 사립학교에 다녔다. 윈저 아카데미는 상아색기둥과 짙은 갈색 벽돌로 이뤄진 크고 웅장한 건물이었다. 그 덕분에 호그와트 마법 학교처럼 비현실적인 공간에서 세실리아를 픽업하는 기분이 들었다. 다만 니나가 하교 시간의 주차 상황에 대해 미리 말해줬더라면 좋았을 뻔했다. 주차가 여간 어려운 게 아니었다. 주차 공간을 찾아 몇 분을 헤매다가 메르세데스 벤츠와

롤스로이스 사이를 간신히 비집고 들어갔다. 여기저기 패인 내 닛산을 견인이라도 해가면 어쩌나 걱정스러웠다.

시간이 얼마 남지 않아 헐레벌떡 건물 입구로 달려갔다. 입구가 다섯 개였다. 세실리아가 어느 입구에서 나올지 알 수 없었다. 니나에게 다시 전화를 걸었지만, 이번에도 역시 음성사서함으로 넘어갔다. 내가 상관할 바는 아니지만, 그녀는 직업도 없고 집안일도 내가 다 한다. 대체 어디서 뭘 하고 있는 걸까?

까칠한 몇몇 부모들에게 물어보고 나서야 세실리아가 오른쪽 가장 마지막 입구에서 나온다는 사실을 알아냈다. 그래도 혹시나 세실리아를 놓쳐 일을 망칠까 싶어 완벽하게 차려입고 입구 앞에 서서 수다를 떨고 있는 두 여자에게 다가가서 물었다. "4학년 아이들이 이쪽에서 나오나요?"

"네. 맞아요." 두 여자 가운데 내가 본 중에 가장 완벽한 모양의 눈썹을 가진 마른 체구의 갈색 머리 여자가 나를 위아래로 훑으며 물었다. "누구를 찾아요?"

그녀의 시선에 나는 몹시 당황했다. "세실리아 윈체스터요."

두 여자가 나를 안다는 듯한 표정을 주고받았다. "당신이 바로 니나가 새로 고용했다는 가정부군요." 빨간 머리의 키가 작은 여자가 말했다.

"가사도우미예요." 나도 모르게 그 여자의 말을 고쳐 말했다. 나를 원하는 대로 부를 수 있는 건 고용주인 니나뿐이다.

갈색 머리가 내 말에 피식 웃었지만, 다른 말은 하지 않았다. "그 집에서 일하는 건 어때요?"

그녀는 뭔가 가십거리를 찾고 있었다. 열심히 해 보라지, 내가 말할 줄 알고. "좋아요."

두 여자가 또다시 자기들끼리 눈빛을 주고받았다. "니나가 당신을 힘들게 하진 않아요?" 빨간 머리가 물었다.

"무슨 뜻이죠?" 나는 조심스럽게 물었다. 못돼먹은 두 여자와 잡담을 나누고 싶진 않았지만, 한편으론 니나에 대해 알고 싶었다.

"니나가 좀… 예민한 편이잖아요." 갈색 머리가 말했다.

"니나는 말 그대로 제정신이 아니거든요." 빨간 머리가 불쑥 내뱉었다.

나는 그 말에 너무 놀라 헉하고 숨을 들이쉬었다. "네?"

갈색 머리가 빨간 머리를 헉 소리가 날 만큼 팔꿈치로 세게 쳤다. "아무것도 아니에요. 농담이에요 농담."

그때 문이 열리고 아이들이 쏟아져 나왔다. 두 여자는 아이들 쪽으로 갔다. 더 많은 정보를 얻을 기회가 사라졌다. 하지만 그들이 한 말이 계속 맴돌았다.

나는 입구 근처에서 옅은 금발 머리의 세실리아를 발견했다. 아이들 대부분이 청바지에 티셔츠를 입었는데 세실리아만 레이스가 달린 옅은 청록색 드레스를 입고 있어 눈에 확 띄었다. 그 덕에 세실리아를 쉽게 찾을 수 있었다. 나는 세실리아를 향해 걸어갔다.

"세실리아!" 나는 가까이 다가가 미친 듯이 손을 흔들었다. "내가 데리러 왔어."

세실리아는 나와 가느니 차라리 수염이 덥수룩한 노숙자가 운전하는 밴의 뒷자리에 타는 게 낫겠다는 표정으로 나를 쳐다봤다.

그러곤 고개를 돌리며 나를 외면했다.

"세실리아!" 나는 더 크게 불렀다. "가자. 엄마가 데려오래."

그녀가 나를 쳐다보며 눈으로 멍청이라고 욕하고 있었다. "그럴 리가 없어요. 소피아네 엄마가 나를 픽업해서 가라테 학원에 데려갈 거예요."

내가 아니라고 말하려는데 40대쯤으로 보이는 레깅스에 스웨터를 입은 여자가 다가와 세실리아의 어깨에 손을 얹었다. "얘들아, 가라테하러 갈까?"

나는 어찌 된 영문인지 몰라 어리둥절했다. 여자는 납치범처럼 보이진 않았다. 하지만 오해가 있는 것 같았다. 니나는 내게 세실리아를 픽업하라고 했다. 분명히 그렇게 말했다. 학교 이름을 잘못 말한 것 말고는 분명히 세실리아를 데려오라고 했다.

"실례합니다. 저는 윈체스터 씨 집에서 일하는 사람입니다. 니나가 제게 세실리아를 픽업하라고 해서요."

여자는 이상하다는 듯 눈썹을 찡그렸다. 그러곤 새로 매니큐어를 칠한 손을 허리에 얹으며 말했다. "그럴 리가요. 매주 수요일마다 내가 세실리아를 픽업해서 가라테 학원에 데려다주는걸요. 일정이 바뀌었다는 말은 듣지 못했어요. 아마 당신이 잘못 알았을 거예요."

"아니에요." 내 목소리가 떨렸다.

여자가 구찌 핸드백에서 휴대폰을 꺼냈다. "니나에게 전화해 볼게요."

여자가 통화 버튼을 눌렀다. 신호음이 울리는 동안 여자는 긴 손톱으로 핸드백을 탁탁 두드렸다. "여보세요, 니나? 레이철이야."

여자는 니나가 하는 말을 듣고 있었다. "응, 그런데 여기 어떤 아가씨가 네가 세실리아를 데려오라고 했다는데. 그래서 매주 수요일에는 내가 세실리아를 가라테 학원에 데려준다고 했지." 긴 침묵이 흐르고 여자가 고개를 끄덕였다. "응, 안 그래도 그렇게 말했어. 확인하길 잘했네." 또다시 침묵이 흐르고 여자가 웃었다. "무슨 말인지 알아. 좋은 사람 찾기가 어디 그렇게 쉽겠어."

니나가 마지막에 뭐라고 했을지 상상이 갔다.

"저기, 제 말이 맞네요. 니나가 그러는데 당신이 착각한 것 같대요. 그럼 내가 세실리아를 가라테 학원에 데리고 갈게요."

한술 더 떠 세실리아가 나를 향해 혀를 내밀었다.

나는 휴대폰을 꺼내 혹시나 니나가 세실리아를 데려오지 않아도 된다고 문자 메시지를 보냈는지 확인했다. 하지만 새로 도착한 메시지는 없었다. 나는 그녀에게 문자 메시지를 보냈다.

[레이철이 방금 사모님과 통화했는데 사모님이 자기에게 세실리아를 가라테 학원에 데려다주라고 했다고 하네요. 그럼 저는 집에 갈까요?]

바로 답장이 왔다. [그렇게 해요. 그런데 왜 내가 세실리아를 픽업하라고 했다고 생각한 거예요?]

당신이 그러라고 했잖아! 턱이 부들부들 떨렸다. 니나는 늘 이런 식이다. '니나는 말 그대로 제정신이 아니에요.' 참견쟁이 빨간 머리가 했던 말이 또다시 생각났다. 그게 무슨 말일까? 니나는 별나고 까다로운 집 주인, 그 이상일까? 그녀에게 내가 모르는 일이 있었던 걸까?

어쩌면 모르는 게 나을 수도 있다.

12

니나의 정신 상태를 신경 쓰지 않으려고 했지만, 궁금한 건 어쩔 수가 없었다. 나는 이 여자를 위해 일하고 이 여자와 같은 집에서 살고 있다.

니나에겐 이상한 점이 또 하나 있었다. 오늘 아침처럼 침실에 딸린 욕실을 청소할 때면 이 여자한테 마음의 병이 있다는 게 분명하다는 생각이 들었다. 수건은 욕실 바닥에 나뒹굴었고 치약은 세면대에 덕지덕지 들러붙어 있었다. 욕실은 한마디로 아수라장이었다. 우울증에 걸리면 청소할 의욕이 없어진다고 하던데. 하지만 어딜 가는지는 몰라도 니나는 매일같이 밖으로 나간다. 그걸 보면 의욕이 아예 없는 것도 아니다.

얼마 전에는 욕실 바닥에 탐폰이 뒹굴고 있었다. 최악이었다. 사용한 탐폰, 피 묻은 탐폰. 구역질이 올라왔다.

세면대에 들러붙은 치약과 화장품 자국을 문질러 닦다가 나도 모르게 눈길이 수납장 쪽으로 향했다. 니나가 진짜 '정신병자'라면 약을 먹지 않을까 싶었다. 하지만 수납장을 열어 볼 순 없었다. 그것은 신뢰를 완전히 깨버리는 행동이다.

하지만 내가 본다고 누가 알까? 살짝 한 번만 열어볼 텐데 뭐.

침실 쪽을 살폈다. 아무도 없었다. 혹시나 해서 구석진 곳까지 둘러봤다. 아무도 없었다. 다시 욕실로 들어갔다. 잠시 주저하다가 욕실 수납장 문을 살며시 열었다.

세상에, 온통 약 천지였다.

나는 니나 윈체스터라고 쓰인 오렌지색 알약이 든 병 하나를 집어 들어 약 이름을 읽었다. '할로페리돌'이라고 적혀있었다. 두 번째 약병을 막 집어 드는데 복도 쪽에서 소리가 들렸다. "밀리, 어디 있어요?"

이런 젠장!

나는 황급히 약병을 제자리에 넣고 문을 닫았다. 심장이 쿵쾅거리고 손바닥에 식은땀이 났다. 나는 새하얀 민소매 블라우스에 새하얀 바지를 입은 니나가 욕실에 불쑥 들어올 때를 대비해 얼굴에 미소를 장착했다. 그녀는 내가 욕실에 있는 걸 보더니 자리에 멈춰 섰다.

"여기서 뭐 하는 거예요?" 니나가 물었다.

"욕실 청소 중이에요." 나는 당신의 수납장을 들여다보지 않았어요. 정말이에요.

니나가 나를 의심의 눈초리로 쳐다봤다. 마치 수납장을 들여다봤다고 내게 욕을 퍼부을 것만 같았다. 서투른 거짓말은 금방 탄로 날 게 뻔했다. 다행히 니나는 세면대 쪽으로 눈을 돌렸다.

"세면대를 뭐로 닦은 거예요?"

"그게." 나는 손에 들고 있던 스프레이를 들어 보였다. "세면대 세정제로 닦았어요."

"그거 천연성분 제품 맞아요?"

"그게." 나는 지난주 마트에서 사 온 스프레이 통을 들여다봤다. "아니에요."

니나는 실망한 표정이 역력했다. "밀리, 나는 천연성분 제품이 좋아요. 화학 성분이 많이 안 들어간 거 말이에요. 무슨 말인지 알아요?"

"네…." 저렇게 많은 약을 먹는 여자가 세정제에 얼마 들어있지도 않은 화학 성분을 걱정하다니 어이가 없었지만, 입 밖에 내서 말하진 않았다. 세정제는 세면대를 닦는 데 쓰일 뿐 그녀가 섭취하는 게 아니니 그녀의 혈류에 들어가지 않을 텐데.

"내 생각엔…." 그녀가 인상을 찌푸렸다. "세면대 청소가 잘 안되는 것 같아요. 어떻게 닦는지 내가 한 번 봐야겠어요. 그래야 뭐가 잘못된 건지 알 수 있지 않겠어요?"

세면대 청소를 어떻게 하는지 보고 싶다니?

"네…."

나는 세면대에 세정제를 뿌리고 치약 자국이 없어질 때까지 박박 문질러 닦았다. 그러곤 니나를 쳐다봤다. 그녀는 진지하게 고개를 끄덕이며 말했다.

"괜찮네요. 문제는 내가 없을 때 어떻게 청소하느냐는 거죠."

"지금처럼 똑같이 하는걸요."

"그거야 알 수 없죠." 니나가 믿을 수 없다는 듯 눈알을 굴렸다. "아무튼, 내가 온종일 청소를 감독할 순 없잖아요. 그러니까 지금처럼 확실하게 해요."

"네, 그럴게요." 나는 작은 목소리로 중얼거렸다.

니나는 하는 일이 없다 보니 스파도 가고, 친구들과 점심도 먹고, 하여튼 이것저것 하며 시간을 보내느라 침실에 있을 겨를이 없다. 나는 티끌 하나 없이 깨끗한 세면대를 바라보며 그녀의 칫솔을 변기에 넣었다 빼고 싶은 충동에 사로잡혔다.

하지만 행동으로 옮기진 않았다. 그 대신 휴대폰을 꺼내 '할로페리돌'을 검색했다.

여러 건의 검색 결과가 화면에 떴다. 할로페리돌은 조현병, 양극성 장애, 섬망, 불안, 급성 정신질환에 쓰이는 항정신병 치료제였다.

그런데 그것은 적어도 12개의 약병 가운데 하나에 불과했다. 수납장에 뭐가 더 있는지 알 수 없다. 주인 몰래 들여다본 것은 부끄러운 행동이지만 한편으론 내가 무엇을 발견하게 될지 몰라 두려웠다.

13

정신없이 거실 청소를 하다 보니 어느새 창가에 그림자가 드리웠다. 나는 천천히 창가로 걸어갔다. 아니나 다를까 오늘도 뒷마당에는 엔조가 작업 중이었다. 내가 알기로 엔조는 여러 집을 번갈아 가며 정원 손질과 조경 작업을 했다. 오늘은 윈체스터 저택 앞마당에 있는 화단을 파고 있었다.

나는 컵에 차가운 물을 따라 밖으로 나갔다.

이 집에서 뭘 어떻게 해야 할까? 혼란스러웠다. 두 여자가 니나를 두고 '말 그대로' 미쳤다고 한 뒤론 그 말이 머릿속을 떠나지 않았다. 거기다 욕실 수납장에서 항정신병 치료제를 발견했다. 그렇다고 함부로 니나에게 정신적 문제가 있다고 판단할 순 없었다. 감옥에 있으면서 정신병으로 힘들어하는 여자들을 많이 봤다. 어쨌든 이 사실을 알게 된 것이 나에게는 도움이 될지도 모른다. 니나를 더 잘 이해하면 이 집에서 일하는 게 더 수월해질지도 모른다.

이 집에 왔던 첫날, 엔조가 내게 했던 경고가 생각났다. 지금 니나는 집에 없고 앤드루는 출근했고 세실리아는 학교에 있다. 엔조에게 물어보기에 딱 좋은 타이밍인 것 같았다. 다만 그가 영어에 서툰 게 문제다. 그렇다고 포기할 순 없었다. 나는 그가 목이 마를 거라고 확신했다.

컵을 들고 그에게 다가갔다. 큰 소리로 헛기침을 두 번 했지만, 엔조는 마당에 구멍을 파느라 정신없이 바빠 보였다. 결국 나는 손을 흔들며 "올라(안녕하세요)!"라고 소리쳤다.

이런! 또 스페인어로 말하고 말았다.

엔조가 고개를 들더니 재미있다는 듯 '차오'라고 말했다.

"차오." 나는 고쳐 말하며 다음번엔 제대로 하리라 마음먹었다.

땀에 젖은 티셔츠가 피부에 들러붙어 근육 하나하나가 도드라져 보였다.

다시 한번 헛기침하고 말했다. "저기…, 물 좀 가져왔어요. 물은 이탈리아 말로 뭐라고 해요…?"

"아쿠아."

나는 힘차게 고개를 끄덕였다. "네. 그거."

그럴 줄 알았다. 말이 통한다. 대화가 된다. 이만하면 소통할 수 있다. 엔조가 고맙다는 얼굴로 성큼성큼 걸어와 컵을 받아 한 번에 반이나 들이켰다. 그러곤 숨을 한 번 크게 쉬더니 손등으로 입술을 닦았다. "그라치에."

"별거 아니에요." 나는 그를 향해 미소를 지어 보였다. "그러니까, 저기, 여기서 일한 지는 얼마나 됐어요?" 그가 무슨 말인지 모르겠다는 듯 나를 쳐다봤다. "내 말은, 당신이… 여기서 일한 지… 몇 년?"

그가 물을 한 모금 더 들이켰다. 거의 컵의 4분의 3을 비웠다. 물을 다 마시면 그는 다시 일을 시작할 게 뻔했다. 시간이 없었다. "트레아니." 그가 말했다. 그리곤 악센트가 강하게 들어간 영어로 "3년"이라고 덧붙였다.

"그리고 저기…" 나는 두 손을 꼭 쥐었다. "니나 윈체스터…. 당신은…."

그가 나를 보며 인상을 찌푸렸다. 그래도 무슨 말인지 아예 못 알아듣겠다는 표정은 아니었다. 다음 말을 기다리는 것 같았다. 말하기는 어려워해도 알아듣기는 하는 모양이다.

"당신은…." 나는 다시 말을 이어갔다. "당신 생각엔 니나가…. 그러니까 내 말은, 당신은 니나를 좋아하나요?"

엔조가 의심스러운 눈초리로 나를 바라봤다. 그는 물을 마저 마시고 빈 컵을 내게 내밀었다. 그러곤 한마디 대꾸도 없이 원래 자리로 돌아가 삽을 들고 다시 화단을 파기 시작했다.

나는 다시 말을 걸어볼까 했지만 참았다. 처음 이 집에 왔을 때 엔조는 내게 무언가를 경고하려고 했다. 그때 마침 니나가 문을 열었고 그 바람에 아무 말도 하지 않았다. 그랬던 그가 지금은 마음을 고쳐먹은 게 분명하다. 엔조가 무엇을 알고, 무슨 생각을 하든 그는 이제 입을 열지 않을 것 같다. 적어도 당분간은.

14

윈체스터 저택에서 지낸 지 3주가 지났다. 오늘을 이 집에서 일을 시작하고 처음으로 보호 감찰관을 만나는 날이다. 그래서 그날에 맞춰 휴가를 냈다.

나는 한 달에 한 번 담당 보호 감찰관 팸을 만나야 했다. 팸은 땅딸막한 체구에 단단한 턱을 가진 중년의 여자였다. 출소 후 나는 교도소 보조금으로 운영되는 시설에 있었다. 그때 팸이 바에서 웨이트리스로 일하게 도와줬고 덕분에 시설을 나와 살 곳을 구할수 있었다. 바에서 해고된 사실을 팸에게 솔직하게 말하지 않았다. 원룸에서 쫓겨난 얘기도 하지 않았다. 한 달 전쯤 팸을 만났을 때는 거짓말로 둘러댔다.

보호 감찰관에게 거짓말을 하면 가석방 관련법에 위반된다. 거

주지 없이 차에서 자는 것 역시 가석방 관련법에 위반된다. 하지만 거짓말을 하려고 한 건 아니다. 다시 감옥으로 돌아가 남은 5년을 썩는 건 죽기보다 싫었다. 그럴 순 없었다.

하지만 이제는 상황이 바뀌었다. 오늘은 팸에게 솔직하게 말할 수 있다. 물론 전부는 아니지만.

"밀리." 팸의 사무실로 들어가자 그녀가 나를 반겼다. 팸은 좋은 사람이었다. 나를 진심으로 돕고 싶어 했다. 그래서 내가 한 거짓말을 생각하면 괜히 마음이 불편했다. "밀리, 어서 와요! 어떻게 지내요?"

나는 책상 앞에 놓인 나무 의자에 앉았다. "잘 지내요!" 그것 역시 살짝 거짓말이다. 하지만 분명 더 좋아질 것이다.

팸이 책상 위에 있는 서류를 뒤적거렸다. "주소가 변경됐다는 당신의 메시지는 받았어요. 롱아일랜드에 있는 가정집에서 가사도우미로 일한다고요?"

"네."

"찰리스 바는 별로였어요?"

나는 입술을 깨물었다. "네."

이것 역시 팸에게 한 거짓말 중 하나다. 나는 팸에게 찰리스를 그만뒀다고 했다. 사실은 그만둔 게 아니라 해고당했다. 하지만 정말 부당한 해고였다.

그래도 운 좋게 경찰을 부르지 않고 해고돼서 한편으론 다행이었다. 그게 조건이었다. 조용히 나가는 대신 경찰을 부르지 않는 것. 내겐 선택지가 없었다. 그들이 경찰을 부르면 나는 다시 감옥행이니까.

그래서 팸에게 해고됐다는 말은 하지 않았다. 그랬다간 팸이 가게로 전화를 걸어 이유를 알아내려고 했을 것이다. 그러고 나서 원룸에서도 쫓겨났다. 그것도 말할 수 없었다.

하지만 이젠 괜찮다. 새로 직장을 구했고 지낼 곳도 생겼다. 다시 감옥에 가지 않아도 된다. 지난번엔 가시방석이었는데 지금은 마음이 한결 놓였다.

"밀리, 내가 다 뿌듯하네요. 10대 때 수감된 사람들이 사회 적응을 어려워하는 데에 비해 당신은 아주 잘하고 있어요."

"고맙습니다." 내가 차에서 어떻게 살았는지 팸이 굳이 알 필요는 없었다.

"지금 일하는 곳은 어때요? 사람들이 잘 해줘요?"

"음…." 나는 손으로 무릎을 문질렀다. "괜찮아요. 안주인이 좀… 별나긴 하지만 청소만 열심히 하면 돼서 크게 문제 될 건 없어요."

그것 또한 거짓말이다. 하지만 니나가 끊임없이 나를 괴롭힌다고 말하고 싶지 않았다. 나는 인터넷 검색으로 니나에 대해 알아봤지만, 아무것도 나오지 않았다. 물론 돈을 내고 제대로 알아본 건 아니다. 그녀는 돈이 많으니까 문제가 될 기록은 지웠을 수도 있다.

"그렇다면 다행이에요. 만나는 사람은 있어요?"

솔직히 그 질문은 보호 감찰관이 물어봐야 할 내용은 아니었지만, 그만큼 팸과 나는 가까운 사이였고 나 역시 그런 질문에 개의

치 않았다. "이 세상에 그런 사람이 존재는 할까요?"

그녀가 고개를 젖히고 어찌나 웃는지 치아 안쪽에 심은 교정기가 보일 정도였다. "밀리, 아직 연애는 내키지 않는 거 알아요. 그래도 친구라도 만들어 보도록 해요."

"네." 진심으로 답하지는 않았다.

"그렇다고 아무나 만나진 말아요. 당신이 전과자라고 아무나 만나고 그러면 안 돼요. 당신은 좋은 사람을 만날 자격이 충분해요."

"음…."

잠시 데이트를 상상해 봤다. 눈을 감고 상대방의 모습을 그려봤다. 그 순간 매력적인 미소를 가진 잘생긴 앤드루가 떠올랐다.

후다닥 눈을 떴다. 말도 안 돼. 밀리, 정신 차려!

"당신은 예뻐요. 그러니까 아무나 만나지 말아요." 팸이 덧붙였다.

나는 하마터면 소리 내 웃을 뻔했다. 최근 몇 주 동안의 나는 매력적이지 않게 보이려고 온갖 짓을 다 했다. 헐렁한 옷을 입고 머리는 포니테일 아니면 동그랗게 말아 묶었고 화장은 조금도 하지 않았다. 그런데도 니나는 늘 나를 미심쩍은 눈빛으로 봤다.

"아직 제게 연애는 사치예요."

"이해해요. 그래도 직업과 살 집만큼이나 인간관계도 중요하다는 걸 잊지 말았으면 해요."

그녀 말이 맞을지도 모른다. 하지만 아직은 때가 아니다. 지금은 그저 나쁜 일에 휘말리지 않도록 조심해야 하는 게 최선이었다. 다시는 감옥에 가고 싶지 않았다. 절대로.

내게는 수면 장애가 있었다.

감옥에 있을 땐 늘 한쪽 눈을 뜨고 잤다. 내 주변에서 내가 모르는 일이 일어나는 게 싫었기 때문이었다. 감옥을 나와서도 그때 그 습관은 여전했다. 처음 침대에 누웠을 땐 한참을 잘 잤다. 하지만 오래된 불면증이 되살아났다. 더군다나 방이 너무 답답해서 잠을 이루기가 어려웠다.

첫 월급은 통장에 넣었다. 다음번에 기회가 되면 TV를 사서 방에 놓고 싶었다. TV라도 켜 놓으면 잠들기 쉬울 것 같았다. TV 소리는 밤에 감옥에서 들리는 소리와 비슷했다.

니나와 앤드루가 일찍 잠자리에 들면 거실에 내려가 TV를 봐도 될 것 같았다. 하지만 왠지 망설여졌다. 으리으리한 홈시어터도 아닌 거실에 있는 '평범한' TV인데도 말이다.

윈체스터 가족에게는 매일 밤 정해진 루틴이 있다. 니나는 정확히 8시 30분에 세실리아를 재우러 2층으로 올라간다. 그러면 책 읽는 소리가 들리고 이어서 노랫소리가 들린다.

니나는 매일 밤 〈오즈의 마법사〉에 나오는 '무지개 너머 어딘가에'를 부른다. 노래를 배운 것 같지는 않지만, 세실리아를 위한 니나의 노래에는 이상하게 마음에 와닿는 아름다운 무언가가 있었다.

세실리아가 잠들면 니나는 침실에서 책을 읽거나 TV를 본다. 그즈음 앤드루도 2층으로 올라간다. 그래서 10시 이후엔 1층에 아무도 없다.

오늘은 큰맘 먹고 그 시간대에 맞춰 1층으로 내려갔다.

소파에 대자로 누워 〈발칙한 기부쇼〉*를 봤다. 새벽 1시가 다 되어가는데도 참가자들의 텐션이 저리 높은 걸 보면 참 별나다는 생각이 들었다. 사회자가 출연자들과 농담을 주고받았다. 정말 피곤했는데 출연자 중 한 명이 탭댄스를 추는 모습을 보고 한바탕 소리 내 웃었다. 나는 어릴 때부터 〈발칙한 기부쇼〉를 봐왔다. 그리고 늘 그 쇼에 출연하는 꿈을 꿨다. 그런데 누구랑 나가야 할까?

"〈발칙한 기부쇼〉예요?"

나는 화들짝 놀라 후다닥 고개를 돌렸다. 한밤중인데도 앤드루가 TV에 나온 사람들처럼 아주 쌩쌩한 모습으로 내 뒤에 서 있었다.

이런 젠장. 방에서 나오질 말 걸 그랬다.

"어머나! 저기… 죄송해요. 그게 아니라…"

그가 얼굴을 찌푸리며 말했다. "죄송하긴 뭐가 죄송해요? 여긴 당신 집이에요. TV 보는 게 뭐가 어때서요."

나는 소파에 있던 쿠션을 잡아당겨 잠잘 때 입는 얇은 반바지를 가렸다. 심지어 브래지어도 하지 않은 상태였다. "조만간 TV를 사서 제 방에 둘게요."

"밀리, 괜찮아요. 어차피 당신 방은 전파 수신이 잘 안될 거예요." 그의 눈 흰자위가 TV 불빛에 환하게 빛났다. "물만 마시고 금방 들어갈게요."

앤드루가 느릿느릿 주방으로 들어가더니 물을 홀짝이며 거실로 나왔다. 그제야 그가 흰색 러닝셔츠에 트렁크 팬티 차림인 걸 알

---

* 두 가족이 나와 설문조사 결과를 맞히는 미국의 TV 게임쇼

왔다. 그나마 러닝셔츠를 입고 있어서 다행이었다.

"왜 수돗물을 드세요?" 내가 참지 못하고 물었다.

그가 소파에 앉지 않길 바랐다. 하지만 그런 내 바람과 달리 그는 내 옆에 털썩 주저앉았다. "네?"

그가 앉자마자 벌떡 일어나면 예의가 아닐 것 같아 그대로 앉아 있었다. 하지만 잠잘 때 입는 옷차림으로 소파에 앉아있는 우리를 니나가 보기라도 하면 어쩌나 걱정이 앞섰다. "저기, 정수기 물을 드세요."

그가 웃으며 말했다. "아, 그래요? 매번 수돗물을 마셨는데. 혹시 몸에 나쁜가요?"

"잘은 몰라도 화학 성분이 들어있을 거예요."

그는 손가락으로 짙은 머리칼을 쓸어 넘겼다. "배가 좀 고프네요. 혹시 냉장고에 저녁에 먹고 남은 게 좀 있을까요?"

"음, 남은 게 없는데 어쩌죠."

"흠." 그가 배를 문지르며 말했다. "아무래도 이 시간에 땅콩버터는 무리겠죠?"

땅콩버터 얘기만 들어도 진저리가 났다. "세실리아 보는 데서만 안 먹으면요."

그가 고개를 갸웃거렸다. "왜요?"

"땅콩 알레르기가 있잖아요." 이 부부는 딸에게 치명적인 알레르기가 있는데 도대체 관심도 없는 모양이었다.

심지어 앤드루는 내 말에 웃음을 터트렸다. "말도 안 돼요. 세실리아에게 무슨 땅콩 알레르기가 있다고."

"아니에요. 땅콩 알레르기가 있다고 했어요. 세실리아한테 직접 들은걸요. 제가 여기 온 첫날."

"딸에게 땅콩 알레르기가 있는데 어떤 부모가 그걸 모르겠어요." 그가 코웃음을 쳤다. "게다가 딸에게 알레르기가 있는데 저렇게 큰 땅콩버터 병을 팬트리에 버젓이 두는 부모가 어디 있어요?"

내 말이 그 말이다. 그렇다면 세실리아가 나를 골탕 먹이려고 일부러 거짓말을 했단 얘길까? 하지만 니나 역시 세실리아에게 땅콩 알레르기가 있다고 했다. 그럼 도대체 누구 말이 맞는 걸까? 곰곰이 생각해보니 앤드루 말이 맞는 것 같았다. 땅콩버터가 집에 있다는 말은 반대로 치명적인 땅콩 알레르기를 가진 사람이 없다는 방증 아닐까?

"블루베리." 앤드루가 말했다.

나는 살짝 얼굴을 찌푸렸다. "냉장고에 남은 게 없을 거예요."

"아니, 그게 아니라." 그가 고갯짓으로 TV 화면을 가리켰다. 〈발칙한 기부쇼〉의 2부가 시작됐다. "사람들 100명에게 입에 통째로 넣을 수 있는 과일을 말하라고 했대요."

화면에 비친 참가자가 블루베리라고 대답했고 블루베리가 1위였다. 앤드루가 주먹을 들어 올렸다. "봤죠? 그럴 줄 알았다니까. 내가 나가면 엄청 잘 할 수 있는데."

"원래 1위는 맞히기 쉬워요. 중간 순위가 맞히기 어렵지."

"자, 똑순이 씨." 그가 나를 보며 씩 웃었다. "입에 통째로 넣을 수 있는 과일은?"

나는 턱을 손가락으로 톡톡 두드렸다. "음… 포도?"

참가자의 대답도 '포도'였고 정답이었다.

"그건 생각 못 했네요. 오, 제법인데요? 그럼, 딸기는 어때요?"

"상위권에 있을 것 같아요. 그런데 꼭지 때문에 통째로 입에 넣고 싶진 않을 것 같긴 해요."

참가자 역시 딸기와 체리를 맞췄고 이제 마지막 대답만 남겨 놓고 있었다. 참가자 중 하나가 복숭아라고 말하자 앤드루가 정신없이 웃어댔다.

"복숭아래! 복숭아를 입에 통째로 어떻게 넣으려고. 턱이 빠지려고 아주 작정했네." 앤드루가 소리쳤다.

"그래도 수박보단 낫잖아요." 내가 키득거리며 말했다.

"그게 답이면 어떡할래요? 우리 내기할까요?"

마지막 답은 자두였다. 앤드루가 고개를 저었다. "저건 미처 생각 못 했네요. 자두를 통째로 먹을 수 있다고 한 사람 얼굴이 궁금한걸요."

나는 또다시 키득거렸다. 처음 앤드루를 만났을 때 나는 그가 콧대 높은 부자일 것으로 생각했다. 하지만 정반대였다. 니나는 몰라도 앤드루는 친절하고 털털하고 유쾌했다. 게다가 세실리아에게 정말 좋은 아빠였다.

니나를 생각 하면 가끔은 앤드루가 안쓰러웠다.

하지만 그런 생각은 접어야 했다. 니나는 내 고용주다. 내게 월급을 주고 잠잘 곳을 제공해주는 사람이었다. 나는 그녀에게 최선을 다해야 했다. 하지만 니나가 게으르고 못된 건 사실이었다. 내게 끊임없이 잘못된 정보를 말하고 믿기지 않을 만큼 잔인했다.

심지어 탄탄한 근육의 엔조마저 니나를 두려워했다.

물론 앤드루가 매력적이지 않았다면 이런 생각 따윈 하지 않았을 것이다. 가능한 한 소파 끝으로 가 앤드루로부터 멀리 떨어져 앉았지만, 그의 옷차림이 자꾸 눈에 들어왔다. 빌어먹을, 그는 트렁크 팬티 차림이었다. 더군다나 천이 얇아 섹시한 다리 근육이 그대로 드러났다. 그는 니나보다 더 괜찮은 여자를 만나야 했다.

그도 그 사실을 알고 있을까?

긴장이 풀리고 앤드루가 옆에 있어 즐겁다고 느끼는 순간 빽 하고 날카로운 목소리가 들렸다. "세상에, 지금 둘이 이 밤중에 웃고 떠드는 거야?"

나는 소스라치게 놀라 고개를 돌렸다. 니나가 계단 앞에 서서 우리를 쏘아보고 있었다. 힐을 신었더라면 멀리서 발소리라도 들렸을 텐데 니나는 맨발에 발목까지 내려오는 흰색 가운을 입고 팔짱을 끼고 있었다.

"니나." 앤드루가 하품을 하며 소파에서 일어났다. "왜 안 자고 일어났어?"

그녀가 우리를 매섭게 노려봤다. 앤드루는 아무렇지 않은 척했지만 나는 너무 놀라 하마터면 바지에 오줌을 지릴 뻔했다. 자기 집에서 일하는 여자와 새벽 한 시에, 그것도 모자라 속옷 차림으로 거실에 있는 모습을 아내에게 들켰는데도 앤드루는 아무렇지 않아 보였다. 하긴 우리가 무슨 짓을 한 건 아니니까.

"내가 묻고 싶은 말이야." 니나가 쏘아붙였다. "둘이 아주 좋아 죽네. 뭐가 그렇게 재밌다고 낄낄대는 거지?"

앤드루가 대수롭지 않다는 듯 어깨를 으쓱해 보였다. "물 마시러 내려왔는데 밀리가 〈발칙한 기부쇼〉를 보고 있더라고. 그래서 잠깐 봤는데 너무 재미있지 뭐야."

"밀리." 니나가 내게로 시선을 돌렸다. "TV는 당신 방에서 보는 게 어때요? 여긴 가족 공간이에요."

"죄송합니다." 나는 빠르게 사과했다. "기회가 되면 TV를 사려고 해요."

"니나." 앤드루가 인상을 쓰며 말했다. "아무도 없는데 TV 좀 보면 어때서 그래."

"아무도 없진 않았지. 당신이 있었으니까."

"밀리는 그냥 TV만 봤을 뿐인걸."

"당신, 아침 일찍 회의가 있다고 하지 않았어?" 니나가 앤드루를 뚫어져라 쳐다봤다. "그런데 새벽 한 시에 TV를 볼 여유가 있는 거야?"

앤드루가 숨을 깊게 들이마셨다. 나는 앤드루가 니나에게 한 소리 하길 바라며 숨을 참았다. 하지만 앤드루는 어깨를 툭 늘어뜨리고 말했다. "그래, 당신 말이 맞아. 얼른 자야겠어."

니나는 팔짱을 낀 채 그 자리에 서서 터벅터벅 계단을 올라가는 앤드루를 지켜봤다. 그는 마치 밥도 못 먹고 방으로 쫓겨나는 아이 같았다. 니나의 질투를 지켜보자니 가시방석이 따로 없었다.

나는 소파에서 일어나 TV를 껐다. 니나는 여전히 그 자리에 서서 짧은 반바지와 민소매 티셔츠를 입은 나를 위아래로 훑었다. 브래지어를 하지 않은 내 옷차림이 오해를 불러일으킬 게 뻔했다.

하지만 어디까지나 난 나 혼자 있을 줄 알았다.

"밀리, 집에서 옷 좀 제대로 입고 있어요."

"죄송해요." 나는 연신 미안하다고 말했다. "주무시는 줄 알았어요."

"그래요?" 니나가 코웃음을 쳤다. "우리가 잠들면 한밤중에, 그것도 남의 집에서 그렇게 입고 돌아다녀도 된다는 거예요?"

할 말이 없었다. 여긴 남의 집이 아니다. 비록 다락방이지만 내가 사는 곳이었다. "아니요…."

"취침 시간 이후로는 다락에서 내려오지 말아요. 여긴 우리 가족을 위한 공간이에요. 알아들어요?"

"네."

니나는 마음에 들지 않는다는 듯 고개를 저었다. "솔직히, 도우미가 정말 필요한가 싶네요. 내가 잘못 생각한 것 같군요…."

맙소사! 거실에서 TV 좀 봤다고 새벽 한 시에 나를 해고하려는 걸까? 말도 안 된다. 니나가 나를 다른 집에 추천해 줄 리가 만무했다. 오히려 취업할 곳에 전화를 걸어 내가 얼마나 이상한지 떠들어댈 사람이었다.

어떻게든 이 문제를 해결해야 했다.

나는 손톱으로 손바닥을 긁었다. "저기, 니나. 아무 일도 없었어요…."

니나가 고개를 뒤로 젖히며 웃었다. 웃는 소린지 우는 소린지 몹시 거슬렸다. "내가 겨우 이런 걸로 걱정이라도 한다는 거예요? 우리 사이는 아주 견고해요. 조만간 둘째도 태어날 텐데 설마 내 남편이 다락방에 사는 가정부에게 모든 걸 걸까 봐 걱정하는 것으로 보인단 말이에요?"

나는 마른침을 삼켰다. 상황을 더 나쁘게 만든 것 같았다. "아니요. 그럴 리가 있겠어요."

니나는 커피 테이블 쪽으로 고개를 홱 돌리며 말했다. "지금 당장 저 지저분한 것들을 치워요." 그러곤 발길을 돌려 2층으로 올라갔다.

앤드루가 놓고 간 컵만 덩그러니 놓여있을 뿐 테이블은 깨끗했다. 테이블을 닦는데 수치심에 얼굴이 화끈거렸다. 쾅 하고 침실 방문이 닫히는 소리가 났다. 나는 손에 든 물컵을 가만히 내려다봤다.

그러곤 컵을 바닥에 내동댕이쳤다. 도저히 참을 수가 없었다.

와장창 컵이 부서지며 유리 조각이 사방으로 튀었다. 뒤로 한 발짝 물러서자 우지끈 유리 조각하나가 내 발바닥을 파고들었다.

앞으론 좀 더 조심해야 했다.

15

　이번 주 토요일 오후, 니나는 뒷마당에서 조촐하게 학부모 모임을 열 예정이었다. 엄마들이 모여 '일일 체험학습'에 대해 의논할 거라고 했다. 아이들을 밖으로 데리고 나가 고작 몇 시간 동안 놀게 하는 게 전분데 준비만 몇 달째 하고 있다. 요즘 들어 니나는 온통 체험학습 얘기뿐이었다. 오르되브르* 픽업을 잊지 말라는 문자를 열두 번도 넘게 보냈다.

　매일 아침 집안이 난장판이라 스트레스가 쌓이기 시작했다. 집이 왜 이렇게 난장판이 되는지 나로선 도무지 이해되질 않았다.

　특히 욕실이 그랬나. 하룻밤 사이에 어쩌면 저렇게 뒤죽박죽 난장판이 되는지 도무지 이해되지 않았다. 아침에 청소를 하러 들어

　＊　식사 전 식욕을 돋우기 위해 제공되는 전채 요리

가면 적어도 서너 개의 수건이 흠뻑 젖은 채 욕실 바닥에 나뒹굴고 세면대에는 치약이 덕지덕지 들러붙어 박박 문질러 닦아야 했다. 그뿐이 아니다. 빨래를 세탁 바구니에 넣기 싫어하는 병이라도 걸렸는지 널브러진 브래지어며 팬티, 바지, 스타킹 등을 집어 바구니에 넣는 데만도 족히 10분이 걸렸다. 다행히 앤드루는 바구니에 잘 넣었다. 게다가 드라이클리닝을 맡겨야 할 세탁물이 많았는데, 니나는 절대 분류라는 걸 몰랐다. 혹시라도 내가 세탁기에 들어갈 것과 세탁소에 맡겨야 할 것을 잘못 구분했다간 난리가 날 것이다. 어쩌면 교수형에 처해 질지도.

식품 포장지도 문제였다. 니나는 침실과 욕실의 틈이란 틈에 사탕 껍질을 끼워 놓았다. 니나가 앤드루를 처음 만났을 때보다 20킬로그램이 찐 이유를 알 것도 같았다.

집 안 구석구석을 청소하고, 드라이클리닝을 맡기고, 세탁과 다림질을 마치고 나니 시간이 촉박했다. 손님들은 한 시간 안에 도착할 예정이었다. 나는 오르되브르 픽업은 둘째치고 니나가 지시한 다른 일도 아직 마치지 못했다. 내가 상황을 아무리 설명해도 니나는 이해할 리가 없었다. 지난주에 앤드루와 〈발칙한 기부쇼〉를 보다가 들켜 니나의 입에서 해고라는 말이 나왔으니 절대 실수란 걸 하면 안 된다. 더군다나 오늘 오후는 무슨 일이 있어도 완벽하게 해내야 했다.

저택 밖으로 나가니 뒷마당은 이 동네에서 가장 아름다운 곳으로 변해있었다. 엔조의 작품이었다. 담장나무는 마치 자를 대고 자른 듯 완벽하게 다듬어져 있었고 마당 주변으로 점점이 수놓아진 꽃들이 윈체스터 저택 마당에 색채를 더했다. 푸르고 무성한 잔디는 누워서 두 팔을 휘저어 잔디 엔젤을 만들어 보고 싶은 충동이 마구 일었다.

하지만 테라스 가구마다 여기저기 먼지가 가득했다.

맙소사! 시간이 없었다.

"밀리, 왜 그래요?

뒤를 돌아보니 앤드루가 파란색 폴로셔츠에 카키색 바지 차림으로 서 있었다. 값비싼 양복을 입었을 때보다 훨씬 더 멋졌다.

"아니에요." 나는 대충 얼버무렸다. 이제 그와는 말도 섞으면 안 됐다.

"금방이라도 울 것 같은 얼굴이에요." 그가 정곡을 찔렀다.

나도 모르게 손등으로 눈가를 문질렀다. "괜찮아요. 학부모 모임에 준비할 게 너무 많아서 그래요."

"아, 그런 걸로 울면 안 되죠." 그가 인상을 찌푸렸다. "모임에 오는 여자들은 당신이 뭘 해도 만족하지 못할 거예요. 하나같이 다 이상하거든요. 내가 뭘 도와줄까요?"

나는 고개를 저었다. "괜찮아요. 혼자 할 수 있어요."

그가 더러운 의자 위에 한쪽 발을 올려놓았다. "날 믿어 봐요. 그렇게 쓸모없진 않아요. 뭘 하면 되는지 말만 해요." 내가 주저하자 그가 덧붙였다. "우리 둘 다 니나를 기쁘게 해 주고 싶은 거 아니에요? 오늘 모임을 망친다면 니나는 기분이 나빠질 거예요. 그러지 않으려면 당신은 내 도움이 필요해요."

"좋아요." 나는 마지못해 도움을 요청했다. "오르되브르 좀 픽업해 주세요. 정말 큰일을 해결해 주시는 거예요."

"접수 완료."

나는 어깨에 짊어진 커다란 짐을 내려놓은 것 같았다. 오르되브르는 가지러 가는 데 20분, 오는 데 20분이 걸린다. 그러고 나면 테라스 가구들을 청소할 시간이 겨우 15분 남는다. 니나가 새하얀 옷을 입고 의자에 앉는 모습을 상상하니 머리가 찌릿해졌다.

"감사해요. 정말 정말 감사해요. 정말이에요."

그가 나를 보며 활짝 웃었다. "정말이에요?"

"정말이에요. 정말."

그때 마침 세실리아가 새하얀 레이스가 달린 분홍색 드레스를 입고 뛰어왔다. "아빠."

그가 세실리아를 돌아보며 물었다. "씨씨, 무슨 일이니?"

"컴퓨터가 안 돼서 숙제를 못 해요. 좀 고쳐 줄 수 있어요?"

"당연하지." 그가 세실리아의 어깨에 손을 얹었다. "그런데 씨씨, 그보다 먼저 아빠랑 잠깐 한 바퀴 돌고 올까? 엄청 재미있을 거야."

세실리아가 의심스러운 눈초리로 그를 바라봤다.

그러자 앤드루가 못 본척하며 말했다. "가서 신발 신고 올래?"

내가 신발을 신으라고 하면 하루 반나절이 걸릴 텐데 아빠가 신으라고 하자 세실리아는 순순히 집으로 들어갔다. 역시 내 말만 듣지 않는 거였다.

"아빠랑 딸이 사이가 참 좋네요."

"고마워요."

"아빠를 많이 닮았어요."

앤드루가 고개를 저었다. "그렇지도 않아요. 씨씨는 니나를 더 닮았어요."

"그러긴 해요. 피부색이랑 머리색은 니나를 많이 닮았어요. 그런데 코는 딱 아빠걸요."

그가 셔츠 자락을 만지작거렸다. "세실리아는 내 친딸이 아니에요. 우리가 닮은 건, 뭐 우연이지요."

세상에! 말문이 턱 막혔다. "아, 몰랐어요…."

"내가 니나를 만났을 때 세실리아는 아기였어요. 그래서 세실리아는 나를 친아빠로 알아요. 물론 나도 친딸이라고 생각하고요. 서로 똑같은 셈이죠."

"그렇군요." 슈퍼모델도 아니고 더군다나 아이가 있는 여자와 결혼해 자기 아이로 키우다니…. 앤드루 윈체스터가 훨씬 더 대단해 보였다. "아까도 말했지만, 둘 사이가 참 좋아 보여요."

"아이들은 정말 멋진 존재죠…. 나는 아이가 한 12명쯤 있었으면 좋겠어요."

앤드루가 뭔가 다른 말을 하려다가 입을 꽉 다물었다. 몇 주 전 두 사람이 임신을 위해 노력하고 있다는 니나의 말이 떠올랐다. 화장실 바닥에 뒹굴던 피 묻은 탐폰도 생각났다. 그 이후로 어떻게 됐을까? 하지만 앤드루의 슬픈 얼굴을 보니 대답을 알 것도 같았다.

16

앤드루의 말대로 학부모 모임에 온 여자들은 하나같이 이상했다.

질리앤, 패트리스, 질리앤과 비슷하게 생긴 수잔, 니나를 포함해 전부 넷이었는데 이름까지 다 외웠다. 니나가 나를 꼼짝없이 그들 옆에서 시중을 들게 해서 저절로 외울 수밖에 없었다. 니나는 내게 마당 한 귀퉁이에서 서서 필요한 게 없는지 꼼꼼히 살피라고 했다.

적어도 오르되브르는 성공적이었다. 니나는 나 대신 앤드루가 오르되브르를 픽업한 사실을 눈치채지 못했다.

"체험학습 메뉴가 마음에 안 들어." 수잔이 펜으로 턱을 톡톡 두드리며 말했다. "글루텐 프리 메뉴가 하나쯤 있어야 하지 않을까?"

"내 생각도 그래." 질리앤이 말했다. "비건 메뉴는 있는데 둘 다 인 메뉴가 없네. 비건 메뉴이면서 글루텐이 들어가지 않은 음식을 찾는 사람들을 위한 메뉴가 있어야 할 텐데."

과연 그런 음식이 있을까? 나는 풀 말고 생각나는 게 없었다. 글루텐에 저렇게 집착하는 여자들은 처음 봤다. 오르되브르를 내 갈 때마다 매번 글루텐이 얼마나 들어갔냐고 묻는다. 글루텐이 뭔지도 잘 모르는데 내가 그걸 어떻게 안다고 묻는지.

날씨가 푹푹 쪘다. 에어컨이 있는 집 안에 들어가고 싶어 미쳐버릴 지경이었다. 여자들이 마시는 분홍색 스파클링 레모네이드를 한 모금이라도 좋으니 마시고 싶었다. 여자들의 눈을 피해 가며 이마에 흐르는 땀을 계속 닦았다. 겨드랑이가 땀으로 얼룩질까 걱정됐다.

"블루베리 고트치즈 플랫브레드가 식었어." 패트리스가 플랫브레드를 조금 떼어 먹으며 말했다. "안 따뜻해."

"내 말이." 니나가 아쉽다는 표정을 지었다. "가정부에게 따뜻하게 해달라고 부탁했는데 다들 어떤지 알잖아. 마음에 드는 사람 구하기가 어디 쉬워야 말이지."

어이가 없었다. 니나는 내게 그런 부탁을 한 적이 없었다. 심지어 내가 버젓이 옆에 있는 걸 알면서도 어떻게 저런 말을 서슴없이 한단 말인가?

"맞아." 질리앤이 자신도 그 마음을 이해한다는 듯 고개를 끄덕였다. "좋은 사람 구하기가 하늘의 별 따기야. 도대체 나라가 어떻게 되려고 이러는지 모르겠어. 왜 다들 편한 일만 하려고 하는지 몰라. 그게 다 게으르고 생각이 없어서라니까."

"그래서 영어도 못 하는 외국인을 고용하잖아. 엔조처럼." 수잔이 덧붙였다.

"엔조는 잘 생기기라도 했지." 패트리스가 웃었다.

여자들이 깔깔대며 웃었다. 그런데 웬일인지 니나는 아무 말이 없었다. 하긴 앤드루 같은 남자와 결혼해서 사는데 아무리 정원사가 잘 생겼어도 눈길이 갈 리가 없었다. 하지만 니나는 왠지 모르게 엔조를 탐탁지 않아 하는 것 같았다.

내 뒷담화… 아니지, 아까도 말했지만 내가 버젓이 앞에 있는데 내 앞담화를 해대는 여자들에게 한마디 해주고 싶어 입이 근질근질했지만 내가 게으른 미국인이 아니라는 것을 보여 주기로 했다. 지금껏 나는 엉덩이에 불이 나도록 일했고 불평 한번 한 적이 없다.

내가 목소리를 가다듬고 말했다. "니나, 요리를 좀 데워올까요?" 니나가 고개를 돌려 나를 쳐다봤다. 그 눈빛이 어찌나 매서운지 나도 모르게 뒤로 한 발짝 물러났다. "밀리, 얘기 중이잖아요. 끼어들지 말아요. 정말 무례하군요." 니나가 차갑게 말했다.

"아, 죄송합니다. 저는 그냥…."

"그리고 내가 당신 술친구에요? 니나라고 부르게." 니나가 다른 여자들을 보며 킥킥거리며 웃었다. "사모님이라고 불러요. 명심해요."

나는 어처구니가 없어 그녀를 빤히 쳐다봤다. 처음 만난 날 자신을 니나라고 부르라고 한 게 누군데? 지금껏 그렇게 불러왔고 그것에 대해 한 번도 뭐라고 한 적은 없었다. 그런데 이제 와서 새삼스레 나를 예의도 모르는 망나니 취급하다니.

제일 참을 수 없는 건 니나 양옆의 여자들이 나를 야단치는 니나를 영웅이라도 된 것 마냥 치켜세운다는 거였다. 패트리스는 자기 집 청소 도우미가 자신의 개가 죽은 걸 자기에게 말하더라며 뻔뻔스럽기 짝이 없다고 말했다. "그렇다고 못되게 굴 순 없지만, 솔직히 도우미가 키우던 개가 죽은 게 나랑 무슨 상관인지 모르겠어. 왜 자꾸 나한테 얘기하냔 말이야."

"그래도 도우미가 필요한 건 어쩔 수 없잖아." 니나는 식어버린 오르되브르를 입에 집어넣었다. 아까부터 지켜보니, 다른 여자들이 새처럼 깨작거리는 동안 니나는 음식의 절반을 먹었다. "게다가 앞으로 우리 부부에게 아기가 생길 테니 말이야."

여자들이 놀라 소리를 질렀다. "니나, 임신했어?" 수잔이 물었다.

"왠지 우리보다 한 다섯 배는 더 먹더라니. 내가 그럴 줄 알았어." 줄리앤이 의기양양해서 말했다.

니나가 그녀를 쏘아봤다. 그 광경에 나는 하마터면 웃음이 터져 나올 뻔했다. "아직은 아니야. 하지만 우리는 최고의 불임 전문의한테 상담받는 중이야. 분명 이번 연말쯤에는 임신하지 않을까 싶어."

"정말 잘됐다." 패트리스가 니나의 어깨를 톡톡 두드렸다. "너희 부부는 오랫동안 아기를 갖고 싶어 했잖아. 게다가 앤드루가 아빠 역할을 오죽 잘해."

니나가 고개를 끄덕였다. 잠시 후 그녀의 눈에 눈물이 촉촉하게 고이는가 싶더니 목이 메어 말했다. "잠시만. 실례할게."

니나가 집으로 뛰어 들어가자마자 여자들이 웃음을 터뜨렸다. "세상에!" 줄리앤이 낄낄거렸다. "난감해 죽는 줄 알았네! 그런 말실수를 하다니 말이야! 난 진짜 임신한 줄 알았잖아."

패트리스가 맞장구를 쳤다. "몸뚱이가 아주 집채만 해. 저 정도면 영양사나 개인 트레이너를 고용해야 하는 거 아니야? 참, 다들 개 머리 뿌리 올라오는 거 봤어?"

패트리스 말에 다들 고개를 끄덕였다. 그들과 함께 대화를 나눈 건 아니지만 나 역시 니나의 머리에 뿌리가 까맣게 올라오는 걸 알고 있었다. 면접을 봤던 첫날, 니나의 헤어스타일은 완벽했있다. 하지만 그동안 머리 뿌리가 꽤 많이 올라와 지저분해 보이는데도, 뿌리 염색을 하지 않고 내버려 두는 게 의아했다.

"나 같으면 창피해서 저러고 못 돌아다닐 것 같아. 저러다 잘생긴 남편이 바람이라도 나면 어떡하려고 그런데." 패트리스가 말했다.

"내가 듣기론 혼전 계약서를 아주 철저하게 썼다나 봐." 수잔이 덧붙였다. "이혼하면 니나는 빈털터리가 될걸. 심지어 양육비도 못 받을지 몰라. 앤드루가 세실리아를 호적에 올리지도 않았다지 아마."

"혼전 계약서라고?" 패트리스가 깜짝 놀라 소리쳤다. "도대체 니나는 무슨 약점을 잡혔길래 그런데? 그게 아니면 그런 계약서에 서명할 리가 없잖아. 남편 비위 맞추느라 고생 좀 하겠어."

"니나에게 다이어트 좀 하라고 하고 싶은데 못하겠어!" 질리앤이 목소리를 높였다. "그랬다간 니나가 다시 정신 병원에 가는 일이 생길 지도 몰라. 너희도 알다시피 니나가 정신이 온전치 않긴 하잖아." 숨이 턱하고 막혔다. 학교에서 만난 여자들이 니나가 제정신이 아니라고 했을 때만 해도 니나가 그냥 성격이 괴팍한 거라고 믿고 싶었다. 이따금 병원을 찾아 진정제를 맞는 정도라고 생각했다. 하지만 이제 보니 그 정도가 아닌 것 같았다. 남 말하기 좋아하는 저 여자들 말이 사실이라면 니나는 정신 병원에 입원한 경력이 있었다. 니나는 심각한 정신병을 앓고 있는 게 분명했다.

니나가 내게 잘못된 정보를 주거나 변덕이 죽 끓듯 할 때 그녀를 얼마나 미워했는지 생각하자 조금은 미안한 마음이 들었다.

"확실한 건 말이야." 패트리스가 목소리를 낮췄다. 자기 목소리가 얼마나 큰지 모르고 그렇게 하면 내게 들리지 않는다고 생각한 모양이다. "내가 니나라면 저렇게 예쁘고 젊은 가정부를 집에 들이지 않았을 거야. 니나는 질투심에 제정신이 아닌 게 분명해."

나는 못 들은 척 고개를 돌렸다. 나는 니나가 질투를 느끼지 않도록 최선을 다했다. 내가 그녀의 남편에게 관심이 있다는 사실을 절대 들키고 싶지 않았다. 내가 그녀의 남편에게 끌린다는 사실을 니나가 알게 하고 싶지 않았다. 나와 앤드루 사이를 니나가 조금도 의심하지 않기를 바랐다.

물론, 앤드루가 미혼이었다면 난 그에게 더 큰 감정을 느꼈을 것이다. 하지만 그는 이미 결혼했고, 그와는 최대한 거리를 유지할 생각이었다. 니나는 걱정할 필요가 전혀 없었다.

17

오늘은 앤드루와 니나가 불임 전문의를 만나러 가는 날이다.

상담 때문에 두 사람 모두 이번 주 내내 긴장했고 들떠 있었다. 저녁 식사 중에 그들의 대화를 살짝 엿듣게 됐다. 듣자 하니 그동안 니나는 여러 번 불임 치료를 받았고, 오늘은 그 결과를 들으러 간다고 했다. 니나는 시술비가 비싸다는 인공수정을 할 생각인 것 같았다. 하긴 돈이 뭐가 대수겠는가?

니나가 내 속을 좀 긁긴 해도 두 사람이 아기를 가지려고 노력하는 모습은 보기 좋았다. 어제는 부부가 게스트 룸을 아기방으로 바꾸자고 얘기했다. 둘 중 누가 더 들떠있는지는 모르겠지만 두 사람을 위해서라도 얼른 아기가 생기기를 바랐다.

부부가 병원에 가는 동안 세실리아는 내 몫이었다. 아홉 살짜리 여자아이를 돌보는 일이야 어려울 게 없었다. 하지만 세실리아는 나를 괴롭히려고 작정한 듯했다. 무슨 수업을 듣고 왔는지는 모르 겠지만, 친구 엄마가 집에 내려주자 신발을 휙 벗어 여기저기 던져 놓고 가방도 아무 데나 던져 버렸다. 날씨가 추워서 망정이지 아니 었다간 입고 있던 코트마저 아무 데나 벗어던졌을 것이다.

"세실리아." 나는 화를 꾹 누르며 말했다. "신발은 신발장에 넣어 주겠니?"

"나중에요." 세실리아는 소파에 털썩 주저앉아 옅은 노란색 드 레스를 만지작거리며 내 말을 듣는 둥 마는 둥 대답했다. 그러곤 리모컨을 잡더니 TV 채널을 이리저리 돌려 시끌벅적 요란스러운 만화를 틀었다. 오렌지와 배 모양 캐릭터가 화면에 등장해 야단법 석을 피웠다. "배고파요."

나는 심호흡을 하며 마음을 가라앉혔다. "뭐가 먹고 싶니?"

순간 괜히 물어봤다 싶었다. 그런데 웬일로 세실리아가 대답했 다. "어, 볼로냐 샌드위치."

재료가 다 있어서 다행이라는 생각에 세실리아에게 '주세요'라 고 말하라고 하는 것도 잊었다. 딸이 버릇없이 크든 말든 그건 니 나가 결정할 문제다. 훈육은 내 몫이 아니다.

나는 주방으로 가서 음식이 넘쳐나는 냉장고에서 빵과 소시지 를 꺼냈다. 세실리아가 마요네즈를 좋아할지 어떨지, 그리고 넣는 다면 얼마나 넣어야 할지 알 수가 없어서 마요네즈 병을 주고 원 하는 만큼 넣으라고 하는 게 좋겠다고 생각했다. 세실리아, 내가 네 머리 위에 있다고!

나는 거실로 나와 커피 테이블 위에 샌드위치와 마요네즈를 올려놓았다. 세실리아가 샌드위치를 보며 오만상을 찌푸렸다.

"웩! 이게 뭐야." 세실리아가 소리쳤다.

정말이지 맨손으로 이 아이를 목 졸라 죽여 버릴 수도 있을 것 같았지만 참았다. "볼로냐 샌드위치를 먹고 싶다며? 그래서 그걸 만들었는걸."

"내가 언제 볼로냐 샌드위치를 먹고 싶다고 했어요?" 세실리아가 징징대며 말했다. "볼로냐 스파게티를 먹고 싶다고 했잖아요."

나는 어이가 없어 입을 떡 벌린 채 세실리아를 노려봤다.

세실리아는 잔뜩 짜증을 내며 샌드위치를 바닥에 내동댕이쳤다. 그러자 빵과 소시지가 분리돼 제각각 카펫에 떨어졌다. 그나마 마요네즈를 뿌리지 않은 게 얼마나 다행인지 몰랐다. 적어도 마요네즈까지 닦아낼 필요는 없었으니 말이다.

나는 할 만큼 했다. 내가 훈육할 문제는 아니었지만, 세실리아는 이제 음식을 바닥에 내동댕이칠 나이를 지났다. 더군다나 곧 동생이 생길지도 모르는데 언제까지 어린애처럼 행동할 순 없었다.

"세실리아." 나는 이를 악문 채 세실리아를 불렀다.

세실리아가 뾰족한 턱을 살짝 들어 올리며 답했다. "왜요?"

그때 마침 현관문 열리는 소리가 들리지 않았다면 어떤 일이 벌어질지 장담할 수 없었다. 현관문이 열리는 바람에 우리의 결전은 거기서 끝나고 말았다. 앤드루와 니나가 병원에서 돌아왔다. 나는 세실리아를 외면한 채 억지 미소를 지으며 그들을 맞았다. 병원에 다녀왔으니 니나가 분명 기분이 아주 좋을 거라고 생각했다.

하지만 두 사람이 거실로 들어왔을 땐 누구 하나 기분 좋은 얼굴이 아니었다.

아니, 기분이 좋지 않다는 걸로는 부족했다. 니나의 금발은 헝클어지고 흰색 블라우스는 온통 구겨져 있었다. 두 눈은 잔뜩 충혈된 채 퉁퉁 부어 있었다. 앤드루도 그다지 좋아 보이지 않았다. 넥타이는 풀려다 만 것처럼 흐트러져 있고 그 역시 눈이 충혈돼 있었다.

나는 두 손을 가지런히 모으며 물었다. "무슨 일 있으세요?"

차라리 묻지 말 걸 그랬다. 그냥 가만히 있을 걸 그랬다. 니나가 내 쪽으로 시선을 돌리자 창백했던 그녀의 얼굴이 빨갛게 달아올랐다. "빌어먹을, 밀리. 뭘 그렇게 꼬치꼬치 묻는 거예요? 당신이 상관할 바가 아니잖아요." 니나가 톡 쏘아붙였다.

"죄송해요." 나는 침을 한 번 꿀꺽 삼켰다.

니나의 시선이 거실 바닥으로 향했다. 세실리아의 신발과 테이블 주변에 나뒹구는 빵과 고깃덩어리로 거실은 난장판이었다. 그 순간 세실리아가 거실을 박차고 뛰쳐나가 버렸다. 니나의 얼굴이 일그러졌다. "내가 집에 와서까지 이런 꼴을 봐야겠어요? 이런 난장판을 내가? 내가 이러려고 당신에게 돈을 주는지 알아요? 다른 일자리나 찾아보던가요."

말문이 막혀 말이 잘 나오질 않았다. "저… 지금 치우려던 참이었…"

"내 말에 이러쿵저러쿵 토 달지 말아요." 니나가 싸늘한 눈빛으로 앤드루를 쳐다봤다. "머리가 깨질 것 같아서 좀 누워 있어야겠어."

니나가 쿵쿵거리며 계단을 올라갔다. 쿵쿵쿵, 그녀가 계단을 오를 때마다 발뒤꿈치가 마치 총알을 발사하는 것 같았다. 침실 문이 쾅 하고 닫혔다. 상담 결과가 좋지 않은 게 분명했다. 지금 니나에겐 아무 말도 들리지 않을 것이다.

앤드루가 소파에 앉아 머리를 뒤로 기대며 중얼거렸다. "빌어먹을."

나는 입술을 깨물며 그러면 안 된다는 걸 알면서도 앤드루 옆에 앉았다. "괜찮으세요?"

그가 손가락 끝으로 눈을 비비며 말했다. "힘드네요."

"무슨… 일이에요…?"

"아니에요." 앤드루가 잠시 눈을 감았다. 그러곤 한숨을 내쉬며 말했다. "아기는 가질 수 없을 거예요. 니나는 임신이 어렵대요."

일단 나는 그 말에 놀랐다. 임신에 대해 아는 건 없었지만 니나와 앤드루에게 방법이 없다니 믿을 수가 없었다. 분명 뉴스에서는 60세가 넘은 여자도 임신을 했다는데.

하지만 그 말을 입 밖으로 꺼낼 수는 없었다. 두 사람은 불임 전문의를 만나고 왔다. 의사가 모르는 데 내가 뭘 안다고 나서겠는가! 의사가 그렇다면 그런 거다. 둘 사이에 아기는 생기지 않을 예정이다. "힘내세요."

"네…." 그가 손가락으로 머리카락을 쓸어내렸다. "괜찮다고 생각하려는데 그게 잘 안되네요. 세실리아를 내 딸처럼 사랑하지만 그래도…. 나는… 그게… 그러니까 난 늘 꿈꿔왔거든요…."

처음으로 앤드루와 속 깊은 대화를 나눴다. 그가 내게 마음을 터놓다니 기분이 좋았다. "이해해요." 내가 속삭이듯 말했다. "두 분 모두… 얼마나 힘들지."

그가 가만히 자신의 무릎을 쳐다봤다. "내가 마음을 강하게 먹어야 해요. 니나가 상심이 커요."

"제가 도와드릴 일이 없을까요?"

앤드루는 소파의 솔기만 만지작거릴 뿐 잠시 아무 말도 하지 않았다. "니나가 보고 싶어 하는 쇼가 있어요. 계속 〈쇼다운〉 얘기를 했어요. 표를 구하면 니나가 좋아할 거예요. 당신이 니나에게 괜찮은 날짜를 물어봐서 1층 좌석으로 예약해줄래요?"

"그럴게요." 니나가 못 견디게 싫을 때도 많았지만, 지금만큼은 그녀가 얼마나 힘들지 가늠조차 되지 않았다. 그녀가 안쓰러웠다.

앤드루가 또다시 충혈된 눈을 비볐다. "밀리, 고마워요. 솔직히 당신이 없었다면 어떻게 해야 할지 몰랐을 거예요. 니나가 가끔 당신에게 모질게 구는 거 내가 대신 사과할게요. 니나가 신경질적인 면은 있지만 그래도 당신을 정말 좋아해요. 당신이 도와줘서 얼마나 고마워하는지 몰라요."

사실인지 아닌지는 알 수 없지만 그걸 따질 생각은 없었다. 돈을 모을 때까진 이 집에서 계속 일해야 했다. 그러려면 니나의 비위를 맞추기 위해 최선을 다해야 했다.

18

그날 밤, 시끄러운 소리에 잠에서 깼다.

다락방은 방음이 잘 돼 웬만하면 소리가 잘 들리지 않는다. 그런데 아래층에서 고함소리가 들렸다. 남자와 여자의 목소리, 앤드루와 니나였다.

무언가 깨지는 소리도 들렸다. 본능적으로 자리에서 일어났다. 내가 상관할 바는 아니었지만, 아래층에서 무슨 일이 일어난 게 분명했다. 적어도 무슨 일인지는 알아야 할 것 같았다.

문손잡이를 잡고 돌렸다. 돌아가지 않았다. 잘 돌아가지 않는 뻑뻑한 문이 이제는 제법 익숙했지만 그래도 가끔씩 공포가 엄습했다. 다시 한번 손잡이를 힘껏 돌려 문을 열고 밖으로 나왔다.

삐걱거리는 계단을 따라 2층으로 내려갔다. 그러자 고함소리가 더 크게 들렸다. 니나와 앤드루 방에서 나오는 소리였다. 니나가 앤드루에게 소리쳤다. 그녀는 정신이 나간 것 같았다.

"이건 너무해! 내가 할 수 있는 건 전부 다 했단 말이야." 니나가 울부짖었다.

"니나, 당신 잘못이 아니야." 앤드루의 목소리가 들렸다.

"아니, 내 잘못이야! 당신이 젊은 여자랑만 결혼했다면 그렇게 원하는 아이를 가질 수 있었을 텐데! 그러니까 이건 내 잘못이야!"

"니나…."

"나만 아니면 당신은 행복했을 텐데!"

"니나, 그렇게 말하지 마…."

"사실이잖아!" 니나의 목소리는 슬프기보다 화가 난 것처럼 들렸다. "당신은 내가 사라지기를 바라지?"

"니나, 그만해!"

또다시 무언가 부서지는 소리와 쿵 소리가 연이어 들렸다.

나는 뒤로 한 걸음 물러났다. 방문을 두드릴까 아니면 그냥 내 방으로 갈까 고민에 빠졌다. 그렇게 어쩔 줄 모르고 서 있는데 문이 열렸다.

니나가 백합처럼 새하얀 가운을 걸친 채 모습을 드러냈다. 지난번 앤드루와 내가 거실에 있었을 때 입었던 그 가운이었다. 그런데 엉덩이 부분부터 치맛자락을 따라 선홍색 피가 흘러내리고 있었다.

"밀리. 여기서 뭐 하는 거예요?" 니나가 나를 매섭게 노려봤다.

나는 그녀의 손을 내려다봤다. 오른쪽 손바닥이 온통 선홍색이었다. "저는…."

"지금 우리 부부방을 엿보고 있었던 거예요?" 그녀가 눈썹을 치켜뜨며 물었다. "우리가 하는 말을 엿듣고 있었냐고 묻잖아요?"

"아니에요." 나는 뒤로 한 발짝 물러섰다. "깨지는 소리가 들리길래 걱정돼서요…. 혹시 무슨 일이 있는 건 아닌가 싶어서."

내 시선이 가운에 묻은 핏자국으로 향하자 니나가 재미있다는 표정을 지으며 말했다. "손을 좀 다쳤어요. 걱정할 거 없어요. 그리고 당신 도움 따윈 필요 없어요."

도대체 무슨 일이 있었던 걸까? 그녀의 가운은 왜 피범벅일까? 그리고 앤드루는 왜 방 안에서 나오지 않는 걸까?

혹시 니나가 앤드루를 죽인 걸까? 앤드루가 침대 한가운데 죽은 채 누워있는 거라면? 지금이라도 내가 살릴 수 있다면? 발걸음이 떨어지질 않았다. 그동안 살면서 나쁜 짓을 많이 저질렀지만 그래도 니나가 살인자가 되도록 둘 순 없었다.

"앤드루는 어디에 있어요?"

니나의 얼굴이 붉으락푸르락해졌다 "뭐라고요?"

"저는 그냥…." 나는 방문 너머를 조금이라도 확인하고 싶어 자세를 바꿨다. "쿵 소리가 들려서요. 앤드루는 괜찮아요?"

니나가 나를 살벌하게 째려봤다. "어떻게 감히! 대체 뭘 의심하는 거예요?"

앤드루는 크고 건장한 남자다. 니나가 앤드루를 단숨에 처리했다면 나 역시 그녀를 감당하기 어려울 것이다. 하지만 앤드루가 괜찮은지 확인하지 않고는 발걸음이 떨어지질 않았다.

"당신 방으로 돌아가요." 니나가 내게 명령했다.

목구멍에서 뭔가가 울컥 치밀어 올랐다. "싫어요."

"방으로 돌아가. 아니면 넌 해고야."

진심이었다. 니나의 눈을 보면 알 수 있다. 하지만 나는 한 발짝도 움직이지 않았다. 그때 안에서 소리가 들렸다. 그제야 잔뜩 긴장한 어깨에 힘이 풀렸다. 물을 트는 소리였다.

다행히 앤드루는 무사하다. 지금 욕실에 있다.

하느님 감사합니다.

"이제 만족해?" 니나의 옅은 푸른색 눈동자는 마치 얼음조각 같았다. 그 눈빛에 알 수 없는 뭔가가 있었다. 마치 이 상황을 즐기고 있는 듯한. 그녀는 나를 겁주고 싶어 한다.

"내 남편은 살아있어. 그것도 아주 잘."

내가 고개를 숙였다. "저는 그냥 궁금해서…. 기분 나쁘셨다면 죄송해요."

나는 뒤돌아 터덕터덕 복도로 걸어갔다. 등 뒤로 니나의 시선이 느껴졌다. 계단에 거의 다 왔을 때쯤 니나가 나를 불렀다.

"밀리?"

내가 뒤돌아섰다. 니나의 새하얀 드레스가 달빛을 받아 눈부시게 반짝이고 그 빛이 복도로 스며들었다. 핏자국만 아니었다면 마치 천사 같은 모습이었다. 그녀의 오른손 밑으로 선홍색 피가 고여 바닥에 작은 웅덩이를 만들었다. "네?"

"밤에 다락방에서 나오지 말아요. 알겠어요?" 니나가 나를 똑바로 바라보며 말했다. 니나가 그렇게 말하지 않아도 나 역시 다락방에서 나오고 싶지 않았다.

19

다음 날 아침, 니나는 평소보다 넋이 나가 보였다. 세실리아를 학교에 데려다줄 때도 타이어가 보도블록에 부딪혀 끼익 소리를 냈고 집에 돌아와서도 거실 한가운데 서서 벽을 쳐다보며 멍하니 서 있었다. 내가 주방에서 나와 괜찮냐고 묻자 그제야 정신을 차렸다.

"괜찮아요." 니나는 분명 내가 말끔히 다려놓았는데 여기저기 구겨진 흰색 블라우스의 깃을 펴며 말했다. "밀리, 미안하지만 아침 좀 준비해줘요. 평소에 먹던 걸로요."

"네."

평소 니나는 달걀 세 개에 버터와 파마산 치즈를 많이 넣은 스크램블드에그와 베이컨 네 조각, 그리고 버터를 바른 잉글리쉬 번을 먹었다. 다행히 다른 여자들처럼 입으로 들어가는 모든 음식의 칼로리를 꼼꼼히 따지지 않았다.

나는 오렌지 주스 한 잔과 함께 아침을 식탁으로 가져갔다. 니나가 음식을 유심히 살폈다. 늘 그랬듯 음식이 제대로 익지 않았다는 둥, 내가 언제 아침을 달라고 했냐는 둥 꼬투리를 잡을 줄 알았다. 그런데 그녀가 상냥하게 웃으며 말했다. "밀리, 고마워요."

"아니에요." 나는 그녀 주변을 서성거리며 말을 할까 말까 망설였다. "저기, 앤드루가 사모님께 주고 싶다고 브로드웨이에서 하는 〈쇼다운〉 티켓을 두 장 예약해 달라고 하셨어요."

니나의 눈이 반짝거렸다. "앤드루는 참 좋은 사람이에요. 괜찮으면 당신이 표 좀 예약해줄래요?"

"언제가 좋으세요?"

니나는 스크램블드에그를 입에 넣고 씹으며 생각에 잠겼다. "일요일부터 일주일간은 아무 요일이나 괜찮아요."

"네. 세실리아는 제가 잘 돌보고 있을게요."

니나가 스크램블드에그를 입에 욱여넣었다. 음식이 흰색 블라우스에 흘렀지만, 니나는 그것도 모른 채 음식을 입에 계속 집어넣었다.

"밀리, 다시 한번 고마워요." 니나가 나를 보며 눈을 찡긋거렸다. "당신이 없었으면 얼마나 힘들었을까요?"

니나는 정말 그렇게 생각하는 걸까? 아니면 나를 해고하려는 의도일까? 모 아니면 도일 것이다. 하지만 나는 니나의 잘못이라고 생각하지 않는다. 그녀의 친구들이 말했듯 니나는 마음의 병이 있는 게 분명했다. 니나가 정신 병원에 있었다는 말이 자꾸 생각났다. 멀쩡한 사람을 정신 병원에 가둘 리가 없다. 나쁜 일이 있었던 게 분명했다. 한편으론 그게 무엇인지 알고 싶었지만 물어볼 순 없었다. 게다가 엔조에게 뭐라도 알아내려고 했지만 헛수고였지 않았던가.

니나는 5분도 채 안 돼 스크램블드에그며 베이컨이며 잉글리쉬 번까지 접시를 싹싹 비웠다. 그때 앤드루가 서둘러 계단을 내려왔다. 어젯밤 물소리를 들었지만 밤새도록 그가 걱정됐다. 혹시라도 니나가 수도꼭지에 타이머를 설치해 물소리가 나게끔 만들어 앤드루가 살아있는 것처럼 꾸민 건 아닐까? 나는 밤새 말도 안 되는 시나리오를 썼다. 물론 그런 일이야 없겠지만 그렇다고 아주 말이 안 되는 상상은 아니다. 어쨌든 그가 무사해서 다행이다. 하늘색 와이셔츠에 짙은 회색 양복을 차려입은 앤드루를 보자 나는 숨이 멎을 것 같았다.

앤드루가 주방으로 들어오려는 찰나 니나가 접시를 치우고 자리에서 일어나 머리를 매만졌다. 금발의 머리가 평소와 달리 푸석푸석한데다 짙은 색 뿌리가 전보다 더 많이 눈에 띄었다.

"여보, 좋은 아침!" 니나가 앤드루를 보며 환하게 웃었다.

앤드루는 인사를 건네려다 니나의 블라우스에 들러붙은 달걀 조각을 발견하곤 입술 한쪽을 올리며 못마땅한 표정을 지었다. "니나, 블라우스에 달걀이 묻었잖아."

니나가 얼굴이 빨개지며 블라우스에 묻은 달걀을 톡톡 털어냈다. 음식이 얼룩져 새하얀 블라우스가 엉망이 되었다. "어머, 어떡하면 좋아!"

"괜찮아. 그래도 예뻐." 앤드루는 니나를 안고 입을 맞췄다. 니나는 앤드루의 품에 무너지듯 안겼다. 나는 마음속에 끓어오르는 질투를 애써 외면했다. "사무실에 나가봐야 해. 이따가 밤에 봐."

"여보, 문 앞까지 바래다줄게."

니나는 오지게 운이 좋다. 모든 걸 다 가졌다. 정신 병원엔 다녀왔는지는 몰라도 적어도 나처럼 감옥엔 다녀오지 않았다. 어마어마한 집에 엄청난 재산, 친절하고 유쾌하고 돈 많고 따뜻한, 거기다 끝내주게 매력적인 남편까지 가졌다.

잠시 눈을 감고 니나가 되는 상상을 했다. 으리으리한 집, 값비싼 옷과 신발, 멋진 차, 최고급 시트에 킹사이즈 침대가 있는 궁전 같은 방, 코딱지만 한 다락방에서 살면서 요리와 청소를 해주는 가정부, 그리고 무엇보다 앤드루 같은 남편. 앤드루가 니나가 아닌 내 입술에 입을 맞춘다. 그리고 가슴에 느껴지는 그의 따뜻한 체온….

맙소사! 내가 무슨 생각을 하고 있단 말인가? 변명 아닌 변명을 하자면 꽤 오랜만에 이런 상상을 해 본다. 지난 10년을 감옥에서 세상에 나갔을 때 나를 구원할 완벽한 남자를 꿈꾸며 보냈다. 그리고 지금….

내가 꿈꾸던 남자가 내 앞에 있다. 상상이 현실로 다가왔다.

나는 2층으로 올라가 침실을 정돈하고 욕실을 청소했다. 청소를 마치고 막 1층으로 내려오는데 초인종이 울렸다. 서둘러 달려가 문을 열었다. 놀랍게도 엔조가 커다란 상자를 들고 서 있었다.

"차오." 그가 가르쳐준 인사말을 기억해냈다.

엔조의 얼굴에 화색이 돌았다. "차오. 이거… 당신 거."

나는 무슨 영문인지 몰라 어리둥절했다. 가끔 택배원들은 철제 대문 안까지 들어갈 수 없다고 생각해 문밖에 물건을 두고 갔다.

그럴 때마다 내가 끙끙대며 물건을 집 안으로 옮겨야 했다. 그런데 오늘은 배달원이 두고 간 물건을 엔조가 나를 위해 집안까지 친절하게 가져온 것이다.

"그라치에." 내가 고맙다는 인사를 건넸다.

엔조가 눈썹을 치켜올리며 말했다. "낭신은 원해요? 니가….."

나는 무슨 말인지 몰라 잠시 생각했다. "아… 네. 식탁 위에 놓아줄래요?" 내가 식탁을 가리키자 엔조가 식탁 쪽으로 상자를 들고 갔다. 지난번 엔조가 집에 들어왔을 때 니나가 화를 냈던 게 생각났다. 다행히 그녀는 지금 집에 없었고 상자는 내가 들기에 무거워 보였다. 엔조가 상자를 내려놓자 누가 보냈는지 살폈다. 에블린 윈체스터. 아마 앤드루네 가족 중 한 사람인 것 같았다.

"그라치에." 나는 다시 한번 고맙다는 인사를 건넸다.

엔조가 고개를 끄덕였다. 그는 청바지에 흰 티셔츠를 입고 있었다. 잘 어울렸다. 엔조는 늘 동네 어딘가 마당에서 땀 흘려 일했다. 그리고 이 동네 돈 많은 여자들이 그에게 추파를 던졌다. 솔직히 엔조는 말이 통하지 않는 데다가 외모로 치면 내 취향은 앤드루에 더 가까웠다. 하지만 그와 잠깐 재미를 보는 것도 괜찮을 것 같았다. 내 안에 억눌린 에너지를 조금은 발산할 수 있을뿐더러 주인집 남자에 대해 부적절한 마음을 품는 것도 멈출 수 있을 것 같았다.

하지만 엔조가 영어를 못하니 어떻게 접근해야 할지 망설여졌다. 하지만 사랑의 언어는 만국 공통 아니던가!

"아쿠아?" 나는 한참을 고민 끝에 물었다.

엔조가 고개를 끄덕였다. "시(네)."

나는 주방으로 달려가 서랍장에서 컵을 꺼내 물을 반쯤 담아 엔조에게 가져갔다. 그가 고맙다며 컵을 받아들었다.

"그라치에."

물을 들이켤 때마다 그의 팔근육이 꿈틀거렸다. 몸 하나는 정말 끝내준다. 침대에선 어떨지 궁금했다. 아마 환상적이지 않을까?

엔조가 물을 다 마실 즈음 나는 손을 배배 꼬며 물었다. "저기, 음…. 지금… 바빠요?"

엔조는 물컵을 내려놓고 나를 멍하니 쳐다봤다. "응?"

나는 목소리를 가다듬었다. "그러니까 일할 게… 많아요?"

"일." 엔조가 일이라는 단어를 알아듣고 고개를 끄덕였다. 솔직히 이상했다. 이 동네에서 3년을 일했는데 영어를 저렇게 모를 수 있을까? "시, 몰토 오쿠파토(네, 아주 바빠요)."

"아." 생각대로 되지 않았다. 바로 본론으로 들어가는 게 낫겠다 싶었다. "내 말은," 나는 엔조에게 한 발짝 다가갔다. "좀 쉬는 게… 어때요?"

그가 짙은 눈동자로 나를 가만히 쳐다봤다. 눈이 참 예뻤다. "무슨 말인지… 몰라요."

나는 사랑의 언어로 접근했다. "쉬어요." 나는 팔을 뻗어 그의 가슴에 얹었다. 그러곤 눈썹을 치켜올리며 유혹의 눈길을 보냈다. "무슨 뜻인지 알죠?"

이쯤 되면 웃으며 나를 번쩍 들어 올려 다락방으로 데리고 가 몇 시간이고 황홀한 시간을 보낼 줄 알았다. 하지만 내 예상과 달리 그의 눈빛이 어두워지며 마치 내 손이 불덩이라도 되는 양 화들짝 놀라 뒤로 물러났다. 그러곤 몹시 화가 난 듯 이탈리아 말을 빠르게 내뱉었다.

"미안… 미안해요." 나는 어쩔 줄을 몰랐다.

"세 파초!(미쳤어!)" 엔조가 나를 향해 소리쳤다. 그가 검은 머리카락을 손으로 빗어 넘기며 말했다. "체 카볼로!(도대체 이게 무슨 짓이야!)"

너무 창피했다. 나는 정말이지 식탁 밑이라도 기어들어 가고 싶은 심정이었다. 그가 거절할지도 모른다고 생각했지만, 이 정도로 화를 낼지는 몰랐다. "나는… 그러니까…. 그런 게 아니라…."

엔조는 걱정 가득한 눈으로 계단 쪽을 올려다보더니 다시 나를 쳐다봤다. "나는… 갑니다. 지금."

"네." 내가 고개를 끄덕였다. "가세요. 정말… 미안해요. 친해지려고 그랬어요. 다른 뜻은 없었…."

엔조가 헛소리하지 말라는 눈빛으로 나를 쳐다봤다. 말은 안 통해도 헛소린지 아닌지는 왜 다 아는 건지.

엔조는 문 쪽으로 성큼성큼 걸어갔다. "미안해요." 사과만 세 번째다. "저기… 짐 옮겨다 줘서 고마워요. 그라치에."

엔조가 문 앞에 멈춰서더니 뒤를 돌아봤다. 그러곤 짙은 눈동자로 나를 바라봤다. "당신… 나가요, 밀리." 그는 떠듬떠듬 영어로 말했다. "여기는…." 엔조는 처음 만난 날 내게 했던 말을 이번엔 영어로 천천히 내뱉었다. "위험해요."

그게 무슨 말이냐고 물어보려 했지만, 그는 서둘러 현관문을 나갔다.

20

맙소사! 너무 수치스러웠다.

세실리아의 탭댄스 수업이 끝나기를 기다리는 내내 엔조가 안겨 준 굴욕감에 정신을 차릴 수가 없었다. 머리가 지끈거렸다.

옆자리에 앉은 여자가 걱정스럽다는 듯 나를 쳐다봤다. 매끈한 피부에 주름 제거술이나 보톡스의 흔적이 없는 걸로 봐서 내 또래인 것 같았다. 그렇다면 자기 아이를 데리고 온 게 아니라 그녀도 나처럼 도우미인 듯했다.

"타이레놀 좀 줄까요?" 그녀가 물었다. 눈치 빠르게 내가 불편해하는 것을 알아챘거나 아니면 내 한숨 소리를 들은 모양이었다.

나는 잠시 망설이다가 고개를 끄덕였다. 진통제로는 매력적인 이탈리아 출신 정원사에게 거절당한 수치심을 없앨 수가 없었다. 그래도 두통은 좀 줄어들지 않을까 싶었다.

그녀가 커다란 검은색 가방을 뒤적거리더니 타이레놀을 꺼냈다. 내가 손을 내밀자 그녀가 약병을 흔들어 흰색 알약 두 알을 내 손바닥에 떨궜다. 나는 알약을 입 안에 털어 넣고 물도 없이 꿀꺽 삼켰다. 얼마나 있어야 두통이 좀 가라앉을까?

"어맨다예요. 당신의 탭댄스 대기실 전용 약사라고나 할까요?"

나도 모르게 웃음이 피식 터져 나왔다. "고마워요. 누굴 데리러 왔어요?"

그녀가 하나로 묶은 갈색 머리를 어깨 뒤로 넘기며 말했다. "번스타인 쌍둥이요. 둘이 똑같이 탭댄스 하는 모습을 당신이 봐야 해요. 아주 볼 만하거든요. 두통에 아주 딱 이에요. 당신은 누굴 데리러 왔어요?"

"세실리아 윈체스터요."

그 말에 어맨다가 한숨을 낮게 내뱉었다. "윈체스터 저택에서 일해요? 조심해요."

나는 무릎을 움켜쥐었다. "그게 무슨 뜻이에요?"

그녀가 어깨를 으쓱해 보였다. "니나 윈체스터, 당신도 알잖아요. 그녀는…." 어맨다는 미쳤다는 뜻으로 검지를 관자놀이쯤 올려 뱅글뱅글 돌렸다. "안 그래요?"

"그걸 어떻게 알아요?"

"어머, 이 동네 사람 다 알아요." 그녀가 나를 힐끗 쳐다봤다. "더군다나 질투가 많은 편 같던데. 남편이 매력이 넘치잖아요, 안 그래요?"

나는 시선을 피했다. "괜찮긴 하죠."

어맨다가 가방을 뒤적거렸다. 그 순간 내 호기심이 발동했다. 니나에 대한 정보를 캘 수 있는 절호의 기회였다.

"그런데 사람들은 왜 니나를 미쳤다고 하는 거예요?"

어맨다가 고개를 들고 나를 쳐다보더니 씩 웃으며 대답했다. "다들 그녀가 하얀 집에 갇혔었다고 그러던데요."

나는 '하얀 집'이라는 말에 움찔했다. "저도 그런 소릴 듣긴 했어요…."

어맨다가 혀를 쯧쯧 차며 말을 이었다. "그때 세실리아는 아기였는데. 불쌍도 하지. 경찰이 1초만 늦게 왔어도…."

"그게 무슨 말이에요?"

어맨다가 주위를 둘러보더니 목소리를 낮췄다. "니나가 무슨 짓을 했는지 알죠?"

나는 말없이 고개를 저었다.

"끔찍해서…." 어맨다가 숨을 들이마셨다. "글쎄, 세실리아를 욕조에 빠트려 죽이려고 했다지 뭐예요."

나는 손으로 입을 틀어막았다. "니나가…요?"

어맨다가 침울한 얼굴로 고개를 끄덕였다. "니나가 세실리아에게 약을 먹이고는 욕조에 넣고 물을 틀었대요. 그러고 나서 자기도 약을 한 주먹 먹었다지 뭐예요."

말문이 막혔다. 나는 니나가 발레 수업에서 다른 아이 엄마와 튀튀* 색깔을 놓고 한바탕 난리를 피웠다던가 아니면 네일 숍 담

---

* 발레할 때 입는 스커트

당 직원이 그만둬서 소란을 피웠다던가 하는 정도의 일을 상상했었다. 그런데 이게 무슨 날벼락 같은 소린가? 엄마가 아기를 죽이려고 했다니. 이보다 더 끔찍한 일이 있을까?

"듣기로는 앤드루 윈체스터가 출근 후에 니나와 연락이 닿지 않아서 걱정하다가 경찰을 불렀다나 봐요. 천만다행이지 뭐예요."

진통제를 먹었는데도 머리가 점점 더 아파 토할 것 같았다. 니나가 딸을 죽이려고 했다니! 그래 놓고 스스로 목숨을 끊으려고 했다니! 그래서 정신과 약을 먹고 있던 거였다. 하지만 쉽사리 납득이 되지 않는 게 있었다. 내가 알기론 니나는 세실리아를 끔찍이 아낀다. 그런 건 억지로 꾸며서 되는 게 아니다. 하지만 같은 얘기를 하는 사람이 한둘이 아닌 걸 보면 어맨다가 꾸며낸 말은 아닐 것이다. 동네 사람 모두가 다 잘못 알고 있을 리는 없지 않은가?

자기 딸을 죽이려고 했다니!

물론 전후 상황까진 알 수 없다. 산후 우울증에 걸리면 나쁜 생각을 하게 된다고 들었다. 어쩌면 니나는 자신이 무슨 짓을 하고 있는지조차 몰랐을지도 모른다. 사람들 말처럼 그녀가 작정하고 딸을 죽이려고 하진 않았을 것이다. 만약 그게 사실이라면 니나는 지금 감옥에 있어야 한다. 그것도 평생을.

그동안은 니나의 정신 상태가 걱정되긴 했지만 진짜 폭력을 행사할 만한 사람이라고는 생각하지 않았다. 하지만 이제는 그녀가 니나가 내가 생각하는 것보다 훨씬 더 많은 일을 벌일지도 모른다는 생각이 들었다.

그때 문득 나를 밀어내고 황급히 현관문을 빠져나가던 엔조의 겁에 질린 눈빛이 떠올랐다. '여기서 나가요, 밀리. 여기는… 위험해요.' 그는 나를 걱정하고 있다. 그리고 니나 윈체스터를 두려워한다. 그가 영어만 할 수 있었다면. 그랬다면 벌써 그 집을 박차고 나갔을 거란 생각이 들었다.

하지만 사실상 나에겐 딱히 선택권이 없다. 월급도 괜찮은 편이고 무엇보다 이곳에서 나가기엔 아직 모아 둔 돈이 턱없이 부족했다. 여길 그만두고 다른 곳을 알아본다고 해도 윈체스터 부부가 추천서를 잘 써줄 리가 없다. 또다시 구인 광고를 뒤져야 하고 수감 기록이 들통나면 줄줄이 퇴짜를 맞을 수밖에 없을 것이다.

최선을 다해 니나의 비위를 맞추며 조금 더 이 집에 있을 수밖에 없다. 하지만 어쩌면 이 일에는 내 목숨이 달려있을지도 모른다.

21

저녁 식사 시간이 다 되도록 엔조가 가져다 놓은 상자는 식탁에 그대로 있었다. 나는 다시 한번 보낸 사람 주소를 살폈다. 에블린 윈체스터, 누군지 궁금했다. 글씨가 크고 동글동글했다. 살짝 밀어보니 안에서 달가닥 소리가 났다.

"이른 크리스마스 선물인가요?"

말소리에 고개를 드니 앤드루가 와 있었다. 차고에서 바로 올라온 것 같았다. 그가 나를 향해 어색하게 웃어 보였다. 넥타이가 느슨하게 풀려있었다. 어제보다 안색이 괜찮아 보여서 다행이었다. 어제 의사를 만나고, 거기다 끔찍한 난리까지 겪고 난 뒤라 몹시 힘들 것 같았다. 심지어 어젯밤에는 니나가 앤드루를 죽였을지도 모른다고까지 생각했었다. 하긴 니나가 그런 일로 정신 병원에 있었다는 사실을 알고 나니 그 생각이 아주 얼토당토않지만은 않은 것 같았다.

"아직 6월인걸요." 내가 말했다.

그가 혀를 차며 말했다. "크리스마스 선물은 때가 없잖아요." 그가 식탁 쪽으로 걸어와 보낸 사람 주소를 확인했다. 나와의 거리가 불과 몇 센티미터밖에 되지 않아 그의 애프터셰이브 냄새가 느껴졌다. 냄새가… 좋았다. 역시 비싼 건 달랐다.

밀리, 그만해. 주인집 남자 냄새나 맡고 뭐 하는 짓이야.

"어머니가 보내셨네요."

나는 그를 향해 활짝 웃어 보였다. "어머니가 아직도 선물 꾸러미를 보내시는 거예요?"

그가 웃으며 말했다. "예전엔 그랬죠. 특히 니나가… 아팠을 때."

'아팠다.' 니나가 저지른 일을 그렇게 포장해 주다니! 내 머리로는 앤드루를 도저히 헤아릴 수가 없었다.

"아마 씨씨에게 보내신 걸 거예요. 어머니는 씨씨를 응석받이로 키우세요. 씨씨에게 할머니는 당신뿐이라고 다 받아주세요."

"외할머니 외할아버지도 계시잖아요?"

앤드루가 상자에 손을 얹고 잠시 생각에 잠겼다. "니나의 부모님은 니나가 어렸을 때 돌아가셨어요. 난 얼굴도 몰라요."

니나는 자살을 시도했다. 자기 딸도 죽이려고 했다. 그리고 부모님도 돌아가신 것으로 밝혀졌다. 다음 타자가 그 집 가정부가 되지 않길 바랄 뿐이다.

무슨 쓸데없는 생각이람. 니나의 부모님은 암이나 심장병으로 돌아가셨을 가능성이 더 컸다. 니나가 무슨 짓을 벌였든, 정신 병원에서는 그녀가 세상에 나가 잘 살 수 있을 거라고 판단했으니 퇴원시켰을 것이다. 일단은 그렇게 믿어야 했다.

"한번 열어볼까요." 앤드루는 이렇게 말하곤 커터 칼을 가져와 테이프를 자르고 상자를 열었다. 나는 궁금해서 안달이 날 지경이었다. 온종일 상자를 쳐다보며 안에 무엇이 들었을지 궁금했다. 그런데 상자를 열어본 앤드루의 얼굴이 창백해졌다. 나는 무슨 일인가 싶었다.

"앤드루?" 나는 걱정스러운 얼굴로 물었다. "괜찮아요?"

그는 아무 말 없이 의자에 앉아 손가락으로 관자놀이를 지그시 눌렀다. 나는 걱정이 돼 그에게 가까이 다가갔다. 그 순간 내 눈이 상자로 향했다.

그가 왜 얼굴을 찌푸렸는지 단숨에 이해했다.

작고 하얀 아기 담요, 딸랑이, 인형, 작고 하얀 우주복들. 상자는 온통 아기 물건들로 가득했다.

니나는 곧 아기가 태어날 거라고 여기저기 떠들어댔다. 분명 시어머니에게도 말했을 것이다. 그래서 아기 물건들을 보내온 게 틀림없다. 안타깝게도 니나는 지나치게 경솔했다.

앤드루는 금방이라도 울 것 같았다. "괜찮아요?"

그는 내가 옆에 있다는 사실을 잊었는지 눈물을 참으려고 눈을 깜박거렸다. 그러곤 애써 희미하게 웃어 보였다. "괜찮아요. 그냥… 열어보지 말 걸 그랬어요."

나는 그의 옆자리에 앉았다. "의사가 오진했을 수도 있잖아요."

솔직히 앤드루가 왜 그토록 아기를 원하는지 이해가 되지 않았다. 니나가 세실리아에게 한 짓을 생각하면 더더욱 그랬다. 또 그런 짓을 하지 않는다는 법이 없지 않은가?

그가 손으로 얼굴을 문질렀다. "어쩔 수 없죠. 니나는 나보다 나이가 많아요. 결혼하고 나서 문제가… 좀 있었어요. 사실 그때는 아기를 갖는 게 썩 내키지 않더라고요. 그래서 지금까지 기다렸는데…"

나는 깜짝 놀라 앤드루를 쳐다봤다. "니나가 나이가 더 많아요?"

"네. 조금요." 그가 어깨를 으쓱했다. "사랑에 빠지니 나이 따윈 보이지 않더라고요. 그만큼 니나를 사랑했어요." 앤드루가 니나를 이야기 하며 '사랑했다'라고 과거 시제로 말했다. 순간 그도 눈치 챘는지 얼굴이 빨개지며 말을 바꿨다. "그러니까…. 니나를 사랑해요. 사랑하니까 어떤 상황에서도 서로에게 힘이 돼주었어요."

앤드루는 확신에 찬 어조로 말했다. 하지만 상자를 다시 한번 바라보는 그의 얼굴엔 슬픈 기색이 역력했다. 무슨 말을 해도 아기를 가질 수 없다는 사실을 받아들이기 힘든 모양이었다. 그 아픈 사실이 그를 짓누르고 있었다.

앤드루를 안아주고 싶었다. 돈이 아무리 많아도 가엽게 느껴졌다. 그는 정말 좋은 사람이다. 행복할 자격이 있다. 아무리 정신적으로 문제가 있고 감정 기복이 있다고 해도 앤드루를 그렇게나 사랑하는 니나는 왜 그를 행복하게 해주지 못하는 걸까? 혹시 앤드루는 일종의 의무감에 그녀와 사는 건 아닐까?

"이야기할 사람이 필요하면 말씀하세요. 제가 들어드릴게요."

앤드루가 내 눈을 바라보며 말했다. "고마워요."

나는 앤드루를 위로해 주고 싶어 그의 손 위에 내 손을 살포시 올려놓았다. 그러자 그가 손을 뒤집어 내 손을 꽉 움켜잡았다. 그의 손바닥이 내 손바닥에 닿자 온몸에 전율이 일었다. 처음 느껴 본 감정이었다. 나는 앤드루의 갈색 눈을 쳐다봤다. 그 역시 나와 같은 감정을 느끼고 있었다. 그 순간 형언할 수 없는 힘에 이끌려 우리는 서로를 가만히 응시했다. 그의 얼굴이 빨갛게 달아올랐다.

"가봐야겠어요." 앤드루가 손을 빼며 말했다. "나는… 그러니까, 가야만…."

"네…."

앤드루는 자리에서 벌떡 일어나 주방을 나갔다. 그러곤 계단 앞에 멈춰 서서 나를 한참 바라본 후 2층으로 사라졌다.

22

앤드루를 피해 다니며 한 주를 보냈다.

그를 향한 내 감정을 더 이상 부인할 수가 없었다. 그저 스쳐 지나는 감정이 아니었다. 나는 그에게 푹 빠져버렸다. 머릿속은 온통 앤드루로 가득했다. 심지어 그가 내게 키스하는 상상까지 했다.

앤드루 역시 니나를 사랑한다고 말하지만, 내게 마음이 있는 것 같았다. 하지만 나는 일자리를 잃고 싶지 않았다. 아내가 있는 주인집 남자와 잠자리를 하면서 이 일을 계속할 순 없다. 괴롭지만 그를 향한 내 감정을 떨쳐내야 했다. 그나마 다행인 건 앤드루가 하루 대부분을 사무실에서 보낸다는 것이다. 마음만 먹으면 종일 그와 마주치지 않을 수 있었다.

오늘도 앤드루가 퇴근하기 전에 서둘러 저녁을 차리고 내 방으로 사라지려는데 니나가 주방을 어슬렁거렸다. 그러곤 흐뭇한 얼굴로 밥을 곁들인 연어 스테이크가 놓인 주방 카운터를 기웃거렸다. 물론 세실리아를 위해서 치킨 너겟도 따로 준비했다.

"밀리, 냄새가 아주 좋아요."

"고맙습니다." 나는 평소처럼 내 방으로 가도 좋다는 말을 들으려고 주방을 서성거렸다. "더 필요한 게 있을까요?"

"한 가지 물어볼 게 있어요. 〈쇼다운〉은 예약했어요?" 그녀가 금발의 머리칼을 만지작거리며 물었다.

"그럼요!" 나는 니나가 말했던 일정을 참고해, 이번 주 일요일 밤 공연의 마지막 남은 1층 앞좌석 두 자리를 낚아채고 뿌듯하던 참이었다. 티켓값은 좀 비쌌지만, 윈체스터 부부에게 그 정도쯤이야 껌값일 것이다. "앞에서 6번째 자리요. 배우들이 손에 닿을 정도로 아주 가까울 거예요."

"어머, 잘했어요!" 니나가 손뼉을 치며 물었다. "호텔도 예약했나요?"

"플라자 호텔로 예약했어요."

공연장이 집에서 좀 멀어 니나와 앤드루는 플라자 호텔에서 하룻밤을 묵을 계획이다. 세실리아는 친구네 집에서 자기로 했다. 그러면 완벽한 나 홀로 집에다. 아무도 없으니 벗고 다녀도 된다. 물론 벗고 다니겠다는 건 아니다. 그만큼 좋다는 말이다.

"너무 좋아요." 니나가 탄식하듯 말했다. "앤드루와 나는 정말 휴식이 필요해요."

나는 입을 닫고 꾹 참았다. 니나와 앤드루의 관계에 대해 아무 말도 하지 않을 생각이다. 그 순간 쾅하고 문이 닫히는 소리가 들렸다. 앤드루가 온 모양이었다. 불임 전문의를 만나고 와서 크게 다툰 뒤로 두 사람 사이에 왠지 모를 거리감이 느껴졌다. 서로 어색하게 예의를 차리는 게 눈에 보였다. 특히 니나는 나사 하나가 빠진 사람처럼 굴었다. 지금도 흰색 블라우스의 단추가 잘못 끼워져 있었다. 단추 하나를 빠트리니 블라우스가 한쪽으로 기울어졌다. 말해주고 싶었지만 그랬다간 니나가 소리를 칠 것 같아 입을 꾹 다물었다.

"좋은 시간 보내세요."

"네. 일주일 넘게 어떻게 기다린담." 니나가 나를 보며 활짝 웃었다.

나는 의아한 생각이 들었다. "일주일을 기다린다고요? 이제 사흘밖에 안 남았어요."

앤드루가 넥타이를 풀며 다이닝룸으로 성큼성큼 들어오다가 나를 보고 멈칫하더니 이내 아무렇지 않은 척했다. 나 역시 양복을 차려입은 그의 모습에 심장이 덜컥 내려앉았지만 태연한 척했다.

"3일이요? 밀리, 내가 일요일에서 한 주 뒤로 부탁했잖아요! 분명히 그렇게 말했어요."

"네…." 나는 고개를 끄덕였다. "그런데 일주일 전에 말씀하신 거라 이번 주라고 생각했어요. 그래서 말씀하신 대로 이번 주 일요일로 예약한 거고요."

니나의 두 뺨이 붉게 상기됐다. "내가 분명 2주 후 일요일에 예약하라고 했잖아요. 그런데 왜 이번 주로 예약한 거죠?"

"아니, 그게 아니라…."

"왜 당신 멋대로 하는 거죠?" 니나가 팔짱을 꼈다. "이번 주 일요일은 안 된다고요. 매사추세츠에서 열리는 여름 캠프에 세실리아를 데려다주고 거기서 하룻밤 자고 와야 해요."

이게 무슨 날벼락이란 말인가? 분명 다가오는 일주일은 시간이 비었다고 아무 요일이나 예약하라고, 세실리아는 친구 집에서 잘 거라고 했으면서. 달리 방법이 없었다. "세실리아를 다른 사람에게 부탁할 순 없을까요? 티켓이 환불 안 되는 거라서요."

니나가 화가 난 듯했다. "여름 캠프 때문에 2주 동안 못 볼 텐데, 어떻게 다른 사람한테 내 딸을 데려다주라고 해요? 그렇겐 못 해요."

왜? 딸을 죽이려고까지 한 사람이. 하지만 그렇게 말할 순 없었다.

"밀리, 무슨 일을 이딴 식으로 해요?" 그녀가 고개를 절레절레 저었다. "티켓값이랑 호텔비는 당신 월급에서 까겠어요."

어이가 없어 입이 떡 벌어졌다. 티켓값과 호텔비를 합하면 내 월급보다 많다. 젠장, 자그마치 석 달 치 월급에 맞먹는다. 얼른 돈을 모아 지옥 같은 이 저택에서 나갈 생각이었는데 당분간 월급이 없는 거나 마찬가지라고 생각하니 눈물이 앞을 가렸다.

그때 앤드루가 끼어들었다. "니나, 화내지 마. 환불받을 방법이 있을 거야. 내가 신용카드 회사에 전화해서 부탁해 볼게."

니나가 나를 매섭게 노려봤다. "좋아요. 하지만 환불이 안 되면 당신이 물어내야 할 거예요. 알겠어요?"

나는 말없이 고개를 끄덕이곤 눈물을 들키기 전에 재빨리 주방을 빠져나왔다.

23

일요일 오후, 두 가지 소식을 들었다. 하나는 앤드루가 티켓을 환불받아서 다행히 월급으로 메우지 않아도 된다는 것.

또 다른 하나는 세실리아가 2주간 집에 없다는 것이다.

어느 것이 더 좋은 소식인지 모르겠다. 티켓값을 메울 필요가 없어서 기쁘기도 기쁘지만, 당분간 세실리아 시중을 들지 않는 것도 기뻤다.

세실리아는 어디에서든 최소한 1년은 버틸 수 있을 만큼의 짐을 썼다. 장담컨대, 물건이란 물건은 다 챙긴 것 같았다. 니나의 차로 가방을 옮기는데 가방 사이사이 놀이라도 채워 넣었는지 너무 무거웠다.

"밀리, 조심해요." 손잡이를 잡은 손바닥이 시뻘게지도록 젖 먹던 힘까지 끌어내 가방을 차 트렁크 안에 넣는데 그 모습을 초조하게 지켜보던 니나가 소리쳤다. "깨지지 않게 조심해요."

캠프에 가져갈 물건 중에 깨질만한 게 뭐가 있을까? 다들 옷이랑 책, 벌레 퇴치제 정도만 챙겨가지 않나? 그렇다고 뭘 넣었냐고 물어볼 순 없었다. "죄송해요."

마지막 짐을 옮기려고 집으로 들어가는데 그때 마침 앤드루가 2층에서 빠른 걸음으로 내려왔다. 내가 괴물 같은 가방을 들려고 하자 그가 눈을 휘둥그레 뜨며 말했다. "내가 들게요. 엄청 무거워 보여요."

"괜찮아요." 니나가 차고 쪽에서 집 안으로 들어오고 있어서 그렇게밖에 말할 수 없었다.

"여보, 그냥 둬. 밀리가 할 일인데." 니나가 손가락을 내저으며 말했다. "당신, 허리도 안 좋은데 조심해야지."

그가 니나를 쳐다봤다. "허리는 멀쩡해. 씨씨에게 잘 다녀오라고 인사도 해야 하고."

니나가 얼굴을 찡그렸다. "정말 우리랑 같이 안 갈 거야?"

"나도 가고 싶은데 내일 시간이 안 돼. 오후 내내 미팅이 잡혀있어."

"당신은 늘 일이 먼저지?"

앤드루의 얼굴이 굳었다. 기분이 나쁠 만했다. 내가 아는 한 앤드루는 그런 사람이 아니다. 성공한 사업가였지만 하루도 빠짐없이 집에 들어와 가족과 저녁 식사를 했다. 가끔 주말 출근을 하기도 했지만, 이번 달만 해도 무용 발표회 두 번에 피아노 발표회와 가라테 발표회에도 각각 참석했고 4학년 종업식뿐만 아니라 학교 일일 아트쇼에도 참석했다.

니나가 콧방귀를 뀌더니 고개를 홱 돌렸다. 앤드루가 그녀의 팔을 잡자 손을 탁 치고는 핸드백을 가지러 주방으로 냅다 들어가 버렸다.

앤드루가 무거운 가방을 들고 차고로 가 트렁크에 실었다. 그러고는 캠프와 어울리지 않는 프릴이 달린 새하얀 드레스를 입고 니나의 새하얀 렉서스에 앉아있는 세실리아에게 잘 다녀오라고 인사를 건넸다. 나는 세실리아에게 아무 말도 하지 않았다.

이 쪼끄만 괴물 없이 2주를 보낸다니 너무 좋아 펄쩍펄쩍 뛰고 싶었다. 하지만 주방에서 나오는 니나에게 아쉬운 척하며 말했다. "이번 달엔 세실리아가 없어서 어떡하죠?"

"그래요? 세실리아를 싫어하는 줄 알았는데." 니나가 퉁명스럽게 툭 던졌다.

나는 그 말에 깜짝 놀랐다. 세실리아와 내가 잘 맞지 않는 건 사실이었지만, 니나가 알고 있는지는 몰랐다. 그렇다면 내가 자기를 좋아하지 않는 것도 알고 있을까?

니나가 흰색 블라우스를 매만지며 차고로 나갔다. 그녀가 나가자마자 온몸에 긴장이 탁 풀렸다. 니나가 옆에 있으면 나는 늘 긴장하게 된다. 내가 하는 일을 사사건건 따지고 들것 같았다.

앤드루가 청바지에 손을 쓱쓱 닦으며 차고에서 나왔다. 주말마다 입는 청바지에 티셔츠 차림도 보기 좋고 운동할 때 헝클어진 헤어스타일도 좋았다. 나를 보고 미소 지으며 윙크하는 것도.

니나가 집을 비워서 앤드루도 나처럼 좋을까?

"음, 니나가 없어서 말인데요. 당신에게 고백할 게 있어요." 그가 말했다.

"네?"

고백이라고? 당신을 사랑해요. 당신이 나와 함께 외딴섬으로 도망치겠다고 하면 니나를 버릴 수 있어요.

밀리, 정신 차려!

"사실 티켓값을 환불받지 못했어요." 앤드루가 고개를 떨궜다. "니나가 그 문제로 당신을 괴롭히며 티켓값을 물어내라고 할 텐데…, 차마 그 모습을 볼 수 없었어요. 분명 니나가 날짜를 잘못 말했을 거예요."

내가 천천히 고개를 끄덕였다. "네, 맞아요, 하지만…. 뭐, 어쨌든 고마워요. 감사합니다."

"그래서 말인데요…. 저기, 자, 이 티켓 받아요. 오늘 밤에 친구랑 같이 쇼를 보고 플라자 호텔에서 하룻밤 자고 와요."

나는 너무 놀라 하마터면 소리를 지를 뻔했다. "그건 너무 과분해요."

앤드루는 나를 보며 씩 웃었다. "그럼 티켓을 그냥 버려요? 그러지 말고 다녀와요."

"저기 그게…." 나는 티셔츠 자락을 만지작거렸다. 니나가 알면 뭐라고 할지 도무지 상상이 가질 않았다. 솔직히 생각만 해도 무서웠다. "호의는 감사하지만 괜찮습니다."

"정말요? 이거 10년 만에 하는 최고의 쇼예요! 브로드웨이 쇼

안 좋아해요?"

그는 지난 10년간 내가 뭘 하고 살았는지 알지 못한다. "전 브로드웨이 쇼를 본 적이 없어요."

"그렇다면 꼭 가야 해요! 진짜예요!"

"알아요. 하지만…." 나는 깊게 숨을 들이마셨다. "사실, 같이 갈 사람이 없어요. 그렇다고 혼자 갈 수도 없고. 아무래도 가지 않는 게 좋겠어요."

앤드루가 나를 잠시 빤히 쳐다보며 살짝 올라온 수염을 만지작거렸다. 그러곤 마침내 입을 열었다. "나랑 같이 가요."

내가 의심스러운 눈초리로 물었다. "그래도 괜찮을까요?"

그가 머뭇거렸다. "니나가 질투할 수도 있지만 그렇다고 이 비싼 티켓을 그냥 버릴 순 없잖아요. 브로드웨이 쇼를 한 번도 본 적이 없다니 그건 있을 수 없는 일이에요. 아주 재미있을 거예요."

당연히 재미있을 것이다. 그래서 더 걱정됐다.

머릿속으로 저녁에 벌어질 일들을 생각해봤다. 앤드루가 운전하는 BMW를 타고 맨해튼으로 나가 제일 좋은 자리에 앉아 브로드웨이에서 제일 핫하다는 쇼를 보고, 근처 식당에서 저녁을 먹고, 프로세코 와인을 한 잔 마시고, 니나가 나타나 노려볼 걱정 없이 앤드루와 대화를 나눈다.

생각만 해도 행복했다.

"좋아요, 가요."

앤드루의 얼굴이 환해졌다. "가서 옷을 갈아입고 올게요. 한 시간 후에 여기서 만나요, 알겠죠?"

"네."

다락으로 가는 계단을 오르는데 왠지 모르게 마음이 무겁고 꺼림칙했다. 설레기도 했지만, 예감이 좋지 않았다. 오늘 밤 쇼를 보러 가면 뭔가 끔찍한 일이 일어날 것만 같았다. 잘못됐다는 걸 알지만 나는 이미 앤드루에게 푹 빠져 버렸다. 어쩌면 그와 단둘이 하룻밤을 보낼 운명일지도 모른다.

어림도 없지! 우린 그저 맨해튼에 쇼를 보러 가는 것뿐이다. 우리 둘 다 사리 분별할 줄 아는 성인이었다. 우리 사이엔 아무 일도 일어나지 않을 것이다.

24

청바지에 티셔츠를 입고 브로드웨이 쇼에 갈 수는 없었다. 인터 넷으로 검색해보니 딱히 복장 규정 같은 건 없었지만 신경 쓰였 다. 앤드루가 옷을 갈아입고 온다고 했으니 나도 그에 걸맞은 괜찮 은 옷을 입어야 할 것 같았다.

하지만 괜찮은 옷이 없었다.

엄밀히 말해 입을 만한 게 없었다. 그때 니나가 준 옷 봉투가 생 각났다. 옷이 망가지지 않도록 옷걸이에 걸어만 놓았지 한 번도 입 지 않았다. 파티에서나 입을 법한 드레스를 입고 청소기를 돌릴 수는 없었으니까

하지만 오늘 밤은 최대한 차려입어야 했다. 앞으로 이런 날이 언 제 다시 올지 모른다.

그런데 더 큰 문제는 드레스가 모두 눈부시게 새하얗다는 것이다. 흰색, 니나가 제일 좋아하는 색이었다. 나는 딱히 좋아하는 색이 없긴 했지만, 흰색은 때가 금방 타서 싫었다. 참, 오렌지색은 끔찍했다. 10년간 질리도록 입어야 했던 죄수복이 떠오르니까.

나는 어느 게 적당할지 고민하며 드레스를 살폈다. 하나같이 예쁘고 섹시했다. 고심 끝에 레이스로 된 끈을 목뒤로 묶고, 길이는 살짝 무릎 위까지 오는 몸에 딱 붙는 칵테일 드레스로 정했다. 니나가 입던 옷이라 내가 입으면 클 줄 알았는데 아주 옛날에 샀는지 몸에 딱 맞았다.

나는 립스틱만 대충 바르고 아이라이너만 살짝 그렸다. 무슨 일이 있어도 오늘 밤 똑바로 행동할 생각이다. 절대 문제 삼을 일을 만들고 싶지 않았다.

니나가 나와 앤드루 사이를 의심이라도 하는 날엔 내 목숨이 남아나지 않을 테니까.

계단을 내려가니 앤드루가 이미 거실에 있었다. 회색 양복 재킷에, 그에 어울리는 넥타이를 맸고 샤워에 면도까지 새로 마쳤다. 그는… 아주 멋졌다. 정신을 차릴 수 없을 만큼 잘 생겼다. 너무 잘생겨서 나도 모르게 그의 옷깃을 잡아당기고 싶을 만큼. 놀랍게도 앤드루도 나를 보자 눈이 휘둥그레져 내 귀에 들릴 정도로 숨을 크게 들이쉬었다.

우리는 잠시 서로를 응시했다.

"세상에, 밀리." 넥타이를 고쳐 매던 그의 손이 파르르 떨렸다. "너무…"

다음 말을 하진 않았지만, 나를 바라보는 그의 표정을 보니 좋은 말일 것 같았다.

속으로 정말 가도 괜찮겠냐고 물어볼까, 아니면 그냥 없었던 일로 하자고 할까 망설이는 와중에 앤드루가 나를 재촉했다. "얼른 가요. 브로드웨이 주변은 주차가 쉽지 않아요."

"네. 얼른 가요."

이젠 되돌릴 수 없었다.

BMW의 차가운 가죽 시트에 앉으니, 마치 연예인이라도 된 것 같았다. 앤드루의 차는 닛산과 비교할 수가 없었다. 그런데 입었을 땐 무릎 언저리까지 오던 스커트가 자리에 앉으니 허벅지 위로 쑥 올라갔다. 스커트를 잡아당겨 봤지만 그것도 잠시뿐, 다시 기어 올라갔다. 순간 앤드루가 차에 타며 내 다리를 쳐다봤다.

다행히 앤드루는 정면을 주시한 채 시동을 켜고 대문을 빠져나 갔다. 참 착하고 신의 있는 남편이라는 생각이 들었다. 드레스를 입은 나를 보고 처음엔 넋을 잃은 것 같았지만, 그렇다고 자제력을 잃는 사람은 아니었다.

"너무 기대돼요." 차가 롱아일랜드 고속도로를 빠져나갈 즈음 내가 말을 꺼냈다. "〈쇼다운〉을 보러 가다니 믿어지지 않아요."

그러자 앤드루가 고개를 끄덕였다. "정말 재미있대요."

"옷을 갈아입는 동안 휴대폰으로 쇼에 나오는 노래도 들어봤어요." 내가 솔직하게 털어났다.

그 말에 앤드루가 웃으며 말했다. "6번째 줄이라고 했죠?"

"네. 맞아요." 브로드웨이에서 가장 핫한 쇼를, 그것도 손 내밀면

배우가 닿을 만큼 가까운 앞자리에서 보다니. 대사가 많아 침 세
례를 받을지도 모르지만 그래도 좋았다. "그나저나…."

앤드루가 왜 그러냐는 듯 눈썹을 치켜세웠다.

"니나와 같이 못 가서 어떡해요." 나는 속옷을 보여 주고 싶어
안달이 났는지 자꾸 기어 올라가는 스커트 자락을 잡아당기면서
말했다. "니나가 보고 싶어 했잖아요."

그가 손을 저으며 말했다. "그건 걱정하지 말아요. 니나는 결혼
후에 브로드웨이 쇼를 수도 없이 많이 봤어요. 이건 당신에게 주
는 선물이에요. 맘껏 즐겨요. 니나도 그러길 바랄 거예요."

"그럴까요?" 물론 니나가 그럴 거라고 생각하지는 않았다.

"내 말을 믿어요. 괜찮아요."

신호에 걸려 차가 천천히 멈춰 서자 앤드루가 손가락으로 핸들을
톡톡 쳤다. 그와 동시에 앤드루의 시선이 자동차 앞 유리에서 벗어
나는 게 보였다. 잠시 후 그의 시선이 어디로 향하는지 알 수 있었다.

그의 시선은 내 다리로 향했다.

내가 고개를 들자 앤드루는 들켰다고 생각했는지 얼굴이 빨개
져 시선을 돌렸다.

나는 다리를 꼬며 자세를 고쳐 앉았다. 니나가 이 사실을 알면
분명 기분 나빠할 것이다. 하지만 그녀가 어떻게 이 사실을 알겠는
가? 우린 잘못한 게 없다. 다리 좀 훔쳐본 게 뭐 어때서? 보는 건
죄가 아닌데.

25

아름다운 6월의 저녁이었다.

극장으로 들어서는 순간 숨이 멎는 줄 알았다. 내 생애 이런 곳은 처음이었다. 오케스트라석*만 해도 좌석이 엄청나게 많았는데 위쪽을 올려다보니 좌석이 두 개의 섹션으로 나뉘어 저 멀리 천장까지 이어졌다. 그리고 무대 앞쪽에는 심장을 설레게 하는 노란색 조명 아래 붉은색 커튼이 드리워져 있었다.

눈앞에 펼쳐진 광경에 정신이 팔렸다가 문득 고개를 들어보니 앤드루가 나를 재미있다는 듯 쳐다보고 있었다. "왜요?" 내가 물었다.

"그냥 귀여워서요. 그 표정 말이에요. 내겐 모든 게 익숙한데 당

---

* 무대 바로 앞쪽 좌석

신이 신기해하니 참 좋네요."

"공연장이 엄청나게 크네요." 내가 수줍어하며 말했다.

안내원이 팸플릿을 건네며 우리를 자리로 안내했다. 안내원은
놀랍게도 계속해서 멈추지 않고 앞으로 갔다. 자리에 도착하자 나
는 무대에서 너무 가까워 기절하는 줄 알았다. 정말 손만 뻗으면
배우의 발목도 잡을 수 있는 거리였다. 물론 그랬다간 가석방법에
걸리겠지만.

어마어마한 공연장, 가장 핫한 쇼, 가장 좋은 자리, 거기다 앤드
루까지 옆에 있으니 왠지 내가 특별한 사람이라도 된 것만 같았
다. 하기 싫은 일을 마지못해 하고 자기 이름 앞으로 모아둔 돈도
땡전 한 푼 없는, 감옥에서 갓 출소한 그런 여자가 아니라 이 모든
걸 누릴만한 자격이 있는 사람처럼 느껴졌다.

나는 앤드루의 옆모습을 바라봤다. 이게 다 앤드루 덕분이었다.
마음을 바꿔 티켓값을 청구할 수도 있었고 자신의 친구와 갈 수
도 있었다. 뭐가 됐든 그가 원하는 대로 할 수 있었을 텐데. 하지
만 그는 그렇게 하지 않았다. 앤드루는 오늘 밤 나를 이곳에 데려
왔고 나는 오늘 일을 평생 잊지 못할 것이다.

"고마워요." 내가 불쑥 말했다.

그가 나를 바라보며 씩 웃었다. 웃으니 더 매력적으로 보였다.
"별말씀을."

음악 소리와 자리를 찾는 사람들이 웅성대는 소리에 묻혀 하마
터면 휴대폰 진동 소리를 놓칠 뻔했다. 핸드백에서 휴대폰을 꺼내
자 니나가 보낸 문자 메시지가 화면에 떴다.

'쓰레기 내다 놓는 거 잊지 말아요.'

나는 이를 악물었다. 도우미라는 걸 잊고 한껏 행복에 취해있는데 쓰레기를 내다 놓으라는 집주인의 메시지만큼 찬물을 끼얹는게 또 있을까? 지금껏 쓰레기를 잊은 적이 단 한 번도 없는데 니나는 허구한 날 쓰레기 타령이다. 그런데 문자를 보고 나서야 하필이면 오늘 쓰레기를 내놓지 않았다는 사실을 깨달았다. 보통 저녁을 먹고 나서 쓰레기를 내다 놓는데 오늘은 갑자기 쇼를 보러오게 되는 바람에 깜빡 잊어 버렸다.

하지만 괜찮다. 오늘 밤 집에 돌아가서 잊지 말고 버리면 된다. 앤드루의 BMW가 호박으로 변하고 난 후에.

"괜찮아요?"

메시지를 보던 내게 앤드루가 걱정스러운 듯 물었다. 그는 내 고용주고 유부남이다. 그저 브로드웨이 쇼도 한 번 보지 못한 내가 불쌍해서 나를 이곳까지 데려온 것뿐이다. 절대 이 사실을 잊어선 안 된다. 그렇게 되뇌자 들떴던 마음이 다시 차분해졌다.

공연은 정말 최고였다.

나는 쇼를 보는 내내 말 그대로 입을 다물지 못했다. 왜 브로드웨이에서 가장 유명한지 알 것 같았다. 노래가 귀에 쏙쏙 들어오고 춤은 디테일이 살아있으며, 주연 배우는 가히 환상적이었다.

하시만 내 눈엔 그 무엇보다도 앤드루가 더 멋졌다.

세 번의 기립박수가 있고 나서야 공연이 끝났다. 관객들이 슬슬 자리에서 일어났다. 앤드루가 자리에서 느긋하게 일어나 허리를 쭉 펴며 물었다. "저녁 먹을까요?"

나는 팸플릿을 가방에 넣었다. 팸플릿을 가지고 있는 건 위험하지만 그래도 이 마법 같은 순간을 영원히 기억하고 싶었다. "좋아요. 어디 생각해 둔 데라도 있어요?"

"두 블록만 더 가면 끝내주는 프렌치 레스토랑이 있어요. 프랑스 음식 좋아해요?"

"프렌치프라이는 좋아하지만, 프랑스 음식은 먹어 본 적 없어요." 내가 솔직하게 말했다.

그가 웃었다. "마음에 들 거예요. 물론 내가 살 거고요. 괜찮죠?"

자기 남편이 쇼도 모자라 비싼 프랑스 음식까지 사줬다는 걸 알면 니나가 싫어할 게 뻔했지만…. 이미 공연까지 같이 봤는데 식사 좀 한다고 뭐 대수겠어? 어차피 이렇게 된 거 까짓것 뭐. "좋아요."

지금까지 내 인생에서는 이런 프렌치 레스토랑은 꿈도 꾸지 못했다. 입구에 메뉴판이 붙어있어 몇 가지만 얼핏 봤는데 애피타이저만 해도 내 몇 주치 급여에 맞먹었다. 하지만 니나의 하얀 드레스를 입고 앤드루 옆에 서 있으니 그럴싸하게 이런 곳에 자주 오는 손님 같아 보였다. 아무도 내게 나가라고 할 것 같지 않았다.

식당 안으로 들어가자 다들 우리를 부부라고 생각하는 것 같았다. 식당 유리에 비친 우리 모습을 보니 제법 잘 어울렸다. 앤드루는 결혼반지를 끼고 있고 나는 없다는 사실은 아무도 눈치채지 못할 듯했다. 그들 눈엔 앤드루가 내 등에 손을 살포시 올리고 식당 안으로 들어와 나를 위해 의자를 빼주는 모습만 보일 뿐이었다.

"매너가 정말 좋으시네요."

앤드루가 싱긋 웃었다. "어머니께 고마워해야겠어요. 나를 이렇게 키워주셨잖아요."

"아주 잘 키우신 것 같아요."

그가 나를 보며 환하게 미소 지었다. "어머니가 들으면 좋아하시겠어요."

웨이터가 음료를 주문받으러 왔다. 앤드루가 레드와인을 주문하길래 나는 가격도 보지 않고 같은 것으로 주문했다. 가격을 봤다면 왠지 마음이 불편했을 것 같았다.

"뭘 주문하면 좋을지 모르겠어요." 음식 이름이 죄다 생소한데다가 온통 프랑스어로 적혀있었다. "이 메뉴들을 다 아는 거예요?"

"위(네)."

내가 의아해하며 물었다. "프랑스어로 말한 거예요?"

"위, 마드모아젤(네, 아가씨)." 그가 나를 보며 장난기 가득한 얼굴로 윙크했다. "사실, 나 프랑스어 잘해요. 대학 3학년을 파리에서 보냈거든요."

"와우!" 나는 프랑스어는커녕 대학 근처에도 못 가봤다. 고등학교 졸업장도 검정고시로 겨우 받았다.

"메뉴를 영어로 읽어줄까요?"

내 두 뺨이 빨갛게 달아올랐다. "그냥 제가 좋아할 만한 거로 골라 주세요."

앤드루가 내 말에 만족스러운 듯 웃었다. "네, 그러죠."

웨이터가 와인을 가져와 마개를 열고 와인잔에 가득 따라 주었고 나는 그 모습을 지켜봤다. 앤드루가 웨이터에게 병은 그냥 두고 가라고 손짓했다. 나는 잔을 들고 조금씩 천천히 와인을 음미했다.

맛이 환상적이었다. 주류점에서 5달러를 주고 산 와인에 비할 바가 못 됐다.

"당신은요? 할 줄 아는 언어 없어요?"

내가 고개를 저었다. "다행히 영어는 좀 할 줄 알아요."

앤드루는 내 농담에 웃지 않았다. "밀리, 자신을 깎아내리지 말아요. 당신은 우리 집에서 몇 달을 열심히 일해 줬어요. 당신은 성실하고 똑똑한 사람이에요. 우리야 당신이 있어서 좋지만, 당신 같은 사람이 왜 이런 일을 하는지 모르겠어요. 뭐 다른 거 해 보고 싶은 건 없어요?"

나는 앤드루의 눈을 쳐다볼 수가 없어서 애먼 냅킨만 만지작거렸다. 그는 나에 대해 모른다. 하지만 앤드루라면 나에 대해 알게 되더라도 이해해 줄지도⋯. "그런 얘긴 하고 싶지 않아요."

앤드루는 잠시 주저하더니 알겠다는 듯 고개를 끄덕였다. "뭐 어쨌든 오늘 밤 함께 와줘서 고마워요."

고개를 들자 그의 갈색 눈동자가 나를 가만히 응시하고 있었다. "저도요."

앤드루가 뭔가 말을 하려는데 휴대폰이 울렸다. 그는 휴대폰을 꺼내 들고 화면을 봤다. 그사이 나는 와인을 한 모금 더 마셨다. 맛이 정말 끝내줘서 벌컥벌컥 들이켜고 싶은 욕구를 눌러 잠재웠다.

"니나예요." 아니길 바랐다. 하지만 앤드루의 얼굴에 난처한 기색이 역력했다. "받아야 할 것 같아요."

니나가 무슨 말을 하는지 알 순 없지만, 테이블 너머로 들리는 떨리는 목소리로 보아 화가 잔뜩 난 것 같았다.

"여보, 그게 말이야. 저기… 그게 아니야…. 니나, 진정해." 앤드루는 우물쭈물하며 어찌할 바를 몰라 했다. "지금은 통화가 좀 곤란해. 내일 와서 얘기해."

앤드루가 종료 버튼을 서둘러 누르곤 휴대폰을 테이블 위에 탁 던져버렸다. 그러곤 와인 잔을 들어 단숨에 절반을 들이켰다.

"괜찮으세요?" 내가 물었다.

"네." 그는 손가락 끝으로 관자놀이를 꾹꾹 눌렀다. "나는… 나는 니나를 사랑해요. 하지만 가끔씩 우리가 왜 이렇게 됐는지 모르겠어요. 니나는 이제 툭하면 소리를 질러대요."

나는 뭐라고 말해야 할지 몰랐다. "그 말을 들으니 마음이 안 좋아요. 위로가 되진 않겠지만 내게도 그러는걸요."

그가 어이없다는 듯 웃었다. "드디어 우리가 공통점을 찾았군요."

"저기…. 예전엔 지금과 달랐나요?"

"지금과는 완전히 달랐죠." 그가 와인 잔을 마저 비웠다. "처음 만났을 때 니나는 싱글 맘이었어요. 그런데도 투잡을 뛰고 있었지요. 나는 그녀가 정말 대단하게 느껴졌어요. 그녀는 정말 열심히 살았고 그런 그녀의 강인함에 끌렸어요. 하지만 지금은…. 온통 불만투성이에요. 일엔 전혀 관심도 없고. 니나는 세실리아를 망치고 있어요. 거기다 최악은…."

"뭔가요?"

앤드루가 와인병을 들어 잔을 채웠다. 그러곤 잔 가장자리를 따라 손가락을 뱅글뱅글 돌렸다. "아무것도 아니에요. 신경 쓰지 말아요. 내가 괜히…." 그가 레스토랑 안을 두리번거렸다. "웨이터가 어디 있지?"

그는 무슨 말을 하려고 했을까? 궁금해 미칠 것 같았다. 뭔가를 더 물어보기도 전에 웨이터가 우리 테이블로 급하게 왔다.

앤드루는 식사를 주문했다. 나는 음식이 나올 때 깜짝 놀라고 싶어 무얼 주문했는지 묻지 않았다. 당연히 훌륭하겠지. 나는 앤드루의 프랑스어 악센트에 완전히 매혹되고 말았다. 나도 항상 다른 언어를 하나쯤하고 싶었다. 지금은 너무 늦었지만.

"주문한 음식이 맘에 들었으면 좋겠네요." 그가 수줍게 말했다.

"당연히 그럴 거예요." 나는 그를 향해 웃어 보였다. "말해 뭐해요. 집만 봐도 얼마나 세련된 안목인지 알 수 있거든요. 혹시 니나가 전부 고른 건가요?"

그는 새로 따른 와인을 홀짝거렸다. "아니요. 집은 결혼하기 전부터 내가 소유하고 있었어요. 정확히 말하자면 인테리어는 니나를 만나기 전부터 이미 되어 있었죠."

"그래요? 도시 남자들은 결혼 전에도 혼자만의 안식처를 갖고 싶어 하나 봐요?"

그가 피식 웃었다. "아니요, 그런 거엔 전혀 관심 없을걸요. 사실 결혼을 앞두고 마련한 집이에요. 니나를 만나기 직전에 다른 사람과 약혼했었거든요…."

니나를 만나기 직전에? 그게 무슨 말일까? 니나 때문에 파혼을 했단 말인가?

"아무튼, 난 내 집을 갖고 결혼해 아이를 낳고 싶었어요…."

앤드루는 더 이상 아무 말도 하지 않았다. 그는 니나가 아이를 갖지 못한다는 사실 때문에 여전히 힘들어했다.

"마음이 안 좋네요." 나는 와인 잔을 빙글빙글 돌렸다. "불임은 두 사람 모두에게 고통일 거예요."

"네…." 그가 고개를 들더니 불쑥 말을 내뱉었다. "병원에 다녀오고 난 후 우린 한 번도 잠자리를 갖지 않았어요."

나는 하마터면 와인 잔을 떨어트릴 뻔했다. 그때 웨이터가 애피타이저를 들고 뒤쪽에서 나타났다. 동그란 빵에 분홍색 스프레드가 발라져 있었다. 하지만 앤드루가 한 말 때문에 도무지 음식에 집중할 수가 없었다.

"바케트 위에 훈제 연어 무스를 올린 거예요."

나는 그를 가만히 바라봤다.

"미안해요. 그 말은 하지 말았어야 했는데. 듣기 거북했죠?"

"그게…."

"그냥…." 그는 테이블에 놓인 바게트를 가리켰다. "맛있게 먹읍시다. 내가 한 말은 잊어버려요. 니나와 나는…. 괜찮아요. 부부가 살다 보면 힘든 날도 있고 뭐 그런 거 아니겠어요?"

"네. 그럼요."

하지만 앤드루의 그 말을 아무리 무시하려 해도 뜻대로 되지 않았다.

26

앤드루와 나는 즐거운 식사 시간을 보냈다. 더 이상 니나 얘기는 꺼내지 않았다. 와인이 두 병째 들어가자 대화가 술술 흘러갔다. 이렇게 멋진 저녁 시간을 보낸 게 얼마 만인지 기억조차 나지 않았다. 행복한 시간이 끝나가자 아쉬운 마음이 들었다.

"오늘 정말 감사해요." 앤드루가 계산했다. 나는 두려운 나머지 계산서를 들여다보지 않았다. 와인만 해도 꽤 나왔을 것이다.

"오히려 내가 고맙죠." 앤드루의 얼굴이 밝아졌다. "정말 즐거웠어요. 얼마 만에 이렇게 즐거운 시간을…." 목이 메는지 그가 목소리를 가다듬었다. "하여간 정말 즐거웠어요. 이런 시간이 필요했어요."

계산서에 서명하고 자리에서 일어나는데 앤드루가 몸을 비틀거렸다. 오늘 밤 와인을 꽤 많이 마셨다. 좋은 날이었지만 그렇게 마시는 게 아니었다. 더군다나 롱아일랜드까지 운전해야 했다. 그것도 고속도로를 타고.

내 걱정을 눈치챘는지 앤드루는 넘어지지 않으려고 테이블을 꽉 잡았다. "운전은 무리일 것 같아요." 아무래도 안 되겠는 모양이었다.

"네. 운전은 하지 않는 게 좋겠어요."

그가 손으로 얼굴을 쓸어내렸다. "플라자 호텔에 예약이 돼 있긴 한데. 어떻게 할까요?"

바보가 아닌 이상 그게 무슨 뜻인지 알 수 있었다. 우린 둘 다 취했고, 아내는 집을 비웠고, 그는 한동안 섹스를 하지 못했다. 나 역시. 아주 오랫동안. 그렇지만 안 된다고 말해야 했다. 이런 경우 십중팔구 끝이 좋지 못했다.

"그러면 안 될 것 같아요." 내가 얼버무렸다.

앤드루가 가슴에 손을 얹으며 말했다. "절대 허튼짓하지 않을게요. 맹세해요. 스위트룸이에요. 침대도 두 개고."

"알아요, 하지만…."

"나를 못 믿어요?"

아니, 믿을 수 없는 건 나였다. 그래서 더 문제다.

"지금 롱아일랜드까지 운전은 무리예요." 그가 롤렉스 시계를 쳐다봤다. "이렇게 하죠. 방을 따로 잡읍시다."

"그러면 돈이 많이 들잖아요."

앤드루가 손을 저으며 말했다. "아, 그건 걱정하지 말아요. 가끔 플라자 호텔에 고객들을 데려가기 때문에 신경 써서 잘해줄 거예요. 괜찮아요."

확실히 운전은 무리였다. 비싼 차라서 핸들 잡기가 겁났다기보다 나 역시 취해 운전은 무리였다. 물론 롱아일랜드까지 택시를 타도 됐다. 하지만 둘 중 누구도 집까지 택시를 타자고 제안하지 않았다. "좋아요. 방을 따로 잡기로 해요."

그가 택시를 불러 세워 플라자 호텔로 가자고 했다. 노란 택시의 뒷좌석에 앉자 하얀 드레스 자락이 또 허벅지 위로 기어 올라갔다. 빌어먹을 드레스 같으니라고! 정신을 똑바로 차려야 할 판에 드레스가 도와주질 않았다. 드레스 자락을 잡아당겼다. 하지만 이미 앤드루의 시선은 내 다리로 향했다. 내가 그를 쳐다보자 그가 씩 웃었다.

"왜요?" 앤드루는 정말 취한 모양이었다.

"제 다리를 쳐다보고 있잖아요!"

"그게 왜요?" 그가 더 활짝 웃었다. "다리가 예뻐서 보는데. 본다고 닳는 거 아니잖아요."

내가 그의 팔을 찰싹 치자 앤드루는 다치기라도 한 것처럼 어깨를 움켜쥐었다. "방을 따로따로 쓰기로 했어요. 잊지 말아요!"

그가 갈색 눈동자로 내 눈을 바라봤다. 그 순간 나는 숨을 쉴 수가 없었다.

"뭘 그렇게 봐요?" 앤드루가 나지막이 물었다.

나는 침을 한 번 꿀꺽 삼켰다. "아무것도 아니에요."

"밀리, 오늘 밤 당신은 정말 아름다워요." 그의 숨소리가 들렸다. "이런 말을 해도 될지 모르겠지만 당신은 당신이 얼마나 예쁜지 잘 모르는 것 같아요."

"앤드루…."

"내가…." 그의 목울대가 위아래로 움직였다. "사실은 최근에 마음이…."

그가 말을 이어가려는데 택시가 갑자기 오른쪽으로 급커브를 돌았다. 안전띠를 하지 않은 탓에 내 몸이 앤드루 쪽으로 쏠렸다. 창문에 머리를 부딪치기 일보 직전 앤드루가 내 머리를 잡으며 내 위로 엎어졌다. 내 목덜미 위로 그의 숨결이 느껴졌다.

"밀리" 그가 나지막이 내 이름을 불렀다.

그리고 그가 내게 입을 맞췄다.

하늘이 날 돕고 있다. 그렇게 우리는 키스를 나눴다.

27

우리는 당연한 것처럼 같은 방에 들어갔다.

나는 아내가 있는 집주인 남자와 섹스를 하고 말았다.

택시 안에서 그가 내게 입을 맞추는 순간 모든 건 돌이킬 수 없었다. 우리는 정신없이 서로의 옷을 벗겼다. 체크인할 때를 빼곤 서로의 몸을 쉴 새 없이 탐닉했다. 엘리베이터를 타는 내내 우리는 마치 10대가 된 것처럼 키스를 나눴다.

방에 들어오자 앤드루에게서는 배우자에 대한 예의나 머뭇거림 따윈 찾아볼 수 없었다. 앤드루가 언제 마지막으로 섹스했는지 몰라도 내게 섹스는 기억조차 나지 않을 만큼 먼 옛날 일이라 앤드루가 거미줄을 걷어 내야 하는 건 아닐까 걱정이 됐다. 내가 섹스를 마다할 이유는 없었다. 솔직히 엔조와 어떻게 될지 몰라 가방에 콘돔도 몇 개 가지고 다녔다.

좋았다. 너무 좋았다. 말할 수 없을 만큼 좋았다. 내가 원하던 게 바로 이거였다.

도시가 훤히 내려다보이는 커다란 창문으로 태양이 떠올랐다. 나는 호화로운 플라자 호텔의 퀸사이즈 침대에 누워있다. 그리고 내 옆엔 앤드루가 새근새근 잠들어 있다. 어젯밤 일을 생각하자 몸에 전율이 일었다. 마음 한편으론 그를 깨워 한 번 더 하고 싶은 지 묻고 싶었지만, 다른 한편으로 그런 일은 절대 없을 거란 걸 잘 알고 있었다.

앤드루는 아내가 있고 나는 그의 집 도우미일 뿐이다. 어젯밤 그는 술에 취했고 우리는 그저 하룻밤 즐긴 것뿐이다.

하지만 그의 잘빠진 옆모습을 바라보며 나는 다시 환상에 빠졌다. 그가 잠에서 깨 니나와 그녀가 해대는 헛소리에 질렸다고 말하며 이젠 나와 대문이 있는 멋진 저택에 살고 싶다고 말한다. 니나와는 달리 나는 그가 그토록 원하는 아이를 낳아줄 수 있다.

바보 같긴. 그런 일은 일어날 리가 없다. 앤드루가 내 과거에 대해 알게 된다면 아마 줄행랑을 칠 것이다. 그래도 꿈은 꿀 수 있지 않은가?

앤드루가 끙끙거리더니 눈을 비비며 옆으로 누웠다. 그러곤 살며시 눈을 떴다. 옆에 누워있는 나를 보고도 놀라지 않는 걸 보니 상상이 현실이 될 가능성이 없진 않을 것 같았다. "잘 잤어요?" 그가 목이 잠긴 채 말했다.

심장이 쿵 내려앉는 것 같았다. "좋은 아침이에요."

그가 또다시 눈을 비비며 물었다. "잘 잤어요? 괜찮아요?"

앤드루는 일어나 앉으려다 다시 쓰러졌다. 머리가 쿵 하고 베개에 떨어졌다. "숙취로 머리가 지끈거려요. 도대체 얼마나 마신 거죠?"

그가 나보다 더 많이 마셨다. "와인 두 병이요."

"나는…." 앤드루가 눈썹을 찡그렸다. "우리 괜찮은 거죠?"

"괜찮아요." 나는 억지로 미소를 지어 보였다. "정말 괜찮아요. 진짜예요."

그는 머리가 아픈지 인상을 찌푸리며 다시 일어나 앉으려고 했고 이번엔 넘어지지 않았다. "미안해요. 내가 그러면 안 됐…."

미안하다는 말에 마음이 움찔했다.

"걱정하지 말아요." 목이 잠겨 목소리가 끊겼다. 나는 목소리를 가다듬고 말했다. "샤워할게요. 집에 가야 할 것 같아요."

"네…." 앤드루는 한숨을 내쉬었다. "니나에게 별말 안 할 거죠? 그러니까 내 말은 우리 둘 다 너무 취했고 그래서…."

예상은 빗나가지 않았다. 그는 니나가 알게 될까 걱정이 이만저만 아니었다. "네."

"고마워요. 정말 고마워요."

나는 아무것도 입지 않은 상태였다. 그 모습을 앤드루에게 보이고 싶지 않았다. 침대 시트를 잡아당겨 몸에 두르고 침대에서 나와 욕실로 비틀거리며 걸어갔다. 나를 지켜보는 앤드루의 시선이 느껴졌다. 하지만 돌아보지 않았다. 그럴 용기가 없었다.

"밀리?"

나를 부르는 그의 목소리에 나는 뒤돌아보지 않고 대답했다.

"네?"

"난 미안하지 않아요. 지난밤 즐거웠고, 그러니까 난 미안하지 않아요. 당신도 그랬으면 좋겠어요." 나는 그렇게 말하며 용기를 내어 뒤를 돌아봤다. 앤드루는 이불을 허리까지 덮고 상체를 드러낸 채 누워있었다.

"나도 미안하지 않아요. 하지만…." 그가 한숨을 쉬었다. "그러지 말았어야 했어요. 당신도 알겠지만."

"네, 알아요." 내가 고개를 끄덕였다.

그가 불편해하는 게 보였다. 그는 손으로 머리카락을 정리하며 나지막이 말했다. "되돌릴 수만 있다면."

"무슨 말인지 알아요."

"조금 더 일찍 당신을 만났더라면…."

말하지 않아도 그가 무슨 생각을 하는지 알 수 있었다. 결혼 전에 우리가 만났더라면. 그가 내가 일하던 술집에 들어와서 나와 눈이 마주치고 내게 전화번호를 묻고 내가 전화번호를 건넸더라면. 하지만 현실은 그렇지 않다. 그에겐 아내가 있고 아이가 있다. 우리 사이가 달라질 일은 없었다.

"알아요." 나는 한 번 더 말하고 욕실로 들어가 차가운 물에 틀었다.

28

집으로 돌아오는 내내 우리는 거의 아무 말도 하지 않았다. 앤드루가 라디오를 켰고 라디오 DJ가 생각 없이 떠들어대는 소리를 듣고만 있었다.

"거의 다 왔어요." 고속도로를 빠져나오며 그가 중얼거렸다. 선글라스를 쓰고 있어 그의 표정을 읽을 수가 없었다.

"네."

주택가로 들어서자 앞에 있는 쓰레기차를 피해 우회했다. 그 순간 정신이 번쩍 들었다.

"앤드루, 어젯밤 쓰레기를 깜빡했어요." 나는 소스라치게 놀라 낮게 소리쳤다.

"그게 무슨…."

그는 사태의 심각성을 모르는 듯했다. "니나가 어젯밤 문자로 쓰레기를 잊지 말고 내놓으라고 했어요. 그런데 어떡하죠? 지금껏 잊지 않고 꼬박꼬박 쓰레기를 내놓았는데. 니나가 알면…."

그가 선글라스를 벗자 눈이 살짝 충혈돼 있었다. "젠장! 지금 버릴 수 있어요?"

쓰레기차가 집 반대 방향으로 가고 있었다. "글쎄요. 늦은 것 같아요. 원래 아침 일찍 오거든요."

"깜빡 잊었다고 말해요. 알겠죠?"

"니나가 믿을까요?"

"빌어먹을." 그가 또 욕을 내뱉더니 손가락으로 운전대를 톡톡 두드렸다. "내가 알아서 할게요. 걱정하지 말아요."

해결 방법이라곤 쓰레기를 직접 쓰레기장으로 가져가는 것뿐이었다. 나는 쓰레기장이 어디에 있는지 모를뿐더러 어디에 있든 내 차는 트렁크가 작아서 몇 번을 왔다 갔다 해야 했다. 앤드루가 처리하겠다고 했으니 믿을 수밖에.

집에 도착해 앤드루가 차에 있는 버튼을 누르자 대문이 자동으로 열렸다. 마당에서 일하던 엔조가 집으로 들어오는 BMW를 보자 놀란 듯 고개를 들고 쳐다봤다. 이 시간에 집에서 나가야 할 BMW가 집으로 들어오니 놀라는 건 당연했다.

몸을 숙여야 했는데 한발 늦었다. 엔조가 하던 일을 멈추고 우리 쪽을 쳐다봤고 나와 눈이 마주쳤다. 그러자 첫날 그랬던 것처럼 그가 나를 보며 고개를 저었다.

빌어먹을!

앤드루 역시 엔조를 봤다. 아침 9시 30분에 아내가 아닌 다른 여자를 차에 태우고 집에 도착해 놓고 별일 아니라는 듯 엔조를 향해 손을 들었다. 그런데 앤드루가 차고로 들어가지 않고 차를 세웠다.

"엔조가 쓰레기를 처리할 수 있는지 알아볼게요."

나는 말리고 싶었다. 하지만 앤드루는 내가 말을 꺼내기도 전에 차에서 내려 문을 살짝 열어 놓은 채 엔조에게 갔다. 엔조는 그와 거리를 유지하려는 듯 뒤로 한 발짝 물러섰다.

"차오, 엔조. 좀 도와줘요." 앤드루가 엔조를 보며 활짝 웃었다. 잘생긴 얼굴이 더 빛났다. 나는 잠시 눈을 감고 어젯밤 내 몸 구석구석을 훑었던 그의 손길을 떠올리며 전율을 느꼈다.

엔조는 아무 말 없이 그저 앤드루를 가만히 쳐다봤다. "쓰레기를 못 버렸어요." 앤드루가 집 한쪽에 있는 쓰레기가 꽉꽉 들어찬 쓰레기봉투 네 개를 가리켰다. "어젯밤 깜빡 잊고 쓰레기를 못 내놨어요. 혹시 쓰레기장에 실어다 줄 수 있어요? 수고비로 50달러 줄게요."

엔조는 쓰레기봉투와 앤드루를 번갈아 쳐다볼 뿐 아무 말도 하지 않았다.

"쓰레기… 버리라고… 쓰레기장에. 카피시(알아들어요)?" 앤드루가 다시 한번 말했다.

엔조가 고개를 저었다.

앤드루가 이를 꽉 악물고 뒷주머니에서 지갑을 꺼냈다. "쓰레기 좀 버려줘요. 여기…." 그가 지갑을 뒤적였다. "100달러 줄게요." 앤드루가 엔조의 면전에 대고 지폐를 흔들었다. "쓰레기 좀 버려요. 당신한테 트럭 있잖아요. 트럭에 실어서 쓰레기장으로 가져다줘요."

마침내 엔조가 입을 열었다. "싫어요. 바빠요."

앤드루가 한숨을 내쉬더니 지갑을 다시 열었다. "자, 200달러 줄게요. 쓰레기장에 한 번만 다녀오면 돼요. 좀 도와줘요, 제발."

엔조가 다시 거절할 줄 알았다. 하지만 엔조는 앤드루 손에서 지폐를 낚아채더니 집 옆으로 뚜벅뚜벅 걸어가 쓰레기봉투를 집어 들었다. 한 번에 네 개를 들어 올리자 흰 셔츠 아래로 팔뚝 근육들이 불쑥 튀어나왔다.

"좋아요. 쓰레기장으로 갖다줘요." 앤드루가 말했다.

엔조는 잠시 앤드루를 쳐다보더니 쓰레기를 들고 앤드루 옆을 지나갔다. 그러곤 아무 말 없이 쓰레기를 트럭에 던졌다.

앤드루가 차로 성큼성큼 걸어와 운전석에 앉았다. "일단 해결했어요. 저 망할 놈의 자식, 열 받네."

"못 알아들어서 그래요."

"그렇지 않아요." 그가 짜증이 난 듯 나를 쳐다봤다. "말은 못 해도 다 알아들어요. 돈을 더 받으려고 저러는 거지."

엔조가 돈 때문에 그러는 건 아닌 것 같았다.

"저 자식, 마음에 안 들어." 앤드루는 투덜거렸다. "일하는 곳이 한두 군데가 아닌데 왜 우리 집에서 3분의 1을 보내는지 모르겠다니까. 그것도 허구한 날 마당에서 저러고 있고. 반나절 내내 도대체 뭘 하는지 모르겠다니까요."

"이 동네에서 이 집이 제일 크잖아요. 마당도 제일 넓고요."

"그렇긴 하죠. 그래도 그렇지…." 앤드루는 도로를 따라 사라지는 엔조의 트럭을 지켜봤다. "저 자식을 자르고 다른 사람을 쓰라니까 저 자식이 일을 제일 잘해서 다른 집들도 다 저 자식을 쓴다나 뭐라나. 하여튼 도대체 왜 그러는지 모르겠다니까요."

엔조가 대놓고 나를 거부한 이후 나 역시 그가 마냥 좋지는 않았다. 하지만 그것 때문에 그가 불편한 건 아니었다. 내가 이곳에 온 첫날 그가 낮은 소리로 이탈리아말로 '위험'하다고 했던 걸 잊을 수가 없었다. 그는 한주먹감밖에 되지 않는 니나를 두려워했다. 앤드루는 엔조가 자신의 아내를 경계한다는 사실을 알기나 할까?

하지만 그 사실을 앤드루에게 알릴 생각은 없었다.

29

니나가 세실리아를 캠프 장소에 내려주고 오후 2시쯤 집에 돌아왔다. 집으로 오는 길에 계획에 없던 쇼핑을 했는지 커다란 쇼핑백 네 개를 거실에 아무렇게나 던져놓았다.

"정말 작고 귀여운 가게를 발견했지 뭐예요. 도저히 참을 수가 없었어요."

"좋았겠어요." 나는 짐짓 부러운 척했다.

니나는 얼굴이 벌겋게 달아올라 있었다. 겨드랑이에는 땀자국이 있었고 금발의 머리카락은 서로 엉겨 붙어있었다. 머리는 아직도 염색하지 않은 상태고 오른쪽 눈에는 마스카라가 덕지덕지 들러붙어 있었다. 도대체 앤드루는 니나의 어디가 좋은 걸까?

"밀리, 쇼핑백 좀 2층으로 옮겨 줄래요?" 니나가 소파에 털썩 주저앉아 휴대폰을 꺼냈다. "고마워요."

나는 쇼핑백 하나를 들었다. 이런 젠장, 엄청나게 무거웠다. 도대체 무슨 가게를 갔다 온 걸까? 아령 가게라도 들린 걸까? "무겁네요." 내가 말했다.

"그래요?" 니나가 키득거렸다. "별로 안 무겁던데. 밀리, 운동 좀 해요. 살이 늘어지잖아요."

얼굴이 화끈거렸다. 살이 늘어진다고? 근육은커녕 운동화조차 신지 않는 그녀가 할 소린 아니었다.

쇼핑백 두 개를 들고 힘들게 계단을 오르는데 니나가 나를 불러 세웠다. "그런데 밀리?"

나는 어금니를 질끈 깨물었다. "네?"

니나가 내 쪽으로 몸을 돌리며 물었다. "어제 집에 전화했는데 아무도 안 받더라고요. 어떻게 된 거예요?"

나는 그 자리에 얼어붙었다. 쇼핑백을 들고 있던 팔이 덜덜 떨렸다. "네?"

"어젯밤에 집으로 전화했다고요." 그녀가 천천히 다시 말했다. "11시쯤에요. 전화 받는 일도 당신이 할 일 아닌가요? 그런데 당신도 안 받고 앤드루도 안 받던데요."

"그게." 나는 잠시 쇼핑백을 내려놓고 턱을 만지작거렸다. "아마 자고 있었나 봐요. 제 방에선 전화벨 소리가 잘 안 들려요. 그리고 앤드루는 나갔던 게 아닐까요?"

니나가 이상하다는 표정을 지었다. "일요일 밤 11시에 앤드루가 나갔다고요? 누구랑요?"

나는 모르겠다는 듯 어깨를 으쓱해 보였다. "글쎄요. 휴대폰으로 전화해보셨어요?" 그녀는 전화하지 않았다. 어젯밤 11시에 앤드루는 나와 같이 있었다. 그것도 한 침대에.

"아니요." 니나가 다른 말은 하지 않았다.

나는 목소리를 가다듬었다. "그게, 저는 그때 방에 있어서 앤드루가 뭘 하고 있었는지는 모르겠어요."

"흠." 나를 바라보는 그녀의 창백한 푸른 눈에 그늘이 드리웠다. "당신 말대로 앤드루에게 물어보는 게 좋겠어요."

니나가 고개를 끄덕였다. 내게 더 이상 캐묻는 걸 포기한 것 같아 안도의 한숨을 쉬었다. 그녀는 무슨 일이 있었는지 모른다. 우리가 같이 맨해튼에 갔다는 것도, 그녀가 앤드루와 보고 싶어 했던 쇼를 내가 대신 본 것도, 플라자 호텔에서 같이 밤을 보낸 것도. 그녀가 이 모든 사실을 알게 되는 날엔 무슨 일이 일어날지 알 수 없다.

하지만 그녀는 모른다.

나는 다시 쇼핑백을 들고 끙끙거리며 계단을 올랐다. 짐을 부부 침실에 내려놓고 감각이 없어진 것 같은 팔을 주물렀다. 순간 화장실로 눈길이 갔다. 도자기로 된 초대형 욕조는 보통 욕조보다 가장자리가 높았다.

나는 수년 전 이곳에서 일어났을 일을 상상하며 얼굴을 찌푸렸다. 욕조에서 목욕하는 작은 세실리아, 그리고 서서히 차오르는 물. 니나는 자신의 딸을 잡아 물 밑으로 밀어 넣고 아이가 헐떡이는 모습을 지켜보고 있다.

눈을 질끈 감고 시선을 돌렸다. 끔찍해서 더 이상 생각할 수가 없었다. 니나는 감정적으로 무너지기 쉬운 사람이었다. 그래서 어젯밤 나와 앤드루 사이에 어떤 일이 있었는지 절대 알면 안 됐다. 하지만 만에 하나 알게 된다면 그녀는 무너질 것이다. 그리고 나 또한 무너뜨리고 말 것이다.

주머니에서 휴대폰을 꺼내 앤드루에게 문자 메시지를 보냈다.

'조심해요. 니나가 어젯밤 집으로 전화를 걸었어요.'

앤드루에게 방법이 있을 것이다. 그는 언제나 문제 해결사니까.

30

세실리아가 없으니 집에 침묵이 내려앉은 것 같았다. 그런데 이상한 건 니나가 예전보다 더 활기차 보였다. 다행히 전화 얘기는 더 이상 묻지 않았다.

앤드루와 나는 교묘히 서로를 피해 다녔다. 물론 같은 집에 살다 보니 쉽지는 않았다. 어쩌다 마주치는 날엔 서로를 못 본 척했다. 일자리를 잃고 싶지 않았기 때문에 가능했다. 10년 만에 처음으로 좋아하는 남자를 만났는데 맺어질 수 없는 사이라니 속상하기 그지없었다.

앤드루가 오기 전에 저녁 식사 준비를 끝내려고 서두르던 참이었나. 식탁으로 물을 가져가다가 하필이면 앤드루와 정면으로 마주쳤다. 그 바람에 손에 든 물컵 하나를 바닥에 떨어뜨려 와장창

깨트렸다.

"빌어먹을!"

나는 위험을 무릅쓰고 앤드루를 쳐다봤다. 짙은 파란색 셔츠에 짙은 색 넥타이를 맨 앤드루는 숨이 멎을 만큼 매력적이었다. 온종일 일을 한 탓에 살짝 피곤해 보였지만 그 모습이 더 섹시했다. 아주 찰나의 순간 그와 눈이 마주쳤다. 내 의지와 상관없이 순간적으로 감정이 쓰나미처럼 밀려왔다. 앤드루가 놀란 듯 눈을 크게 떴다. 그는 내 마음을 읽고 있었다.

"치우는 걸 도와줄게요." 그가 말했다.

"그러실 필요 없어요."

앤드루는 계속 도와주겠다고 고집을 피웠다. 그가 내 손에 쥔 빗자루를 가져가려 손을 내밀자 손가락과 손가락이 스치고 눈과 눈이 마주쳤다. 이번에는 서로의 시선을 피하지 않았다. 이 남자 곁에 있을 수 없다니 마음이 미어졌다.

"밀리." 그가 나지막이 속삭였다.

목이 메었다. 손만 내밀면 닿을 곳에 앤드루가 있었다. 내가 살짝만 몸을 앞으로 기울이면 그가 내게 입을 맞출 텐데….

"세상에! 이게 다 무슨 일이에요?"

니나의 목소리가 들리자 앤드루와 나는 몸에 불이라도 붙은 듯 화들짝 놀라 자리에서 벌떡 일어났다. 빗자루를 어찌나 꽉 잡고 있었던지 손가락이 하얗게 변했다. "제가 컵을 떨어뜨려서…. 그게… 지금 치우는 중이었어요."

니나의 시선이 바닥을 향했다. 작은 유리 조각들이 조명 아래

반짝거렸다. "밀리, 조심 좀 해요."

지난번에 앤드루와 〈발칙한 기부쇼〉를 보다가 니나에게 들켰을 때를 제외하곤 이 집에서 몇 달을 일하도록 무언가를 떨어뜨리거나 깬 적이 없었다. 하지만 니나가 그런 걸 인지하고 있을 리가 없었다. "네, 죄송해요. 청소기를 한 번 돌려야겠어요."

나는 내 다락방보다 살짝 큰 다용도실로 가서 빗자루를 놓고 청소기를 꺼냈다. 그 사이 앤드루의 시선은 계속 나를 향해 있었다. 그의 얼굴엔 괴로운 표정이 역력했다. 조금 전 내게 무슨 말을 하려고 했는지는 몰라도 내게 뭔가 말하고 싶은 얼굴이었다. 하지만 니나가 있는 한 그는 아무 말도 못 한다.

아니 할 수 있을지도 모른다.

"나중에 얘기 좀 해요. 알겠죠?" 그가 니나를 따라 거실로 나가며 내게 속삭였다.

나는 고개를 끄덕였다. 그가 무슨 말을 하려는지 몰라도 왠지 느낌이 좋았다.

하지만 기대 따윈 해선 안 된다.

10분 뒤 바닥을 깨끗이 치우고 거실에 있는 앤드루와 니나를 불렀다. 둘은 서로 반대편 소파에 앉아 휴대폰만 쳐다볼 뿐 말조차 섞지 않았다. 생각해보니 그동안 저녁 식사를 할 때도 그랬던 것 같다.

식탁으로 온 니나는 앤드루 맞은편에 자리를 잡았다. 니나는 사과 소스와 브로콜리를 곁들인 폭찹 스테이크를 보고 한 번, 나를 보며 한 번 웃었다. 그 순간 새빨간 립스틱이 이상해 보였다. 오른쪽이

번져 마치 광대의 모습을 한 악마처럼 보였다. "밀리, 맛있겠어요."

"고맙습니다."

"여보, 냄새가 너무 좋지 않아?"

"음, 아주 좋아." 앤드루가 포크를 집어 들었다.

"감옥에선 이런 음식을 먹기 힘들죠? 밀리, 안 그래요?"

세상이 무너져 내렸다.

니나가 그 악마 같은 입술로 나를 보며 계속 웃어댔다. 맞은편에 앉은 앤드루는 얼이 빠진 듯 나를 처다봤다. 앤드루는 그 사실을 몰랐던 게 분명했다.

"그게…"

"감옥에선 어떤 음식을 먹었어요? 나는 그게 참 궁금하더라고. 먹은 것 중엔 뭐가 제일 맛있었어요?" 니나가 나를 옥죄어왔다.

무슨 말을 어떻게 해야 할지 도통 생각이 나지 않았다. 아니라고, 그런 일 없다고 부인할 수도 없었다. 그녀는 나에 대해 알고 있었다. "그냥 그래요."

"흠, 감옥 음식을 그리워하진 말아야 할 텐데." 그녀가 재미있다는 듯 큰 소리로 웃었다. "하던 대로 해요. 지금 잘하고 있어요."

"고맙습니다." 나는 들릴 듯 말 듯 얼버무렸다.

앤드루의 얼굴이 잿빛으로 변했다. 내가 감옥에 있었다는 이야기가 그에게는 금시초문인 듯했다. 그에게 사실대로 말해야겠다고 생각한 적도 없었다. 그와 함께 있을 땐 어두운 과거 따윈 없는 다른 내가 된 것 같았다. 하지만 사람들은 그렇게 생각하지 않는다. 그들에게 나는 그저 한낱 전과자에 불과하다.

니나는 내가 분수를 제대로 파악하고 있는지 확인 사살했다.

지금 당장 그곳에서 도망치고 싶었다. 충격받은 앤드루를 차마 볼 수가 없었다. 나는 뒤돌아서서 내 방으로 향했다. 계단을 막 올라가려는데 니나가 나를 불러 세웠다. "밀리?"

나는 자리에 멈춰 섰다. 등이 뻣뻣하게 굳어 왔다. 돌아서서 니나에게 달려들고 싶었다. 하지만 온 힘을 다해 감정을 억누르고 또 눌렀다. 나는 미소를 지르며 천천히 돌아섰다. "네?"

니나가 인상을 쓰며 말했다. "폭찹스테이크가 좀 싱거운데 소금이랑 후추가 안 보이네요. 다음번엔 살짝 간을 더 했으면 좋겠어요."

"네. 죄송해요."

나는 주방으로 들어가 조리대 위에 놓인 소금과 후추통을 집어들었다. 니나가 여섯 걸음만 걸으면 닿을 곳에 있었다. 소금과 후추통을 들고 식탁으로 걸어갔다. 그러지 않으려고 안간힘을 썼지만 나도 모르게 탁하고 내려놓고 말았다. 니나의 입술이 씰룩거렸다.

"아주 고맙군요, 밀리. 다음번에 잊지 말고 준비해줘요."

니나가 깨진 유리 조각을 꽉 밟았으면 싶었다.

앤드루를 쳐다볼 수가 없었다. 그가 무슨 생각을 하는지 알 길이 없었다. 그와 장밋빛 미래를 그렸다니 내가 정신이 나갔었나 보다. 아니, 그렇지 않았다. 잠시 잠깐…, 뭐랄까, 한여름 밤의 꿈을 꾼 것이다. 하지만 이제 다 끝났다. 내가 미리 얘기했더라면…. 그랬다면 상황이 달라졌을까?

무슨 정신으로 계단을 걸어 올라갔는지 모르겠다. 이번에는 니나가 부르지 않았다. 버터가 멀리 있으니 좀 가져다주라는 둥 그런 어처구니없는 부탁은 하지 않았다. 터벅터벅 걸어 2층을 지나 좁고 어두운 계단을 올라 내 방으로 들어가 문을 쾅 닫았다. 처음으로 문을 잠그고 싶다는 생각조차 들지 않았다.

침대에 털썩 주저앉았다. 눈물을 꾹꾹 눌러 참았다. 니나는 언제부터 알고 있었을까? 최근에서야 알게 된 걸까, 아니면 처음부터 신원조회를 했던 걸까? 어쩌면 전과자라서 더 좋아했을 수도 있다. 그래야 내 약점을 쥐고 마음대로 휘두를 수 있을 테니까. 다른 사람 같았으면 벌써 이 일을 그만뒀을 것이다.

나 자신이 처량했다. 그 순간 침대 옆 탁자 위에 무언가가 눈에 들어왔다. 〈쇼다운〉 팸플릿.

팸플릿을 집어 들었다. 이상했다. 팸플릿이 왜 탁자 위에 놓여있을까? 쇼가 끝나고 집에 온 후, 가방에 잘 넣어두었다. 마법 같았던 그날을 기억하고 싶어 고이 넣어두었다. 나는 꺼낸 적이 없다. 절대.

누군가 팸플릿을 꺼내 탁자 위에 올려놓은 게 분명했다. 문을 잠갔었다. 하지만 열쇠는 나만 있는 게 아니었다.

심장이 덜컥 내려앉았다. 니나가 왜 갑자기 내가 감옥에 있었다고 말했는지 이제야 알 것 같았다. 니나는 내가 앤드루와 쇼를 본 사실을 알고 있는 게 분명했다. 플라자 호텔에서 같이 밤을 보낸 사실까지 아는지는 모르겠지만, 밤 11시에 우리 둘 다 집에 없었다는 것을 알고 있다. 그녀가 똑똑하다면 호텔에 전화를 걸어 확인했을지도 모른다.

니나는 모든 걸 알고 있다.

내게 위험한 적이 생겼다.

31

니나는 장보기를 아주 까다로운 업무로 만들기로 작정한 것 같았다. 나를 괴롭히기 위한 새로운 방법이었다.

그녀는 필요한 식품 목록을 작성했다. 하지만 그 목록이 매우 까다로웠다. 우유도 그냥 우유가 아닌 퀸즐랜드 농장에서 생산된 유기농 우유를 원했다. 그녀가 원하는 물건과 정확히 일치하는 게 없으면 다른 대체품들을 사진 찍어 보낸 뒤 그녀에게 오케이 사인이 떨어질 때까지 빌어먹을 우유 코너 앞에 하염없이 서 있어야 했다.

지금은 빵 코너 앞에서 니나에게 문자를 보냈다.

[낸터킷 천연 발효 빵이 없어요. 다른 대체빵이에요.]

나는 마트에 있는 온갖 천연 발효 빵을 사진 찍어 니나에게 보냈다. 그러곤 그녀에게 답장이 오기만을 기다렸다. 몇 분 후, 니나가 답장을 보냈다.

[브리오슈는요?]

이제 나는 마트에 있는 온갖 브리오슈를 사진 찍어 보내야 했다. 장담하건대, 장보기가 끝나기 전에 머리가 폭발할지도 모른다. 니나는 일부러 나를 괴롭히고 있었다. 내가 자기 남편과 잤으니 그럴 만도 했다.

빵을 찍고 있는데 코너 반대편에서 육중한 체격에 머리가 희끗희끗한 남자가 대놓고 나를 지켜보고 있었다. 내가 한번 쏘아보자 다행히 그가 자리를 떴다. 이 상황에 스토커까지 감당할 순 없었다.

니나가 빵을 결정할 때까지 기다리고 있는데 이런저런 생각이 들었다. 늘 그랬듯 앤드루가 먼저 생각났다. 나중에 이야기하자고 해 놓고 니나가 내가 감옥에 있었다는 사실을 폭로한 후부터는 그 '이야기'라는 걸 꺼낼 생각조차 하지 않았다. 그는 한달음에 도망쳐버렸다. 하지만 그를 탓할 순 없다.

나는 앤드루를 좋아하고 있다. 아니, 좋아하는 정도가 아니라 사랑하고 있다. 머릿속은 온통 앤드루 생각뿐이다. 한 집에 머물며 감정을 억눌러야 한다니 괴로워 미칠 지경이었다. 앤드루는 니나보다 더 좋은 여자를 만나야 했다. 나는 그를 행복하게 해 줄 수 있고 그가 그토록 원하는 아이도 낳아줄 수 있는데. 솔직히 말해 모든 면에서 니나보다 내가 낫지 않은가?

앤드루도 내게 끌리고 있었지만, 우린 이루어질 수 없다. 그는 내가 전과자라는 걸 알았고 더 이상 날 원하진 않는다. 평생 그 마녀와 불행하게 살아가야 한다.

휴대폰이 울렸다.

[프렌치 빵은 없어요?]

또다시 10분이 걸려 간신히 그녀가 원하는 빵을 찾았다. 쇼핑카트를 끌고 계산대로 가는데 아까 그 육중한 남자와 다시 마주쳤다. 이번엔 아주 대놓고 나를 쳐다봤다. 더군다나 그에겐 카트조차 없었다. 도대체 이 남자는 왜 이러는 걸까?

나는 재빨리 계산을 마치고 종이가방에 물건을 담아 카트에 싣고 닛산이 있는 주차장으로 향했다. 막 입구를 나가려는데 누군가 내 어깨를 잡았다. 고개를 돌려보니 좀 전에 본 육중한 남자가 서 있었다.

"뭐예요!" 내가 남자를 피해 카트를 돌리자 그가 내 팔을 꽉 잡았다. 나는 오른손으로 주먹을 움켜쥐었다. 다행히 주위에 지켜보는 사람들이 있었다. "뭐 하시는 거예요?"

그가 파란색 와이셔츠 깃에 달린 작은 배지를 가리켰다. 나는 배지를 미처 보지 못했다. "마트 경비원입니다. 잠깐 같이 가실까요?"

속이 울렁거렸다. 고작 몇 가지 물건을 사느라 장장 90분을 허비한 것도 미칠 지경인데 체포라니? 아니 왜?

"왜요?" 나는 침을 꿀꺽 삼켰다.

사람들이 우리를 쳐다봤다. 아이를 데리고 온 여자들도 몇몇 보였다. 분명 니나에게 너희 집 가정부가 마트 경비원에게 체포되었다며 신나게 떠들어 댈 것이다.

"일단 같이 가시죠."

나는 카트를 놓고 가고 싶지 않아 카트를 잡아당겼다. 카트 안에 200달러어치의 물건이 있는데 잃어버리거나 도난당하면 니나가 물어내라고 할 게 뻔했다. 남자를 따라 작은 사무실로 들어가니 여기저기 흠집이 난 나무 책상과 플라스틱 의자 두 개가 보였다. 남자가 내게 앉으라고 손짓했다. 내가 의자에 앉자 삐걱거리는 소리가 났다.

"뭔가 오해가 있는 모양인데요…." 남자의 명찰에는 폴 도시라는 이름이 새겨져 있었다. "무슨 일로 그러시는 거예요, 도시 씨?"

남자가 턱을 내리더니 나를 보며 인상을 썼다. "한 손님이 당신이 마트에서 물건을 훔쳤다고 제보했어요."

나는 숨이 턱 막혔다. "말도 안 돼요!"

"아닐 거라고 생각해요." 그가 벨트에 엄지손가락을 찔러 넣으며 말했다. "그래도 조사는 해야 합니다. 영수증 좀 보여 주시겠어요? …성함이?"

"캘러웨이에요." 나는 가방에서 구겨진 종잇조각을 찾았다. "여기요."

"혹시라도 모를 일을 예방하기 위해섭니다."

플라스틱 의자에 앉아 있는데 얼굴이 화끈거렸다. 경비원은 카트에 담긴 물건과 영수증을 하나씩 대조했다. 혹시라도 점원이 입력하다가 실수했으면 어쩌나 싶어 속이 뒤틀렸다. 만약 그랬다간 내가 물건을 훔쳤다고 오해할 테고 그들은 나를 절도로 신고할 것이다. 그러면 경찰이 올 테고 내가 가석방법을 위반한 사실이 발각될 것이다.

순간 이 모든 게 니나 짓이라는 생각이 들었다. 그녀는 못된 주인이라는 소리를 듣지 않고 나를 해고할 속셈이다. 내가 자기 남편과 잤다는 이유로 이런 식으로 치사하게 복수를 하려 들다니.

하지만 절도라니. 간통죄로 감옥에 갇히는 것보다야 나았지만, 이건 너무 억울했다. 나는 마트에서 아무것도 훔치지 않았다.

그런데 만에 하나 뭐라도 있다면 어떻게 하지?

경비원이 어찌나 꼼꼼하게 살피는지 피스타치오 아몬드 아이스크림이 다 녹아버릴 지경이었다. 심장이 요동쳐서 숨쉬기가 곤란했다. 다시는 감옥에 가고 싶지 않다. 죽으면 죽었지, 감옥은 싫다.

"끝났습니다." 드디어 그가 말했다. "별 이상 없습니다."

나는 울음을 터트릴 뻔했다. "당연하죠."

그가 하소연하듯 말했다. "번거롭게 해드려서 죄송합니다. 마트에 절도사건이 많다 보니 어쩔 수가 없어요. 더군다나 전화를 건 사람이 당신의 인상착의까지 설명하며 물건을 훔칠 거라고 하는 바람에."

전화라고? 마트에 전화까지 해서 인상착의를 설명하고 내가 물건을 훔칠 거라고 말했다고? 누가 그런 짓을?

그런 짓을 할 사람은 한 사람뿐이다.

"협조해 주셔서 감사합니다. 이제 가셔도 됩니다."

이제 가셔도 됩니다, 얼마나 듣기 좋은 세 단어란 말인가! 나는 수갑을 차지 않은 채 카트를 밀며 마트를 나섰다. 집에 갈 수 있다.

이번에는.

하지만 이게 끝이 아닐 것이다. 마트에 갈 때마다 니나가 또 무슨 일을 벌일지 누가 알겠는가? 마음이 지옥 같았다.

32

잠이 오지 않았다.

마트에서 체포될 뻔한 지 사흘이 지났다. 다음엔 또 무슨 일을 벌일까? 니나는 아주 만족스러웠을 것이다. 이 집의 주인은 자기라는 사실을 내게 확실히 못 박았다고 생각했을 것이다. 어쩌면 나를 감옥에 보낼 생각은 없을지도 모른다.

하지만 그래서 잠이 오지 않는 게 아니다.

앤드루가 내 머릿속을 떠나지 않았다. 그와 같이 보낸 밤. 그가 옆에 있을 때 느꼈던 감정. 그것은 처음 느껴본 감정이었다. 니나가 내 과거를 폭로하기 전까지는 분명 그도 나와 같은 감정이었다.

하지만 이제는 아니었다. 이제 그에게 나는 한낱 전과자에 지나지 않는다.

이불을 홱 걷어차 버렸다. 밤인데도 방이 후덥지근했다. 빌어먹을 창문이라도 열 수 있으면 좋으련만. 니나가 나를 위해 창문을 열게 해줄 리가 없었다.

결국 주방으로 내려갔다. 방에 미니 냉장고가 있었지만, 너무 작아 음식을 넣어두기가 마땅치 않았다. 냉장고 안에는 작은 물병 세 개가 전부였다. 그동안 물에는 손도 대지 않았다.

주방으로 들어가다 보니 뒤쪽 현관에 불이 켜져 있는 게 얼핏 보였다. 나는 무슨 일인가 싶어 뒷문으로 가봤다. 누군가가 있었다.

앤드루였다.

앤드루가 의자에 앉아 혼자 맥주를 마시고 있었다.

나는 살며시 뒷문을 열었다. 그러자 앤드루가 깜짝 놀라며 나를 쳐다봤다. 하지만 그는 아무 말 없이 맥주만 벌컥벌컥 들이켰다.

"여기서 뭐 하세요?" 내가 물었다.

"어쩐 일이에요?"

나는 손을 꼭 움켜쥐고 물었다. "앉아도 돼요?"

"그럼요. 편한 대로."

나는 그가 있는 쪽으로 걸어가 차가운 벤치에 앉았다. 그가 내게 맥주를 권하기를 바랐다. 하지만 그는 내게 눈길조차 주지 않았다. 그저 멍하니 넓은 뒷마당을 바라보며 맥주만 들이켤 뿐이었다.

"설명하고 싶어요." 나는 목소리를 가다듬었다. "내가 왜 말하지 않았는지…"

"그럴 필요 없어요." 그가 나를 한번 힐끗 쳐다보고는 다시 맥주를 내려다봤다. "거짓말을 한 건 아니잖아요."

"말하려고 했어요." 사실이 아니었다. 말하고 싶지 않았다. 말도 안 되지만 그가 아는 게 싫었다. "미안해요."

그가 맥주병을 이리저리 돌리며 물었다. "감옥엔 왜 간 거예요?"

나도 맥주를 양껏 들이켜고 싶은 심정이었다. 그리고 내가 미처 대답도 하기 전에 그가 말했다. "아니에요. 알고 싶지 않아요. 그게 나와 무슨 상관이라고."

나는 입술을 깨물었다. "말하지 못해서 미안해요. 말하고 싶지 않았어요. 그렇다고 일부러 숨긴 건 아니에요."

"네…."

"그리고…." 나는 무릎에 놓인 두 손을 가만히 내려다봤다. "걱정됐어요. 당신이 나를 나쁘게 생각할까 봐. 당신은 내게 소중하니까."

희미한 현관 등불 아래 그가 아련한 눈빛으로 나를 바라봤다. "밀리…."

"당신이 알아야 할 게 또 있어요…" 나는 크게 심호흡했다. "그 날 밤 너무 행복했어요, 내 생애 최고의 밤이었어요. 당신 덕분에. 고마워요. 그 말을… 꼭 하고 싶었어요."

그가 미간을 찌푸렸다. "나도 행복했어요. 한동안 별로 행복한 일이 없었는데…." 그가 코를 찡긋해 보였다. "얼마나 오래된 건지 기억도 안 나네요."

우리는 한동안 서로를 바라봤다. 여전히 강렬한 감정이 오고 갔다. 그의 눈빛에서 나는 그의 마음을 읽을 수 있었다. 그가 뒷문을 슬쩍 바라봤다. 그리고 순식간에 그의 입술이 내 입술에 포개졌다. 60초 남짓의 짧은 키스였지만 마치 시간이 멈춘 것처럼 느껴졌다. 입술을 떼자 그는 자신의 행동을 후회하는 듯했다. "이러면 안 되는데…"

"알아요…"

우리는 이러면 안 된다. 안 되는 이유는 많다. 하지만 그가 좋다면 나도 좋았다. 니나를 적으로 만든다고 해도 감당할 수 있었다. 앤드루를 위해서라면.

하지만 나는 그를 남겨 둔 채 자리를 떴다.

2층으로 올라갔다. 나무 계단에 맨발이 닿아 차가웠다. 머릿속은 온통 그와 나눈 키스 생각으로 가득했고 입술은 얼얼했다. 이게 마지막일 리가 없다. 그럴 리가 없다. 나를 바라보는 그의 눈빛. 그는 나를 사랑하고 있다. 내 과거를 알고도 내게 입을 맞췄다. 우리에게 유일한 문제는….

순간 눈앞에 무언가가 보였다.

계단 끝에 오른 나는 그 자리에 얼어버렸다. 복도에 그림자가 있었다. 나는 눈을 가늘게 뜨고 어둠 속 그림자의 정체를 알아내려 했다.

그림자가 움직였다.

나는 비명을 질렀다. 너무 놀라 하마터면 계단에서 넘어질 뻔했지만, 계단 난간을 잡고 가까스로 버텼다. 그림자가 내게 다가왔다. 마침내 그림자의 정체가 드러났다.

니나.

"니나." 숨이 턱하고 막혔다.

그녀가 왜 복도에? 그녀도 1층에 있었던 걸까? 앤드루와 내가 키스하는 걸 봤을까?

"밀리." 어두운 복도에 그녀의 눈동자가 서슬 퍼렇게 빛났다.

"여기서…. 여기서 뭐 하세요?"

그녀가 나를 노려봤다. 달빛이 그녀 얼굴에 너울너울 그림자를 드리웠다. "내가 내 집에서 뭘 하던 당신에게 일일이 설명할 필요는 없을 텐데."

"죄송해요."

그녀가 팔짱을 끼며 말했다. "그런 당신은 여기서 뭘 하고 있죠?"

"저는… 물 한 잔 마시러 내려갔다 왔어요."

"방에 물이 있을 텐데요."

"다 마셨어요." 거짓말이다. 내 방을 염탐하고 있으니 그녀도 거짓말이라는 걸 알고 있겠지만.

니나는 잠시 침묵하다 입을 뗐다. "앤디가 안 보여요. 아래층에 있던가요?"

"그게…. 뒷 베란다에 있는 것 같아요."

"그렇군요."

"확실하진 않아요. 얼핏 보니 거기 있는 것 같았어요."

니나가 미심쩍은 눈으로 나를 바라봤다. 그럴 만도 했다. 전부 다 거짓말이니까. "내려가 보면 알겠죠."

"그럼 저는 방에 들어갈게요."

그녀가 고개를 까닥하더니 내 어깨를 밀치고 지나갔다. 심장이 쿵쾅거렸다. 큰 실수를 저지른 것 같았다. 하지만 이 사랑은 멈출 수가 없다.

33

　일요일, 휴가를 내고 집을 나섰다. 춥지도 덥지도 않은 화창한 여름날이었다. 나는 차를 몰고 공원으로 가 벤치에 앉아 책을 읽었다. 감옥에 있는 동안 이런 소소한 즐거움을 잊고 살았다. 가끔 공원에 앉아 햇빛을 받으며 책 읽기가 너무 하고 싶어 온몸이 아프기까지 했다.

　다시는 감옥으로 돌아가지 않을 것이다. 다시는.

　패스트푸드 드라이브스루에 들렀다 집으로 향했다. 윈체스터 저택은 아름답기 그지없었다. 니나는 미치도록 싫었지만, 그 집까지 싫어힐 순 없었다. 어쨌든 아름다운 집이었으니까.

　늘 하던 대로 길가에 차를 세우고 집 앞까지 걸어갔다. 하늘에 먹구름이 드리웠다. 문 앞에 도착하자 구름이 걷히고 빗방울이 떨어지기 시작했다. 비를 맞기 전에 서둘러 집 안으로 들어갔다.

거실에 들어가자 니나가 반쯤 넋을 잃고 소파에 앉아 있었다. 그녀는 아무것도 하고 있지 않았다. 책을 읽지도, TV를 보지도 않았다. 그냥 멍하니 소파에 앉아있을 뿐. 내가 문을 열자 그녀의 눈에 초점이 살아났다.

"니나? 괜찮아요?"

"괜찮지 않아요." 그녀가 소파 반대편을 흘끗 쳐다봤다. 그제야 그녀 옆에 놓인 옷더미가 눈에 들어왔다. 내가 처음 이곳에서 일하게 됐을 때 그녀가 준 옷가지들이었다. "내 옷이 왜 당신 방에 있죠?"

번개가 치자 집안이 번쩍하고 빛났다. "그게 무슨? 무슨 말씀이에요? 제게 입으라고 주셨잖아요."

"내가 이걸 줬다고요?" 그녀가 소리를 빽 질렀다. 그 소리가 거실에 메아리치다가 뒤따라 친 천둥소리에 묻혔다. "내가 미쳤다고 가정부에게 수천 달러짜리 옷들을 줘요?"

"작아서 못 입는다고…" 다리가 후들거렸다. "괜찮다 했는데도 억지로 주셨었잖아요."

"어떻게 그런 거짓말을 할 수 있죠?" 그녀가 내게 바짝 다가섰다. 그녀의 창백한 푸른 눈동자는 얼음장처럼 차가웠다. "내 옷을 훔쳐? 도둑년!"

"아니에요…" 나는 그대로 자리에 주저앉을 것 같아 손을 뻗었지만, 허공에 대고 헛손질만 할 뿐이었다. "훔치지 않았어요."

"흥!" 그녀가 콧방귀를 꼈다. "전과자를 일하게 해 줬더니 은혜를 이런 식으로 갚아?"

니나가 어찌나 소리를 질러대는지 앤드루가 소리를 듣고 서재에서 나왔다. 또다시 번개가 치자 그 빛에 2층 계단 꼭대기에 서 있는 그의 잘생긴 얼굴이 드러났다. 그가 날 어떻게 생각할까? 그는 내가 전과자란 사실을 알고 있다. 처참했다. 제발 내가 도둑질했다고 생각하지 않기를 간절히 바랐다.

"니나?" 그가 한 번에 두 계단씩 뛰어 내려왔다. "무슨 일인데 그래?"

"무슨 일이 일어났게?" 니나가 의기양양하게 소리쳐. "여기 있는 밀리가 내 옷장을 뒤져서 이 옷들을 훔쳤어. 내가 이 옷들을 밀리 옷장에서 찾았거든!"

앤드루의 눈이 휘둥그레졌다. "밀리가…."

"훔치지 않았어요!" 눈물이 핑 돌았다. "맹세해요. 옷이 안 맞는다면서 니나가 줬어요."

"우리가 그 거짓말을 믿을 것 같아요?" 니나가 비아냥거렸다. "경찰을 불러야겠어요. 이 옷이 얼마짜린지 알기나 해요?"

"제발, 경찰만은 부르지 마세요…."

"오호라." 니나가 내 표정을 보더니 웃음을 터트렸다. "지금 가석방 상태지? 가석방 중에 도둑질하면 다시 감옥에 가는 거 내가 모를 줄 알아?"

앤드루가 소파에 놓인 옷들을 쳐다보더니 인상을 찌푸렸다. "니나…."

"경찰 부를 거야." 그녀가 핸드백에서 휴대폰을 꺼냈다. "또 뭘 훔쳤을 줄 어떻게 알아, 안 그래?"

"니나." 앤드루가 고개를 들며 말했다. "밀리는 옷을 훔치지 않았어. 당신이 옷장을 정리하는 걸 내가 봤는걸. 옷을 정리해서 재활용 봉투에 담고 기부할 거라고 했잖아." 그가 작은 흰색 드레스를 집어 들었다. "그리고 이건 작아서 그동안 입은 적도 없잖아."

니나의 얼굴이 빨갛게 상기됐다. "여보, 그게 무슨 말이야? 지금 내가 뚱뚱하다는 거야?"

앤드루는 니나의 말을 들은 척 만 척했다. "그게 아니라 밀리가 당신 옷을 훔친 게 아니라는 말이야. 당신, 밀리한테 왜 그래?"

그녀가 아연실색했다. "여보…."

앤드루가 소파 근처를 서성이며 나를 쳐다봤다. "밀리." 그는 내 이름을 언제나 다정하게 부른다. "니나랑 얘기 좀 하게 방에 가 있을래요?"

"네. 그럴게요." 나는 마음이 놓였다.

내가 2층에 올라갈 때까지 두 사람은 아무 말이 없었다. 나는 다락으로 올라가 방문을 열고 어떻게 하면 좋을지 잠시 생각했다.

다락에서는 아무 소리도 들리지 않았다. 나는 다시 계단 쪽으로 살금살금 걸어가 복도 끝에 섰다. 니나와 앤드루의 모습은 보이지 않고 소리만 들렸다. 대화를 엿들어선 안 됐지만 궁금해서 어쩔 수가 없었다.

"…드레스를 가져간 게 아니야." 앤드루의 목소리가 들렸다. "밀리가 훔친 게 아니라고."

"어떻게 나보다 밀리편을 들 수가 있어?" 니나가 쏘아붙였다.

"감옥에 있었던 여자라고. 그런 여자를 어떻게 믿어? 거짓말쟁이에 도둑년이란 말이야. 저런 여자는 다시 감옥에 보내야 해."

"어떻게 그렇게 말해? 밀리는 괜찮은 사람이야."

"어련하시겠어."

"당신, 언제부터 그렇게 못되게 변한 거야?" 앤드루의 목소리가 떨렸다. "변했어, 당신. 아주 다른 사람이 됐다고."

"사람은 변해." 니나가 쏘아붙였다.

"그러지 마." 목소리가 작은 데다가 빗방울 떨어지는 소리 때문에 신경을 곤두세우고 들어야 했다. "당신답지 않아. 내가 알던 사람이 아니야. 한때 내가 사랑했던 사람이 아니라고."

긴 침묵이 흘렀다. 집을 흔들어 놓을 만큼 엄청난 천둥이 침묵을 깼다. 말소리가 잦아들었다. 순간 니나의 목소리가 선명하게 들렸다.

"여보, 그게 무슨 말이야?"

"잘 들어…. 나는 이제 더 이상 당신을 사랑하지 않아. 니나, 우리 헤어지는 게 맞는 것 같아."

"나를 더 이상 사랑하지 않는다고?" 그녀가 버럭 소리를 질렀다. "어떻게 그런 말을 할 수 있어?"

"미안해. 그동안 사는 게 바빠 내가 행복하지 않다는 걸 몰랐어."

니나는 앤드루가 내뱉은 말을 곱씹어보느라 한참을 말이 없었다. "밀리 때문에?"

나는 숨죽인 채 그의 대답을 기다렸다.

그날 밤 뉴욕에서 우리 둘 사이에 일이 있었던 것은 사실이다. 하지만 그렇다고 나 때문에 앤드루가 니나를 버리려는 거라고 착각하고 싶진 않았다.

"밀리 때문이 아니야." 마침내 앤드루가 입을 열었다.

"진짜? 어떻게 내 앞에서 거짓말을 하고 둘 사이에 아무 일도 없었던 것처럼 뻔뻔하게 행동할 수가 있어?"

젠장. 그녀는 다 알고 있었다. 아니, 알고 있는 것 같았다.

"밀리를 좋아하는 건 사실이야." 앤드루의 목소리가 너무 작아서 내가 들은 게 맞는지 아니면 내가 마음대로 상상하는 건지 알 수가 없었다. 저 근사한 남자가 나를 좋아한다니! "하지만 그건 이 문제와 상관없는 일이야. 이건 당신과 내 문제야. 나는 당신을 더 이상 사랑하지 않아."

"미쳤어!" 니나가 미친 듯이 비명을 질러댔다. "한낱 가정부 때문에 나를 버린다고? 이런 정신 나간 소리는 처음 들어보겠네. 당신, 부끄러운 줄 알아. 정신 차리라고!"

"니나." 그의 목소리에 단호함이 느껴졌다. "우린 여기까지야. 미안해."

"당신 뜻이 그렇다면," 니나가 으르렁거리며 말했다. "법정에서 봐. 아주 깡그리 망가트려 놓을 테니까. 땡전 한 푼 없이 길거리에 나 앉게 만들어 주겠어."

"길거리에 나 앉게 만든다고? 니나, 여긴 내 집이야. 당신을 알기 전부터 내가 소유한 내 집이라고. 내가 당신을 이 집에 살게 해 준 거지. 당신도 알겠지만, 우린 혼전 계약서를 썼어. 이혼하면 이 집은 다시 내 소유가 돼." 앤드루가 잠시 말을 멈췄다. "지금 당장 이 집에서 나가줬으면 좋겠어."

나는 위험을 무릅쓰고 계단 아래쪽을 내려다봤다. 쭈그려 앉으니 거실 한가운데 서 있는 니나의 모습이 보였다. 그녀는 창백한 얼굴로 아무 말도 못 하고 물고기처럼 입만 뻥긋거렸다. "여보, 진심 아니지?" 니나가 충격으로 말을 더듬거렸다.

"진심이야."

"하지만…." 그녀가 가슴을 부여잡았다. "씨씨는 어쩌고?"

"어차피 씨씨는 당신 딸이잖아. 당신은 씨씨를 내 호적에 올리는 것조차 원하지 않았어."

니나가 이를 악물고 말하는 것 같았다. "아, 이제 알겠네. 내가 아이를 못 낳는다니까 아이를 낳을 수 있는 젊은 여자가 필요하다는 거지. 나는 이제 쓸모가 없다는 거잖아."

"그런 말이 아니잖아." 어떻게 보면 맞는 말이다. 앤드루는 아이를 원했고 니나는 아이를 낳을 수 없었다.

니나의 목소리가 떨렸다. "여보, 나한테 이러지 마…. 제발 이런 식으로 나를 비참하게 만들지 말란 말이야."

"지금 당장 이 집에서 나가줬으면 좋겠어."

"밖에 비가 오는데도?!"

앤드루의 목소리는 단호했다. "짐 싸서 당장 이 집에서 나가."

마침내 니나가 어깨를 떨구며 말했다. "좋아, 나갈게."

니나가 계단 쪽으로 걸어오는 소리가 들렸다. 재빨리 자리를 떠야 했지만 한발 늦고 말았다. 니나가 고개를 들이 계단 끝에 서 있는 나를 바라봤다. 그녀의 두 눈이 분노로 이글거렸다. 지금껏 본 적 없는 모습이었다. 방으로 얼른 뛰어 들어가야 했지만 니나가 한 발짝 한 발짝 다가오는 소리에 다리가 얼어붙어 떨어지질 않았다.

그녀가 계단을 오르자 번개가 번쩍 치고 지나갔다. 그 빛이 니나의 얼굴에 드리워 그녀는 마치 지옥문 앞에 서 있는 것처럼 보였다.

"도와…" 입술이 말을 듣지 않아 말이 잘 나오질 않았다. "짐 싸는 거 도와드릴까요?"

그녀의 눈에 독기가 이글거렸다. 손을 뻗어 내 심장을 뽑아버릴 것 같아 무서웠다. "필요 없어. 나 혼자 해."

니나가 침실로 들어가며 문을 쾅 닫았다. 나는 어떻게 해야 할지 몰랐다. 다락으로 올라가려다 아래층을 내려다보니 앤드루가 나를 바라보고 있었다. 나는 무슨 말이라도 해야 할 것 같아 1층으로 내려갔다.

"미안해요!" 나는 어쩔 줄을 몰랐다. "이렇게 될 줄 몰랐어요…"

"자책하지 말아요. 우리 사이는 깨진 지 오래였어요."

나는 창문을 바라봤다. 비가 억수같이 쏟아졌다. "제가 나갈게요."

"아니요. 당신은 그냥 있어요."

그가 내 팔을 잡자 온몸에 전율이 일었다. 그가 키스해주기를 간절히 바랐다. 하지만 그럴 수는 없었다. 아직 니나가 2층에 있었으니까.

하지만 그녀는 곧 이 집을 떠날 예정이었다.

10분 후, 니나가 가방을 힘들게 짊어지고 계단을 내려왔다. 어제까지만 해도 내게 가방을 던져주며 그렇게 약해빠져서 어떻게 하냐고 낄낄거리며 웃던 그녀였다. 그런 그녀가 몸소 가방을 들고 내려오고 있었다. 눈은 퉁퉁 부었고 머리는 헝클어져 나이를 가늠하기 어려울 만큼 몰골이 말이 아니었다.

"여보, 제발 내게 이러지 마. 제발." 그녀가 애원했다.

그의 턱이 움찔했다. 또다시 천둥이 쳤다. 하지만 좀 전에 비해 한결 누그러들었다. 폭풍우가 잠잠해지고 있었다. "짐을 차에 실어주지."

니나는 울음을 꾹 참았다. "그럴 필요 없어."

니나가 무거운 가방을 들고 거실 바로 옆쪽에 있는 차고 문으로 힘겹게 터벅터벅 걸어갔다. 앤드루가 도와주려고 손을 내밀었지만, 그녀는 그 손을 뿌리쳤다. 그녀는 손에 가방을 든 채 문을 열려고 힘겹게 버둥거렸다. 한참을 지켜보던 나는 더 이상 참을 수가 없어 문 쪽으로 뛰어가 그녀가 채 말리기도 전에 손잡이를 돌려 문을 열었다.

"젠장, 고마워 죽겠군."

나는 뭐라고 말해야 할지 몰라 그 자리에 가만히 서 있었다. 그녀가 가방으로 나를 밀치며 지나가는 듯하더니 숨소리가 들릴 만큼 가까이 다가와서는 내 귀에 대고 나지막이 속삭였다.

"절대 용서할 수 없어."

심장이 요동쳤다. 그녀가 한 말이 메아리가 되어 내 귓가에 울려 퍼졌다. 그녀는 자신의 흰색 렉서스에 가방을 던져 넣더니 차를 몰고 재빠르게 차고를 빠져나갔다.

차고 문을 열어둔 채 가는 바람에 한차례의 바람과 함께 비가 차고 안으로 들이쳤다. 나는 저 멀리 사라지는 니나의 차를 바라보며 잠시 그곳에 서 있었다. 순간 내 어깨를 감싸 안는 손길에 소스라치게 놀랐다.

앤드루였다.

"괜찮아요?" 그가 물었다.

앤드루만큼 따뜻한 사람이 있을까? 그는 본인이 힘든 일을 겪고도 내게 괜찮냐고 물어볼 만큼 생각이 깊은 사람이었다. "괜찮아요. 당신은요?"

그가 한숨을 내쉬었다. "더 좋게 해결할 수도 있었겠지만 어쩔 수 없었어요. 이렇게 살 순 없어요. 나는 더 이상 니나를 사랑하지 않아요."

나는 차고 밖을 내다봤다. "니나는 괜찮을까요? 어디 갈 곳은 있을까요?"

앤드루가 손을 저으며 말했다. "신용카드가 있으니까 호텔로 갈 거예요. 걱정하지 말아요."

니나가 걱정됐다. 하지만 앤드루가 생각하는 그 이유 때문이 아니었다.

앤드루가 내 어깨에 올린 손을 내리고 차고 문 옆에 있는 버튼을 눌렀다. 그러곤 내 손을 잡아끌었다. 하지만 나는 차고 문이 완전히 닫힐 때까지 기다렸다. 결정적인 순간에 니나의 차가 다시 나타날 것만 같았기 때문이다.

"밀리, 들어가요." 앤드루의 눈이 반짝였다. "이 집에 당신만 남을 때까지 기다렸어요."

많은 일이 있었다. 나는 그를 향해 미소 지었다. "정말요?"

"얼마나 기다렸는지 당신은 모를 거예요…."

그가 나를 안고 키스했다. 그리고 나는 그의 품에 무너져 내렸다. 천둥이 또다시 으르렁거렸다. 저 멀리 니나의 차 소리가 아직도 들리는 것만 같았다. 그럴 리가 없는데. 그녀는 떠났다.

영원히.

34

다음 날 아침, 나는 게스트룸에서 일어났다. 그리고 내 옆에는 앤드루가 잠들어 있었다.

지난밤 니나가 떠나고 결국 우리는 이렇게 됐다. 나는 니나가 어제까지 사용하던 침대를 쓰고 싶지 않았다. 그렇다고 다락방 침대는 둘이 눕기에는 불편했다. 그래서 타협안으로 찾은 것이 게스트룸이었다.

당분간은 이렇게 지내다가 관계에 좀 더 진전이 생기면 부부 침실로 옮기게 될 것이다. 하지만 아직은 아니었다. 아직은 그녀의 냄새가 남아있다. 그녀의 악취가 집안 곳곳에 들러붙어 있었다.

앤드루가 눈을 떴다. 그러곤 옆에 누운 나를 보더니 얼굴에 미소를 띠었다. "잘 잤어?"

그가 손가락으로 내 목과 어깨를 쓸어내렸다. 그러자 온몸에 전율이 일었다. "당신 옆에서 눈을 뜨다니 정말 행복해. 니나가 아니라."

나도 그랬다. 내일도, 그다음 날도 앤드루 옆에서 눈 뜨고 싶었다. 니나는 이 남자의 소중함을 몰랐지만 나는 아니다. 그녀는 모든 걸 당연하게 여겼다.

이제 모든 게 내 것이라 생각하니 행복해서 미칠 것 같았다.

앤드루가 가까이 다가와 내 콧등에 입을 맞췄다. "일어나야 해. 아침에 미팅이 있어."

내가 몸을 일으켜 세우며 말했다. "아침 준비할게요."

"괜찮아." 앤드루가 침대에서 나오자 그를 감싸고 있던 담요가 떨어져 나가며 완벽한 육체가 그 자태를 드러냈다. 운동을 열심히 했는지 군살 하나 없이 매끈했다. "이 집에 오고 하루도 빠짐없이 우리를 위해 아침을 준비했잖아. 오늘은 그냥 자도 돼. 그리고 하고 싶은 게 있으면 뭐든지 하고."

"월요일에는 세탁을 주로 해요. 그냥 하던 대로 하려고요."

"그건 안 되지." 그가 나를 바라봤다. "아직 어떻게 해야 할진 잘 모르겠지만…. 난 당신이 좋아. 당신과 잘해 보고 싶어. 그러려면 당신이 우리 집 도우미면 안 돼. 일할 사람을 구할 거니까 그때까지는 앞으로 무엇을 할지 생각하면서 쉬어."

나는 얼굴이 빨개졌다. "아무것도 안 할 순 없어요. 당신도 알다시피 니는 진파가 있잖아요. 일자리 구하기가 쉽지 않은데."

"그러니까 여기 있으라는 거지." 내가 반기를 들려고 하자 그가 손을 들며 나를 제지했다. "나는 당신이 이 집에 있었으면 좋겠어.

누가 알아? 영원히 이 집에 살게 될지."

그가 나를 보며 달콤한 미소를 지었다. 그 미소에 나는 정신을 차릴 수가 없었다. 이런 남자를 놓치다니 니나는 정신이 나간 게 분명했다.

니나가 다시 나타나 앤드루를 내놓으라고 할까 봐 두려웠다.

나는 트렁크 팬티 아래로 드러난 그의 매끈한 다리를 훔쳐봤다. 그는 내게 윙크를 건네고 샤워를 하러 갔다.

호화로운 더블 침대 위에서 늘어지게 기지개를 켜고 하품했다. 처음 다락방 간이침대가 생겼을 때 얼마나 설레었던가! 그런데 그때와는 차원이 달랐다. 그동안 간이침대에서 자고 일어났을 땐 허리가 아파도 어쩔 방법이 없었는데, 이 침대에서 하룻밤 자고 나니 한결 개운했다. 사람은 이런 면에서 참 적응이 빨랐다.

침대 옆 탁자에 휴대폰을 던져놓았었다. 순간 진동벨이 울렸다. 손을 뻗어 휴대폰을 잡았다. 그러나 화면에 뜬 문구를 보는 순간 짜증이 났다.

[발신자표시제한.]

속이 울렁거렸다. 이 시간에 누굴까? 전화가 끊길 때까지 화면을 뚫어져라 바라봤다.

이런 전화는 받지 않는 게 상책이다.

탁자 위에 휴대폰을 올려두고 다시 이불 속으로 들어갔다. 매트리스만 편한 게 아니라 침대 시트도 너무 부드러워 마치 실크 같았다. 이불은 가볍고 따뜻했다. 다락방에서 덮었던 따가운 울 이불에 비할 바가 못 됐다. 감옥에서 덮었던 얇은 이불은 말할 필요조차 없었다. 역시 비싼 이불이 좋았다. 그러고 보면 사람 일은 모를 일이다. 신데렐라가 이런 기분이었을까.

눈꺼풀이 감겼다. 막 잠이 들려는 찰나 진동벨이 또다시 울리기 시작했다.

나는 짜증스레 손을 뻗었다. 좀 전과 같은 문구였다.

[발신자표시제한.]

누굴까? 난 친구가 없다. 세실리아 학교에 내 번호가 비상 연락처로 등록돼있긴 했지만, 학교는 지금 여름방학 중이다. 내게 전화를 걸 사람은 단 한 사람…뿐이다.

니나.

—◆—

아래층으로 내려오니 앤드루가 양복을 갈아입고 커피를 마시고 있었다. 그는 뭔가 못마땅한 얼굴로 창가에 서서 정원을 내다보고 있었다.

"왜 그래요?" 내가 물었다.

그가 나를 보고 움찔하더니 이내 웃으며 대답했다. "별일 아니야. 그런데… 저 빌어먹을 정원사가 저기서 또 저러고 있네. 도대체 온종일 저기서 뭘 하는 건지 원."

나는 창가로 가서 밖을 내다봤다. 엔조가 손에 삽을 든 채 화단 앞에서 허리를 숙이고 있었다. "정원을 손보고 있는 거 아닐까요?"

앤드루가 시계를 들여다봤다. "아침 8시만 되면 어김없이 우리 집 마당에서 저러고 있단 말이지. 저 남자가 일하는 곳이 열두 곳이나 되는데 왜 맨날 우리 집에 있는지 모르겠어."

나도 모르겠다는 듯 어깨를 으쓱해 보였다. 하지만 앤드루 말에
도 일리가 있었다. 엔조는 유난히 이 집에 자주 왔다. 이곳 마당이
다른 집에 비해 넓긴 하지만 시간상 비율이 맞지 않았다.

앤드루가 뭔가를 결심한 듯 창틀에 커피 잔을 내려놓았다. 창틀
에 커피 잔 자국이 남으면 니나가 난리를 쳤던 터라 나도 모르게
손이 잔으로 향했다. 하지만 이내 손을 거둬들였다. 이제 아무 데
나 커피 잔을 둬도 상관없다.

앤드루가 뭔가 결심한 듯 앞마당으로 성큼성큼 걸어갔다. 나도
궁금해서 뒤따라갔다. 분명 엔조에게 할 말이 있는 것 같았다.

그는 두 번이나 헛기침했지만, 엔조는 듣지 못했다. 결국 앤드루
가 큰 소리로 엔조를 불렀다. "엔조!"

엔조가 느긋하게 고개를 들고 앤드루를 쳐다봤다. "네?"

"얘기 좀 합시다."

엔조가 길게 한숨을 내쉬며 자리에서 일어났다. 그러곤 아주 느
릿느릿 우리 쪽으로 걸어왔다. "네? 왜요?"

"잘 들어요." 앤드루도 키가 큰 편이었지만, 엔조가 더 컸기 때
문에 앤드루가 고개를 들고 쳐다봐야 했다. "그동안 우리 집 일을
해 줘서 고마웠어요. 이제 우리 집은 그만 와도 됩니다. 하던 일
정리하고 다음 집으로 가요."

"케 코사(뭐라고)?" 엔조가 물었다.

앤드루는 화가 난 것 같았다. "이제 올 필요 없다고. 끝, 끝났다
고. 우리 집에서 나가."

엔조가 고개를 갸웃하며 물었다. "해고?"

앤드루가 숨을 들이셨다. "그래. 해고."

엔조가 어깨를 으쓱하더니 말했다. "좋아요. 갑니다."

엔조가 너무 아무렇지도 않게 대답하는 바람에 별것도 아닌 걸로 괜히 난리 쳤다고 앤드루가 무안해하지는 않을까 걱정이 됐다. 하지만 앤드루가 안심한 듯 고개를 끄덕였다. "그라치에. 그동안 일해 줘서 고마워요."

엔조는 앤드루를 멍하니 바라만 볼 뿐 아무 말도 하지 않았다.

앤드루가 작게 뭐라고 중얼거리더니 발길을 돌려 현관문으로 사라졌다. 나도 뒤따라 들어가려는데 엔조가 내 팔을 움켜잡았다.

나는 그를 향해 돌아섰다. 엔조는 아까와는 완전히 다른 얼굴을 하고 있었다. 까맣고 커다란 눈동자로 나를 바라보며 말했다. "밀리." 그가 숨을 크게 내쉬었다. "여기서 도망쳐야 해요. 지금 당신은 위험해요."

너무 놀라 입이 다물어지지 않았다. 도망치라는 말도 놀랍지만, 그가 영어로 능숙하게 말하고 있었다. 여기서 일하는 동안 그가 할 수 있는 말이라곤 두서너 단어를 조합한 게 전부였다. 그런데 지금 그가 두 개의 완전한 문장을 구사했다. 그것도 영어로, 알아들을 수 없는 이탈리아 억양이 아니라 아주 자연스러운 영어로.

"이제 괜찮아요. 니나가 집을 나갔어요."

"안 돼요." 그가 내 팔을 꽉 잡은 채 단호하게 고개를 저었다. "아니에요. 니나가 아니라…."

엔조가 말을 채 다 하기도 전에 현관문이 열렸다. 그러자 엔조가 후다닥 내 팔을 놓고 뒤쪽으로 사라졌다.

"밀리?" 앤드루가 현관문을 열고 빼꼼 고개를 내밀었다. "무슨 일이야?"

"별일 아니에요." 나는 대충 둘러댔다.

"안 들어오고 뭐 해?"

엔조를 붙잡고 좀 전에 그가 한 불길한 경고가 정확히 무슨 뜻이냐고, 무슨 말을 하려고 한 거냐고 묻고 싶었다. 하지만 들어가야 했다. 달리 선택의 여지가 없었다.

앤드루를 따라 집으로 들어가면서 엔조를 돌아봤다. 엔조는 장비를 정리하느라 바쁜지 나를 돌아볼 생각조차 하지 않았다. 내가 꿈을 꾼 건가 싶어 팔을 내려다봤다. 엔조의 손가락 자국이 선명하게 남아있었다.

35

월요일이라 마트에 갔다. 앤드루는 내게 아무것도 하지 말라고 했지만, 식료품이 다 떨어져 가고 있었다. 나는 책장에서 책을 몇 권 꺼내 훑어보고 TV도 봤다. 하지만 좀이 쑤셨다. 니나와 달리 나는 바쁘게 움직이는 게 좋았다.

이제 카트를 끌고 다니며 니나의 말도 안 되는 요구를 따를 필요가 없으니 정말 좋았다. 내가 원하는 건 무엇이든 살 수 있었다. 브리오슈가 먹고 싶으면 브리오슈를 사고 발효 빵을 먹고 싶으면 발효 빵을 사면 됐다. 온갖 빵을 사진 찍어 보낼 필요가 없다. 난 이제 자유의 몸이다.

유제품 코너를 둘러보는데 가방에 넣어둔 전화가 울렸다. 불안했다. 누굴까?

앤드루일지도 모른다.

가방에서 휴대폰을 꺼냈다. 또 발신자표시제한 번호였다. 누군지 모르지만, 아침부터 계속 전화를 걸어 대고 있다.

그때, 누군가가 내게 말을 걸었다.

"밀리 아니에요?"

나를 알아보는 소리에 소스라치게 놀랐다. 고개를 들어보니 이름은 기억나질 않지만 니나가 열었던 학운위 모임에 왔던 여자 중 하나였다. 그녀가 립스틱을 두툼하게 칠한 입술에 가식적인 미소를 띤 채 카트를 밀며 내게 다가왔다.

"그런데요?"

"나 패트리스예요. 니나네 가정부 맞죠?"

니나네 가정부. 나는 그녀가 내게 붙인 꼬리표에 발끈했다. 조만간 그녀는 앤드루가 니나를 버렸다는 걸, 니나는 혼전 계약서 때문에 집에서 쫓겨났다는 걸, 내가 앤드루의 새 여자 친구라는 걸, 그리고 내게 잘 보이려고 애써야 한다는 걸 알게 될 것이다.

"네, 윈체스터 씨 집에서 일하고 있어요." 나는 사무적으로 대답했다. 이제 그 일도 그만둘 날이 머지않았다.

"잘 됐다." 그녀가 환하게 웃었다. "아침 내내 니나에게 연락이 안 되네요. 원래 월요일이랑 목요일은 크리스틴 다이너에서 브런치를 먹는 날인데 니나가 오지 않았어요. 혹시 무슨 일 있어요?"

"아니요. 별일 없어요." 거짓말이었다.

패트리스가 입을 삐죽거렸다. "보나 마나 잊어버렸을 거예요. 니나는 뭘 자꾸 잊어버리잖아요. 안 그래요?"

그보다 더 큰 일이 벌어졌지만, 나는 입을 다물었다.

그녀의 시선이 내 손에 들린 휴대폰을 향했다. "그 휴대폰은 니나가 쓰라고 준 건가요?"

"아, 네."

그녀가 머리를 뒤로 젖히며 웃었다. "니나가 당신이 어디에 있는지 늘 확인하는데 그래도 괜찮은가 봐요. 나라면 싫을 것 같은데."

나는 무슨 말인지 몰라 어깨를 으쓱해 보였다. "문자쯤이야 뭐 괜찮아요."

"그게 아니라." 그녀가 고갯짓으로 휴대폰을 가리켰다. "니나가 휴대폰에 위치추적 어플을 깔아놓았잖아요. 당신이 어디에 있는지 그녀가 속속들이 알려고 하는 게 짜증 나지 않아요?"

불시에 주먹으로 한 대 얻어맞은 것 같았다. 니나가 내 휴대폰에 위치추적 어플을 깔아놓았다고? 이 무슨 말도 안 되는 소리란 말인가.

내가 멍청했다. 니나는 그러고도 남을 사람이었다. 이제 모든 게 이해가 됐다. 그녀는 팸플릿을 찾으러 내 가방을 뒤질 필요도, 공연이 있던 날 집에 전화할 필요도 없었다. 그녀는 내가 어디에 있는지 너무나도 잘 알고 있었다.

"이런!" 패트리스가 입을 틀어막았다. "이 일을 어쩌나! 몰랐나…봐요?"

보톡스를 맞은 그녀의 얼굴을 한 대 후려치고 싶었다. 아주 신나 죽겠는 표정이었다. 목덜미에 식은땀이 났다. "먼저 실례할게요."

나는 카트를 두고 그녀를 지나 주차장으로 달려갔다. 마트를 빠져나오니 그제야 숨이 쉬어졌다. 나는 두 손으로 무릎을 짚고 상체를 숙인 채 숨을 골랐다.

몸을 일으키자 주차장에서 차 한 대가 빠르게 빠져나가고 있었다. 흰색 렉서스.

니나의 차인 것 같았다.

그때 또다시 휴대폰이 울렸다.

가방에서 휴대폰을 꺼냈다. 발신자표시제한. 그래, 피하지 말자. 그녀가 나와 이야기하고 싶다면 그래 받아주자. 나를 협박하거나 가정파괴범이라고 욕하고 싶다면 그것도 받아주자.

나는 통화버튼을 눌렀다. "니나? 무슨 일이죠?"

"안녕하세요!" 휴대폰 너머에서 활기찬 목소리가 들렸다. "고객님의 차량 보증 기간이 최근에 만료되어 안내차 전화드렸습니다!"

휴대폰을 귀에서 뗐다. 어이가 없었다. 니나가 아니었다. 쓰잘머리 없는 스팸 전화일 뿐이었다. 내가 너무 예민하게 굴었다.

하지만 왠지 내가 위험한 상황에 놓인 것 같은 기분은 떨쳐낼 수가 없었다.

36

오늘 밤 앤드루는 일이 많아 늦는다고 했다.

6시 45분, 그가 내게 투덜거리며 문자 메시지를 보냈다.

[회사에 문제가 생겨서 시간이 좀 걸릴 것 같아. 같이 저녁 먹고 싶었는데. 먼저 식사해.]

답장을 보냈다.

[괜찮아요. 운전 조심해요.]

하지만 속이 상했다. 맨해튼의 프랑스 식당에서 앤드루와 먹었던 스테이크가 너무 맛있어서 직접 만들어봤다. 용기를 내 마트에 다시 들어가서 산 후추와 다진 양파, 코냑, 레드 와인, 쇠고기 육수, 그리고 진한 휘핑크림을 넣어 만들었다. 냄새가 아주 끝내줬다. 하지만 앤드루와 같이 먹으려면 한두 시간은 더 기다려야 할 것 같았다. 스테이크는 데우면 그 맛이 안 날 텐데. 어쩔 수 없이 혼자 훌륭한 저녁 식사를 마쳤다. 배를 두둑이 채우고 TV 채널을 이리저리 돌렸다.

집에 혼자 있자니 기분이 좋지 않았다. 앤드루가 있을 땐 이 집이 앤드루 집인 것 같았는데, 그가 없으니 니나의 냄새가 집안 곳곳에서 코를 찔렀다. 구석구석 배어있는 니나의 향수 냄새. 동물들이 그러하듯 그녀는 냄새로 자신의 영역표시를 해 두었다.

앤드루가 하지 말라고 했지만, 마트에 다녀온 후 니나의 향수 냄새를 없애려고 집 안 곳곳을 청소했다. 그런데도 냄새가 가시지 않았다.

패트리스 때문에 기분이 아주 더러웠지만, 그녀 덕분에 니나가 내 위치를 추적하고 있다는 사실을 알았다. 휴대폰을 뒤져 숨겨진 위치추적 앱을 찾아 삭제해 버렸다.

그런데도 그녀가 나를 지켜보고 있다는 생각을 떨칠 수가 없었다.

눈을 감고 오늘 아침 엔조가 내게 한 경고를 떠올렸다. '여기서 도망쳐야 해요. 지금 당신은 위험해요.' 그는 니나를 두려워했다. 니나가 우리 옆을 지날 때 그의 눈빛은 두려움에 떨고 있었다.

'당신은 지금 몹시 위험해요.'

토할 것 같았다. 아니, 니나는 이제 없다.

하지만 그녀가 언제 어디서 나타나 나를 해칠지 몰랐다.

해가 졌다. 창문을 바라보니 보이는 거라곤 창문에 비친 내 그림자뿐이었다. 소파에서 일어나 창가로 걸어갔다. 심장이 북소리처럼 울렸다. 차가운 유리에 이마를 대고 어두운 바깥을 내다봤다.

대문 밖에 차가 주차돼있는 것 같았다.

혹시 착각인가 싶어 눈을 가늘게 뜨고 어둠 속을 유심히 살폈다. 밖에 나가 자세히 살펴볼까 했지만 그러려면 대문을 열어야 했다.

하긴 니나에게는 열쇠가 있으니 문을 잠가 봤자 소용없을 터였다.

커피 테이블에 올려둔 휴대폰이 울렸다. 정신을 차리고 전화가 끊기기 전에 받으려고 서둘러 테이블 쪽으로 갔다. 발신자표시제한 전화다. 또 이것저것 신청하라는 스팸 전화일 거야. 제발 그러길 바랐다.

녹음된 상담원의 목소리를 기대하며 통화버튼을 눌렀다. 그런데 아니었다. 휴대폰에서 음성이 변조된 기계식 목소리가 들렸다.

"앤드루 윈체스터에게서 도망쳐!"

숨이 멎는 것 같았다. "니나?"

니나인지 하물며 남자인지, 여자인지도 알 수가 없었다. 딸깍, 전화가 끊겼다.

나는 울컥 치밀어 오르는 감정을 삼켰다. 니나가 나를 상대로 게임을 하는 중이라면 이제 정말 지긋지긋했다. 당장 내일부터 이 집을 차지해야겠다고 마음먹었다. 열쇠공을 불러 자물쇠도 바꾸고 오늘 밤부터 게스트룸 말고 부부 침실에서 자야겠다고 생각했다. 나는 더 이상 이 집의 손님이 아니다.

이 집은 앤드루의 집이다. 그리고 이제 내 집이기도 했다.

나는 한 번에 두 계단씩 올라 다락으로 향했다. 답답한 내 방이 나올 때까지 계속 올라갔다. 오늘 밤 이후로 이곳은 내 방이 아니다. 짐을 싸서 아래층으로 가지고 내려갈 예정이었다. 그리고 문밖에 자물쇠가 있는 작고 기괴한 이 밀실에 다시는 오지 않을 생각이었다.

옷장에서 캐리어를 꺼내 대충 손에 잡히는 대로 옷을 주워 담았다. 물론 아래층 옷장 서랍에 내 옷을 넣기 전에 앤드루의 허락을 받을 생각이었다. 앤드루도 내가 계속 다락방에서 지내기를 바라지 않을 것이다. 이 방은 사람이 살 수 있는 방이 아니다. 일종의 고문실 같았다.

"밀리? 거기서 뭐 해?"

누군가 부르는 소리에 심장이 멎는 줄 알았다. 나는 가슴을 움켜쥐고 뒤를 돌아봤다. "앤드루, 소리도 없이 언제 왔어요?"

그가 내 짐을 흘깃 쳐다봤다. "뭐 해?"

나는 손에 들고 있던 브래지어들을 캐리어 안에 쑤셔 넣었다.

"저기 그게, 아래층으로 옮길까 해서요."

"아."

"그래도… 되죠?" 갑자기 뻘쭘했다. 앤드루가 흔쾌히 그러라고 할 줄 알았는데 혼자만의 착각이었나 싶었다.

그가 내게 한 발짝 다가오며 말했다. 나는 입술이 아플 정도로 꽉 깨물었다. "물론이지. 그러라고 할까 하다가 당신이 어떻게 생각할지 몰라서."

그 말에 어깨에 힘이 빠지면서 긴장이 풀렸다. "당연히 그러고 싶어요. 오늘은… 좀 힘든 날이었어요."

"왜? 무슨 일 있었어? 커피 테이블에 내 책이 몇 권 나와 있던데…. 책 읽고 있었던 거 아니었어?"

차라리 책만 읽으며 하루를 보냈다면 얼마나 좋았을까? "별로 말하고 싶지 않아요."

그가 가까이 다가와 손가락 끝으로 내 턱을 쓸어내렸다. "내가 싹 다 잊게 해 줄 수 있을 것 같은데…."

그의 손길에 온몸이 떨렸다. "당연하죠…."

그의 말대로 나는 정말 모든 걸 잊었다.

37

게스트룸의 값비싼 매트리스에 비해 다락방 간이침대가 얼마나 불편한지 느낄 겨를도 없이 앤드루와 사랑을 나누고 그의 품에 안겨 기절하듯 쓰러져 잠들어버렸다. 이 방에서 앤드루와 사랑을 나누다니 생각지도 못한 일이다. 니나가 어찌나 까탈스럽게 구는지 그동안 나는 이 방에 아무도 들이지 못했다.

새벽 3시쯤 잠에서 깼다. 방광이 꽉 차 불편했다. 화장실에 가야 했다. 보통은 잠들기 전에 다녀왔는데 어제는 앤드루가 나를 어찌나 격렬하게 다루던지 온몸에 힘이 빠져 그냥 잠들어버렸다.

이제 니나의 그 규칙은 완전히 쓸모없게 됐다.

그런데 왠지 모르게 허전한 기분이 들었다. 앤드루가 옆에 없었다. 내가 잠들자 자기 방으로 간 모양이었다. 그를 탓할 순 없었다.

이 간이침대는 한 사람이 눕기에도 비좁아 두 사람은 무리였다. 더군다나 이 방에 있으면 폐소공포증이 느껴졌다. 아마 앤드루도 버텨보려고 이리저리 뒤척이다가 아래층으로 내려갔을 것이다. 간이침대에서 자고 일어날 때마다 허리가 아팠는데, 나보다 10살이 더 많은 앤드루는 오죽하겠나 싶었다.

이제 더 이상 이 방에서 자지 않아도 된다고 생각하니 기뻤다. 화장실에 다녀온 후 앤드루가 있는 아래층으로 내려갈 생각에 자리에서 일어났다. 마룻바닥이 내 무게를 이기지 못하고 삐걱거렸다. 문으로 가 손잡이를 돌렸다. 늘 그랬듯 손잡이가 돌아가지 않았다. 손잡이를 꽉 움켜쥐고 있는 힘껏 돌렸다.

하지만 문은 열리지 않았다.

순간, 공포가 심장을 파고들었다. 문에 몸을 바짝 붙였다. 그러자 나무의 긁힌 자국이 어깨를 파고들었다. 다시 한번 오른손으로 손잡이를 제대로 움켜쥐고 시계방향으로 힘껏 돌렸다. 하지만 문은 꿈쩍도 하지 않았다. 정말 손톱만큼도 움직이지 않았다. 그때 알았다.

문이 뻑뻑해서 열리지 않는 게 아니다.

문이 잠겼다.

제2부

38

나나

불과 몇 달 전만 해도 누군가가 내 남편이 다른 여자, 그것도 가정부와 우리 집에 있고 나는 호텔에서 자게 될 것이라고 말했다면 믿지 않았을 것이다.

그랬던 내가 지금 호텔에 있다. 옷장에 있던 목욕가운을 입고 퀸 사이즈 침대에 두 다리를 쭉 뻗고 누워서, 보지도 않는 TV를 켜 놓은 채. 나는 휴대폰을 꺼내 지난 몇 달간 사용한 '친구 찾기' 앱을 열고 빌헬미나 '밀리' 캘러웨이의 위치가 뜰 때를 기다렸다.

위치를 찾을 수 없다고 메시지가 떴다. 오후부터 계속 같은 메시지가 떴다.

아마도 내가 자신을 위치 추적하고 있다는 걸 밀리가 알아챈 모양이었다. 이제 이 앱도 무용지물이다.

똑똑한 년.

아니, 그렇게 똑똑하진 않았다.

침대 옆 탁자에 놓아둔 가방을 뒤적거려 남편의 사진을 꺼냈다. 몇 년 전 회사 웹사이트에 올리기 위해 찍은 사진이라며 내게 주었다.

반짝거리는 사진 속 짙은 갈색 눈동자와 완벽한 마호가니색 머리칼, 강인해 보이는 턱과 움푹 팬 보조개를 가만히 바라봤다. 남편은 내가 아는 사람 중에 가장 잘생긴 남자였다. 그를 처음 본 순간 나는 사랑에 빠졌다.

가방 안에서 다른 물건 하나를 더 꺼내 목욕가운 주머니에 넣고 침대에서 일어났다. 발바닥에 호텔 방의 부드러운 카펫이 닿았다. 이 방은 남편의 신용카드로 계산할 생각이었다. 걱정할 건 없다. 여기서 오래 머물진 않을 테니까.

화장실로 가 웃고 있는 남편 사진과 주머니에 넣었던 물건을 꺼냈다.

라이터.

라이터를 켜자 노란 불꽃이 튀어 올랐다. 라이터 불을 사진 끝에 가져다 댔다.

그리고 잘생긴 남편의 얼굴이 시꺼멓게 타들어 가는 모습을 지켜봤다. 세면대는 어느새 타고 남은 재로 가득 찼다.

웃음이 나왔다. 8년 만에 처음 제대로 웃어본다.

그 나쁜 새끼를 드디어 떼어내다니 믿기지 않았다.

---◆---

니나 윈체스터가 남편을 벗어나기까지 7단계

1단계: 술에 취해 저지른 하룻밤 실수로 임신하고 자퇴하다. 그리고 먹고 살기 위해 거지 같은 직장에 취업하다.

내 상사인 앤드루 윈체스터는 소설 속에나 등장할 법한 멋진 남자였다.

사실 내 상사라기보다 내 상사의, 상사의 상사에 더 가까웠다. 아버지가 물려준 회사의 CEO 자리에 오른 앤드루는 일개 사원에 불과한 나보다 아주 한참 위에 있다.

나는 내 상사의 사무실 밖에 놓인 내 책상에 앉아 멀리서 그를 동경해왔다. 그건 짝사랑과는 다르다. 영화 시사회에 참석한 유명한 배우나 미술관의 그림을 동경하는 것에 가깝다. 내 삶엔 데이트가 끼어들 공간은 없었다. 하물며 남자친구는 꿈도 꿀 수 없었다.

앤드루는 정말 잘생긴 남자였다. 잘생긴 외모에 엄청난 재산, 게다가 친절한 성격까지 갖춘 완벽한 남자였다. 그를 보면 인생은 참 불공평하다는 생각이 들었다.

어느 날, 그가 내 상사의 사무실을 찾았다. 내 상사 스튜어트 린치는 앤드루보다 적어도 20살이 많았다. 그래서 자기가 '꼬마'라고 부르는 놈이 자기한테 이래라저래라하는 꼴을 적잖이 싫어했다.

앤드루 윈체스터가 내게로 걸어와 나를 보며 환하게 웃었다. 그리고 내 이름을 부르며 "니나, 반가워요. 오늘 기분은 괜찮아요?" 라고 말했다.

사실 그는 나를 모른다. 책상에 놓인 명찰을 보고 이름을 부른 것뿐이었다. 그래도 이름을 불러주다니 그게 어디란 말인가! 내 이름 두 글자를 그의 입으로 들으니 기분이 좋았다.

앤드루와 스튜어트는 사무실에서 30분 정도 이야기를 나눴다. 스튜어트는 내게 컴퓨터에서 자료를 찾아 출력해야 할지도 모르니 앤드루가 가기 전까지는 자리를 지키라고 지시했다. 도대체 스튜어트는 일이란 걸 하긴 하는지 모르겠다. 그가 할 일을 내가 다 하고 있었으니 말이다. 그래도 상관없었다. 월급을 받을 수 있고, 건강보험만 유지된다면 아무래도 괜찮았다. 세실리아와 나는 살 곳이 필요했다. 게다가 소아과 의사 말이 다음 달에 예방접종 몇 가지를 해야 한다고 했다. 걸리지도 않은 병 때문에 말이다.

다만 스튜어트가 퇴근이 늦어질 거라고 미리 얘기해주지 않아, 그 점이 조금 신경 쓰였다. 유축을 해야 할 시간이 되자 가슴이 탱탱 불었고 싸구려 수유용 브래지어가 꽉 조여서 아팠다. 씨씨를 생각하면 젖이 흘러내릴까 봐 억지로 생각을 억눌렀다. 업무 중에 젖이 흘러내린다면, 윽, 생각만 해도 끔찍한 일이었다.

씨씨는 이웃집 엘레나에게 맡겨 놓았다. 엘레나 역시 싱글 맘이라 우리는 서로 아기를 돌봐주고 있다. 나는 낮에 일하고 엘레나는 저녁에 바에서 일했다. 그래서 저녁에는 내가 테디를 봐주고 낮엔 그녀가 씨씨를 봐줬다. 그렇게 겨우겨우 아기를 기르고 있었다.

일을 할 때도 씨씨가 보고 싶었다. 온종일 아기 생각뿐이었다.

아기를 낳으면 적어도 6개월은 쉴 수 있을 줄 알았지만, 겨우 2주 쉬고 회사에 복귀했다. 아직도 걷는 게 불편했다. 회사에서 12주 산후 휴가를 주었지만, 그중에 10주는 무급이라서 쉴 수가 없었다.

엘레나는 가끔 테디 때문에 많은 것을 포기했다며 속상해했다. 나는 대학원에서 여유롭게 박사과정을 밟던 중에 씨씨를 임신했다. 당시 내겐 돈이 없었다. 임신 테스터기의 선명한 두 줄을 보는 순간, 기약 없는 대학원 생활을 지속했다간 도저히 먹고 살 수 없겠다 싶어 결국 다음 날 대학원을 그만두고 돈 될 만한 일을 찾아 나섰다.

지금 하는 이 일은 내가 꿈꿔온 일은 아니었다. 오히려 그것과는 거리가 멀었다. 하지만 월급과 복지제도가 괜찮은 편이고 근무 시간도 길지 않고 일정했다. 거기다 나중 일이겠지만 승진 기회도 있다고 들었다.

일단 지금은 젖이 새지 않게 20분을 버텨야 했다.

더 이상 안 되겠다 싶어 휴대용 유축기와 작은 젖병을 들고 막 화장실로 달려가려던 찰나에 인터폰을 타고 스튜어트의 목소리가 들렸다.

"니나? 그래디 관련 자료 좀 가져와요."

"네. 바로 가겠습니다."

나는 컴퓨터에서 그가 원하는 자료를 찾아 인쇄 버튼을 눌렀다. 50페이지나 됐다. 나는 발을 동동 구르며 프린터기가 뱉어내는 자료들을 한 장 한 장 지켜봤다. 마지막 페이지가 나오기가 무섭게 종이 뭉치를 들고 사무실로 달려갔다.

그러곤 문을 빼꼼 열고 말했다. "자료 가져왔습니다."

"들어와요."

내가 문을 마저 열고 들어가자 두 남자의 시선이 동시에 나를 향했다. 임신으로 인생이 180도 바뀌기 전 술집에 들어가면 받는 그런 시선이 아니었다. 두 사람은 마치 내 머리에 거미라도 매달린 것처럼 나를 뚫어져라 쳐다봤다. 왜 그렇게 쳐다보냐고 물어보려는 순간 내 가슴이 눈에 들어왔다.

젖이 새고 말았다.

그것도 그냥 흐른 게 아니었다. 마치 사무실에 소 한 마리가 들어온 것처럼 젖이 뿜어져 나왔다. 유두 주변으로 커다란 원이 동그랗게 만들어졌고, 젖이 블라우스 아래로 뚝뚝 떨어져 내렸다. 책상 밑에 기어들어 가 콱 죽어버리고 심정이었다.

"니나!" 스튜어트가 소리쳤다. "얼른 가서 씻어요!"

"네." 내가 재빨리 대답했다. "그게… 죄송합니다. 제가…."

나는 스튜어트의 책상 위에 서류 뭉치를 올려놓고 후다닥 사무실을 빠져나왔다. 코트를 집어 블라우스를 가리는데 눈물이 흘렀다. 무엇 때문에 화가 나는지는 알 수 없었다. 내 상사의 상사의 상사가 나의 이런 모습을 봤기 때문인지 아니면 젖이 흐른 게 아까워서인지.

유축기를 들고 화장실로 가서 젖을 짜냈다. 그러자 찌릿찌릿하게 가슴을 조여 오던 통증이 한결 수월해졌다. 수치스러웠지만 그 와중에 젖을 비우고 나니 한결 편안했다. 섹스보다 나은 것 같기도 했다. 하긴 섹스가 어땠는지 기억도 나질 않는다. 나를 이렇게 만든 그 빌어먹을 하룻밤이 마지막이었다. 모유를 150밀리리터 병 두 개에 가득 채운 후 그 병을 아이스팩과 함께 가방에 넣었다. 집에 갈 때까지 냉장고에 넣어둬야 했다. 이제 내 자리로 돌아가 코트를 입은 채 퇴근할 때까지 있어야 했다. 젖은 말라도 자국이 남는다는 사실을 최근 들어서야 알게 됐다.

화장실 문을 열자 사람이 서 있어서 화들짝 놀랐다. 그것도 다름 아닌 앤드루 윈체스터. 내 상사의 상사의 상사. 그는 노크하려고 했는지 손을 든 채 놀란 눈으로 나를 쳐다봤다.

"아, 안녕하세요. 저기, 남자 화장실은, 그러니까, 저쪽이에요."

얼마나 바보 같은 말인가? 여긴 그의 회사다. 더군다나 화장실 문에 버젓이 여자 그림이 있다. 그는 당연히 이곳이 여자 화장실이라는 걸 알고 있을 것이다.

"그게, 당신을 찾고 있었어요."

"저를요?"

그가 고개를 끄덕였다. "괜찮은가 해서요."

"괜찮아요." 창피한 마음을 숨기려고 미소를 지어 보였다. "별거 아니에요. 젖이 불어서 그래요."

"알아요. 그래도." 그가 걱정되는 듯 인상을 찌푸렸다. "스튜어트가 심했어요. 그런 식으로 말하지 말았어야 했는데."

"저기, 그게⋯." 그동안 스튜어트가 내게 얼마나 못되게 굴었는지 막 쏟아놓고 싶었다. 하지만 상사를 욕하는 건 그다지 좋은 생각이 아니다. "괜찮습니다. 점심시간이라서 저는 이만⋯."

"저도 그런데." 그가 마침 잘됐다는 듯 눈썹을 치켜올렸다. "점심 같이 먹을래요?"

물론 좋다고 말했다. 그가 내 상사의 상사의 상사가 아니라고 해도 그러자고 했을 것이다. 일단 이 남자는 멋졌다. 부드러운 눈매와 살짝 들어간 보조개, 거기다 사랑스럽게 웃는 모습까지. 물론 데이트 신청이 아닌 건 안다. 그는 사무실에서 스튜어트가 내게 한 짓 때문에 내가 안쓰러웠던 모양이었다. 어쩌면 인사과에서 이런 일이 생길 땐 어떻게 하라고 미리 말해주었을 수도 있다.

나는 윈체스터를 따라 그가 소유하고 있는 건물의 로비로 내려갔다. 근처에 널린 고급 레스토랑으로 데려갈 줄 알았다. 그런데 웬걸, 그는 건물 바로 앞에 핫도그 가판대로 나를 데려가더니 그 앞에 줄을 섰다.

"여기가 이 근방에서 제일 맛있는 핫도그 가게에요." 그가 나를 보며 눈을 찡끗했다. "소스는 뭐로 할래요?"

"음…. 전 머스터드로 할게요."

우리 차례가 되자 그가 머스터드를 뿌린 핫도그 두 개와 물 두 병을 주문했다. 그러곤 내게 핫도그와 물을 건넨 뒤 한 블록 아래에 있는 갈색 돌계단으로 데려갔다. 그가 계단에 앉길래 나도 그 옆에 앉았다. 끝내주게 잘생긴 남자가 겁나게 비싼 양복을 입고 돌계단에 앉아 머스터드를 뿌린 핫도그를 들고 있는 꼴이 마치 한 편의 코미디를 보는 것 같았다.

"윈체스터 씨, 핫도그 잘 먹을게요."

"앤디라고 불러요." 그가 호칭을 정정했다.

"앤디." 나는 이름으로 바꿔 부르고는 핫도그를 한 입 베어 물었다. 이 지역에서 최고까진 잘 모르겠지만 맛이 제법 괜찮았다. 말로 설명하기 어려운 고기와 빵이 절묘하게 어우러진 맛이랄까.

"아기는 몇 살이에요?" 그가 물었다.

누가 내 딸에 관해 물어오면 그게 그렇게 좋았다. "5개월이요."

"이름이 뭐예요?"

"세실리아예요."

"이름이 예쁘네요." 그가 활짝 웃었다. "노랫말 같아요."

그는 내게 큰 점수를 얻었다. 철자는 조금 달랐지만 사이먼 앤 가펑클*의 노래에서 영감을 받아 아기의 이름을 지었다. 그 노래는 우리 부모님이 제일 좋아하던 노래로 비행기 사고로 내 곁을 떠나기 전까지 두 분이 즐겨 부르던 노래였다. 그렇게라도 부모님을 떠올리면 두 분이 아직 내 곁에 있는 것만 같았다.

그렇게 한 20분을 계단에 앉아 핫도그를 먹으며 이런저런 얘기를 나눴다. 나는 생각보다 소박한 그의 모습에 많이 놀랐다. 나를 보며 웃고, 나에 대해 정말 관심이 있는 것처럼 이런저런 것들을 물어봐 주는 모습에 큰 호감을 느꼈다. 앤디가 왜 사람들과 잘 지내고, 어떻게 회사를 잘 운영하는지 알 것 같았다. 인사과에서 사원 대처 매뉴얼을 알려줬는지는 몰라도 그는 상사로서 백 점 만점이었다. 스튜어트가 내게 소리친 일이 더 이상 화가 나지 않았다.

"들어가 봐야겠어요." 시계가 한 시 반을 가리켰다. "점심시간을 넘기면 스튜어트 씨가 몹시 화를 낼 거예요."

나는 스튜어트가 앤드루 밑이라는 사실을 강조하지 않았다.

---

* 1960년대에 인기 있었던 포크송 듀오

그가 자리에서 일어나 손에 묻은 빵 부스러기를 털었다. "내가 핫도그를 사줄 줄 몰랐죠?"

"아니에요. 맛있었어요." 진심이었다. 나는 앤디와 같이 핫도그를 먹을 수 있어서 정말 좋았다.

"대신 이렇게 하죠." 앤디가 내 눈을 바라보며 말했다. "오늘 밤 저녁 어때요?"

나는 너무 놀라 입을 다물지 못했다. 그가 원한다면 어떤 여자라도 가질 수 있을 텐데, 그런 그가 내게 저녁을 먹자고 했다. 왜 하필 내게?

저녁 식사에 응하고 싶었지만 거절할 수밖에 없어 속상했다. "안될 것 같아요. 아기 봐줄 사람이 없어요."

"어머니가 내일 오후에 이곳으로 오실 예정이에요. 아기들을 무척 좋아하시죠. 어머니께 세실리아를 좀 봐달라고 부탁하면 무척 좋아하실 거예요."

이 상황이 도무지 믿기지 않았다. 저녁을 같이 먹자고 한 것도 모자라 내가 아기 때문에 안 된다고 거절하자 어머니까지 동원하다니! 저녁을 먹자는 말은 빈말이 아니었다.

그런 그를 내가 어떻게 거절할 수 있단 말인가!

39

2단계: 악마의 꾐에 순진하게 넘어가 결혼하다.

앤디와 나는 만난 지 3개월 만에 결혼했다. 나는 가끔 이 모든
게 꿈이 아닌가 싶어 팔뚝을 꼬집어봤다.

우리의 관계는 빠르게 진전됐다. 앤디를 만나기 전까지 모든 남
자들은 그저 즐기려고 나를 만났을 뿐 진지하지 않았다. 하지만
앤디는 그렇지 않았다. 첫 데이트를 했던 꿈만 같던 그날 밤부터
그는 내게 태도를 분명히 했다. 앤디는 진지한 관계를 원했다. 1년
전 캐슬린이라는 여자와 약혼을 했지만 결혼까지 가지는 못했다
고 했다. 그는 결혼할 만반의 준비가 되어 있었고 나와 세실리아
를 기꺼이 받아들였다.

내 입장에서 그는 완벽한 남자였다. 나는 세실리아와 살 수 있는 안전한 집을 원했고, 안정적인 직업을 가진 남자를 원했고, 내 어린 딸에게 아빠를 만들어주고 싶었고, 친절하고 책임감 있는 남자를 원했다. 그리고 당연히 매력적인 남자를 원했다. 앤디는 그 모든 조건을 갖추고 있었다.

결혼을 앞두고 끊임없이 그의 단점을 찾으려 노력해봤지만, 앤디만큼 완벽한 남자는 없었다. 혹시 도박중독은 아닐까? 숨겨둔 다른 가족이 있는 건 아닐까? 심지어 전 약혼녀인 캐슬린과 아직도 연락하는 건 아닐까? 별별 의심을 다 했다. 그는 내게 캐슬린 사진을 보여줬다. 그녀는 나처럼 금발에 사랑스러운 얼굴을 하고 있었다. SNS를 뒤져봤지만, 성을 몰라 그녀를 찾을 수가 없었다. 하지만 적어도 그녀가 앤드루에 관한 나쁜 말을 인터넷에 남긴 것 같지는 않았다. 그래서 그녀를 찾지 못하는 것을 그냥 좋은 징조로 받아들였다.

다만 한 가지 걱정이 있다면 바로 앤디의 어머니이자 나의 시어머니 에블린 윈체스터였다. 그녀는 내가 좋아하기에는 좀 어려운 사람이었다. 그녀를 아주 따뜻한 사람이라고 할 순 없었다. 앤디는 그녀가 '아기들을 무척 좋아하고' 씨씨를 '많이' 보고 싶어 한다고 말했지만, 씨씨를 맡길 때면 늘 내키지 않는 표정이었다. 그리고 저녁때가 되면 '제안'이라고 포장해서 말했지만, 언제나 내 양육방식에 대해 비난을 늘어놓았다.

하지만 난 앤디와 결혼했지, 그의 어머니와 결혼한 게 아니었다. 시어머니를 좋아하는 사람은 없다. 그래서 그녀를 참아내기로 했다. 게다가 그녀는 아이 양육 문제 외에는 내게 별 관심이 없었다. 그녀가 앤디의 유일한 문제라면 그런 것쯤은 상관없었다.

그렇게 나는 앤디와 결혼식을 올렸다.

결혼하고 3개월이 지나도록 달콤한 꿈에서 깨어나지 못했다. 어린 딸과 이런 집에 살며 경제적 안정을 누릴 수 있다니 도무지 믿어지지 않았다. 언젠가는 대학원 공부도 다시 시작해서 졸업도 하고 싶었다. 하지만 당장은 1분 1초도 내 가족, 씨씨와 앤디를 위해 아낌없이 쓰고 싶었다. 세상에 이런 운 좋은 여자가 또 어디 있을까?

이런 행복을 안겨준 앤디를 위해 완벽한 아내가 되려고 노력했다. 완벽한 몸매를 유지하기 위해 시간 날 때마다 피트니스센터를 찾아 운동도 열심히 했고 흰색 옷을 좋아하는 앤디를 위해 옷도 온통 흰색으로 샀다. 유튜브로 요리 채널을 열심히 구독해가며 요리도 했다. 앤디가 내게 선사한 완벽한 삶에 걸맞은 사람이 되고 싶었다.

보드라운 세실리아의 볼에 입을 맞췄다. 나는 자리에서 일어나지 못하고 아기를 뚫어져라 바라보며 쌔근쌔근 아기의 숨소리와 베이비파우더 향기를 맡았다. 그러곤 부드러운 금발 머리칼을 맑고 투명한 귀 뒤로 살포시 넘겨주었다. 너무 예쁜 내 아기. 너무 사랑스러운 내 아기. 눈에 넣어도 아프지 않을 내 아기.

세실리아의 방에서 나오니 앤디가 나를 기다리고 있었다. 나를 보며 미소 짓는 이 남자는 처음 만난 그날처럼 머리카락 한 올 삐져나온 것 없이 모든 면에서 완벽했다. 그런 그가 왜 나를 선택했는지 아직도 그 이유를 모르겠다. 그는 이 세상 어떤 여자도 가질 수 있었을 텐데, 왜 하필 나를 선택했을까?

하지만 의심하지 않기로 했다. 그냥 이 행복을 누리기로 했다.

"니나." 앤디가 내 금발 머리카락을 귀 뒤로 넘기며 말했다. "머리 뿌리가 올라왔네."

"아. 그래?" 내가 부끄러워하며 헤어라인을 만졌다. 앤디는 화사한 금발을 좋아한다. 그래서 약혼 후 머리를 더 밝은 금발로 만들기 위해 미용실을 다녔다. "씨씨 때문에 정신이 없어서 미용실 가는 걸 깜빡했어."

그의 얼굴에 드리운 표정을 읽을 수가 없었다. 웃고 있지만 왠지 석연치 않아 보였다. 하지만 미용실 한 번 못 간 게 크게 거슬리는 일은 아닐 거라고 생각했다.

"저기, 니나. 당신이 좀 도와줄 일이 있어."

다행히 앤디는 화가 난 것 같진 않았다. 나는 도와줄 일이 뭘까 궁금했다. "그래? 뭘 도와주면 될까?"

그가 천장 쪽을 바라보며 말했다. "위층 창고에 서류가 있는데 서류 좀 찾아줄래? 내가 오늘 밤 중요한 계약 건이 있어서 말이야. 계약만 끝나면 우리 둘이…. 알지?" 그가 나를 보며 싱긋 웃었다.

다음 말은 굳이 필요 없었다.

이 집에 산 지 넉 달이 다 되어갔지만, 다락에 있는 창고는 가본 적이 없었다. 딱 한 번 씨씨가 낮잠을 자는 동안 올라갔다가 문이 잠겨 있어서 다시 내려왔다. 앤디는 그냥 서류 뭉치를 찾으면 된다고 별거 아니라고 했다.

솔직히 다락에 올라가고 싶지 않았다. 다락방에 대한 공포 같은 건 없지만, 다락으로 가는 계단이 어두운 데다 걸을 때마다 삐걱거려서 좀 섬뜩한 기분이 들었기 때문이다. 나는 앤디 뒤를 따라 바짝 붙어 올라갔다.

계단을 다 오르자 앤디가 나를 좁은 복도 끝에 있는 문이 잠긴 방으로 데려갔다. 그러곤 열쇠 꾸러미를 꺼내 그 가운데 작은 열쇠로 문을 열고 줄을 잡아당겨 불을 켰다.

나는 빛에 적응하느라 눈을 몇 번 깜박거린 뒤 방 안을 둘러봤다. 창고라기보다는 작은 방에 가까웠다. 방 한쪽에 간이침대가 있고 작은 옷장과 미니 냉장고도 보였다. 그리고 방 한쪽 끝에는 조그마한 홑겹 창문이 있었다.

"음." 나는 턱을 긁으며 말했다. "이것저것 넣어둔 창곤 줄 알았는데 방 같네."

"저기 옷장에 물건들을 넣어 놨어." 그가 침대 옆에 있는 옷장을 가리키며 말했다.

나는 옷장으로 걸어가 안을 들여다봤다. 하지만 그 안에는 파란색 양동이 외에는 아무것도 없었다. 서류 따위는 보이지 않았다. 두 사람이나 와서 찾을 게 없었다. 도대체 뭘 찾으라는 걸까?

그때 문이 쾅 하고 닫혔다.

나는 고개를 들고 뒤를 돌아봤다. 앤디가 문을 닫고 나갔다. 별안간 이 작은 방에 혼자 있는 신세가 됐다.

"여보?"

나는 후다닥 두 걸음 만에 문손잡이를 잡았다.

그런데 웬일인지 문이 열리지 않았다. 나는 몸무게를 실어 힘껏 손잡이를 돌렸다. 하지만 아무런 소용이 없었다. 손잡이는 꿈쩍도 하지 않았다.

문이 잠겼다.

"여보?" 나는 큰 소리로 앤디를 불렀다. 하지만 대답이 없었다. "여보!"

도대체 이게 무슨 일이란 말인가?

놓고 온 게 생각나 아래층에 내려갔고 문이 저절로 닫혔을 것이다. 그런데 서류가 없는 방에 서류를 찾으러 가자고 한 것과는 앞뒤가 맞지 않았다.

나는 주먹으로 문을 내리쳤다. "여보!"

여전히 대답이 없었다.

문에 귀를 대보았다. 발소리가 들렸다. 하지만 그 소리는 가까이 다가오지 않고 점점 멀어져 계단 아래로 사라졌다.

내 소리가 들리지 않는 게 분명했다. 그러지 않고서야 설명이 되지 않았다. 나는 주머니를 뒤져 휴대폰을 찾았다. 하필이면 이럴 때 침실에 놓고 오다니. 앤디에게 연락할 방법이 없었다.

빌어먹을! 그때 방 한쪽 구석에 난 작은 창문이 눈에 들어왔다. 나는 창가로 걸어가 밖을 내다봤다. 하지만 창문이 뒷마당 쪽으로 나 있어서 누구 하나 쳐다볼 일이 없었다. 결국 앤디가 올 때까지 이 방에 갇힌 꼴이 됐다.

폐소공포증은 없었지만, 방이 너무 작은 데다 침대 위 천정이 한쪽으로 기울어져 있어 더 낮게 느껴졌다. 갇혔다고 생각하니 겁이 났다. 그럴 리가 없다.

'앤디는 곧 돌아올 거야.'

그런데도 이 밀폐된 공간이 싫었다. 숨이 가빠오고 손가락 끝이 저리기 시작했다. 창문을 열어야 했다.

창문 아래쪽을 밀었지만 꿈쩍도 하지 않았다. 손톱만큼도 움직이지 않았다. 순간 앞으로 미는 창문인가 싶었지만 그렇지 않았다. 이런 거지 같은 창문 같으니라고, 도대체 뭐가 문제야! 나는 심호흡을 하고 흥분을 가라앉힌 뒤 창문을 자세히 살펴봤다. 그런데….

창문은 그대로 페인트를 칠했는지 창틀에 붙어버린 상태였다.

앤디가 오면 말해야겠다고 생각했다. 나는 내가 꽤 침착한 사람인 줄 알았다. 그런데 이런 방에 갇히니 침착할 수가 없었다. 문이 저절로 닫히지 않게 고정 장치를 달아야겠다고 생각했다. 만약 둘다 이곳에 있었다면 어떻게 됐을까? 영락없이 이 방에 갇혀 오도 가도 못 하는 신세가 됐을 것이다.

나는 다시 문을 두드렸다. "여보!" 정말 있는 힘껏 앤디를 불렀다. "여보!"

15분쯤 지나자 목소리가 갈라지기 시작했다.

그때까지도 앤디는 오지 않았다. 설령 내 목소리가 들리지 않는다고 해도 내가 다락방에 있다는 걸 알고 있을 텐데 나 혼자 여기서 뭘 어떻게 하라는 건지 알 수가 없었다. 더군다나 어떤 서류를 원하는지 말하지 않았다.

혹시 앤디가 계단을 내려가다가 발을 헛디뎌서 계단 아래로 굴러떨어진 건 아닐까? 그래서 의식을 잃고 피를 흘리며 쓰러져 있는 거면 어떡하지? 그렇지 않고서야 지금까지 오지 않을 이유가 없었다.

30분쯤 지나자 미쳐버릴 것 같았다. 목이 아프고 주먹은 문을 하도 두들겨 대서 빨겠다. 울고 싶었다. 앤디는 지금 어디에 있고 도대체 이게 무슨 일이란 말인가?

정신이 혼미해질 즈음 밖에서 소리가 들렸다. "니나?"

"여보!" 나는 울음을 터트렸다. "하느님 감사합니다! 여보, 나 여기 갇혔어. 내 소리 안 들렸어?"

앤디는 한참 동안 아무 말이 없었다. "들었어."

그 말에 나는 무슨 말을 해야 할지 몰랐다. 내 소리를 들었는데 왜 문을 열어주지 않은 걸까? 하여간 그건 나중 일이고 일단 이 방에서 나가고 싶었다. "빨리 문 좀 열어줘."

또다시 침묵이 흘렀다. "나중에."

이게 무슨 소리란 말인가?

"그게 무슨 말이야?" 말이 잘 나오질 않았다. "왜? 열쇠가 없어?"

"아니."

"그럼 문 좀 열어줘."

"나중에, 라고 했잖아."

'나중에'라는 차가운 말에 나는 움찔했다. 이해가 되질 않았다. 이게 다 무슨 일일까? 앤디는 왜 나를 꺼내주지 않는 걸까?

그와 나를 갈라놓은 문을 뚫어져라 바라봤다. 앤디의 말이 제발 농담이길 바라며 한 번 더 손잡이를 돌렸다. 하지만 문은 여진히 꿈쩍도 하지 않았다. "앤디, 문 열어."

"여긴 내 집이야. 나한테 이래라저래라하지 마." 내가 아는 앤디가 아니었다. 말투가 완전히 다른 사람이었다. "그 방에서 나오기 전까지 넌 정신 좀 차려야 해."

서늘하고 오싹한 기운이 등줄기를 타고 흘렀다. 그와 약혼할 무렵, 그는 모든 게 완벽했다. 친절했고 로맨틱했고 부유했고 심지어 세실리아에게도 다정했다. 인간이 그렇게 완벽할 수 있을까 싶어 그가 가진 치명적인 약점을 찾으려고 애썼다.

그런데 이제서야 그 약점을 찾았다.

"여보, 제발 문 좀 열어줘. 당신이 왜 화가 났는지 모르겠지만 말로 풀자. 문 열고 얘기해."

"싫어." 나와는 다르게 그는 매우 침착했다. "너는 네가 저지른 행동의 대가를 치러야 해. 그래야 뉘우치지."

숨이 턱 막혔다. "앤디, 이 거지 같은 방에서 당장 날 꺼내줘."

내가 방문을 세게 걷어찼다. 하지만 맨 발이라 발만 아플 뿐 아무 소용이 없었다. 문이 열리길 기다렸다. 하지만 문은 열리지 않았다.

"여보, 약속할게." 내가 울부짖었다. "문 좀 열어줘. 제발, 나를 이 방에서 꺼내줘."

"넌 지금 너무 흥분했어. 진정되면 그때 다시 오지."

그리곤 발소리가 점점 멀어졌다. 또다시 그가 가 버렸다.

"여보!" 내가 소리를 질렀다. "가지 마! 돌아오란 말이야! 빨리 와서 이 빌어먹을 문을 열란 말이야! 앤디, 문을 열지 않으면 나랑 끝이야! 문 열어!" 나는 주먹으로 방문을 내리쳤다. "나는 멀쩡하단 말이야! 문 열어!"

하지만 발소리는 점점 희미해져 마침내 아무 소리도 들리지 않았다.

40

3단계: 남편이 악마 같은 놈이라는 사실을 알아차리다.

12시가 되었다. 다락방에 갇힌 지 3시간이 지났다.

문을 쾅쾅 내리치고 손톱 밑에 가시가 박힐 때까지 나무를 긁어댔다. 목소리가 나오지 않을 때까지 소리치고 또 소리쳤다. 앤디가 문을 열어주지 않더라도 이웃 사람 누구 하나라도 내 소리를 듣기를 바랐다. 그렇게 1시간이 지나고 나는 희망을 버렸다.

방 한쪽에 놓인 간이침대에 주저앉았다. 용수철이 엉덩이를 파고들었고 눈물이 두 뺨을 타고 흘렀다. 그가 내게 무슨 짓을 하려는지 알 수 없지만, 머릿속은 온통 아기 침대에 잠들어 있는 세실리아 생각뿐이었다. 지금 아래층엔 저 사이코패스뿐이다. 그가 내게 무슨 짓을 하려는 걸까? 또 세실리아에게는?

이 방을 나가면 세실리아를 데리고 도망쳐야 했다. 돈이 많든 적든 그런 건 중요치 않다. 혼인 신고를 했든 안 했든 그것도 상관없다. 일단 이곳을 나가야 했다.

"니나?"

앤디의 목소리가 들렸다. 나는 후다닥 침대에서 일어나 문으로 달려갔다. "여보." 목소리가 잘 나오질 않았다.

"목소리를 잃었군."

거기다 대고 내가 무슨 말을 할 수 있을까?

"그러니까 소리 좀 작작 지르지 그랬어. 다락방에서 나는 소리는 아래층까지 안 들려. 네가 아무리 소리를 질러대 봤자 아무도 못 들어. 사람들을 초대해서 아래층에서 파티를 열어도 아무도 네 소리를 못 들을걸."

"제발 문 좀 열어줘." 나는 울며 애원했다.

여기서 나갈 수만 있다면 무슨 일이든 할 텐데. 문만 열어준다면 뭐든지 그가 시키는 대로 할 텐데. 물론 문이 열리면 그를 떠날 생각이다. 결혼 후 1년 안에 헤어지면 아무것도 받을 수 없다고 혼전 계약서에 명시되어 있지만 상관없었다. 이 지옥 같은 방에서 나갈 수만 있다면 아무것도 필요 없었다.

"니나, 걱정하지 마. 꺼내 줄 거야. 약속해."

나는 안도의 숨을 쉬었다.

"하지만 지금 말고. 네가 뭘 잘못했는지 깨달은 다음에."

"무슨 말이야? 내가 뭘 잘못했다고 그래?"

"머리." 그의 목소리에 혐오감이 가득했다. "머리 뿌리가 올라오는데 아랑곳하지 않고 돌아다녀? 그런 게을러터진 아내를 난 용납할 수 없어."

머리 뿌리 때문이라고? 그가 화가 난 이유를 도무지 이해할 수 없었다. 겨우 조금 올라온 머리 뿌리 때문이라고? "미안해. 바로 미용실을 예약할게. 약속해."

"그거론 안 돼."

나는 방문에 얼굴을 바짝 가져다 대고 말했다. "내일 아침 일어나자마자 미용실부터 갈게. 약속해."

문밖에서 하품하는 소리가 들렸다. "난 이제 자야겠어. 넌 별도의 지시가 있을 때까지 기다려. 내일 아침에 어떤 벌을 받으면 좋을지 얘기해 보자고."

발소리가 서서히 멀어져갔다. 문을 연실 두드려댄 탓에 손이 욱신거렸지만, 또다시 주먹으로 문을 세게 내려쳤다. 손에 있는 모든 뼈가 다 부서질 것만 같았다. "여보, 날 밤새도록 여기 내버려 둘 생각이야? 돌아와! 돌아오란 말이야!"

하지만 그는 여전히 내 말을 들은 척도 하지 않았다.

—◆—

결국 다락방에서 밤을 보냈다. 달리 방법이 없었다.

설마 잠이 들까 싶었는데 그 상황에서도 잠이 왔다. 소리를 지르고 문을 두드리다 보니 어느새 아드레날린이 바닥나버려 불편하기 짝이 없는 낡은 간이침대에 지쳐 쓰러져 잠이 들었다.

씨씨와 단둘이 살 때를 떠올렸다. 늘 눈물을 터트리기 일보 직전이었다. 미용실에 가지 않았다고 밤새 다락방에 가둬놓는 사이코패스와 결혼하기 전까진 그 삶이 얼마나 행복한지 알지 못했다.

씨씨가 무사하기만을 바랐다. 저 정신병자 새끼가 우리 아기의 털끝 하나라도 건드리는 날에는 반드시 죽여버리고 말 것이다. 평생을 감옥에서 썩는다고 해도 상관없었다.

아침에 일어나니 등이 아프고 머리가 지끈거렸다. 더군다나 방광이 꽉 차서 고통스럽기까지 했다. 무엇보다 화장실이 너무 급했다.

어떻게 해야 할까? 화장실은 문밖에 있는데.

조금 더 있다간 바지에 쌀 것 같았다.

침대에서 일어나 방을 왔다 갔다 했다. 어젯밤 있었던 모든 일이 꿈일지 모른다는 마음에 한 번 더 손잡이를 돌렸다. 하지만 그런 행운은 없었다. 문은 여전히 굳게 잠겨 있었다.

그때 옷장 안에 유일하게 있던 것이 생각났다. 파란색 양동이.

앤디는 처음부터 모든 걸 계획한 게 분명하다. 그래서 일부러 나를 이곳에 데려온 것이다. 잠금장치를 밖에 설치한 것도, 옷장에 양동이를 넣어둔 것도 다 계획된 일이다.

내겐 달리 방법이 없었다.

양동이에 소변을 보는 일보다 더 끔찍한 일이 일어날 수도 있었다. 나는 옷장을 열고 양동이를 꺼내 소변을 보고 다시 원래 있던 자리에 놓았다. 양동이를 다시 사용하지 않기만을 바랐다.

음식이 들어가면 속이 메스꺼울 테지만 그래도 입이 바싹 마르고 배에서 꼬르륵 소리가 났다. 양동이를 준비해둔 걸 보면 다른 것도 준비해뒀을 수도 있다. 혹시나 먹을 게 있나 싶어 미니 냉장고 문을 열었다.

냉장고 안에는 작은 물병 세 개가 있었다.

물병 세 개가 예뻐 보이기까지 했다.

그나마 다행이었다. 나는 물병 하나를 집어 들어 단숨에 들이켰다. 갈라져 쓰리고 아프던 목이 조금은 나아졌다.

남은 두 개의 물병을 쳐다봤다. 한 병 더 마시고 싶었지만 무서웠다. 앤디가 나를 이곳에 얼마나 가둬둘까? 알 수가 없다. 만약을 대비해 물을 아껴야 했다.

"나나? 일어났어?"

앤디의 목소리가 들렸다. 나는 비틀거리며 문 쪽으로 다가갔다. 한 발짝 걸을 때마다 머리가 쿵쾅거렸다. "여보…."

"나나, 잘 잤어?"

어지러워 눈을 감았다. "세실리아는 잘 있어?"

"잘 있어. 당신이 친척을 만나러 갔다고 어머니께 며칠간 봐달라고 했어."

나도 모르게 안도의 한숨을 내쉬었다. 적어도 내 딸은 무사했다. 시어머니를 좋아하진 않았지만, 그래도 아기는 잘 돌봐줄 것이다. "여보, 제발 문 좀 열어줘."

그가 내 말을 들은 척 만 척했다. 이젠 놀랍지도 않았다. "냉장고에 물 봤어?"

"응." 나는 죽어도 그러기 싫었지만 고맙다고 했다. "고마워."

"그걸로 버텨. 더 안 줘."

"문 좀 열어줘." 목이 쉬어 말이 잘 나오질 않았다.

"열어 줄 거야. 그런데 먼저 할 일이 있어."

"그게 뭔데? 뭐든지 할게."

그가 잠시 뜸을 들였다. "당신은 머리카락이 얼마나 소중한지 알아야 해."

"그럼, 알지."

"그래? 그걸 아는 여자가 머리 뿌리가 올라오는데 게을러터지게 그러고 돌아다녀?"

"잘못…했어."

"머리카락 관리를 잘 못 했으니까 그 벌로 머리카락을 가져가야 겠어."

속이 몹시 울렁거렸다. "그게 무슨 말이야?"

"다 갖는다는 건 아니야." 그는 자기가 말하고도 어이가 없는지 낄낄거리고 웃어댔다. "100가닥만 내놔."

"지금… 내 머리카락 100가닥을 가져가겠다는 말이야?"

"그래." 그가 문을 톡톡 두드렸다. "머리카락 100가닥을 내놔. 그럼, 그 방에서 꺼내줄게."

들도 보도 못한 괴상한 요구였다. 뿌리 염색을 하지 않은 벌로 머리카락 100가닥을 내놓으라니. 머리카락이라면 머리빗에 보면 많이 있다. 일종의 머리카락 페티시라도 있는 걸까? 그래서 이러는 걸까? "내 머리빗에 보면…."

"아니, 그거 말고." 그가 내 말을 가로막았다. "두피에서 직접 뽑은 걸 원해. 난 모근을 보고 싶거든."

기절초풍한 노릇이었다. "농담이지?"

"내 말이 농담처럼 들려?" 그가 내 말을 딱 끊었다. 그러곤 다시 조곤조곤 말을 이어갔다. "옷장 서랍을 열어보면 봉투가 몇 개 있을 거야. 거기에 머리카락을 담아서 문 밑으로 밀어 넣어. 하라는 대로 잘 끝내면 당신이 뉘우쳤다고 생각하고 문을 열어줄게."

"좋아." 손가락으로 머리카락을 쓸어내리자 두 가닥이 빠졌다. "5분이면 돼."

"지금은 출근해야 해." 그가 짜증을 내며 말했다. "집에 올 때까지 해놔."

"잠깐만. 지금 빨리할 수 있어." 나는 머리카락을 잡아당겼다. 그러자 머리카락이 빠졌다.

"7시까지 올게. 명심해. 꼭 모근이 붙어 있는 머리카락이어야 해. 아니면 무효야."

"제발, 기다려!" 나는 머리카락을 마구 잡아당겼다. 눈물이 찔끔할 정도로 아팠어도 몇 가닥 뽑히지 않았다. "지금 할게. 조금만 기다려줘!"

그는 기다려주지 않았다. 발소리는 또다시 점점 멀어졌다.

아무리 소리를 지르고 문을 두드려봤자 그는 돌아오지 않는다. 가뜩이나 머리가 터질 것 같은데 머리 싸고 고민하고 에너지를 낭비해 봤자 소용이 없다. 그가 하라는 대로 해야 한다. 그래야 내 딸을 만나고 그래야 이 집에서 도망칠 수 있다.

41

7시쯤 그가 시킨 일을 끝냈다. 손가락을 끊임없이 움직여 20가닥가량을 뽑고 나서야 뿌리째 뽑는 법을 알았다. 머리카락을 한 가닥씩 잡고 심호흡을 한 뒤 잡아당겼다. 그렇게 80번을 했다. 한 번에 몇 가닥씩 뽑아도 봤지만, 더 고통스러웠다. 그나마 다행인 건 머리카락이 건강해서 대부분 모근이 살아있었다. 세실리아를 낳은 후였다면 모근이 있는 머리카락을 찾다가 대머리가 되고 말았을 것이다.

7시가 되자 100가닥의 머리카락이 든 봉투를 손에 움켜쥐고 간이침대에 앉았다. 어서 빨리 머리카락을 넘겨주고 이 방을 나가 그에게 이혼서류를 건네고 싶었다. 미친 새끼!

"니나?"

손목시계를 봤다. 정각 7시. 정확했다. 이제 그에게 머리카락을 넘겨주면 된다.

서둘러 침대에서 내려와 머리를 문에 바짝 갖다 댔다. "다 했어."

"문 밑으로 밀어 넣어."

나는 문 밑으로 봉투를 밀어 넣었다. 문 반대편, 그는 어떤 모습을 하고 있을까? 봉투를 열어 머리카락 모근을 살피고 있을 것이다. 이 방에서 꺼내주기만 한다면 내 머리카락을 가지고 무슨 짓을 하든 상관없었다.

"됐지?" 내가 물었다. 목이 바짝 말라 고통스러웠다. 마지막을 위해 남겨두었던 물까지 다 마셔버렸다. 이 방을 나가면 연거푸 5병을 마시고 화장실로 달려갈 예정이었다.

"기다려. 확인하고 있어."

분노가 치밀어 올랐지만 이를 악물고 참았다. 24시간째 아무것도 먹지 못해 현기증이 났다. 이젠 머리카락마저 맛있어 보일 지경이었다.

"씨씨는 어디 있어?" 목이 메어 말이 잘 나오질 않았다.

"아래층 놀이방에 있어." 우리는 거실에 세실리아가 다치지 않고 안전하게 놀 수 있도록 놀이 공간을 만들고 문을 설치했다. 그것은 앤디의 아이디어였다. 그렇게 사려 깊은 사람이었는데.

아니, 그렇지 않다. 그건 모두 거짓이고 가식이었다.

그는 괴물이었다.

"흠."

"왜?" 목이 쉬어 꺽꺽 소리가 났다. "왜 그래?"

"잘 들어. 거의 다 쓸 만하긴 해. 그런데 딱 하나가 모근이 없어."

미친 새끼. "지금 하나 다시 뽑아 줄게."

"그건 안 되지." 그가 한숨을 쉬었다. "처음부터 다시 해. 내일 아침에 확인하러 올게. 그때까지 모근이 살아있는 머리카락으로 100가닥을 준비해 놔. 똑바로 안 했다간 또다시 해야 할 거야."

"그러지 마…." 그가 아래층으로 내려가는 소리가 들렸다. 그리고 금세 사라졌다. 먹을 것도 마실 것도 없다. "여보!" 목이 쉬어 소리가 거의 나오질 않았다. "이러지 마! 제발! 제발 이러지 마!"

하지만 그는 가고 없었다.

—◆—

혹시나 앤디가 중간에 올까 싶어 잠들기 전 다시 100가닥의 머리카락을 뽑았다. 하지만 그는 오지 않았다. 이번에는 혹시 몰라 10가닥을 더 뽑았다. 두 번째라 그런지 처음 뽑을 때보다 쉽게 뽑혔다. 이젠 아픈 것도 느껴지지 않았다.

머릿속은 온통 물을 마시고 싶단 생각뿐이었다. 음식보다 물이 더 급했다. 그리고 내 아기 세실리아를 생각했다. 세실리아를 다시 볼 수 있을지 확신이 없었다. 사람이 물 없이 얼마나 버틸 수 있을까? 아마도 그리 길진 않을 것이다. 여기서 꺼내준다곤 했지만 그게 거짓말이라면 난 어떻게 해야 할까? 나를 여기서 죽게 내버려 둔다면 어떻게 해야 할까?

한낱 미용실 가는 걸 잊은 것뿐이다. 얼핏 잠이 들었을 때, 물웅덩이가 나오는 꿈을 꿨다. 물웅덩이에 고개를 처박자 물이 사라졌다. 물을 마시려고 할 때마다 물이 사라졌다. 마치 지옥에서 고문받는 것 같았다.

"니나?"

앤디의 목소리에 잠에서 깼다. 잠이 들었던 건지 기절했던 건지 알 수가 없었다. 밤새 그를 기다렸다. 얼른 일어나서 그가 원하는 것을 건네줘야 했다. 그것만이 내가 이곳을 나갈 수 있는 유일한 방법이었다.

일어나, 니나!

침대에서 몸을 일으키자 머리가 빙빙 돌았다. 순간 눈앞이 깜깜해져 매트리스 끝을 움켜잡고 진정되기를 기다렸다. 한 1분쯤 지났을까.

"머리카락을 내놓지 않으면 그 방에서 꺼내줄 수가 없는데 어쩌지." 문밖에서 앤디의 목소리가 들렸다.

무시무시한 소리에 아드레날린이 솟구쳐 자리에서 벌떡 일어났다. 벌벌 떨리는 손으로 봉투를 움켜잡고 문 쪽으로 비틀거리며 걸어갔다. 문 밑으로 봉투를 밀어 넣고 문에 기댄 채 바닥에 쓰러졌다.

다 셀 때까지 기다리는 그 시간이 마치 영원처럼 느껴졌다. 이번에도 안 된다고 하면 나는 뭘 어떻게 해야 할까? 12시간을 더 있어야 한다면 견디지 못하고 이 방에서 죽고 말 것이다.

아니다. 무슨 일이 있어도 견뎌야 했다. 내 아기를 위해서. 괴물에게 씨씨를 남겨두고 죽을 순 없었다.

"좋아. 잘했어." 드디어 그가 됐다고 말했다.

열쇠를 돌리는 소리가 들리고 드디어 문이 열렸다.

앤디는 양복을 입고 이미 출근 준비를 마친 상태였다. 이틀을 이 방에 갇혀있으면서 그를 만나기만 하면 달려들어 눈알을 파내리라 다짐했었다. 하지만 막상 문이 열리니 움직일 힘도 없어 바닥에 털썩 주저앉고 말았다. 앤디가 내 옆에 웅크리고 앉았다. 그 순간 그의 손에 들린 커다란 컵에 든 물과 베이글이 눈에 들어왔다.

"자, 먹어."

그의 얼굴에 물을 확 쏟아부었어야 했다. 그러고 싶었다. 하지만 일단 뭐라도 먹지 않으면 도저히 움직일 수 있을 것 같지 않았다. 결국 그가 건넨 음식을 받아 들 수밖에 없었다. 물을 받아 들고 벌컥벌컥 들이켰다. 베이글 덩어리가 목에 걸려 목구멍을 찔렀다.

"미안해. 하지만 당신을 가르치려면 어쩔 수가 없었어."

"닥쳐." 나는 그에게 소리쳤다.

자리에서 일어나보려고 했지만, 또다시 비틀거렸다. 물을 마셔도 머리는 여전히 빙빙 돌았다. 똑바로 걸을 수가 없었다. 2층까지 내려갈 수 있을지 자신이 없었다.

정말 그러고 싶지 않았지만 어쩔 수 없이 앤디의 도움을 받아야 했다. 그의 부축을 받아 아래층으로 내려왔다. 2층에 내려오자 세실리아의 노랫소리가 들렸다. 세실리아는 무사했다. 다행히 그가 세실리아까지 해치진 않았다. 하느님, 감사합니다.

다시는 이렇게 당하지 않을 것이다.

"좀 누워. 몸 상태가 안 좋아." 그가 단호하게 말했다.

"싫어." 나는 쉰 목소리로 말했다. 나는 세실리아와 함께 있고 싶었다. 내 아기를 안고 싶었다.

"당신은 지금 많이 아파." 자기가 나를 다락방에 이틀을 가둬 이렇게 됐다는 사실을 모르는지 나를 마치 독감에 걸쳐 아픈 사람처럼, 미친 사람처럼 취급했다. "얼른."

일단 그의 말대로 누워야 했다. 걸을 때마다 다리가 후들거리고 머리가 빙글빙글 돌았다. 앤디는 나를 킹사이즈 침대로 데려가 눕히고 이불을 덮어 줬다. 지금이 기회다. 침대에 들어가는 순간 여기서 도망칠 기회는 사라진다. 하지만 이틀 밤을 간이침대에서 쓰러져 잤더니 마치 구름 위에 누운 것 같았다.

눈꺼풀이 천근만근 무거워 더 이상 견딜 수가 없었다. 앤디가 침대 끝에 앉아 내 머리를 쓰다듬었다. "힘들었지? 푹 자. 세실리아는 걱정하지 말고. 내가 잘 돌보고 있을게."

그의 목소리는 친절하고 따뜻했다. 모든 게 꿈이었나 싶었다. 앤디는 정말 좋은 남편이었다. 그런 그가 정말 나를 방에 가두고 머리카락을 뽑으라고 한 게 맞을까? 왠지 아닌 것 같았다. 열 때문에 내가 끔찍한 환각 상태에 빠져있는 건 아닐까?

아니, 그건 환각이 아니었다. 실제였다. 실제 일어난 일이다.

"당신이 미워." 내가 나지막이 속삭였다.

앤디는 내 말을 무시한 채 내가 잠들 때까지 머리를 계속 쓰다듬었다. "푹 자. 당신에겐 잠이 필요해." 그가 다정하게 말했다.

42

4단계: 모두들 나를 미쳤다고 생각하다.

저만치 물소리가 들려 잠에서 깼다.

정신이 몽롱하고 어지러웠다. 음식과 물 없이 이틀을 보낸 후 몸이 회복되려면 얼마나 걸릴까? 시계를 보니 오후였다. 물소리가 어디에서 나는지 알아보려고 눈을 비비고 일어났다. 욕실인 것 같았다. 하지만 문이 닫혀 있었다. 앤디가 샤워 중이라면 도망치기엔 시간이 모자랐다.

침대 옆 테이블 위에 휴대폰이 있었다. 경찰에 전화를 걸어 앤디가 내게 무슨 짓을 했는지 말할까 생각했다. 하지만 때를 기다리기로 했다. 일단 그에게서 멀리 도망치는 게 먼저다.

휴대폰은 온통 앤디가 보낸 문자 메시지로 가득했다. 메시지 소리에 잠을 설쳤다. 인상을 찌푸리며 메시지를 읽어 내려갔다.

[괜찮아?]

[오늘 아침에 보니 많이 아픈 것 같았어. 괜찮은지 전화 줘.]

[니나, 괜찮아? 나 지금 회의 들어가. 그래도 몸은 좀 어떤지 연락해.]

[당신도 씨씨도 괜찮은 거지? 전화나 문자 줘.]

마지막 문자가 눈에 띄었다. 세실리아. 이틀 동안 세실리아를 보지 못했다. 지금까지 단 하루도 세실리아 없이 지낸 적이 없었다. 신혼여행에도 세실리아를 데리고 갔다. 세실리아는 지금 어디 있을까?

내가 자고 있는데 설마 앤디가 세실리아를 그냥 두고 나가진 않았을 것이다.

나는 닫힌 욕실 문을 쳐다봤다. 욕실엔 누가 있는 걸까? 처음엔 당연히 앤디일 거라 생각했다. 그렇다면 이 문자들은 다 뭐지? 물을 틀어놓고 출근한 건가? 아니면 내가 화장실에 갔다가 깜빡 잊고 물을 잠그지 않은 걸까? 지금 내 상태로 봐선 충분히 가능한 일이었다.

이불을 걷었다. 창백한 두 손이 덜덜 떨렸다. 일어나보려고 했지만 쉽지 않았다. 물도 마시고 잠도 잤지만, 몸 상태는 여전히 끔찍했다. 침대를 잡고 일어나 발을 뗐다. 이래서 욕실까지 갈 수 있을까 싶었다.

크게 심호흡하고 정신을 바짝 차린 뒤, 아주 천천히 발을 옮겼다. 한 3분의 2쯤 갔을까, 결국 그 자리에 주저앉고 말았다. 왜 이리 몸이 말을 듣지 않는 걸까?

하지만 아무도 없는 욕실에서 왜 물소리가 나는지 확인해야 했다. 욕실에 가까이 다가가자 닫힌 문틈으로 불빛이 새어 나왔다. 누구지? 누가 욕실에 있는 거지?

겨우겨우 욕실까지 기어가 손잡이를 잡고 문을 밀었다. 그 순간 내 눈앞에 평생 잊을 수 없는 광경이 펼쳐졌다.

세실리아. 욕조 안에 씨씨가 두 눈을 감은 채 누워있었다. 물이 빠르게 쏟아져 내려 이미 씨씨의 어깨를 넘어서고 있었다. 일이 분만 지나면 머리까지 잠길 태세였다.

"세실리아." 내가 외마디 비명을 질렀다.

씨씨는 아무런 반응이 없었다. 울지도 않고, 엄마를 부르지도 않았다. 그저 눈꺼풀만 미세하게 떨릴 뿐.

내 딸을 구해야 했다. 물을 잠그고 욕조에서 내 딸을 꺼내야 했다. 하지만 발이 말을 듣지 않았다. 한 발 내디딜 때마다 몸뚱이가 마치 늪 구덩이에 빠진 것 같았다. 하지만 어떻게든 내 딸을 구해야 한다. 죽는 한이 있어도 온 힘을 다해 내 딸을 구해야 했다.

욕실 바닥을 엉금엉금 기었다. 머리는 핑핑 돌고 정신은 온전치 못했다. 하지만 정신을 차려야 했다. 내 아기를 살려야 했다.

씨씨, 엄마가 가고 있어. 제발 조금만 참아, 조금만.

손가락이 욕조에 닿았다. 이제 됐다 싶어 눈물이 핑 돌았다. 물은 이제 턱까지 찼다. 손을 뻗어 수도꼭지를 잡으려고 안간힘을 썼다. 그 순간 들려온 섬뜩한 목소리에 손이 그대로 얼어붙었다.

"윈체스터 부인. 움직이지 마세요."

그 말에 아랑곳하지 않고 수도꼭지를 향해 손을 뻗었다. 어떻게든 내 아기를 구하고야 말 것이다. 가까스로 물을 잠갔다. 그 순간 힘센 손이 나를 낚아채 자리에서 일으켜 세웠다. 어렴풋이 제복 입은 남자가 세실리아를 욕조에서 꺼내는 게 보였다.

"뭐 하는 짓이에요?" 말이 제대로 나오질 않았다.

세실리아를 욕조에서 꺼낸 남자는 내 말엔 아랑곳하지 않았다. "아기는 살아있어요. 그런데 아기가 약에 취한 것 같군요."

"네. 그런 것 같아요." 나는 간신히 대답했다.

그들은 앤디가 나와 씨씨에게 무슨 짓을 했는지 알고 있는 것 같았다. 앤디가 우리에게 약을 먹인 게 분명했다. 그래도 경찰이 와서 다행이었다. 이제 구급대원이 세실리아와 나를 들것에 실을 테고 그러면 우리는 무사할 것이다. 그들이 우리를 구하러 왔다.

경찰복을 입은 남자가 내 눈에 불빛을 비췄다. 나는 너무 눈이 부셔 고개를 돌렸다. "윈체스터 부인." 그가 차갑게 물었다. "왜 딸을 익사시키려고 했습니까?"

말을 하려고 했지만, 아무 소리도 나오지 않았다. 딸을 익사시키려고 했다고? 지금 그게 무슨 말이란 말인가? 나는 내 딸을 구하려고 했다. 그들도 눈이 있으면 봤을 것이다.

경찰이 고개를 절레절레 흔들더니 동료를 쳐다보며 말했다. "여자가 정신이 나갔군. 약을 아주 들이부은 모양이야. 일단 병원으로 옮겨. 내가 남편한테 전화해서 제때 도착했다고 할게."

제때 도착했다고? 도대체 무슨 말을 하는 걸까? 나는 온종일 자고 있었다. 도대체 그들은 내가 무슨 짓을 했다고 생각하는 걸까?

43

　그 후 8개월 동안 나는 클리어뷰 정신병원에 입원해 치료받았다. 그 사건에 대한 말도 안 되는 이야기를 수도 없이 들었다. 그들은 내가 의사가 처방해 준 신경안정제를 한 움큼 먹고 그 약을 젖병에 넣어 딸에게도 먹이곤 딸을 욕조에 넣고 물을 틀었다고 했다. 우리 둘 다 죽으려고 약을 먹었는데 다행히 나의 훌륭한 남편 앤디가 이상한 낌새를 눈치채고 경찰을 보내 우리를 제때 구했다고 했다.

　하지만 그건 내 기억에 없는 일이다. 나는 약을 먹은 기억도, 세실리아를 욕조에 넣은 기억도 없다. 심지어 의사에게 약을 처방받은 기억조차 없다. 하지만 우리 집 주치의는 약을 처방해줬다고 했다.

클리어뷰 정신병원의 담당 의사는 내가 심각한 우울증과 망상에 시달리고 있다고 진단했다. 망상 증상 때문에 남편이 이틀 동안 나를 방에 가뒀다고 믿고 있고, 우울증 때문에 아이를 죽이려고 한 거라고 진단했다.

처음엔 그 말을 믿지 않았다. 머리카락이 뽑혀 나간 두피가 따끔거릴 정도로 다락방에 갇힌 기억이 너무도 선명했다. 하지만 주치의 베링거는 내게 망상에 빠지면 실제가 아닌 것도 실제처럼 느끼게 된다고 끊임없이 설명했다.

재발을 막기 위해 항우울제와 항정신성 약물을 처방받았다. 베링거를 만날 때면 나도 모르게 그의 말을 수긍하게 됐다. 하지만 잠에서 깨어 욕조에서 세실리아를 발견할 것 말고는 다른 건 여전히 기억에 없었다.

하지만 그곳엔 나 말곤 아무도 없었다. 그렇다면 결국 내가 그랬던 게 아닐까?

결국 나는 앤디가 그런 짓을 했을 리가 없다고 믿게 됐다. 처음 만났던 그날부터 그는 줄곧 완벽했다. 내가 정신병원에 머무는 동안에도 시간만 나면 면회를 왔다. 직원들도 그를 좋아했다. 그는 올 때마다 간호사들을 위해 머핀과 쿠키를 가져왔고 내 것도 잊지 않았다.

오늘도 그는 블루베리 머핀을 들고 돈 많은 사람들이니 지닐 수 있는 1인실 문을 두드린다. 그러곤 병원에서 바로 사무실로 출근한다. 양복에 넥타이, 더할 나위 없이 근사한 외모.

처음 이곳에 왔을 때, 나는 폐쇄 병동에 처박혔다. 약물 치료를 받고 상태가 좀 나아지자 출입이 자유로운 특별실로 옮겨졌다. 내가 머핀을 우걱우걱 먹는 동안 앤디는 침대 끝에 앉아 있었다. 약물 때문에 식욕이 늘어난 탓에 여기 오고 나서 살이 10킬로그램이나 불었다.

"다음 주에 집에 갈 건데 괜찮겠어?" 그가 물었다.

나는 입술에 묻은 블루베리 머핀 부스러기를 닦으며 고개를 끄덕였다. "가도… 될 것 같아."

그가 내 손을 잡았다. 몸이 움찔거리는 걸 간신히 참았다. 처음 이곳에 왔을 땐 그의 손길이 닿는 것조차 견딜 수가 없었다. 하지만 이제는 몸이 반응하는 혐오감을 어느 정도 참아낼 수 있었다. 앤디는 내게 아무 짓도 하지 않았고 모든 건 망가진 내 뇌가 만들어낸 환상일 뿐이다. 하지만 나 혼자만의 착각이라고 하기엔 모든 게 너무도 진짜 같았다.

"세실리아는 잘 있어?"

"잘 있어." 그가 내 손을 꼭 쥐었다. "엄마가 집에 온다고 하니까 정말 좋아했어."

내가 이곳에 있는 동안 씨씨가 나를 잊으면 어쩌나 싶었지만 그건 쓸데없는 걱정이었다. 이곳에 오고 처음 몇 달은 씨씨를 만날 수 없었다. 하지만 얼마 후 앤디가 씨씨를 데려왔고 우리는 서로를 꼭 안고 떨어지지 않았다. 면회 시간이 다 되자 씨씨는 내게서 떨어지지 않으려고 고개를 절레절레 흔들었고 그 모습에 나는 마음이 저렸다.

집에 가야 한다. 모든 걸 원래대로 되돌려 놓아야 한다. 그동안 앤디 혼자 얼마나 고생이 많았을까? 나 때문에 앤디가 너무 많은 것을 감당해야 했다.

"일요일 정오에 데리러 올게. 집에 가자. 씨씨는 어머니가 보고 계실 거야."

"좋아."

집에 돌아가 딸을 볼 생각에 마음이 설렜다. 하지만 한편으론 집에 돌아갈 생각에 속이 뒤틀렸다. 그 집에 발을 들여놓고 싶지 않았다. 특히 다락방엔 더더욱.

다시는 그곳에 올라가지 않을 것이다. 절대로.

44

"니나, 뭐가 두려운 건가요?" 담당 의사인 휴이트가 물었다.

나는 휴이트를 쳐다봤다. 클리어뷰 정신병원을 나오고 지난 4개월 동안 일주일에 두 번씩 심리상담을 받고 있었다. 휴이트는 내가 선택한 의사가 아니었다. 내가 골랐다면 여자 의사나 머리가 하얗지 않은 좀 더 젊은 의사를 선택했을 것이다. 하지만 시어머니인 에블린이 휴이트 박사를 강력하게 추천했고, 치료비로 들어가는 돈이 만만치 않다 보니 싫다고 할 수가 없었다.

다행히 휴이트는 나쁘지 않았다. 그는 대답하기 어려운 질문으로 나를 힘들게 했다. 오늘도 그는 내가 왜 다락방 근처는 얼씬도 하지 않는지 물었다.

나는 가죽 소파에 자리를 잡고 앉았다. 상담실의 값비싼 가구들이 그의 성공을 드러내고 있었다. "제가 뭘 두려워하는지 모르겠어요. 그게 문제인 것 같아요."

"다락에 감옥 같은 거라도 있다고 생각해요?"

"그건 아니지만…."

내가 다락방에서 당한 일을 끊임없이 얘기하자 경찰이 다락방을 조사했다. 하지만 다락방은 상자와 서류가 가득한 창고에 지나지 않는다고 결론 내렸다.

모든 건 내 망상이었다. 내 머릿속 화학물질에 이상이 생겨 앤디가 씨씨를 인질로 잡아 나를 괴롭히고 있다는 말도 안 되는 상상을 한 것이다. 하긴 미용실에 가지 않았다는 이유로 머리카락을 뽑아 봉투에 넣으라니, 미치지 않고서야 말이 안 되는 일이다.

하지만 그때 기억이 너무도 생생해서 집으로 돌아오고 난 후로는 한 번도 빼먹지 않고 꼬박꼬박 염색했다. 혹시 모를 만약의 사태에 대비해서.

앤디는 다락으로 올라가는 문을 계속 닫아두었다. 내가 알기론 내가 집에 오고 나서부터는 단 한 번도 연 적이 없다.

"다락방에 올라가 보는 게 치료에 도움이 될 수도 있어요." 휴이트가 숱이 많은 하얀 눈썹을 찡그리며 진지하게 말했다. "직접 올라가 봐야 트라우마를 이겨낼 수 있어요. 당신 눈으로 직접 다락방이 그냥 창고일 뿐이라는 걸 확인해 봐요."

"글쎄요…."

앤디 역시 내게 용기를 내어 다락방에 올라가 보라고 했다. 가서 당신 눈으로 직접 확인해 봐. 그곳을 무서워할 이유가 없어.

"니나, 당신은 할 수 있어요." 휴이트가 말했다.

"해 볼게요."

언젠간. 휴이트가 나를 대기실로 데려갔다. 앤디가 나무 의자에 앉아 휴대폰을 보고 있다가 나를 보자 환하게 웃었다. 상담 때마다 앤디는 나를 위해 일정을 조정했다. 나는 그를 욕하고 비난했는데 그는 어떻게 전보다 나를 더 사랑할 수 있는지 모르겠다. 우리는 어떻게든 이 상황을 이겨내기 위해 함께 노력 중이다.

BMW에 오르자 그가 물었다. "상담은 어땠어?"

"의사 선생님이 직접 다락방에 가보는 게 좋대."

"그래? 당신은 어떤데?"

나는 차창 밖으로 지나가는 풍경을 바라보며 마른침을 한번 꿀꺽 삼켰다. "어떻게 할지 생각 중이야."

앤디가 고개를 끄덕였다. "내 생각도 그래. 당신이 올라가서 직접 보면 모든 게 망상이었다는 걸 알게 될 거야. 일종의 확인 같은 거지."

그러다가 내가 또 이성을 잃고 세실리아를 죽이려 하면 어쩌지? 당분간 세실리아와 단둘이 있을 일은 없으니 괜찮을 것이다. 앤디나 에블린이 늘 옆에 있기로 했기 때문에 집에 돌아올 수 있었다. 딸을 옆에 두고 지켜만 봐야 한다니, 앞으로 얼마나 그래야 할까? 하지만 한 가지 분명한 건 아무도 나를 믿지 않는다는 것이다.

씨씨는 바닥에 앉아 에블린이 사준 교육용 장난감을 가지고 놀고 있었다. 그러다 나를 보자 놀이도구를 팽개치고 내게 달려들어 그 작은 체구를 내 왼쪽 다리에 비벼댔고, 그 바람에 나는 넘어질 뻔했다. 씨씨는 내게 달라붙어 떨어질 줄을 몰랐다.

"엄마, 안아줘요!" 씨씨가 나를 보며 두 팔을 들어 올렸다. 씨씨는 놀기에 불편한 프릴 달린 흰색 드레스를 입고 있었다. 에블린이 입힌 게 분명했다.

에블린은 씨씨처럼 반갑게 일어나지 않았다. 그녀는 새하얀 흰색 정장 바지를 털며 소파에서 느긋하게 일어났다. 전에는 에블린이 흰색을 자주 입는지 몰랐다. 앤디는 내가 흰색 옷이 잘 어울린다며 좋아했다. 그녀에게도 흰색은 무척 잘 어울렸다. 한때 금발이었을 그녀의 머리칼은 흰색에 가까워졌다. 그래도 그 나이에 비하면 모발이 두껍고 튼튼했다. 그녀는 전반적으로 자기관리가 철저했다. 그녀가 입은 스웨터에 올이 나간 것을 한 번도 본 적이 없다.

"씨씨를 돌봐주셔서 감사해요, 어머니." 앤디가 말했다.

"그래. 오늘은 제법 얌전하더구나. 그런데 말이다…" 그녀의 시선이 천정으로 향했다. "2층 침실에 불을 켜 놓고 나갔더구나. 전기 좀 아껴 쓰도록 해."

그녀가 앤디를 보며 못마땅하다는 표정을 짓자 앤디의 얼굴이 붉으락푸르락해졌다. 그가 얼마나 에블린의 인정을 받고 싶어 하는지 느껴졌다.

"어머니, 제 잘못이에요." 내가 끼어들었다. 상관없었다. 어차피 에블린은 나를 싫어하니까 내가 그랬다고 하는 게 나았다. "제가 불을 켜 놨어요."

에블린이 나를 보며 혀를 찼다. "니나, 전기를 생산하는 데 얼마나 많은 자원이 필요한지 아니? 방을 나올 땐 꼭 불을 끄도록 해라."

"네. 명심할게요."

그녀는 마음에 안 든다는 눈초리로 나를 바라봤다. 하지만 이제 와서 뭐 어쩌겠는가? 아들이 나와 결혼하는 걸 막지 못했는걸. 내가 저지른 끔찍한 짓을 보면 어쩌면 그녀가 옳았는지도 모른다는 생각이 들었다.

"어머니, 오다가 음식 좀 사 왔어요." 앤디가 말했다. "넉넉하게 사 왔는데 같이 드실래요?"

"아니다. 이제 가봐야지. 네 아버지가 기다리고 계셔."

에블린이 거절해서 내심 다행이었다. 그녀와 같이 식사하는 건 불편했다. 보나 마나 식기와 접시들이 깨끗하지 못하다느니, 주방이 어떻고 음식이 어떠니 하며 비난을 늘어놓을 게 뻔했다.

그녀는 잠시 앤디 앞에 서서 머뭇거렸다. 그녀가 앤디의 볼에 입을 맞추려고 그러나 싶었지만, 지금껏 그런 모습은 본 적이 없었다. 역시 그녀는 앤디의 셔츠 깃을 정돈해주고 옷매무새를 만졌다. 고개를 갸웃거리며 앤디를 이리저리 살펴보더니 마침내 됐다는 듯 고개를 끄덕였다. "됐다. 나는 이제 가마."

에블린이 가고 우리는 셋이 오붓하게 저녁 식사를 즐겼다. 세실리아는 유아용 의자에 앉아 손가락으로 면을 먹었다. 먹는 내내 세실리아는 면 한 가닥을 이마에 붙이고 있었다. 나는 식사를 즐겁게 하려고 노력했지만, 휴이트의 말이 계속 생각나 마음 한구석이 불편했다. 그는 내게 다락방에 한 번 가봐야 한다고 했다. 앤디도 그게 좋겠다고 했다.

어쩌면 두 사람 말이 맞을지도 몰라. 세실리아가 잠들고 난 후 앤디가 먼저 다락방에 가보자고 했고 나는 그러자고 했다.

45

5단계: 내가 미치지 않았다는 사실을 깨닫다.

"당신이 내키지 않으면 서두를 필요 없어." 앤디가 다락방으로 가는 계단 앞에 서서 나를 안심시켰다. "하지만 분명히 당신에게 도움이 될 거야. 다락방에 아무것도 없다는 걸 당신 눈으로 직접 확인하면 모든 게 착각이란 걸 알게 될 거야."

"알겠어." 나는 용기를 냈다. 앤디 말이 맞다. 맞다는 건 알지만 그래도 기억이 너무 생생했다.

앤디가 내 손을 잡았다. 이젠 그의 손이 닿아도 몸이 움찔하지 않았다. 그와 다시 잠자리도 갖기 시작했다. 무엇보다 나는 남편을 믿었다. 이 과정만 거치면 끔찍한 일이 일어나기 전, 내 머리가 망가지기 전으로 돌아갈 수 있을 것이다.

"준비됐어?" 그가 물었다.

내가 고개를 끄덕였다.

우리는 손을 잡고 삐거덕거리는 계단을 올랐다. 아무래도 이곳에 전구를 설치해야겠다. 이곳을 덜 무섭게 만들면 내 정신을 회복하는 데 도움이 될 것 같았다. 하지만 내가 저지른 일은 변명의 여지가 없었다.

금세 감옥처럼 여겨졌던 다락방에 다다랐다. 앤디가 걱정스러운 얼굴로 물었다. "여보, 괜찮겠어?"

"괜찮을 것… 같아."

앤디가 문손잡이를 돌려 문을 빼꼼 열었다. 불이 꺼져 있어 방이 칠흑같이 깜깜했다. 뭔가 이상했다. 창문도 있고 오늘 밤엔 보름달도 떴는데 왜 이리 깜깜할까? 침실 창문으로 분명 보름달이 뜬 걸 봤다. 나는 어둠에 적응하느라 눈을 가늘게 뜨고 방 안으로 들어갔다.

"여보, 불 좀 켜 줘." 목구멍으로 뭔가가 울컥 올라오는 걸 간신히 참았다.

"그래, 알았어."

앤디가 전등 줄을 잡아당기자 방이 환해졌다. 그런데 이상했다. 머리 위에서 비치는 불빛이 어찌나 눈부신지 앞이 보이지 않을 정도였다. 이렇게 밝은 빛은 처음이었다. 나는 앤디의 손을 놓고 눈을 가렸다.

그때 문이 쾅 하고 닫히는 소리가 들렸다.

"여보!" 내가 소리쳤다. "앤디!"

눈이 어느 정도 빛에 적응되고 나서야 간신히 눈을 가늘게 뜨고 방안을 살폈다. 방안은… 내가 기억하는 그대로였다. 방 한쪽에 놓인 작고 더러운 침대, 옷장과 그 안에 놓인 양동이, 그리고 작은 물 병 세 개가 들어있는 미니 냉장고.

"여보?" 내가 울부짖었다.

"니나, 나 여기 있어." 앤디의 목소리가 희미하게 들렸다.

"어디 있어?" 나는 눈을 가늘게 뜨고 닥치는 대로 손을 휘저었다. "어디 있어?"

손가락이 차가운 금속 손잡이에 닿았다. 손잡이를 돌렸다. 하지만….

안 돼. 안 돼. 이러지 마.

내가 또 발작을 일으킨 건가? 내 머리가 또 고장 난 건가? 아니다. 이건 착각도 아니고 꿈도 아니다.

"니나." 또다시 앤디의 목소리가 들렸다. "내 목소리 들려?"

나는 손으로 눈을 가렸다. "너무 밝아. 왜 이렇게 밝은 거야?"

"불을 꺼."

나는 손을 휘저어 전등 줄을 찾아 힘껏 당겼다. 방이 어두워지자 마음이 가라앉았다. 한 2초쯤 지나자 이번엔 너무 깜깜해서 아무것도 보이지 않았다.

"곧 눈이 적응할 거야. 근데 별로 도움은 안 될 거야. 내가 지난 주에 창문을 다 판자로 막아버렸거든. 전구도 제일 밝은 걸로 새로 갈았어. 불을 끄면 너무 깜깜해서 아무것도 보이지 않고 불을 켜면… 뭐, 전구 불빛이 아주 강렬할 걸, 안 그래?"

나는 눈을 감았다. 아무것도 보이지 않았다. 눈을 떴다. 역시 아무것도 보이지 않았다. 눈을 감으나 뜨나 똑같았다. 숨이 가빠왔다.

"니나, 전기는 소중해." 그가 말했다. "당신이 불을 끄지 않는 걸 어머니는 예전부터 아셨어. 전기가 없는 나라 사람들을 생각해 봤어? 당신이 무슨 짓을 했는지 알아? 당신은 전기를 낭비했어."

나는 손바닥으로 문을 밀었다. "이건 내 망상이 아니야, 맞지?"

"그렇게 생각해?"

"당신은 미쳤어. 미친 새끼."

문밖에서 소리가 들렸다. "그럴지도. 그런데 말이야. 딸이랑 같이 죽으려다가 정신병원에 갇힌 건 너야. 경찰이 네가 한 짓을 다 봤거든. 게다가 너도 인정했잖아. 경찰이 이 방을 확인하러 왔을 땐 아주 평범한 창고였고 말이야."

"진짜였어." 나는 숨을 쉴 수가 없었다. "전부 진짜였어. 당신이…"

"너는 벌을 받아야 해." 목소리가 들떠 있었다. 그는 이 모든 걸 즐기고 있었다. "도망치면 어떻게 되는지 알려줄까?"

"알아." 나는 목소리를 가다듬고 말했다. "약속해. 도망치지 않을게. 그러니까 여기서 꺼내줘."

"그럴 순 없지. 전기를 낭비했으니까 먼저 벌을 받아야지."

그 소리가 데자뷔처럼 되살아나 나를 짓눌렀다. 토할 것 같았다. 결국 그 자리에 주저앉고 말았다.

"자, 이렇게 하지. 내가 참 너그러운 사람이거든. 그래서 말인데

너에게 두 가지 선택권을 주겠어. 전구를 켜던가, 아니면 어둠 속에 있던가. 네가 선택해."

"여보, 제발…."

"잘자, 니나. 내일 다시 얘기해."

"여보, 제발! 이러지 마!"

발소리가 멀어지자 눈물이 흘렀다. 소리를 쳐도 달라질 건 없었다. 바로 1년 전 똑같은 일을 겪었기에 너무도 잘 알고 있다. 앤디는 나를 다시 이곳에 가뒀다.

똑같은 일을 또다시 겪게 되다니!

이제 지난번과 같은 일이 일어날 것이다. 몸도 제대로 가누지 못한 채 쇠약해질 대로 쇠약해져 이 방을 나가게 될 테고 또다시 나는 세실리아를 데리고 자살 시도를 한 것처럼 꾸며질 것이다. 다들 남편 말만 믿을 것이다. 그렇게 나는 또다시 딸과 떨어지게 될 것이다. 딸을 다시 만난 지 얼마 되지도 않는데. 안 된다. 그렇게 되도록 놔둘 수 없다. 절대로.

뭐든 해야 했다.

앤디는 이번에도 물 세 병을 냉장고에 넣어 놓았다. 언제까지 여기에 있게 될지 몰라 일단 아껴두기로 했다. 정말 참을 수 없을 때까지, 혓바닥이 사포처럼 쩍쩍 갈라질 때까지 마시지 않을 생각이었다.

불빛은 나를 미치게 했다. 천장에 전등 갓을 씌우지 않은 전구 두 개가, 그것도 밝기가 최상등급인 백열전구 두 개가 번쩍거렸다. 불을 켜면 너무 밝아서 괴로웠고 불을 끄면 칠흑같이 깜깜해서 힘들었다. 나는 서랍장을 밀고 그 위에 올라가 전구 하나를 돌려서 빼냈다. 그랬더니 좀 나아지긴 했다. 하지만 여전히 불빛이 밝아 눈을 게슴츠레 뜨고 있어야 했다.

앤디는 아침이 돼도 오지 않았다. 나는 온종일 방에 갇혀 세실리아를 걱정했고 이 방에서 언제쯤 나갈 수 있을지, 아니 나갈 수나 있을지 걱정했다. 이건 망상이 아니었다. 환각도 아니었다. 실제로 내게 일어나고 있는 일이었다.

이 사실을 절대 잊어선 안 됐다.

밤이 되어서야 문밖에서 앤디의 발소리가 들렸다.

나는 어두운 쪽을 선택하고 침대에 누워있었다. 낮에는 그래도 햇살이 미세하게 비집고 들어와 방 안에 있는 물건을 겨우 알아볼 수 있었다. 하지만 해가 지자 방 안은 또다시 깜깜해졌다.

"니나?"

말을 하려고 했지만, 목이 너무 건조해 목소리가 나오질 않았다. 목을 가다듬고 간신히 대답했다. "여기 있어."

"문 열어 줄게."

'그런데 지금 말고'라는 말이 나오길 기다렸지만, 앤디는 그 말을 하지 않았다.

"그런데 먼저 몇 가지 지켜야 할 규칙이 있어."

"뭐든지 지킬게." 제발 여기서 꺼내줘.

"첫째, 여기서 일어난 일을 누구에게도 말하면 안 돼." 목소리가 단호했다. "친구에게도, 의사에게도, 그 누구에게도 말하면 안 돼. 아무도 네 말을 믿지 않을 거야. 다들 당신이 또 망상에 시달린다고 생각할 거야. 그리고 불쌍한 세실리아가 위험하다고 생각하겠지."

나는 어둠 속을 응시했다. 그가 무슨 말을 할지 알고 있었지만, 막상 들으니 화가 치밀어 올랐다. 내게 이런 짓을 하고도 입 닫고 있으라니 어이가 없었다.

"니나, 알아들어?"

"알겠어." 내가 간신히 대답했다.

"좋아." 그의 만족스러워하는 표정이 떠올랐다. "둘째, 앞으로 잘못을 저지르면 이 방에 오게 될 거야."

이 남자가 지금 내게 뭐라고 지껄이고 있단 말인가? "절대 그런 일은 없을 거야. 걱정하지 마."

"당신은 나랑 협상할 입장이 아니야." 그가 코웃음을 쳤다. "그냥 앞으로 일어날 일을 말해주는 거야. 당신이 내 아내다 보니 내가 남편으로서 바라는 게 있지 않겠어? 이게 다 당신을 위해서야. 전기를 아껴 쓰라고 소중한 교훈을 가르쳐 준 거잖아, 안 그래?"

나는 어둠에 갇혀 숨조차 제대로 쉬기 어려웠다. 숨이 막혀 죽을 것만 같았다.

"다 당신을 위해서야, 니나. 나를 만나기 전까지 당신 인생이 어땠어? 쥐꼬리만 한 월급에, 여자 하나 책임질 줄도 모르는 찌질한 놈이랑 놀아나 애나 배고 말이야. 다 당신 잘되라고 내가 이렇게 애쓰는 거잖아."

"당신을 만나지 말았어야 했어." 나는 속마음을 내뱉었다.

"그렇게 말하면 섭섭하지." 그가 웃음을 터트렸다. "하긴, 당신 입장에서는 그렇게 느낄 수밖에 없겠지. 전구 하나를 뺀 건 아주 훌륭했어. 그 생각은 미처 못 했는데 말이지."

"어떻게…. 어떻게 알았어?"

"당신을 지켜보고 있었거든, 니나. 내가 늘 지켜보고 있다는 걸 잊지 마." 문을 사이에 두고 그의 숨소리가 들렸다. "이제부터 시작이야. 우리는 남들처럼 행복한 부부가 될 거야. 당신은 이 동네에서 최고의 아내가 될 거고. 내가 그렇게 만들 거거든."

나는 관자놀이 주변으로 지끈거리며 올라오는 두통을 없애려고 손가락으로 눈두덩이를 눌렀다.

"여보, 내 말 알아들었지?"

눈물이 핑 돌았다. 하지만 눈물은 나오질 않았다. 몸에 수분이란 수분은 다 빠져나가 이젠 눈물조차 나오지 않았다.

"내 말 알아들었냐고 묻잖아?"

46

6단계: 그래도 어떻게든 살아남다.

수잔과 같이 점심을 먹고 그녀가 운전하는 아우디에 올랐다. 창
문을 내리자 바람에 머리카락이 흩날렸다. 원래는 학운위와 관련해
의논하기로 했지만, 어느새 대화는 샛길로 빠져 뒷담화가 시작됐다.
다들 사는 게 무료하다 보니 뒷담화는 이 동네 여자들 사이에선 으
레 있는 일이었다. 물론 뒷담화에는 남편들 얘기도 포함이었다.

사람들은 나도 그런 여자 중 하나라고 생각했다.

앤디와 결혼한 지 이제 벌써 7년째였다. 그는 모든 약속을 지켰
고 여러 면에서 훌륭한 남편이었다. 경제적인 지원을 아낌없이 해
줬고, 세실리아에게는 다정한 아빠 역할도 해줬다. 성격도 차분하

고 유쾌했다. 술도 크게 즐기지 않았고 동네 다른 남자들처럼 바람을 피우지도 않았다. 그는 완벽에 가까웠다.

하지만 나는 그를 혐오했다.

그와의 결혼생활에서 벗어나기 위해 내가 할 수 있는 건 다 했다. 거래도 해 봤다. 지금 입고 있는 옷만 걸친 채 세실리아만 데리고 빈털터리로 나가겠다고 하자 그는 콧방귀를 꼈다. 내게 정신병 병력이 있다 보니 그는 마음만 먹으면 언제든지 내가 씨씨를 납치했고 씨씨에게 해코지할 거라고 경찰에 신고할 수 있다고 했다. 나는 완벽한 아내가 되기 위해 노력했다. 나를 다락방에 가둘 구실을 만들어주고 싶지 않았다. 맛있는 저녁도 직접 요리하고 집도 티끌 하나 없이 깨끗이 청소하고 섹스 만족도도 높은 척 최선을 다해 연기했다. 하지만 그는 늘 구실을 만들었다. 잘못이라고 상상도 못 할 그런 일들을 어김없이 만들어냈다.

결국 나는 포기하고 말았다. 다락방에 가둘 구실이 될 만한 것만 아니면 다른 것은 애쓰지 않기로 했다. 오히려 나를 싫어하게 만들기로 작정했다. 사사건건 시비를 걸고 아주 뾰족하게 굴었다. 하지만 그는 아랑곳하지 않았다. 오히려 나의 그런 학대 같은 행동을 즐기는 것 같았다. 내 행동과 외모에 질려 나가떨어지게 하려고 운동도 그만두고 닥치는 대로 먹어댔다. 한 번은 초콜릿케이크를 마구 먹어대 그 벌로 다락방에 갇혀 이틀을 꼬박 굶었다. 하지만 그 후론 뭘 먹든 별로 신경 쓰지 않는 것 같았다.

나는 그의 약혼녀였던 캐슬린을 찾기로 했다. 그녀가 내 주장을 뒷받침해 주면 경찰도 나를 미친 사람 취급하지 않을 것 같았다.

그녀의 생김새라든가 대략적인 나이를 알고 있어서 마음만 먹으면 찾을 수 있을 줄 알았다. 하지만 30세에서 35세의 캐슬린은 생각보다 많았다. 결국 찾지 못하고 포기했다.

평균 두 달에 한 번꼴로 다락방에 갇혔다. 더 자주 갇히기도 했고 더 뜸하게 갇히기도 했다. 6개월 동안 한 번도 갇히지 않은 적도 있었다. 언제 갇힐지 모르는 게 더 나은 건지 더 나쁜 건지 알 수가 없었다. 갇힐 때를 알고 두려움에 떠는 것도 끔찍했지만 오늘 밤은 침대에서 자게 될지, 불편하기 짝이 없는 다락방 간이침대에서 자게 될지 알 수 없는 것 역시 끔찍했다. 거기다 내가 무슨 잘못을 하게 될지 알 수 없으니 어떤 고문을 받게 될지도 알 수 없었다.

잘못은 나에게만 국한되지 않았다. 세실리아가 잘못을 저질러도 내가 대신 벌을 받았다. 그는 늘 세실리아에게 프릴 달린 따가운 드레스를 입혔다. 아이들이 그런 옷을 입는다고 놀려댔지만, 세실리아는 자기가 드레스를 입지 않거나 옷을 더럽히면 엄마가 며칠 동안 사라진다는 것을 알고 있기에 그의 말에 복종했다. 한 번은 내게 옷의 소중함을 가르쳐준다며 발가벗긴 채 다락방에 가두기도 했다.

나는 언젠가 세실리아가 벌을 받게 될까 봐 두려웠다. 아직은 세실리아가 어려 대신 내가 벌을 받는 게 그나마 다행이었다.

내가 도망치려고 하면 세실리아가 그 대가를 치를 게 뻔했다. 그는 이미 세실리아를 익사시켜 죽이려고 했었다. 그뿐이 아니었다. 세실리아에게 땅콩 알레르기가 있는 걸 뻔히 알면서도 나를 조롱

하기 위해 버젓이 팬트리에 땅콩버터를 두었다. 땅콩버터를 아무리 갖다 버려도, 어느새 똑같은 자리에 다시 놓여있었다. 그리고 그때마다 나는 벌을 받았다. 그나마 온몸에 발진만 돋을 뿐 생명을 위협할 정도로 치명적인 알레르기가 아닌 게 천만다행이었다. 그런데도 앤디는 가렵고 불편한 발진이 언제쯤 돋는지 알아보려고 세실리아의 음식에 가끔 땅콩버터를 조금씩 넣었다.

감옥만 아니라면 나이프를 집어 그의 목에 꽂고도 남았을 것이다.

심지어 앤디는 그런 사태가 있을 때까지 대비해 만반의 준비를 해 뒀다. 내가 자기를 죽이려고 한다거나 실제로 죽일 수 있다고 생각한 것 같았다. 그래서 자신이 죽으면 담당 변호사가 경찰서로 편지를 보내 내가 불안정한 행동을 보였으며 살해 위협을 가했다고 알리도록 조처해 놨으니 조심하라고 협박했다. 내겐 정신 병력이 있으니 그렇게까지 할 필요도 없었다.

결국 나는 그를 떠나지 못했다. 그가 자는 동안 그를 죽이지도, 살인 청부업자를 고용하지도 못했다. 하지만 세실리아가 자란 후, 내가 더 이상 필요 없게 되면 기필코 도망치고 말 것이다. 그때가 되면 더 이상 나를 위협할 수 있는 것도 없다. 세실리아만 안전하다면 나는 어떻게 되든 상관없다.

"다 왔어!" 수잔이 우리 집 대문 앞에 차를 세우며 신이 난 듯 외쳤다. 처음 저 문을 보고 얼마나 좋아했던가! 문이 있는 집에 살게 되어 얼마나 황홀했던가! 하지만 이제 저 집은 감옥이나 다름없었다.

"데려다줘서 고마워." 수잔은 내가 점심값을 낼 때도 고맙다는 인사를 하지 않았지만, 나는 고맙다고 말했다.

"어휴, 이게 뭐 별거라고." 수잔이 호들갑을 떨었다. "앤드루가 집에 빨리 와야 할 텐데."

걱정하는 듯한 그녀의 말투에 저절로 얼굴이 찡그려졌다. 몇 년 전만 해도 나는 수잔과 매우 가깝게 지냈다. 한 번은 수잔의 집에서 진탕 술을 마시고 그녀에게 모든 걸 털어놓았다. 그리고 도와달라고 애원했다. 경찰에 신고하고 싶지만 아무도 내 말을 믿어주지 않아 신고조차 할 수 없다고 말했다.

그렇게 몇 시간 이야기 끝에 수잔은 내 손을 잡으며 다 잘 해결될 거라고 나를 다독였다. 그러면서 일단 집에 가 있으라고, 그리고 문제를 함께 해결해보자고 했다. 드디어 악몽 같은 삶이 끝날 거라고 믿으며 나는 안도의 눈물을 흘렸다.

하지만 집에 도착해보니 앤디가 나를 기다리고 있었다.

내가 새 친구를 사귈 때마다 앤디는 그들을 만나 내 정신 병력을 알렸다. 몇 년 전 내가 무슨 짓을 했는지 말하며 혹시 모르니 걱정할 만한 일이 생기면 즉시 자기에게 알려달라고 했다.

그날도 수잔은 나와 대화 중에 슬쩍 화장실에 간다고 나가서는 앤디에게 전화를 걸어 내가 망상 증상이 도진 것 같다고 알렸고, 집에 오니 그가 나를 기다리고 있었다. 결국 나는 또다시 클리어뷰 정신병원에 들어가 두 달을 있어야 했다. 알고 보니 병원 관리자 중 한 명이 시아버지의 골프 친구였다.

병원에서 나오자 수잔은 내게 미안하다며 거듭 사과했다. '니나, 얼마나 걱정했는지 몰라. 네가 병원 치료를 받아서 다행이야.' 물론 나는 그녀를 용서했다. 그녀 역시 나처럼 속은 거니까. 하지만 우리 사이는 예전 같지 않았다. 그 후로 나는 아무도 믿을 수 없게 됐다.

"금요일 학교 행사 때 봐." 수잔이 내게 인사를 건넸다.

"그래. 그런데 행사가 몇 시지?"

수잔이 갑자기 딴 데 정신이 팔려 내 질문에 아랑곳하지 않았다.

"7시던가?" 내가 다시 한번 물었다.

"어? 어."

그녀가 뭘 그렇게 정신없이 보나 싶어 뒤를 흘끗 돌아봤다. 단박에 그 이유를 알았지만 못 본 척했다. 두 달 전부터 우리 집 정원일을 봐주고 있는 정원사 엔조 때문이었다. 엔조는 요령도 피우지 않고 항상 열심히 일했다. 무엇보다 외모가 눈에 띄었다. 우리 집에 왔다가 그가 작업하는 모습을 본 여자들은 너 나 할 것 없이 자기 집에도 정원사가 필요하다며 그를 탐냈다.

"와우!" 수잔이 감탄을 쏟아냈다. "너희 집 정원사가 매력적이라더니 정말 끝내주네."

내가 성가시다는 듯 말했다. "그냥 우리 집 잔디를 손질해 줄 뿐이야. 그게 다야. 게다가 영어도 못 해."

"상관없어. 오히려 그게 더 좋은데."

수잔은 엔조의 전화번호를 받을 때까지 집에 가지 않을 태세였다. 상관없었다. 엔조는 충분히 괜찮은 사람 같아서 그에게 다른 집을 소개해줘도 좋을 것 같았다. 물론 정원사가 필요해서가 아니라 그가 섹시해서겠지만.

내가 차에서 내려 문을 열고 들어가자 울타리 주변에서 작업하던 엔조가 내게 손을 흔들며 인사를 건넸다. "차오, 시뇨라(부인)."

나도 미소로 답했다. "차오, 엔조."

나는 엔조가 마음에 들었다. 영어는 못해도 친절한 사람 같아 보였다. 엔조는 우리 집 정원에 온갖 예쁜 꽃들을 심었다. 가끔 씨씨가 꽃에 관해 물으면 차분하게 하나하나 알려 줬다. 씨씨가 가르쳐 준 대로 꽃 이름을 따라 하면 그가 고개를 끄덕이며 웃었다. 씨씨가 자기도 꽃을 심어보고 싶다고 하면 엔조는 나를 쳐다보며 허락을 구했다. 내가 괜찮다고 하면 작업이 늦어지더라고 씨씨가 꽃을 심을 수 있게 해 줬다.

셔츠에 가려 잘 보이진 않지만, 엔조의 팔뚝은 온통 문신 천지였다. 한 번은 그가 일하는 모습을 지켜보다가 팔뚝에 새겨진 하트와 그 안에 새겨진 안토니아라는 이름을 봤다. 결혼을 한 것 같지는 않은데, 안토니아가 누군지 궁금했다.

엔조에겐 뭔가 특별한 게 있었다. 영어만 할 수 있다면 그에게 비밀을 털어놓고 싶었다. 왠지 모르게 나를 믿어주고 도와줄 것 같았다. 그가 덩굴을 정리하는 모습을 지켜봤다. 나는 앤디와 결혼한 후 그가 반대해 일을 그만뒀다. 다시 일을 하고 싶었다. 왠지 모르게 엔조는 나를 이해해 줄 것 같았다. 그가 영어를 못하는 게 안타까웠다. 하지만 어쩌면 그래서 비밀을 털어놓기가 더 좋을 수도 있겠다 싶었다. 가끔씩 내가 겪은 일을 입 밖에 내서 말하지 않으면 나조차도 망상이라고 믿게 될 것만 같았다.

"내 남편은, 괴물이에요." 내가 크게 소리쳤다. "나를, 학대하고 다락방에 가둬요."

그 순간 엔조의 어깨가 그대로 멈췄다. 그가 인상을 찌푸리며 원예용 가위를 내려놓았다. "시뇨라… 니나…."

갑자기 겁이 덜컥 났다. 내가 왜 그런 말을 했을까? 후회가 밀려왔다. 그가 알아듣지 못할 줄 알았다. 앤디에게 일러바치지 않을 누군가에게 꼭 한번 말하고 싶었다. 그래서 영어를 모르는 엔조에게는 말해도 괜찮을 줄 알았다. 하지만 엔조의 짙은 눈동자를 보는 순간, 그가 내 말을 알아들었다는 것을 알 수 있었다.

"신경 쓰지 말아요." 내가 재빨리 둘러댔다.

엔조가 내게로 한 발짝 다가왔다. 나는 고개를 저으며 뒤로 물러났다. 큰 실수를 저지르고 말았다. 어쩔 수 없지만 엔조를 해고하는 게 옳은 선택이겠지?

그런 내 마음을 엔조가 읽었는지 다시 가위를 집어 들고 일을 시작했다.

나는 서둘러 집 안으로 들어가 문을 닫았다. 창가에 놓인 화려한 무지갯빛 꽃들이 눈에 들어왔다. 나를 기분 좋게 해 주려고, 내가 '말만 잘 들으면' 자신이 얼마나 좋은 남편인지 알려주기 위해 앤디가 어젯밤에서 가져온 꽃이었다.

나는 꽃 너머로 앞마당을 몰래 내다봤다. 엔조가 장갑 낀 손에 날카로운 원예용 가위를 들고 열심히 일하고 있었다. 그가 갑자기 작업을 멈추고 창문을 올려다봤다. 그 찰나의 순간에 나와 눈이 마주쳤다.

나는 고개를 돌렸다.

47

다락방에 갇힌 지 20시간째였다.

어젯밤 세실리아가 잠든 후 앤디가 나를 또 다락방에 가뒀다. 나는 이제 저항하지 않았다. 저항해봤자 돌아오는 건 정신병원행이거나 세실리아를 만나지 못하는 것뿐이었으니까. 앤디는 세실리아를 '다른 곳'으로 보내 일주일 내내 볼 수 없게 만들었다. 그는 세실리아에게는 상처를 주지 않는다고 했지만, 결국 상처를 주고 있었다. 오래전 그날, 경찰이 제때 도착했으니 망정이지 세실리아는 욕조에 빠져 죽을 뻔했다. 한번은 내가 그 이야기를 꺼내자 앤디가 웃으며 '그 덕에 교훈을 얻었잖아, 안 그래?'라고 말했다.

앤디는 아이를 원했다. 내가 사랑하고 보호해야 할 또 한 명의 작은 생명체. 그는 아이를 이용해 나를 더 자기 맘대로 계속 휘두를 작정이었다. 그렇게 하도록 둘 순 없었다. 나는 병원을 찾아 가짜 이름으로 현금을 지불하고 자궁 내 피임기구를 시술받았다. 그러곤 임신테스터기에 음성이 나올 때마다 안타까운 척 연기했다.

이번엔 침실에 방향제를 너무 많이 뿌렸다는 게 이유였다. 나는 늘 뿌리던 대로 뿌렸는데. 하긴, 방향제를 뿌리지 않았으면 침실에서 생선 썩은 냄새가 난다는 이유로 가뒀을 것이다. 이제 그의 패턴을 알았다.

하여간 어젯밤에는 방향제를 너무 많이 뿌려서 자기 눈이 따갑다는 게 이유였다. 그는 내게 벌로 얼굴에 호신용 후추 스프레이를 뿌리라고 했다.

좋을 대로 하라지.

그가 다락방 서랍장에 후추 스프레이를 넣어 뒀다.

"스프레이를 눈에 조준하고 손잡이를 당겨."

"눈을 떠야지. 눈을 감으면 무효야."

그가 하라는 대로 했다. 이 거지 같은 방에서 나가기 위해 나는 얼굴에 후추 스프레이를 뿌렸다. 후추 스프레이를 얼굴에 뿌려 본 사람이 있을까? 절대 할 게 못 된다. 눈이 찌르듯 아프고 눈물이 미친 듯이 쏟아졌다. 얼굴은 불이 난 듯 화끈거렸고 콧물이 줄줄 흘렀다. 곧이어 후추가 입안에 들어가 목구멍이 따갑고 구역질이 났다. 나는 침대에 주저앉아 숨을 쉬기 위해 안간힘을 썼다. 그렇게 한 시간가량 눈을 뜰 수가 없었다.

겨우 방향제 따위에 눈이 아팠다고? 방향제는 후추에 비하면 새 발의 피다.

몇 시간이 지나서야 겨우 눈을 떴다. 얼굴은 여전히 햇볕에 탄 듯 따갑고 눈은 퉁퉁 부었지만 아까보다는 나아졌다. 앤디는 내 상태가 멀쩡해질 때까지 기다리고 있을 터였다. 그 전엔 나를 꺼내줄 리가 만무했다.

결국 다락방에 하루를 더 있어야 한다는 뜻이었다. 끔찍했다.

그나마 창문에 판자를 쳐놓지 않아서 햇빛이 들어왔다. 그래서 미치지 않고 간신히 버틸 수 있었다. 나는 창문으로 걸어가 뒷마당을 몰래 내려다보며 다락방이 아닌 마당에 있고 싶다고 생각했다.

바로 그때 마당에 사람이 보였다.

엔조가 일하는 중이었다. 나는 뒤로 한 발짝 물러섰다. 그때 마침 엔조가 고개를 들어 창문 쪽을 쳐다보다가 나를 발견했다. 3층인데도 그의 얼굴에 그늘이 드리워진 것을 알 수 있었다. 그가 작업용 장갑을 벗어 던지고 집 쪽으로 성큼성큼 걸어왔다.

조짐이 좋지 않았다.

엔조가 무엇을 어떻게 할지 알 수가 없었다. 경찰에 신고라도 하려는 걸까? 그게 정말 현명한 방법일까? 앤디는 늘 자신에게 유리한 쪽으로 상황을 뒤집어 놓았다. 그는 항상 나보다 한 발짝 앞서 있었다. 1년 전쯤, 나는 도망칠 생각으로 옷장 속에 숨긴 부츠 바닥에 돈을 모으기 시작했다. 그런데 어느 날 그 돈이 몽땅 사라져버렸고, 다음날 나는 다락방에 갇혔다.

잠시 후 주먹으로 다락방 문을 두드리는 소리가 들렸다. 나는 뒤로 물러나 벽 쪽에 몸을 웅크렸다. "니나!" 엔조였다. "니나! 거기 있는 거 알아요."

나는 목소리를 가다듬었다. "별일 아니에요!"

덜컥덜컥 문손잡이가 흔들렸다. "문 열어요. 정말 괜찮은지 보여 줘요."

순간 엔조의 영어가 유창해서 깜짝 놀랐다. 그가 말은 못 해도 듣는 건 어느 정도 이해할 거라고 짐작은 했지만, 그 정도로 잘할 줄은 몰랐다. 심지어 그 강한 이탈리아어 악센트도 전혀 없었다.

"제가… 지금 좀 바빠요." 나는 짐짓 과장된 어조로 말했다. "괜찮으니까 가서 일해요."

"남편이 당신을 학대하고 다락방에 가둔다면서요."

숨이 쉬어지지 않았다. 엔조가 못 알아들을 줄 알고 내뱉은 말이었다. 하지만 엔조는 전부 다 알아듣고 있었다. 어떻게든 이 상황을 수습해야 했다. 앤디를 화나게 해서는 안 됐다. "여긴 어떻게 들어왔어요?"

엔조가 격앙된 어조로 말했다. "당신은 현관 화분 밑에 열쇠를 두잖아요. 그건 그렇고 이 방 열쇠는 어디 있어요? 빨리 말해요."

"엔조…"

"말해요, 얼른."

나는 다락방 열쇠가 어디에 있는지 알지만, 내가 이 안에 있는 한 열쇠 위치를 아는 건 아무런 도움이 되지 않았다. 물론 마음만 먹으면 엔조에게 부탁할 수도 있었다. "당신이 나를 도와주려는 건 알아요. 하지만 소용없어요. 제발, 여기에서 나가줘요. 남편이 나중에 열어 줄 거예요."

문을 사이에 두고 긴 침묵이 흘렀다. 엔조는 지금 고객의 사생활에 관여하고 있었다. 부디 엔조가 이 상황을 잘 판단하기를 바랐다. 그가 불법 체류자인지 아닌지 알 순 없지만, 이민자인 건 분명했다. 앤디와 그 부모는 돈과 권력으로 엔조 하나쯤은 가뿐히 이 나라에서 추방할 수 있었다.

"뒤로 물러나요." 마침내 엔조가 입을 열었다. "문을 부술게요."

"안 돼요, 그러지 말아요!" 눈물이 왈칵 쏟아졌다. "잠깐만요. 그러면 안 돼요. 남편 말을 듣지 않으면 세실리아가 다쳐요. 그리고 또다시 나를 가둘 거예요."

"아니요. 그건 핑계일 뿐이에요."

"아니에요. 그렇지 않아요." 눈물이 뺨을 타고 또르르 흘렀다. "그에겐 돈이 있어요. 그 돈이 얼마나 막강한지 당신은 모를 거예요. 그 사람이 당신에게도 무슨 짓을 할지 몰라요. 이 나라에서 쫓겨나고 싶어요?"

엔조가 다시 잠잠해졌다. "이건 옳지 않아요. 남편이란 작자가 당신을 괴롭히고 있잖아요."

"나는 괜찮아요. 진짜예요."

사실이었다. 얼굴이 화끈거리고 눈은 여전히 따가웠지만 엔조가 그것까지 알 필요는 없었다. 하루만 지나면 다 괜찮아질 것이다. 아무 일도 일어나지 않은 것처럼. 그리고 나는 또다시 원래의 비참한 삶으로 돌아갈 것이다.

"내가 그냥 돌아가길 바라는군요." 그가 내 말에 수긍했다.

사실은 그가 가길 바라지 않았다. 그가 문을 부숴주길 바랐다. 하지만 앤디는 이 상황을 교묘히 이용할 것이다. 엔조와 나를 엮어 어떤 식으로 괴롭힐지 상상조차 할 수 없었다.

진실을 말하려고 했다고 나를 또 정신병원에 가둘지도 몰랐다. 엔조도 나처럼 되길 바라지 않았다. 그래도 나는 아내라 꺼내줄 수밖에 없겠지만, 엔조는 영원히 가둬도 문제 될 게 없었다.

"네. 제발 가줘요."

엔조가 크게 한숨을 내쉬었다. "갈게요. 하지만 내일 아침까지도 이렇게 갇혀있으면 그땐 문을 부수고 경찰을 부를 거예요."

"네." 이제 남은 물도 없다. 내일 아침까지 나가지 못한다면 나는 정말 위험해진다.

엔조의 발소리가 나기를 기다렸다. 하지만 아무런 소리도 들리지 않았다. 그는 여전히 문밖에 서 있었다. 엔조는 한참 만에 입을 열었다. "당신이 왜 이런 취급을 받는지 모르겠어요."

그러곤 복도를 따라 내려가는 소리가 들렸다.

눈물이 두 뺨을 타고 하염없이 흘렀다.

앤디는 그날 밤 다락방 문을 열어줬다. 거울을 들여다보니 후추 스프레이 때문에 눈이 부을 대로 부어있었고 얼굴은 불에 덴 것처럼 빨갰다. 하지만 다음날이 되자 원래 모습을 되찾았다. 두 뺨은 햇볕에 평소보다 살짝 더 탄 것처럼 불그스름했다.

엔조는 앞마당에서 일하고 있었고, 앤디는 세실리아를 뒷좌석에 태우고 차고를 빠져나갔다. 오늘은 앤디가 씨씨를 학교에 데려다주고 나는 집에서 쉬기로 했다. 앤디는 나를 다락방에 가두고 나면 며칠간은 매우 친절하게 군다. 오늘 밤에 분명 꽃이나 보석을 사 들고 올 것이다. 마치 그게 다락방에 가둔 데 대한 보상이라도 되는 양.

창문으로 그의 차가 대문을 빠져나가는 모습을 지켜봤다. 차가 시야에서 완전히 사라질 즈음 엔조의 시선이 느껴졌다. 엔조는 보통 이틀을 연속으로 일하지 않았다. 그런데 오늘은 정원 일과 상관없이 다른 이유로 우리 집에 와 있었다.

나는 현관을 나가 원예용 가위를 들고 서 있는 엔조에게 다가갔다. 가위를 보니 새삼 날카롭다는 생각이 들었다. 그 가위로 앤디의 가슴을 찌른다면 모든 게 끝날 수도 있지 않을까? 어쩌면 가위 따윈 필요 없을지 모른다. 엔조라면 맨손으로도 앤디를 처리할 수 있을 테니까.

"봤죠?" 나는 억지로 웃어 보였다. "괜찮다고 했잖아요."

하지만 엔조는 웃지 않았다.

"진짜예요." 내가 말했다.

그의 눈동자가 검고 짙어 동공의 움직임을 알아차리기가 어려웠다.

"솔직히 말해 줘요."

"모르는 게 나을 거예요."

"알고 싶어요."

지난 5년간 경찰, 의사, 심지어 친한 친구까지도. 내가 앤디에게 당했던 일들을 말했지만, 하나같이 내가 미쳤다고, 망상증이라고 했다. 앤디가 한 짓을 말했을 뿐인데 그 말을 했다는 이유로 정신병원에 갇혔다. 그런데 이 남자는 진실을 듣고 싶어 했다. 이 남자는 내 말을 믿어줄 것 같았다.

날씨가 참 좋았다. 그렇게 나는 앞마당에 서서 엔조에게 모든 걸 털어났다. 다락방에 대해, 남편에게 받은 학대에 대해, 의식을 잃고 욕조에 누워있었던 세실리아에 대해 털어났다. 몇 년이 지나도 물에 잠긴 세실리아의 얼굴은 어제 일처럼 생생했다. 내 이야기를 듣는 엔조의 안색이 점점 어두워졌다.

내가 말을 다 끝내기도 전에 엔조는 한바탕 이탈리아말을 쏟아냈다. 무슨 말인지는 몰라도 그게 욕이라는 것쯤은 알았다. 원예용 가위를 어찌나 세게 움켜쥐는지 그의 손가락 마디마디가 하얗게 변했다. "죽여버리겠어." 그가 낮게 뇌까렸다. "오늘 밤, 내가 그 자식을 죽여버릴 거예요."

그 말에 나는 하얗게 질렸다. 그에게 다 털어놓을 수 있어서 좋았지만, 그러지 말았어야 했다. 엔조는 몹시 화가 나 있었다.

"엔조…."

"그 자식은 괴물이에요!" 그가 소리쳤다. "그런 놈을 죽이지 말라는 겁니까?"

아니, 앤디가 죽었으면 좋겠다. 하지만 그다음을 감당할 자신이 없었다. 그가 죽으면 경찰서로 편지가 보내질 것이다. 앤디가 죽기를 누구보다 바라지만 그렇다고 내 남은 인생을 감옥에서 썩을 수는 없었다.

"그러지 말아요." 나는 단호하게 고개를 저었다. "당신도 나도 감옥에 가게 될 거예요."

엔조가 이탈리아 말로 중얼거렸다. "좋아요. 그럼, 이 집을 떠나요."

"그럴 수 없어요."

"할 수 있어요. 내가 도와줄게요."

"어떻게 도와줄 건데요?" 완전히 빈말은 아니었다. 어쩌면 엔조가 돈이 많을 수도 있지 않을까? 어쩌면 내가 모르는 마피아와 인연이 있을 수도 있지 않을까? "당신이 비행기표라도 구해 줄 거예요? 새 여권은요? 새 신분증은요?"

"그건 아니지만…." 그가 턱을 문지르며 말했다. "방법을 찾아볼게요. 아는 사람이 있어요. 도울 수 있는 방법을 찾아볼게요."

나는 정말 그의 말을 믿고 싶었다.

48

7단계: 도망치는 것보다 더 근사한 계획을 세우다.

일주일 후, 나는 엔조를 만나 계획을 세웠다.

우리는 신중에 신중을 기했다. 혹시 모를 소문을 잠재우기 위해 학운위가 있던 날, 엄마들 앞에서 엔조가 화분을 망가트렸다고 몰아세웠다. 앤디가 내 차에 위치 추적 장치를 설치했을 게 뻔해 엔조의 집까지 차를 가져가지 않았다. 그 대신 패스트푸드점에 차를 세우고 사람들 눈을 피해 엔조의 차에 올라탔다. 휴대폰도 당연히 놓고 움직였다.

한 치의 빈틈도 있어선 안 됐다.

엔조는 아파트 지하에 세 들어 살고 있었다. 다행히 개별 출입구가 있었다. 그는 동그란 테이블과 낡아빠진 의자가 놓인 작은 부엌으로 나를 안내했다. 의자에 앉자 금방이라도 무너져 내릴 듯 삐걱 소리가 났다.

엔조가 냉장고로 가 맥주를 꺼내 들며 물었다. "마실래요?"

나는 괜찮다고 할까 하다가 이내 마음을 바꿨다. "네, 주세요."

그가 맥주 두 병을 들고 와서는 열쇠고리에 달린 병따개로 맥주를 따 내 쪽으로 밀었다. 맥주병을 잡자 차가운 기운이 그대로 손에 전해졌다.

"고마워요."

"좋은 것도 아닌데요, 뭘." 그가 어깨를 으쓱해 보였다.

"맥주 말고요."

그가 손가락 마디를 꺾어 딱딱 소리를 냈다. 팔근육이 멋졌다. 참 매력적인 남자였다. 내가 그의 아파트에 와 있다는 걸 알면 동네 여자들이 꽤 질투할 것 같았다. 내 옷을 찢고 나를 덮쳤을 거라고 생각하며, 매력적인 여자들도 많은데 하필이면 나 같은 여자를 골랐냐며 이렇게 투덜댈지도. '엔조 정도면 훨씬 더 괜찮은 여자를 고를 수도 있었을 텐데.' 그들은 아무것도 모른 채 진실과는 거리가 먼 이런 상상을 해 댈 것이다. 생각하니 웃겼다. 아니, 조금도 웃기지 않았다.

"대충 알고 있었어요." 그가 말했다. "남편, 아니 나쁜 놈이라고 부를게요."

나는 맥주를 벌컥벌컥 들이켰다. "당신이 영어를 이렇게나 잘하는지 몰랐어요."

엔조가 웃었다. 우리 집 정원사로 2년이나 있었는데 그의 웃음소리를 처음 들었다. "못하는 척하는 게 편해요. 안 그러면 아줌마들이 나를 가만히 안 둬요. 무슨 말인지 알죠?"

그 말에 나도 따라 웃었다. 엔조 말이 맞다. "이탈리아 출신인 건 맞죠?"

"시칠리아* 출신이에요."

"그런데…." 내가 맥주병을 빙글빙글 돌리며 물었다. "여긴 왜 온 거예요?"

그가 어깨를 축 늘어뜨렸다. "들어서 별로 좋은 얘기가 아니라."

"내 얘기만 하겠어요?"

그가 손에 들고 있는 맥주병을 내려다봤다. "안토니아라고 동생이 하나 있었어요. 동생 남편이 당신 남편이랑 비슷했어요. 아주 질이 나쁜 놈이죠. 돈 많고 힘 있다고 제 기분 따라 동생을 때렸어요. 그래서 동생에게 도망치라고 했지만, 그 아인 그러질 못했어요. 그러다 어느 날 그 자식이 동생을 계단 아래로 밀었고 병원으로 옮겼지만 결국 깨어나지 못했어요." 그가 티셔츠를 걷더니 전에 본 적 있는 하트와 안토니아 이름이 새겨진 문신을 보여줬다. "이렇게라도 그 아일 기억하려고요."

나는 손으로 입을 틀어막았다. "아, 저런."

엔조의 목울대가 위아래로 움직였다. "그런 새긴 용서하면 안 돼요. 감옥도 모자라요. 그 어떤 걸로도 내 동생의 목숨을 앗아간 대가를 치를 순 없어요. 그래서 결심했어요. 내가 그놈을 벌주기로."

---

* 이탈리아의 섬이자 지중해 최대의 섬이다.

내가 앤디가 한 짓을 얘기했을 때 왜 그의 눈빛이 어두워졌는지 이제 이해가 갔다. "그래서… 죽였나요?"

"아니요." 그가 다시 한번 손가락 마디를 꺾었다. 그 소리가 작은 아파트에 울려 퍼졌다. "죽이진 못했어요. 그래서 후회돼요. 그 일이 있고 난 후 사는 게 의미가 없더라고요. 나는 가진 것 전부를 들고 도망치듯 고향을 떠났어요." 그가 맥주를 들이켰다. "돌아간다 해도 아마 공항 밖을 나가지도 못하고 살해당할걸요."

무슨 말을 해야 할지 몰랐다 "고향을 떠나는 게 힘들지 않았어요? 그래도 정들었던 곳인데?"

"당신은 왜 못 떠나는데요? 여길 떠나는 게 힘들 것 같나요?"

나는 잠시 생각에 잠겼다. 하지만 이내 고개를 저었다. 나는 떠나고 싶다. 앤드루 윈체스터로부터 멀리멀리 도망치고 싶다. 그게 시베리아라도 기꺼이 가고 싶다.

"당신과 세실리아의 여권을 만들어야 해요." 그가 손가락을 튕기며 말했다. "면허증과 신분증, 그리고 일자리를 구할 때까지 쓸 수 있는 충분한 현금이 필요해요. 비행기표도 필요하고요."

심장이 빨리 뛰었다. "돈이 필요하군요…."

"내게 돈이 좀 있어요." 그가 말했다.

"엔조, 그건 말도 안 돼요."

그가 내 말을 가로막았다. "하지만 많지 않아요. 더 필요해요. 어디 구할 데 있어요?"

돈을 구할 방법을 찾아야 했다.

며칠 뒤 평소처럼 세실리아를 차에 태워 학교에 데리고 갔다. 금발 머리를 양 갈래로 단정히 땋고 누가 봐도 눈에 띄는 옅은 색 프릴 드레스를 입고 있었다. 씨씨의 그런 옷차림 때문에 아이들에게 놀림을 받거나 아이들 틈에서 놀지도 못하고 주눅 들지는 않을지 늘 걱정됐다. 하지만 그렇게 입지 않으면 내가 벌을 받았다.

씨씨는 학교로 가는 차 뒷좌석에 앉아 멍하니 손가락으로 창문을 톡톡 두드렸다. 씨씨는 학교에 가기 싫다고 떼를 쓴 적이 없었다. 하지만 씨씨는 학교를 좋아하지 않았다. 친구를 많이 만들어주고 싶어 이것저것 활동에 참여시켰지만 별 도움이 되지 않았다.

하지만 그런 건 이제 더 이상 중요하지 않다. 곧 모든 게 달라질 테니까.

이제 곧.

학교에 도착했지만, 씨씨는 차에서 내리지 않고 미심쩍은 얼굴로 물었다. "엄마가 픽업하는 거 맞아요? 아빠가 오는 거 아니죠?"

앤디는 씨씨에게 유일한 아빠였다. 씨씨는 앤디가 내게 무슨 짓을 하는지 몰랐지만, 아빠가 싫어하는 행동을 하면 엄마가 며칠간 보이지 않는다는 것은 알고 있었다. 내가 사라지면 앤디가 씨씨를 데리러 갔고 그때마다 씨씨는 겁을 먹고 앤디를 꺼려했다. 말하지 않아도 아이는 부모의 일을 눈치채나 보다.

"엄마가 데리러 올 거야."

그제야 마음이 놓이는지 조그마한 얼굴에 미소가 번졌다. 나는 씨씨에게 걱정하지 말라고 말해주고 싶었다. 우리 아기, 걱정하지마. 우린 이제 여길 떠날 거야. 아빠가 다시는 우릴 헤치지 못할 거야. 하지만 아직은 아니었다. 아직은 말할 수 없었다. 씨씨를 데리고 공항으로 갈 때까진 참아야 했다.

세실리아를 학교에 내려주고 집으로 왔다. 이제 일주일 남았다. 일주일 뒤, 짐을 싼 가방과 새 여권, 새 면허증, 그리고 현금 뭉치를 넣어둔 개인 금고까지 90분을 운전해서 갈 예정이었다. 지난번엔 표를 미리 샀다가 공항 게이트에서 앤디에게 잡혔기 때문이다. 그래서 이번에는 공항 카운터에서 직접 현금을 내고 비행기표를 끊을 작정이었다. 엔조가 앤디에게 들키지 않도록 이 모든 과정을 도와주고 있었다. 적어도 아직은 앤디가 눈치채지 못한 것 같았다.

아니, 그런 줄 알았다. 거실에 들어가자 앤디가 식탁에 앉아 나를 기다리고 있었다.

"여보!" 나는 너무 놀라 숨이 멎는 줄 알았다.

"지금 와?"

그의 앞에는 여권과 면허증, 그리고 현금 뭉치가 놓여있었다.

또 이렇게 끝이란 말인가!

"이걸 가지고 뭘 하려고?" 그가 면허증에 쓰인 이름을 읽었다. "트레이시 이튼."

숨이 턱 멎었다. 다리가 후들거려 넘어지지 않으려고 벽을 짚었다. "어떻게 찾았어?"

앤디가 자리에서 일어났다. "아직도 당신이 나 모르게 뭘 할 수 있다고 생각해?"

나는 뒤로 한 발짝 물러섰다. "여보…."

"니나, 다락방에 올라가야지?"

아니, 난 가지 않을 거야. 세실리아에게 데리러 가겠다고 약속했
다. 그 약속을 깰 수는 없었다. 이제 며칠 후면 이 집을 영영 떠날
수 있는데, 그 며칠을 다락에 갇혀 지내고 싶지는 않았다. 이젠 더
이상 참을 수 없다.

앤디에게 잡히긴 전에 재빨리 현관으로 도망쳐 자동차에 올랐
다. 얼마나 속도를 높였던지 하마터면 대문에 부딪힐 뻔했다.

어디로 가야 할지 생각했다. 이대로 곧장 세실리아를 태우고 캐
나다 국경이 나올 때까지 달릴까? 하지만 여권이나 운전면허증이
없어서 잡히는 건 시간문제였다. 앤디가 경찰에 전화를 걸어 아내
가 다시 발작을 일으켰다고 그럴싸한 이야기를 지어낼 게 분명했다.

방법은 하나뿐이었다. 앤디는 두 개의 금고 가운데 하나밖에 찾
지 못했다. 금고를 분리하자는 건 엔조의 생각이었다. 앤디가 찾은
금고에는 여권과 운전면허증이 있었다. 하지만 그가 모르는 다른
금고가 하나 더 있었다. 그 안에는 현금을 넣어두었다.

나는 엔조네 동네까지 차를 몰았다. 그의 아파트에서 두 블록
떨어진 곳에 차를 세우고 걸어갔다. 그런데 눈앞에 엔조가 이제
막 트럭에 올라타려고 하고 있었다. "엔조!"

그가 내 목소리에 화들짝 놀라 고개를 들었다. 그러곤 나를 보
자 갑자기 안색이 변했다. "무슨 일이에요?"

"남편에게 금고 하나를 들켰어요." 나는 잠시 숨을 돌렸다. "이
제… 끝이에요. 도망칠 수 없게 됐어요."

나는 절망감에 무너져 내렸다. 엔조에게 말하기 전부터 나는 어쩔 수 없이 상황을 받아들이기로 마음먹었다. 적어도 세실리아가 18살이 될 때까지는. 하지만 참을 수가 없었다. 이렇게 살 순 없었다. 정말 이렇게 살고 싶지 않았다.

"나나…."

"나는 이제 어떻게 해야 하죠?" 울음이 터졌다.

엔조가 나를 향해 두 팔을 벌렸고 나는 그의 품에 무너져 내렸다. 하지만 우리는 조심해야 했다. 누가 보기라고 하는 날엔 그야말로 끝장이었다. 앤디가 내가 엔조와 바람이 났다고 생각하는 날엔….

물론 우리는 그런 사이가 아니었다. 절대로. 엔조는 나를 그가 구하지 못한 안토니아라고 생각하고 나를 가족처럼 대했다. 우리 사이에 개인적인 감정은 없었다. 내 머릿속엔 온통 화장실 변기에 쓸려 내려간 내 미래와 괴물과 함께 산 10년의 세월뿐이었다.

"이젠 어떻게 해야 하죠?" 내가 또다시 물었다.

"간단해요. 두 번째 계획으로 노선을 변경합시다."

나는 눈물로 얼룩진 얼굴로 그를 쳐다봤다. "두 번째 계획이요?"

"내가 그 자식을 죽일 겁니다."

엔조의 짙은 눈동자가 어찌나 단호한지 내 몸이 떨렸다. "엔조…."

"내가 처리할게요." 그가 나를 품에서 떼어내며 말했다. 그의 표정에서 단호한 의지가 보였다.

"그 자식은 죽어 마땅해요. 그게 맞아요. 안토니아 때 못했던 일을 이제 할 겁니다."

"그러면 우리 둘 다 감옥에 갈 거예요."

"당신은 감옥에 가지 않을 겁니다."

나는 그의 팔을 한 대 때렸다. "당신만 감옥에 가게 둘 순 없어요."

"그럼 어떻게 하자는 겁니까?"

순간 좋은 생각이 떠올랐다. 아주 간단한 방법. 앤디를 뼛속까지 증오하지만, 앤디를 가장 잘 아는 것도 나다.

이 방법은 무조건 성공할 수 있다.

49

아무나 정할 순 없었다.

일단 예뻐야 했다. 무조건 나보다 예뻐야 했다. 그건 어렵지 않았다. 지난 몇 년간 나는 일부러 외모를 관리하지 않았다. 그리고 나보다 어려야 했다. 앤디가 그토록 원하는 아이를 낳으려면 나보다는 어려야 했다. 그리고 흰색이 잘 어울려야 했다. 앤디가 좋아하는 흰색.

무엇보다 절실한 무언가가 있는 사람이어야 했다.

그렇게 빌헬미나 캘러웨이를 만났다. 그녀는 내가 원한 모든 조건을 다 갖추고 있었다. 아무리 촌스럽게 입고 면접을 보러 왔다 하더라도 그녀는 젊고 예뻤다. 게다가 그녀는 아주 간절히 내 마음에 들고 싶어 했다. 간단히 신원을 조회해보니 범죄 기록까지 있었다. 호박이 넝쿨째 굴러들어온 셈이다. 높은 보수에 괜찮은 직업을 간절히 바라는, 내가 찾는 바로 그 아가씨였다.

"그건 동의할 수 없어요." 마당에 나가 엔조에게 혹시 아는 사립탐정이 있냐고 묻자 엔조가 말했다. "그건 옳지 않은 방법이에요."

몇 주 전 내가 엔조에게 계획을 말하자 그는 탐탁지 않아 했다. '다른 사람을 희생시키겠다는 거예요?' 엔조는 이해하지 못했다.

"앤디는 씨씨를 이용해서 나를 마음대로 휘두르고 있어요. 하지만 이 여잔 아이도, 딸린 가족도 없어요. 그 말은 앤디가 쥐고 흔들만한 게 없단 거예요. 그러니까 이 여자는 도망칠 수 있어요."

"그게 생각처럼 쉽지 않다는 거 당신도 알잖아요?" 엔조가 못마땅하다는 듯 투덜거렸다.

"도와줄 거예요, 말 거예요?"

그가 어쩔 수 없다는 듯 어깨를 떨궜다. "도와요. 돕는다고 했잖아요."

나는 숨겨뒀던 현금으로 엔조가 추천해준 사립 탐정을 고용해, 빌헬미나 캘러웨이에 대한 정보를 알아냈다. 탐정은 그녀가 최근 일하던 곳에서 해고됐고, 보호 감찰 중이며, 차에서 지내고 있다고 했다. 그리고 모든 걸 바꿔 놓을 아주 특별한 소식까지 말해줬다.

나는 사립 탐정과 통화를 마치고 밀리에게 전화를 걸어 우리 집에서 일해보는 게 어떻겠냐고 물었다.

문제는 앤디였다.

그는 낯선 사람을 집에 들이는 걸 싫어했다. 몇 시간 청소하는 사람도 마지못해 겨우 허락했다. 세실리아도 늘 시어머니에게 부탁했지 베이비시터를 들일 생각은 하지 않았다. 하지만 지금이 절호의 기회였다. 최근에 퇴직한 시아버지가 빙판길에서 넘어지자 시부모님은 플로리다 남부로 이사를 결정했다. 시어머니는 내키지 않아 했지만, 여름에는 이곳으로 와서 지내기로 하고 이사를 결정했다. 마침 시아버지의 친구들도 이미 플로리다 남부로 이사를 한 상황이었다. 시아버지는 친구들과 온종일 골프를 치며 지낼 생각에 한껏 들떠 있었다.

그 덕에 우리는 어쩔 수 없이 사람을 구해야 했다.

가장 큰 난관은 밀리를 다락방에서 지내게 하는 것이었다. 앤디가 싫어할 게 뻔했다. 하지만 어떻게든 다락방을 밀리의 방으로 정해야만 했다. 그래야 그녀가 나의 대체품이 될 수 있을 테니까. 내가 만든 함정에 앤디가 빠져주길 바라며.

밀리를 집에 들이기 위해 연기를 시작했다. 매일 아침 두통을 호소하며 요리나 청소는 거들떠보지도 않은 채 집을 엉망으로 만들었다. 며칠이 지나자 집이 돼지우리가 돼 누군가 도와주지 않으면 안 될 지경에 이르렀다.

내가 밀리를 고용했다는 사실을 알자 앤디가 나를 차고 구석으로 데려가 있는 힘껏 꼬집으며 화를 냈다. "당신, 도대체 이게 무슨 짓이야?"

"도와줄 사람이 필요해." 나는 고개를 빳빳이 쳐들고 말했다. "이제 어머니도 안 계셔서 씨씨를 돌보고 청소를 도와줄 사람이 필요한 걸 어떡해?"

"그렇다고 저 여자를 다락방에서 지내게 해?" 그가 으르렁거렸다. "거긴 당신 방이라고. 사람을 쓸 거면 게스트룸에서 지내라고 하면 되잖아."

"그럼, 어머님 아버님이 오시면 어디서 주무시라고 할까? 다락방에서 주무시라고 할 순 없잖아. 아니면 거실 소파에서 주무시라고 할까?"

앤디가 내 말을 골똘히 생각하는 게 보였다. 에블린 윈체스터가 거실 소파에서 잔다고? 그건 있을 수 없는 일이었다.

"딱 두 달만 있게 할게. 이번 학기가 끝날 때까지만. 그땐 나도 시간 여유가 좀 생겨서 청소를 할 수 있을 것 같아. 게다가 어머니도 플로리다에서 오실 테고."

"헛소리 집어치워."

"그럼, 당신이 해고해." 나는 모른 척했다. "당신 마음대로 해."

"내가 못 할 줄 알아?"

결국 앤디는 밀리를 해고하지 않았다. 그날 밤 퇴근하고 집에 돌아오니 정말 오랜만에 집이 말끔해진 데다가 밀리가 제대로 된 음식까지 차려냈기 때문이었다. 거기다 밀리는 젊고 예뻤다.

그렇게 밀리는 다락방에서 지내게 됐다.

이제 세 가지 상황만 유도하면 된다.

첫째, 밀리와 앤디가 서로에게 끌리도록 유도한다.

둘째, 밀리가 나를 미워하게 만든다.

셋째, 둘만 있을 기회를 만든다.

서로에게 끌리게 만드는 건 쉬웠다. 밀리는 아름다웠고, 젊은 시절의 나보다 훨씬 더 매력적이었다. 앤디 또한 그녀에 비해 나이는 좀 많았지만, 아직도 충분히 근사했다. 가끔 밀리는 앤디가 왜 나 같은 여자와 결혼했는지 이해할 수 없다는 표정으로 나를 쳐다봤다. 그리고 나는 열심히 살을 찌웠다. 남편이 나를 다락방에 가둘 수 없게 되자 이제 미용실 예약도 건너뛰었다. 그러자 짙은 색 머리 뿌리가 올라오기 시작했다.

무엇보다 나는 밀리를 함부로 대했다.

못되게 구는 게 쉽지만은 않았다. 나도 본성은 착한 사람이었다. 적어도 앤디가 나를 망쳐놓기 전까진 그랬다. 이제 다른 건 모두 목적을 이루기 위한 수단에 불과했다. 밀리에겐 미안하지만, 이곳을 벗어나려면 어쩔 수 없었다.

우리 집에 온 첫날 아침부터 밀리는 나를 미워하기 시작했다. 아침에 일어나자마자 주방을 아주 난장판으로 만들었다. 하지만 밀리는 주방을 다시 반짝반짝하게 치워놨다. 어찌나 열심히 쓸고 닦았는지 집안 곳곳에 광이 났다.

밀리에게 진심으로 미안했다.

나는 학운위 노트를 찾는다는 핑계로 또다시 주방을 뒤집어 놨다. 접시란 접시, 컵이란 컵은 다 꺼내고 냄비며 프라이팬들을 모두 바닥에 던져 놨다. 밀리가 주방에 들어오자 나는 냉장고로 향했다. 나는 어릴 때부터 내 몫의 집안일을 해왔다. 그래서 멀쩡한 우유를 바닥에 내동댕이쳐 쏟는다는 게 쉽지만은 않았다. 하지만 스스로 다독였다. 이 모든 건 하나의 목표를 이루기 위한 수단일

뿐이라고.

밀리가 들어오자 나는 그녀를 원망하듯 쏘아보며 물었다.

"어디 있어?"

"어디라니…. 뭐가요?"

"내 노트!" 나는 손으로 이마를 짚으며 무슨 큰일이라도 난 것처럼 짜증을 냈다. "오늘 밤 있을 학운위 관련 노트를 주방 카운터에 올려놨단 말이야. 그런데 없어졌어!" 나는 그녀를 탓하며 물었다. "어디다 치웠어?"

학운위와 관련된 내용은 모두 컴퓨터에 안전하게 저장해 두었다. 노트가 주방 카운터에 있을 리가 없었다. 얼토당토않지만 나는 계속 우겨댔다. 밀리는 내가 노트를 주방에 두지 않았다는 걸 알고 있다. 하지만 그녀가 안다는 걸 내가 아는지는 모른다.

나는 앤디 귀에도 들릴 만큼 크게 소리를 질러댔다. 앤디는 밀리를 가엾게 여겼다. 그녀가 하지도 않은 일로 내가 괜한 트집을 잡으니 점점 그녀에게 마음이 쓰이는 모양이었다. 내가 그녀를 괴롭히고 힘들게 할수록 남편은 밀리에게 점점 빠져들었다.

오래전 젖이 샌다는 이유로 상사에게 욕을 먹던 나를 보고 내게 끌렸던 것처럼.

"죄송해요, 니나." 밀리가 어쩔 줄 몰라 했다. "제가 어떻게 해야…."

나는 내가 만들어 놓은 난장판을 한 번 훑어봤다. "문제는 내가 알아서 해결할 테니 주방이나 깨끗하게 치워놔요."

나는 순식간에 세 가지 목표를 모두 달성했다. 첫째, 앤디와 밀리는 서로에게 끌렸다. 앤디는 꾸미지 않아도 아름답고 날씬한 밀리에게 넘어갔다. 둘째, 밀리가 나를 미워하기 시작했다. 셋째, 내가 주방을 뛰쳐나가면 주방엔 둘만 남게 된다.

하지만 이것만으로는 부족했다. 아직 비장의 무기를 꺼내지 않았다.

앤디는 아기를 원했다.

하지만 우리 둘 사이에 그런 일은 절대 일어나지 않을 것이다. 내 자궁엔 피임기구가 자리를 잡고 있는 한. 조만간 앤디는 내가 불임이라는 사실을 알게 될 것이다. 엔조가 소개해 준 사립 탐정에게 겔맨이라는 불임 전문의를 소개받았다. 겔맨이 25년을 함께 산 아내가 아닌 다른 여성과 함께 있는 사진도 받았다. 앤디에게 내가 불임이라는 말 한마디만 해주면 그 사진은 바로 폐기하기로 겔맨과 약속했다.

의사를 만나기 하루 전날, 나는 플로리다에 있는 시어머니에게 전화를 걸었다. 늘 그랬듯 그녀는 내 얘기를 듣고도 별 대수롭지 않게 반응했다.

"잘 있었니?" 그녀가 무미건조하게 전화를 받았다. '왜 전화했니?'라고 묻는 것 같았다.

"어머니께 제일 먼저 알려드리고 싶었어요. 생리 때가 지났는데 아직 소식이 없어요. 아무래도 아기를 가진 것 같아요!"

"그래…." 그녀는 첫 번째 손주가 생겨서 기쁜 마음과 그 아이의 엄마가 나라서 실망스러운 마음 사이에서 갈등하는 것 같았다. "잘 됐구나."

그렇게 말했지만 그녀의 마음은 정반대였을 것이다.

"임산부용 종합비타민을 잘 챙겨 먹거라. 임신 중에는 식단을 특별히 신경 써야 한다. 그렇게 칼로리 높은 음식을 먹어대는 건 아기에게 좋지 않아. 앤디는 왜 가만히 있는지 모르겠구나. 이제 아기를 위해서 참도록 해라."

"네. 그럴게요." 그녀가 내 아이의 할머니가 될 일은 없다고 생각하니 저절로 미소가 지어졌다. "아, 어머니, 부탁드릴 게 있어요···. 남편이 어릴 때 사용했던 물건들을 가지고 계시면 좀 보내주시겠어요? 며칠 전에 남편이 아기 때 쓰던 담요나 뭐 그런 것들을 아기에게 주고 싶다고 하더라고요. 혹시 보내주실 수 있을까요?"

"그래. 보내주마."

"정말 감사해요."

앤디는 의사의 말을 듣고 큰 충격을 받았다. 의사가 불임이라고 폭탄선언을 할 때 나는 앤디의 얼굴을 유심히 지켜봤다. '유감스럽게도 아내 분은 임신을 하실 수 없습니다.' 그의 눈에 눈물이 고였다. 그가 내게 한 짓만 아니었더라면 미안한 마음이 들었을 것이다.

그날 밤, 나는 그에게 싸움을 걸었다. 싸움이랄 것도 없었다. 그가 아빠가 될 수 없다는 사실을 다시 한번 각인시켰다.

"다 내 잘못이야." 절절 끓는 다락방에 갇혀 온몸을 쥐어뜯던 때를 생각하며 눈물을 짜냈다. "당신이 조금만 더 젊은 여자와 결혼했다면 아이를 낳을 수 있었을 텐데. 다 나 때문이야."

밀리 같은 젊은 여자라고 대놓고 말하진 않았지만, 앤디는 틀림없이 밀리를 떠올렸을 것이다. 그가 밀리를 바라보는 시선을 보면 알 수 있다.

"여보." 그가 손을 뻗어 나를 만졌다. 그의 눈에는 아직도 사랑이 남아 있었다. 아직도. 그가 나를 사랑하는 게 미치도록 싫었다. 왜 하필 나를? "그런 말 하지 마. 당신 잘못이 아니야."

"아니야. 내 잘못이야." 내 안의 분노가 쌓여 폭발했다. 나도 모르게 주먹으로 화장대 거울을 내리쳤다. 와장창 거울 깨지는 소리가 온 방에 울려 퍼졌다. 잠시 후, 손에 통증이 느껴지고 손가락 마디마디에서 피가 뚝뚝 떨어졌다.

"저런!" 앤디의 얼굴이 창백해졌다. "휴지를 가져올게."

그가 화장실에서 휴지를 가져왔지만, 나는 그의 손을 뿌리쳤다. 그런데도 휴지로 내 손을 감싸 그의 손도 피범벅이 됐다. 그가 손을 씻으러 화장실에 가는 순간, 문밖에서 인기척이 들렸다. 우리가 싸우는 소리를 세실리아가 들은 걸까? 내가 발작을 일으킨 줄 알고 씨씨가 놀란 건 아닐까 걱정이 앞섰다.

그래서 얼른 문을 열었다. 그런데 그 자리에 서 있는 건 내 딸이 아닌 밀리였다. 그녀는 우리가 싸우는 소리를 다 들었다는 얼굴로 서 있었다. 내 손에 묻은 피를 보자 그녀의 눈이 휘둥그레졌다.

그녀는 내가 미쳤다고 생각할 테지. 다들 그렇게 생각하니까 이젠 익숙했다.

밀리는 앤디가 나 같이 미친 여자보다는 더 괜찮은 여자를 만나야 한다고 생각할 테고, 앤디는 내가 나이가 많고 아이도 갖지 못하는 여자라고 생각할 터였다. 이제 둘에게 기회만 만들어 주면 된다. 내가 앤디에게 〈쇼다운〉 얘기를 계속했으니 그는 표를 구해

주고 싶어 할 것이다. 그는 나를 학대하고 달래는 일을 즐겼다. 하지만 그 쇼를 보게 되는 건 내가 아니라 밀리일 것이다. 그리고 쇼를 보고 난 후 그들은 호텔에서 하룻밤을 보내게 될 것이다. 너무도 완벽한 시나리오였다. 세실리아가 캠프에 가 있으니 앤디는 세실리아를 이용할 수도 없을 테니까.

둘이 쇼를 보러 간 날 밤, 밀리의 휴대폰에 깔아 둔 위치추적 앱이 그녀의 플라자 호텔 도착을 알렸고 나는 승전고를 울렸다. 그날 이후 둘은 나를 피해서 서로를 애틋한 눈빛으로 바라봤다. 드디어 끝났다. 앤디는 밀리와 사랑에 빠졌다. 이제 앤디는 밀리가 감당해야 할 몫이다.

나는 이제 자유다.

50

이제 끝이다. 앤디는 두 번 다시 나를 다락방으로 데려갈 수 없다. 내가 미쳤다고, 나를 조심해야 한다고 이웃 사람들을 겁줄 수도 없다. 다시는 나를 가둘 수 없다.

물론 그가 저택에서 나를 쫓아내긴 했지만, 이혼 서류에 도장을 찍기 전까지는 마음을 놓아선 안 된다. 조심해야 했다. 먼저 이혼 서류를 제출해야 했다. 이 모든 게 내가 꾸민 일이라는 걸 알면 끝이었다.

나는 호텔 방의 퀸 사이즈 침대에 누워 다음 할 일을 생각했다. 내일 캠프로 가서 세실리아를 픽업한 후, 우리는… 떠날 것이다. 어디로 갈지는 아직 정하지 못했다. 새롭게 출발할 수 있는 곳으로 가야 했다. 다행히 세실리아를 앤디의 호적에 올리지 않아 그는 친권을 주장할 수 없다. 그 덕에 나는 어디든 세실리아를 데려갈 수 있다. 신분을 위조할 필요도 없다. 그리고 결혼 전 성을 되찾는 것부터 해서, 앤디와 관련된 건 싹 다 지워버릴 예정이었다.

그때 노크 소리가 났다. 순간 앤디가 온 건가 싶어 심장이 덜컥 내려앉았다. 문을 열었는데 앤디가 서 있으면 어떡하지? '니나, 정말 내가 그렇게 쉽게 속아 넘어갈 줄 알았어? 그건 당신 착각이야. 자, 다락에 올라가야지?'

"누구세요?" 내가 조심스럽게 물었다.

"엔조예요."

안도의 한숨을 쉬었다. 문을 열자 엔조가 흙 묻은 청바지에 티셔츠 차림으로 걱정스러운 얼굴로 서 있었다. "괜찮아요?"

"드디어 끝이에요. 그가 나를 내쫓았어요."

그의 표정이 밝아졌다. "정말이에요?"

나는 손등으로 촉촉해진 눈가를 닦았다.

"네."

"드디어… 해냈군요."

내가 숨을 돌리며 말했다. "당신 덕분이에요. 당신이 없었다면 못 했을 거예요."

그가 천천히 고개를 저었다. "니나, 당신을 도울 수 있다는 사실에 감사해요. 할 일을 한 것뿐이에요. 나는…"

우리는 서로를 가만히 바라봤다. 순간 엔조가 몸을 앞으로 숙여 내게 입을 맞췄다.

예상치 못한 일이었다. 물론 엔조는 매력적이었다. 나도 보는 눈은 있다. 하지만 나는 앤디로부터 도망치려는 단 하나의 목표에만 집중했다. 오랜 세월, 괴물과 살면서 나라는 존재는 죽고 없었다. 의무감에 앤디와 기계적인 섹스를 했다. 차라리 설거지를 하고 세탁기를 돌리는 게 더 나았다. 아무런 느낌이 없었다. 다시는 감정 따윈 느낄 수 없을 거라고 생각했다. 나는 그저 살기 위해 버텼을 뿐이었다.

죽었다고 생각했던 내가 살아났다. 내 안의 나는 죽은 게 아니었다. 내게도 감정이란 게 남아 있었다.

나는 엔조의 티셔츠를 잡고 침대로 이끌었다. 그가 내 블라우스의 단추를 하나 푸는가 싶더니 나머지는 사정없이 잡아 뜯었다. 우리 둘은 미친 듯이 서로에게 달려들었다.

좋았다. 아니, 그 이상이었다. 꿈을 꾸는 듯했다. 나의 존재가치를 알아 봐주는 남자, 착하고 친절한 남자, 나를 구해 준 남자와 함께라니 믿기지 않았다. 비록 단 하룻밤이었지만 행복했다.

그는 최고였다.

둘 다 땀에 흠뻑 젖었다. 온몸이 뜨거웠고 충만했다. 엔조가 나를 품 안에 꼭 안았다. "괜찮아요?" 그가 물었다.

"네. 좋았어요." 나는 그의 가슴에 얼굴을 묻었다. "당신이 날 마음에 두었는지 몰랐어요."

"처음 본 순간부터 당신을 마음에 담았어요. 하지만 여자에겐 관심 없는 좋은 남자인 척했죠."

"날 동생처럼 생각하는 줄 알았어요."

"동생이라고요?" 그가 화들짝 놀랐다. "동생이라니, 그게 무슨.

말도 안 돼요."

그의 얼굴에 저절로 웃음이 번졌다. 하지만 웃음기는 곧 사라졌다.

"당신도 알겠지만 나는 내일 떠나요."

엔조는 아무 말이 없었다. 그가 나를 잡으면 어떻게 해야 할까? 그를 좋아하지만 붙잡힐 순 없다. 나는 이곳을 떠나고 싶었다. 그건 누구보다 엔조가 잘 알고 있다.

어쩌면 엔조가 나와 함께 가겠다고 할지도 몰랐다. 같이 가겠다고 하면 어떻게 해야 할까? 엔조를 좋아하지만, 한동안은 남자를 멀리하고 싶었다. 엔조라면 믿을 수 있겠지만 그래도 다시 남자를 믿기까지는 오랜 시간이 걸릴 것 같다.

엔조는 내게 가지 말라고 하지 않았다. 같이 가겠다고도 하지 않았다. 엔조의 대답은 예상 밖이었다.

"니나, 그녀를 그 집에 두면 안 돼요."

"네?"

"밀리 말이에요." 그는 짙은 눈동자로 나를 가만히 내려다봤다. "그녀를 그 자식 옆에 두면 안 돼요. 그건 옳지 않아요. 안 돼요."

"안 된다고요?" 나는 그를 밀쳐내며 믿을 수 없다는 듯 물었다. 사랑을 나누고 황홀했던 감정이 순식간에 사라졌다. "그게 무슨 말이에요?"

"그게…." 그가 단호한 표정을 지었다. "밀리가 당신과 똑같은 일을 당하게 둘 순 없어요."

"그녀는 전과자예요."

"니나, 밀리도 같은 사람이에요."

나는 이불로 가슴을 가리고 일어나 앉았다. 엔조가 숨을 거칠게 몰아쉬자 목 주변의 핏줄이 울퉁불퉁 튀어나왔다. 그가 화낸다고 해서 비난할 마음은 없었다. 하지만 엔조는 밀리의 비밀을 전혀 몰랐다.

　"밀리에게 말해야 해요."

　"아니요. 그렇겐 못 해요."

　"내가 말할 거예요." 그의 턱 주변 근육이 움찔거렸다. "당신이 안 하면 내가 할 거예요. 내가 알릴 거예요."

　내 눈에 눈물이 고였다. "당신이 어떻게…."

　"니나." 그가 고개를 저었다. "미안해요. 나는…. 나는 당신을 아프게 하고 싶지 않아요. 하지만 이건 옳지 않아요. 밀리한테 이러면 안 돼요."

　"당신은 이해 못 해요."

　"이해해요."

　"아니요. 못 해요."

제3부

51

밀리

"앤드루? 앤드루!"

아무런 대답이 없었다.

혹시나 해서 차가운 금속 손잡이를 다시 한번 잡고 온 힘을 다해 돌렸다. 하지만 손잡이는 돌아가지 않았다.

문이 잠겼다. 대체 왜?

이유를 생각해 봤다. 앤드루가 이 방이 창고인 줄 알고 아무 생각 없이 문을 잠그고 내려가 잠자리에 들었다는 것 말고는 설명할 길이 없었다. 한 사람이 자기에도 불편한데 둘이 자려니 얼마나 불편했을까를 생각하면 앤드루의 행동을 탓할 수도 없었다. 잠이 덜 깬 상태라면 잠결에 충분히 문을 잠글 수 있는 일이었다.

전화를 걸어 문을 열어 달라고 할 수밖에 없었다. 아직 컴컴한 새벽이라 앤드루를 깨우고 싶진 않지만, 그가 실수로 문을 잠갔으니 어쩔 수 없다. 밤새 여기 갇혀있을 수는 없으니까. 무엇보다 화장실이 급했다.

불을 켰다. 그러자 방 한가운데에 처음 보는 책 세 권이 있었다. 이상했다. 나는 허리를 굽혀 제목을 읽었다. 《미국 교도소 안내서》, 《고문의 역사》, 그리고 《전화번호부》였다.

어제 잠자리에 들 때까지만 해도 책 같은 건 없었다. 앤드루가 올려다 놓은 모양이었다. 내가 이 방을 비우면 다시 창고로 쓰려는 생각인 것 같았다. 그렇지 않고서는 설명이 되지 않았다.

나는 무거운 책들을 발로 치우고 어젯밤 충전하느라 서랍장 위에 올려둔 휴대폰을 찾았다. 충전기에 꽂아뒀는지는 정확히 기억나지 않지만, 서랍장에 올려놓긴 한 것 같은데 휴대폰이 보이지 않았다.

도대체 이게 무슨 일이지?

바닥에 던져놓은 청바지를 집어 들어 주머니를 뒤졌다. 주머니에도 없었다. 도대체 휴대폰이 어디로 갔단 말인가? 나를 이곳에서 나가게 해 줄 작은 직사각형 모양의 구세주를 찾아 서랍장 이곳저곳을 뒤졌다. 혹시 어젯밤 섹스 중에 떨어뜨렸나 싶어 이불과 담요를 모두 치우고 무릎을 꿇고 앉아 침대 밑도 들여다봤다.

하지만 휴대폰은 어디에도 없었다.

어젯밤 이 방에서 휴대폰을 사용한 것도 같은데 아무래도 아래층에 놓고 온 모양이었다. 하필이면 이럴 때 놓고 올 게 뭐람. 더군다나 화장실이 너무 가고 싶었다.

화장실을 생각하지 않으려고 애쓰며 침대에 앉았다. 그런데 생각해 보니 내가 어떻게 잠들었는지 기억이 나질 않았다. 아침에 앤드루가 오면 아무리 실수라지만 나를 여기에 가둔 건 너무했다고 한마디 해줘야겠다.

"밀리, 일어났어?"

눈이 번쩍 떠졌다. 어떻게 잠이 들었는지는 몰라도 깜빡 잠이 든 모양이다. 하지만 아직 이른 아침이었다. 작은 창문으로 몇 줄기 햇빛이 얕게 스미긴 했지만, 방 안은 어둑어둑했다.

일어나 앉았다. 화장실이 급했다. 서둘러 침대에서 일어나 문으로 달려갔다. "어젯밤에 내가 여기 있는 걸 모르고 당신이 문을 잠갔나 봐요."

하지만 문 반대편에서는 아무런 말이 없었다. 나는 미안하다는 말과 문을 열어주기 위해 열쇠를 찾는 소리를 기대했다. 하지만 열쇠가 부딪치는 소리는커녕 그 어떤 소리도 들리지 않았다.

"앤드루, 열쇠 가지고 있죠?"

"당연히 있지."

순간 뭔가 꺼림칙한 기분이 들었다. 어젯밤 문이 잠긴 게 실수일 거라고 생각했다. 분명 실수일 거라고. 하지만 불현듯 실수가 아닐 수도 있다는 생각이 들었다. 여자 친구가 방에 갇혔는데 어떻게 몇 시간이 지나도록 모를 수 있단 말인가? "앤드루, 문 좀 열어줘요."

"밀리." 앤드루의 목소리가 평소와 달리 낯설었다. "어제 내 책장에서 책을 꺼내 읽었어?"

"네…"

"내 책을 꺼내 커피 테이블 위에 그냥 올려뒀더군. 내 책을 그렇게 함부로 취급하면 안 되지, 안 그래?"

지금 자기 책 좀 봤다고 내게 이러는 건가? 기껏해야 책 세 권, 그걸 만져서? 아니면 책을 보고 다시 제자리에 꽂지 않아서? 그게 큰 잘못인가? 도대체 왜 화가 났단 말인가?

"죄송…해요."

앤드루의 목소리는 여전히 낯설었다. "미안해? 여긴 내 집이야. 특별한 경우가 아니고는 네 멋대로 하면 안 되지. 가정부인 네가 더 잘 알 텐데."

갑자기 내 직업을 들먹이며 비하하는 그의 말에 깜짝 놀랐지만, 앤드루를 달래기 위해 무슨 말이라도 해야 했다. "죄송해요. 어지럽힐 생각은 없었어요. 제 자리에 깨끗하게 정리할게요."

"소용없어. 내가 이미 정리했어."

"앤드루, 이러지 말고 우리 문 열고 얘기해요."

"그러지. 그런데 그보다 먼저 할 일이 있어."

"그게 뭔데요?"

"바닥에 책 보이지?"

지난밤 앤드루가 방 한가운데 놓고 간 책, 내가 걸려 넘어질 뻔했던 책이 그 자리 그대로 있었다. "네, 보여요…"

"바닥에 누워서 배 위에 책을 떨어지지 않게 올려놔."

"네?"

"말했잖아. 배 위에 책을 올려놓으라고. 그리고 세 시간 동안 떨어트리지 말고 그대로 있어."

나는 문을 응시했다. 앤드루의 기묘하게 일그러진 표정이 보이는 것 같았다. "농담하지 말아요."

"농담 아니야."

그가 이러는 이유를 도무지 알 수 없었다. 지금 이 모습은 내가 사랑하는 앤드루가 아니었다. 나를 상대로 이상한 게임이라도 하는 것 같았다. 그는 지금 내가 얼마나 화가 나는지 모르는 모양이다. "앤드루, 장난하지 말아요. 뭘 하고 싶은지, 무슨 게임을 하고 싶은지 모르겠지만 일단 문부터 열어요. 화장실이 급해요."

"말귀를 못 알아듣는군." 그가 혀를 쯧쯧 찼다. "너는 내 책을 거실에 함부로 뒀어. 결국 내 손으로 직접 책을 제자리에 꽂아야 했어. 그래서 네가 직접 책의 무게를 느껴보라고 책을 가져온 거야."

"싫어요."

"그래? 그럼 어쩌나. 내가 시키는 대로 안 하면 방에서 못 나올 텐데."

"좋아요. 그럼, 옷에다 싸요?"

"옷장에 양동이가 있어. 필요하면 그걸 사용해."

처음 옷장에 있는 파란색 양동이를 봤을 때 별 대수롭지 않게 여겼다. 다시 옷장을 열어보니 양동이가 여전히 그 자리에 있었다. 방광이 찢어질 것만 같아 다리를 꼬았다.

"앤드루, 농담이 아니에요. 정말 화장실이 급해요."

"그럼 내가 하라는 대로 해."

그는 조금도 물러서지 않았다. 도대체 왜 이러는지 이해가 되질 않았다. 내가 보기에 제정신이 아니던 쪽은 늘 니나였다. 앤드루는 니나가 자기 옷을 훔쳤다고 나를 몰아세울 때도 내 편이 되어준, 사리 분별을 할 줄 아는 사람이었다.

부부가 쌍으로 미친 걸까? 니나는 이런 사실을 알고 있는 걸까?

"좋아요." 일단 그가 하라는 대로 해야겠다고 생각했다. 나는 바닥에 앉아 그에게 들리도록 책 한 권을 집어 들었다. "자, 배 위에 책을 올렸어요. 이제 문 열어요."

"안 올렸잖아."

"올렸어요."

"거짓말하지 마."

내가 화가 나서 씩씩거렸다. "거짓말인지 아닌지 어떻게 알아요?"

"다 보고 있어."

등골이 오싹했다. 보고 있다고? 나는 벽을 샅샅이 훑으며 카메라를 찾았다. 언제부터 나를 지켜보고 있었단 말인가? 내가 여기 있는 내내 나를 훔쳐봤단 말인가?

"그런다고 못 찾아. 아주 꼭꼭 숨겨놨거든. 걱정하지 마. 그동안 쭉 지켜본 건 아니야. 지켜본 건 몇 주밖에 안 돼."

나는 허둥지둥 자리에서 일어났다. "도대체 왜 이러는 거예요? 당장 문 열어요!"

"네가 이래라저래라할 처지는 아닌 것 같은데."

나는 문으로 달려들어 주먹으로 내려쳤다. 두 손이 빨개지고 살 갗이 벗겨졌다. "앤드루, 제발 문 열어요. 재미없단 말이에요!"

"워워." 문을 계속 두드려대다 앤드루의 차분한 목소리에 놀라 멈칫했다. "진정해. 열어준다잖아."

나는 두 팔을 떨궜다. 주먹이 욱신거렸다.

"고마워요."

"지금 말고."

얼굴이 시뻘겋게 달아올랐다. "앤드루···."

"그 방에서 나오려면 어떻게 해야 하는지 말했잖아. 네가 저지른 잘못에 대한 아주 마땅한 벌이라고 생각하는데."

입술을 꽉 깨물었다. 화가 치밀어 올라 말이 나오질 않았다.

"생각할 시간이 필요한 것 같으니까 나중에 다시 올게."

그의 발소리가 복도 끝으로 사라질 때까지만 해도 나는 정말 장난인 줄로만 알았다.

52

앤드루가 가버린 지 한 시간이 지났다.

차마 입 밖으로 꺼내고 싶진 않지만, 결국 양동이를 사용했다. 안 그랬다간 소변이 다리 사이로 흐를 지경에 이르러서 어쩔 수가 없었다. 태어나 한 번도 겪어보지 못한 생소한 경험이었다.

화장실 문제를 해결하자 배에서 꼬르륵 소리가 났다. 미니 냉장고에 요거트 같은 간식을 넣어뒀던 걸로 기억하는데, 어찌 된 일인지 냉장고에는 물 세 병만 덩그러니 있을 뿐 아무것도 없었다. 두 병을 단숨에 들이켜고 나니 곧바로 후회가 밀려왔다. 만약 몇 시간, 아니 며칠간 더 여기 갇혀 있어야 한다면 물이 필요했다.

청바지와 티셔츠를 새로 갈아입고 바닥에 놓인 책들을 쳐다봤다. 이 책들을 배 위에 올려놓고 3시간을 버티면 이곳에서 꺼내

준다고 했다. 말도 안 되는 이 짓을 왜 해야 하는지는 모르겠지만 이 지옥에서 벗어나려면 어쩔 수 없을 것 같았다.

나는 카펫도 깔리지 않은 맨바닥에 누웠다. 여름이 시작되어 다락방의 공기가 몹시 답답했지만 그나마 바닥은 시원했다. 바닥에 머리를 대고 누워 감옥에 관한 책을 집어 들어 배 위에 올렸다. 두꺼운 교과서라 그런지 무게가 제법 나갔다.

배가 좀 눌리긴 했지만, 딱히 불편하진 않았다. 양동이를 사용하기 전이었다면 십중팔구 바지에 실수하고 말았을 것이다. 제법 견딜만해서 두 번째 책을 집어 들었다.

두 번짼 고문에 관한 책이었다. 하필이면 책 제목들이 하나같이 이 지경인지! 어쩌면 우연이 아닐지도 모른다는 생각이 들었다. 두 번째 책을 배 위에 올렸다. 책 두 권을 올리자 무게 때문에 불편했다. 더군다나 견갑골과 꼬리뼈가 카펫이 깔리지 않은 딱딱한 바닥에 닿아 욱신거렸다. 기분이 썩 좋지 않았지만, 그래도 참을 만했다.

아직 한 권이 더 남았다.

마지막으로 전화번호부를 집어 들었다. 무거운 데다 크기도 제법 컸다. 배 위에 두 권을 올린 상태에서 바닥에 있는 전화번호부를 집어 올리는 게 쉽지 않았다. 두세 번 시도 끝에 가까스로 배 위에 전화번호부를 올렸다.

책의 무게에 눌려 숨이 턱턱 막혔다. 두 권까지는 그런대로 괜찮았는데 세 권은 너무 힘들고 불편했다. 숨쉬기도 힘들뿐더러 책 모서리가 갈비뼈를 파고들었다.

정말 너무 힘들었다.

책을 확 밀어버렸다. 그러고 숨을 들이마시자 어깨가 뻐근했다. 이러고 3시간을 어떻게 버티라는 건지 어이가 없었다.

자리에서 일어나 방안을 서성거렸다. 앤드루가 나를 상대로 무슨 게임을 하는 건지 모르겠지만 도저히 맞춰줄 수가 없었다. 설마 끝까지 문을 안 열어주진 않겠지 싶었다. 하지만 만에 하나 문을 열어 주지 않는다면 나갈 방법을 찾아야 했다. 분명 방법이 있을 것이다. 이곳은 감옥이 아니지 않은가!

문 경첩의 나사나 손잡이 나사를 풀 수 있을지도 몰랐다. 하지만 공구 상자는 아래층 차고에 있었다. 나사를 풀 만한 도구가 필요했다. 옷장 서랍의 잡동사니 중 어쩌면 드라이버로 쓸 만한 것이 있을지도 몰랐다.

"밀리?"

앤드루가 왔다. 도구로 쓸 만한 것을 찾던 나는 후다닥 문으로 달려갔다. "배 위에 책을 올렸어요. 그러니까 제발 문 좀 열어줘요."

"3시간이라고 했잖아. 겨우 1분 올려놓고 꺼내달라는 거야?"

또 시작이었다. 진절머리가 났다. "지금 당장 문 열어요."

"싫다면?" 그가 웃어 젖혔다. "내가 어떻게 하라고 말했을 텐데."

"안 해요."

"좋아. 그럼, 거기 계속 있어."

내가 고개를 저었다. "날 여기서 죽게 내버려 둘 셈이에요?"

"넌 죽지 않아. 물이 떨어지면 아마 방법을 찾게 될걸."

나는 비명을 질렀다. 그 소리는 발소리에 묻혔다.

배 위에 책을 올리고 2시간 50분을 버텼다.

앤드루 말이 맞았다. 세 병째 물을 비우고 나니 어떻게든 이 방을 나가야겠다는 생각뿐이었다.

상상 속에서만 존재하던 오아시스가 눈앞에서 아른거리자 시키는 대로 할 수밖에 없다는 사실을 깨달았다. 시키는 대로 한다고 해서 문을 열어줄 거라는 보장은 없었지만, 그래도 혹시나 하는 마음에 책을 배 위에 올렸다. 책이 몸속 장기와 뼈를 눌러 죽을 것 같았다. 이제 거짓말은 먹히지 않는다는 걸 알았다. 책 무게가 골반을 눌러 1초도 더는 견딜 수 없는 순간들이 있었지만, 그때마다 심호흡으로 견뎠다. 그나마 그게 거지 같은 책을 배 위에 올려놓고 할 수 있는 최선이었다. 그렇게 버티고 버텨 거의 끝이 보였다.

이곳을 나가기만 해 봐라….

3시간이 지나자마자 책을 바닥으로 내동댕이쳤다. 살 것 같았다. 하지만 일어나 앉으려고 하니 배가 심하게 아파 눈물이 핑 돌았다. 멍도 들었을 것 같았다. 그래도 문으로 다가가 문을 두드렸다. "다 했어요! 다 했다고요. 이제 꺼내줘요!"

하지만 앤드루는 오지 않았다. 그는 나를 볼 수 있지만 나는 그가 어디에 있는지 모른다. 집에 있기는 할까? 아니면 사무실에 있을까? 그는 어디에 있든 내 위치를 알 수 있지만 나는 알 수가 없었다.

개자식.

한 시간쯤 지나자 발소리가 들렸다. 드디어 나갈 수 있다는 생각에 눈물이 날 것 같았다. 없던 폐소공포증이 생긴 것만 같아서 앞으로 엘리베이터를 잘 탈 수 있을지 자신이 없었다.

"밀리?"

"하라는 대로 했어, 이 개자식아!" 나는 문에다 침을 뱉었다. "이 제 문 열어."

"흠." 별 대수롭지 않아 하는 그의 말투에 두 손으로 목을 꽉 움켜쥐고 조르고 싶었다. "안 되겠는걸."

"약속했잖아! 배 위에 책을 올리고 3시간을 버티면 꺼내 준다고 했잖아!"

"그랬지. 그런데 말이야. 1분을 못 참고 책을 치워버렸지 뭐야. 이걸 어쩌나, 처음부터 다시 해야겠네."

눈이 뒤집혔다. 헐크로 변신해 문 경첩이란 경첩은 다 찢어발겨 버리고 싶었다. "지금 장난해?"

"어쩔 수 없잖아. 그게 규칙인걸."

"하지만…." 나는 분노가 치밀어 식식거리며 말했다. "물이 없어."

"이런, 이걸 어쩌나." 그가 한숨을 쉬었다. "그러니깐 다음번에 물을 좀 아껴 마셔."

"다음번?" 나는 문을 발로 걷어찼다. "제정신이야? 다음번은 없어."

"왠지 있을 것 같은데." 그가 진지하게 말했다. "가석방 중이잖아, 안 그래? 우리 집에서 물건을 훔쳤다고 신고하면 어떻게 되는지 알지? 니나가 증인이 돼줄 것 같은데 말이야. 감옥에 가는 것보단 이 방에 하루나 이틀 더 있는 게 낫지 않겠어?"

더 이상 참을 수가 없었다.

"그런데 말이야. 내가 사무실에 나가봐야 하거든. 목이 몹시 마를 텐데 어쩌나."

그가 가고 이번에는 3시간 10분을 버텼다. 한 번 더 하라는 구실을 만들어 주고 싶지 않았다. 한 번 더 했다간 내 몸이 견디지 못할 것 같았다.

몇 시간을 주먹으로 얻어맞은 것처럼 배가 아팠다. 너무 아파서 처음에는 일어나 앉을 수조차 없었다. 몸을 옆으로 웅크리고 팔을 이용해 간신히 몸을 일으켜 세웠다. 물을 마시지 못해 머리가 깨질 듯 아팠다. 침대까지 겨우겨우 기어가 앉아서 앤드루가 오기를 기다렸다.

30분쯤 지났을까, 그의 목소리가 들렸다. "밀리?"

"다 했어요." 목소리가 거의 나오지 않았고 일어날 힘조차 없었다.

"알아, 봤어." 그가 비아냥거리는 투로 말했다. "아주 잘했어."

딸각, 드디어 애타게 기다리던 소리가 들렸다. 문이 열렸다. 그 순간 감옥을 나올 때보다 더 벅차올랐다.

앤드루가 다가와 물컵을 건넸다. 순간 물에 약이라도 탔으면 어떡하나 싶었지만, 걱정도 잠시 나는 물컵을 받아 들고 단숨에 들이켰다. 단 한 방울도 남김없이.

앤드루가 간이침대에 앉아 내 등에 손을 올리자 몸이 움찔했다. "괜찮아?"

"배가 아파요."

그가 고개를 끄덕이며 말했다. "미안해."

"진심이에요?"

"잘못을 하면 벌을 받아야지. 그래야 다시는 잘못을 저지르지 않지. 처음부터 제대로 했으면 다시 안 해도 됐잖아."

나는 고개를 들고 그의 훤칠한 얼굴을 가만히 바라봤다. 이런 남자를 어떻게 사랑했단 말인가? 지극히 정상적이고 다정해 보이는 겉모습에 속아 그가 괴물일 줄은 꿈에도 몰랐다. 이 남자는 나와 결혼을 원했던 게 아니다. 그저 말 잘 듣는 장난감을 만들고 싶었던 것뿐.

"어떻게 시간을 정확히 알 수 있어요? 잘 보이지도 않을 텐데."

"그 반대인걸." 그가 주머니에서 휴대폰을 꺼내 앱을 실행시켰다. 그러자 화면 가득 다락방 안이 선명하게 보였다. 우리 둘이 침대에 나란히 앉아있는 모습이 믿기지 않을 만큼 아주 선명하게 보였다. 화면 속에 비친 나는 창백한 얼굴에 머리카락은 마구 엉겨붙은 데다, 등은 구부러져 있었다. "끝내주지? 마치 영화의 한 장면 같지 않아?"

개자식! 온종일 이곳에서 고통받는 내 모습을 고스란히 지켜보고 있었다니. 그는 앞으로도 같잖은 구실을 만들어 나를 이곳에 가둘 터였다. 다음번엔 더 길게. 어떤 핑계를 대며 가둘지는 아무도 모르지만. 나는 이미 감옥에 갇힌 경험이 있었다. 또다시 감옥에 가고 싶지 않았다. 무슨 일이 있어도 감옥은 싫다. 절대로.

나는 청바지 주머니로 손을 뻗었다.

그리고 양동이 속에서 발견한 후추 스프레이를 꺼냈다.

53

니나

사립 탐정을 고용해 빌헬미나 캘러웨이를 뒷조사한 결과 놀라운 사실을 알게 됐다.

그녀가 마약범죄나 절도죄 정도로 감옥에 간 줄 알았는데 그게 아니었다. 완전히 다른 이유였다. 그녀는 살인을 저질렀다.

사립 탐정의 말에 따르면 밀리가 17살에 체포되어 26살까지 감옥에 있었던 탓에 그녀에 대해 알아내기가 쉽지 않았다고 했다. 밀리는 기숙학교를 다녔는데 그곳은 일반 기숙학교가 아닌 문제아들을 모아놓은 학교였다.

어느 날 밤, 밀리는 친구와 함께 기숙사를 몰래 빠져나가 남학생 기숙사에서 열리는 파티에 가기로 했다. 기숙사 복도를 지나가는데 문 뒤에서 도와 달라는 친구의 비명이 들렸다. 그녀가 방문을 열고 어두운 방으로 들어가 보니 90킬로그램에 육박하는 미식축구 선수인 동급생이 친구를 겁탈하고 있었다.

밀리는 책상에서 종이를 눌러둘 때 쓰는 서진을 집어 들어 남학생의 머리를 내려쳤고 남학생은 병원에 도착하기도 전에 죽고 말았다.

사립 탐정은 내게 사진을 몇 장 보여줬다. 밀리의 변호사는 밀리가 강간당하는 친구를 구하려고 그랬다며 정당방위를 주장했다. 하지만 사진을 보면 밀리가 죽일 의도가 없었다고 단정 짓기 어려웠다. 한눈에 봐도 남학생의 두개골은 처참하게 뭉개져 있었다.

결국 밀리는 나이와 상황을 고려한 검사의 제안으로 정식 재판 없이 유죄 판결을 받았다. 죽은 남학생의 부모는 판결을 받아들이기 힘들어했지만, 아들이 인터넷상에서 강간범으로 낙인찍힐까 봐 두려워 검사의 제안에 동의했다.

밀리는 사건이 정식 재판에 넘겨지면 자신이 전에 저지른 다른 일들까지 엮이게 될까 봐 순순히 유죄를 인정하기로 했다.*

밀리는 초등학교 때 자신을 놀리는 한 남학생을 구름사다리에서 밀어버려 남학생의 팔을 부러뜨렸다. 그래서 정학 처분을 받았다.

중학교 때는 자신에게 낙제점을 주었다는 이유로 수학 선생님의 자동차 타이어를 칼로 그어버렸다. 그래서 결국 기숙학교로 보내졌다.

심지어 감옥을 나온 후에도 사건은 끊이지 않았다. 술집에서도 그냥 해고된 게 아니었다. 동료의 코를 주먹으로 휘갈겨 해고된 것이다.

---

* 미국은 기소인부절차에서 피고인이 유죄를 인정하면 정식 재판 없이 유죄 선고가 내려진다.

밀리는 겉으로 봐서는 그저 사랑스러운 아가씨였다. 앤드루 역시 마냥 그런 줄로만 알고 있었다. 그는 밀리에 대해 나처럼 뒷조사까지 하지는 않았을 것이다. 그는 밀리가 어떤 여자인지 모르고 있었다.

나만 아는 그녀의 진실이었다.

앤드루가 다른 여자와 사랑에 빠지면 나를 놓아주지 않을까 생각했다. 그래서 내 대용품을 만들기 위해 젊고 예쁜 밀리를 고용했다. 하지만 밀리를 고용한 건 그녀가 단순히 젊고 예뻐서만은 아니었다. 방 열쇠를 복사해 그녀에게 준 것도, 파란 양동이 안에 후추 스프레이를 넣어둔 것도 다 이유가 있었다.

밀리가 남편을 죽여주기를 바랐다. 그래서 그녀를 고용한 것이었다.

물론 밀리는 이 사실을 모른다.

54

밀리

후추가 눈에 들어가자 앤드루가 비명을 질렀다.

노즐을 그의 눈 바로 앞에 대고 뿌렸으니 후추가 눈에 제대로 들어갔다. 확실하게 하려고 한 번 더 스프레이를 눌렀다. 고개를 돌리고 눈을 감았지만 내 눈에도 약간 들어가는 건 어쩔 수 없었다.

고개를 들자 앤드루가 시뻘게진 얼굴을 마구 할퀴어대고 있었다. 그 바람에 손에 든 휴대폰이 바닥에 떨어졌다. 나는 재빠르게 화면이 켜져 있는 휴대폰을 집어 들었다. 20초 안에 모든 일을 정확히 수행해야 했다. 책 세 권을 배에 올리고 있었던 장장 6시간 동안 계획한 일이었다.

나는 후들거리는 다리로 자리에서 일어났다. 앤드루는 침대에서 몸부림치고 있었다. 그가 정신 차리기 전에 재빨리 방을 빠져나와 문을 닫았다. 그리고 니나가 준 열쇠로 문을 잠그고 열쇠를 주머니에 넣었다. 그리고 한 걸음 뒤로 물러났다.

"밀리!" 앤드루의 비명이 들렸다. "뭐 하는 짓이야?"

나는 앤드루의 휴대폰 화면을 내려다봤다. 화면이 잠기기 전에 떨리는 손으로 휴대폰 설정으로 들어가 잠금 설정을 해제했다. 이제 더 이상 암호를 입력할 필요가 없었다.

"밀리!"

나는 이미 문밖에 서 있었지만, 앤드루가 손을 뻗어 나를 잡기라도 할까 봐 한 발짝 더 뒤로 물러났다. 그는 이제 나를 잡을 수 없다. 나는 안전하다.

"밀리." 그가 낮게 으르렁거렸다. "당장 문 열어."

심장이 요동쳤다. 오래전, 날카로운 비명에 방문을 열었더니 첼시가 그 망할 놈의 미식축구 선수에게 겁탈당하고 있었다. 그때 느꼈던 감정이 다시금 되살아났다. 던컨은 술에 취해 헤벌쭉 웃고 있었다. 그 순간 분노가 치밀어 올라 목덜미가 뻣뻣해졌다. 체구가 나보다 몇 곱절은 더 큰 던컨을 도저히 끌어 내릴 수 있을 것 같지 않았다. 방이 어두워 주위가 잘 보이지 않았다. 나는 손을 뻗어 책상 위를 더듬었고 그때 내 손에 서진이 닿았다. 그리고… 나는 그날을 절대 잊을 수 없다. 던컨이 움직이지 못할 때까지 서진으로 그의 두개골을 뭉개버렸다. 얼마나 짜릿했는지 모른다. 그 짜릿함은 감옥에 갈 만큼의 값어치가 있었다. 달리 생각해 보면 내가 그 망할 놈을 죽였으니 많은 소녀를 구한 셈이었다.

"열어 줄게. 지금 말고."

"장난해?" 그의 목소리는 분노에 차 있었다. "여긴 내 집이야. 날 인질로 잡아두는 건 말이 안 돼. 그리고 넌 전과자야. 전화 한 통이면 넌 바로 감옥행이라고."

"알아. 그런데 어쩌지? 당신 휴대폰은 나한테 있는데."

나는 휴대폰의 화면을 쳐다봤다. 앤드루가 방 가운데 서 있는 모습이 선명하게 보였다. 심지어 후추 때문에 빨개진 얼굴과 눈물로 얼룩진 뺨도 보였다. 그가 주머니를 확인하더니 퉁퉁 부어오른 눈으로 바닥을 살폈다.

"밀리." 그가 목소리를 내리깔고 천천히 말했다. "내 휴대폰 돌려줘."

내가 쉰 소리로 웃어댔다. "어련하시겠어."

"밀리, 내 휴대폰 당장 돌려달라고 했어."

"흠. 당신이 내게 이래라저래라 할 입장이 아닐 텐데."

"밀리."

"잠깐." 나는 그의 휴대폰을 주머니에 집어넣었다. "잠시 뭐 좀 먹고 올게. 오래 안 걸려."

"밀리!"

복도를 따라 계단을 내려가는 동안에도 앤드루는 계속해서 내 이름을 불러댔지만, 나는 들은 척도 하지 않았다. 저 방에 갇혀있는 한 그가 할 수 있는 건 없다. 이제 다음 일을 생각해야 했다.

일단 주방으로 가서 물 두 컵을 마신 후, 볼로냐 샌드위치를 만들었다. 볼로냐 스파게티가 아니라 볼로냐 샌드위치. 흰 빵에 마요네스를 잔뜩 발라 먹고 나니 배도 부르고 기분도 훨씬 나아졌다.

맑아진 정신으로 다음 일을 생각하기 시작했다.

앤드루의 휴대폰을 집어 들고 앱을 실행했다. 화면 속에 비친 그는 방 안을 이리저리 왔다 갔다 하고 있었다. 마치 우리에 갇힌 한 마리 동물처럼. 그를 꺼내줬다간 내게 무슨 짓을 할지 몰랐다. 그 생각을 하자 목덜미에 식은땀이 흘렀다. 순간 휴대폰 화면에 문자 메시지가 떴다. 앤드루의 어머니가 보낸 메시지였다.

[니나가 이혼 서류에 도장은 찍었니?]

나는 화면을 내려 이전 메시지를 훑어봤다. 앤드루는 부부 사이에 일이 생길 때마다 자신의 어머니에게 전부 이야기했다. 나는 앤드루 대신 답장을 보냈다. 답장이 없으면 그녀가 이곳으로 찾아올지도 모른다. 그랬다간 끝장이었다. 앤드루의 신변에 대해 아무도 의심해선 안 됐다.

[네. 변호사와 얘기 중이에요.]

그러자 바로 답장이 왔다.

[잘 됐구나. 나는 처음부터 걔가 싫었다. 내가 세실리아를 잘 키우면 뭐 하니? 니나가 훈육을 똑바로 안 하니 애가 아주 버르장머리가 없어.]

니나를 싫어할 수는 있어도 자기 손녀를 이런 식으로 말하다니…. 니나와 세실리아가 안쓰럽다는 생각이 들었다. 앤드루의 어머니가 생각하는 '훈육'은 무엇일까? 그녀가 생각하는 '훈육'이 앤디가 하는 싸이코 같은 짓이라면, 니나가 세실리아를 그런 식으로 훈육하지 않은 게 다행이었다.

답장을 쓰는 데 손이 떨렸다.

[어머니 말씀이 맞아요.]

휴대폰을 주머니에 집어넣고 다락방으로 향했다. 복도에 다다르자 방에서 들리던 앤드루의 발소리가 잦아들었다. 내가 오는 소리를 들은 모양이었다.

"밀리."

"왜?" 내가 퉁명스럽게 대답했다.

그가 목소리를 가다듬었다. "당신 말이 맞아. 내가 잘못했어."

"그래?"

"응. 내가 잘못한 걸 이제야 알았어."

"그렇군. 그래서 미안해?"

그가 다시 목소리를 가다듬었다. "응."

"그럼, 말해."

그가 잠시 머뭇거렸다. "뭘?"

"내게 끔찍한 짓을 저질러서 미안하다고 말해."

나는 휴대폰 화면으로 그의 표정을 살폈다. 전혀 미안한 얼굴이 아니었다. 미안한 마음이 없으니 당연했다. 오히려 빈틈을 보이는 바람에 갇히게 된 것이 후회스러운 얼굴이었다.

"정말 미안해." 한참 만에 그가 말했다. "내가 정말 잘못했어. 내가 당신에게 너무 몹쓸 짓을 했어. 다신 안 그럴게." 그가 하던 말을 멈췄다. "이제 문 좀 열어 줄래?"

"그럴게."

"고마워."

"지금 말고."

그가 분한 듯 숨을 들이마셨다. "밀리…."

"열어 줄 거야." 나는 떨리는 마음을 감추려고 최대한 차분하게 말했다. "그런데 말이야. 그전에 당신이 한 짓에 대해 벌을 받아야 하지 않겠어?"

"그러지 마." 그가 으르렁거렸다. "그럴 만한 배짱도 없으면서."

내가 서진으로 사람을 때려죽인 걸 알면 그런 말은 못 할 텐데. 하긴 앤드루가 그 사실을 알 리가 없었다. 하지만 니나는 알고 있는 게 분명했다. "자, 이제 바닥에 누워 배 위에 책을 올려 볼까."

"밀리. 말도 안 돼."

"하라는 대로 안 하면 그 방에서 못 나올 텐데."

앤드루가 고개를 들고 카메라를 응시했다. 내가 좋아했던 눈빛. 하지만 지금 나를 바라보는 그 눈빛은 악마의 눈빛이었다. "좋아. 하라는 대로 할게."

그가 바닥에 누워 책을 한 권씩 잡아 배 위에 올렸다. 몇 시간 전에 내가 했던 그대로. 하지만 나보다 몸집이 크고 건장한 탓에 책 세 권을 배 위에 다 올리고도 별로 불편해 보이지 않았다.

"됐어?" 그가 소리쳤다.

"더 밑으로."

"뭐라고?"

"책을 더 밑으로 내려."

"뭘 어떻게 하라는 거야?"

나는 문에 이마를 갖다 대고 말했다. "무슨 말인지 잘 알 텐데."

문을 사이에 두고 있었지만, 분노에 섞인 그의 숨소리가 고스란히 들렸다. "밀리, 그건―."

"방에서 나오고 싶으면 하라는 대로 해."

나는 휴대폰 화면으로 그를 지켜봤다. 그가 책을 밑으로 내리자 책이 정확히 그의 성기를 눌렀다. 조금 전까지만 해도 별로 불편해하지 않더니 책을 밑으로 내리자 얼굴을 잔뜩 찌푸렸다.

"이런 젠장." 그가 숨을 헐떡였다.

"좋아. 그렇게 3시간이야."

55

소파에 앉아 TV를 보며 3시간이 지나기를 기다렸다. 그러면서 니나를 떠올렸다.

그동안 나는 그녀가 정상이 아니라고 생각했다. 하지만 그게 아닌 것 같았다. 니나가 나를 위해 양동이 안에 후추 스프레이를 넣어둔 게 분명했다. 니나는 앤드루가 내게 무슨 짓을 할지 알고 있었던 것이다. 그 얘기는 즉, 그녀도 앤드루에게 똑같이 당했었다는 의미였다. 그것도 아주 여러 번.

니나는 정말 내게 질투를 느낀 걸까, 아니면 그런 척한 것일까? 도무지 모르겠다. 전화를 걸어 물어볼까도 했지만, 썩 내키지 않았다. 던컨을 죽이고 난 후 첼시는 내게 말을 걸지 않았다. 겁탈당하는 그녀를 구해주려고 던컨을 죽인 건데, 도대체 왜 나를 외면하는 건지 첼시를 이해할 수 없었다. 내가 감옥에 가게 될지 모르는 상황인데도, 절친이었던 그녀는 나를 혐오스러운 눈빛으로 쳐다 봤다.

아무도 나를 이해하려 들지 않았다. 엄마에게 내가 왜 수학 선생의 타이어를 칼로 그었는지 설명했다. 그 선생이 내 몸을 만지며 가만히 있지 않으면 낙제를 시켜버릴 거라고 협박했기 때문이었다. 하지만 엄마는 내 말을 믿지 않았다. 아무도 내 말을 믿지 않았다. 내가 계속 문제를 일으키자 엄마는 나를 기숙학교로 보냈다. 그리고 마침내 그 사건이 터졌고 그 후로 어른들은 내게서 아예 손을 뗐다.

출소 후 간신히 괜찮은 일자리를 구했지만 틈만 나면 내 엉덩이를 만져대는 바텐더 카일을 참아내야 했다. 어느 날 참다못해 그 자식 코를 주먹으로 후려쳤다. 여자한테 맞은 게 창피했는지 고소는 하지 않았다. 하지만 나를 해고했다. 바에서 쫓겨난 후 나는 차에서 생활해야 했다.

내가 믿을 사람이라곤 세상천지 나 하나였다.

나는 하품하며 TV를 껐다. 3시간이 넘도록 앤드루는 바닥에서 꿈쩍도 하지 않았다. 분명 고통스러울 텐데 시킨 대로 잘하고 있었다. 나는 자리에서 일어나 다락으로 향했다. 다락방 문 앞에 도착하자 그가 책을 바닥으로 밀어냈다. 그러곤 몸을 웅크린 채 그대로 누워있었다.

"앤드루?"

"왜?"

"기분이 어때?"

"어떨 것 같은데?" 그가 낮은 목소리로 말했다. "빨리 문 열어, 개 같은 년아."

그는 이제 더 이상 침착하지도 의기양양하지도 않았다. 그래, 그 래야지. 나는 문에 기대 휴대폰 화면으로 그의 얼굴을 관찰했다. "욕이 듣기 좀 그러네. 당신을 꺼내 줄 사람인데 나한테 좀 상냥하 게 굴어야 하지 않나?"

"문 열어!" 그는 두 손으로 머리를 감싸 쥐고 자리에서 일어나 앉았다. "잘 들어, 밀리. 당장 문 안 열면 죽여버리겠어."

죽여버리겠다고? 앤드루는 죽이겠다는 말을 아무렇지 않게 했 다. 나는 휴대폰을 쳐다보며 얼마나 많은 여자가 이 방에 갇혔던 걸까, 하는 가정을 해봤다. 어쩌면 이 방에서 죽은 여자도 있지 않 을까?

충분히 가능한 일이었다.

"진정해. 꺼내 줄게."

"잘 생각했어."

"지금 말고."

"밀리…." 그가 으르렁거렸다. "하라는 대로 했잖아. 3시간."

"3시간?" 그가 날 볼 수 없는 걸 알지만 눈썹을 치켜뜨며 말했 다. "미안해서 어쩌지. 3시간이라고 들었나 보네. 난 5시간이라고 했는데. 이걸 어쩌나? 다시 해야겠는걸."

"5시간…." 선명한 화면으로 그의 얼굴이 창백해지는 것을 보니 기분이 좋았다. "난 못해. 5시간을 어떻게 더 하라는 거야. 그러지 말고 문 열어. 할 만큼 했잖아. 이제 그만 해."

"앤드루, 협상은 없어." 내가 차분하게 말했다. "방에서 나오고 싶으면 그 잘난 당신 물건에 책을 올리고 5시간을 있어야 할 거야. 당신이 선택해."

"밀리. 밀리." 그의 숨소리에 초조함이 느껴졌다. "이봐. 협상은 상호 간에 조건을 거는 거야. 뭘 원해? 돈이 필요하면 줄게. 문만 열어 주면 당장 1만 달러를 줄게. 어때?"

"싫은데."

"그럼, 2만 달러 어때?"

그는 돈을 줄 생각도 없으면서 주겠다고 쉽게 떠들어댔다. "뭐 별로. 이제 자야겠어. 아침에 다시 올게."

"밀리, 잘 생각해." 그의 목소리가 갈라졌다. "난 그래도 물은 줬잖아. 물이라도 좀 줘."

"싫은데. 다음부턴 여자를 가둘 때 물을 좀 더 넣어봐. 그래야 남은 물이라도 있지 않겠어?"

나는 그 말을 남기고 앤드루의 비명을 들으며 복도를 따라 걸어갔다. 그러곤 침대에 누워 사람이 물 없이 얼마나 버틸 수 있는지 찾아봤다.

56
나나

　오랜만에 웃고 있는 씨씨를 보니 행복하기 그지없었다. 씨씨는 동글동글한 얼굴로 환하게 웃으며 캠프에서 새로 사귄 친구들과 함께 있었다. 어깨와 볼은 햇볕에 살짝 그을려 발그스레했고, 팔꿈치에 붙인 반창고는 반쯤 떨어져 나가 대롱거렸다. 앤디가 항상 입히던 프릴이 치렁치렁 달린 끔찍한 드레스 대신 편안한 반바지에 티셔츠 차림이었다. 씨씨가 다시는 그딴 드레스를 입지 않기를 바랐다.

　"엄마!" 씨씨가 하나로 묶은 머리를 달랑대며 내게 달려왔다. 아이들은 눈 깜짝할 새에 자란다고, 그새 씨씨가 조금 더 큰 것 같아 뿌듯했다. 그 얘긴 머지않아 앤드루가 씨씨를 마음대로 휘두르지 못할 날이 다가오고 있다는 뜻이기도 했다. 우리 둘을 자기 손아 귀에 넣고 휘두르지 못할 날이 오고 있었다. "엄마, 빨리 왔네요!"

"응…."

이제 씨씨의 머리는 내 어깨까지 왔다. 확실히 캠프에 있는 동안 키가 더 큰 것 같았다. 씨씨가 머리를 내 어깨에 기대고 깡마른 두 팔로 나를 감싸 안았다. "이제 우리 어디로 가요?"

나는 내 아이를 보며 미소 지었다. 캠프에 가기 전 나는 씨씨에게 집으로 바로 가지 않을 수도 있으니까 여분의 옷을 챙기라고 했다. 다른 곳으로 갈 수도 있었기 때문이었다. 그래서 아이의 짐 일부가 차 트렁크에 더 있었다.

그때는 앞으로 어떻게 될지 확신이 없었다. 계획대로 일이 진행되지 않을 수도 있다고 생각했다. 믿기지 않는 현실에 눈물이 났다. 이제 우리는 자유의 몸이다.

"어디 가고 싶은 곳이라도 있어?" 내가 물었다.

씨씨가 나를 보며 말했다. "디즈니랜드요!"

그래, 캘리포니아로 가도 괜찮을 것 같았다. 앤드루에게서 5천 킬로미터쯤 멀어지고 싶었다. 혹시라도 그가 생각이 바뀌어 나를 다시 찾을지 모르니 그때를 대비해야 했다.

또 밀리가 내가 바라는 대로 움직이지 않을 때를 대비해 최대한 멀리 가야 했다.

"그래, 그러자!"

씨씨가 한히게 웃으며 폴짝폴짝 뛰었다. 씨씨에게는 아직 어린 애 같은 천진난만한 면이 남아 있었고, 눈앞에 보이는 것에 행복해할 줄 알았다. 앤드루가 씨씨의 천성을 모두 없앤 건 아니었다.

다행히 아직은.

별안간 씨씨가 그대로 멈춰서더니 심각한 표정을 지었다. "아빠는요?"

"아빠는 안 가."

예상대로 씨씨가 안도의 표정을 지었다. 내가 아는 한 앤드루는 세실리아에겐 손대지 않았다. 혹시나 하는 마음에 늘 유심히 살펴서 알고 있다. 만약 작은 멍 자국이라도 발견했다면 당장 엔조에게 가서 앤드루를 죽여달라고 했을 것이다. 하지만 한 번도 그런 적은 없었다. 다만 씨씨는 자기가 잘못을 저지르면 엄마가 벌을 받는다는 사실을 잘 알고 있었다. 씨씨는 영리한 아이다.

씨씨는 앤드루 앞에선 늘 실수하지 않고, 의젓해 보이려고 애썼다. 하지만 앤드루가 없을 땐 본래의 어린아이 같은 모습으로 돌아왔다. 씨씨는 나를 제외한 어떤 어른도 신뢰하지 않았다. 그러다 보니 다른 사람들에겐 까다로운 아이, 버릇없는 아이로 비칠 수밖에 없었다. 하지만 그건 씨씨의 잘못이 아니었다. 씨씨는 착한 아이다.

씨씨는 짐을 가지러 숙소로 달려갔다. 막 씨씨를 따라가려는데 가방에 든 휴대폰이 울렸다. 나는 가방의 내용물들을 헤집어 휴대폰을 찾았다. 엔조였다. 받아야 할지 말아야 할지 망설여졌다. 엔조는 내게 은인이자 잊지 못할 밤을 만들어 준 남자였다. 하지만 나는 이제 그동안의 삶을 버리고 새로운 삶을 살려고 했다. 그가 무슨 일로 전화했는지, 그의 전화를 받고 싶은지 아닌 건지 나도 내 마음을 알 수가 없었다.

그래도 엔조의 전화는 받아야 할 것 같았다.

"여보세요?" 내가 목소리를 낮췄다. "무슨 일이에요?"

엔조가 낮고 심각한 목소리로 말했다. "니나, 할 얘기가 있어요."

살면서 보니 할 얘기가 있다는 말은 결코 좋은 얘기가 아니었다.

"뭔데요?"

"돌아와요. 당신이 밀리를 도와줘야 해요."

무슨 말도 안 되는 소리를…. 나는 코웃음을 치고 물었다.

"그게 무슨 말이에요?" 엔조가 내게 화를 낸 적은 있어도 이렇게 지시하듯 단호하게 말한 적은 이번이 처음이었다. "니나, 밀리가 위험해요. 당신이 그녀를 그렇게 만들었잖아요."

"맞아요. 하지만 밀리는 내 남편과 바람피웠어요. 그런 그녀를 불쌍히 여기라는 건가요?"

"당신이 그렇게 되도록 꾸민 거잖아요!"

"하지만 밀리가 미끼를 물 필요는 없었어요. 아무도 그렇게 하라고 떠민 적 없어요. 그리고 그녀는 괜찮을 거예요. 남편은 결혼식 전까진 내게 아무 짓도 하지 않았거든요." 나는 크게 숨을 한 번 들이마셨다. "이혼이 마무리되면 밀리에게 편지를 쓸게요. 편지로 남편이 어떤 사람인지 다 말할게요. 둘이 결혼식을 올리기 전에요."

잠시 침묵이 흘렀다. "밀리가 사흘 동안 집 밖에 나오지 않았어요."

나는 씨씨가 들어간 숙소를 쳐다봤다. 아직 나오지 않는 걸 보니 짐을 챙기고 있거나 친구들과 작별 인사를 나누는 모양이었다. 주변을 둘러보니 부모들이 아이들을 데리러 하나둘씩 도착하고 있었다. 나는 한쪽으로 비켜서며 목소리를 더 낮췄다. "그게 무슨 말이에요?"

"밀리가 걱정돼서 그녀 차 타이어에 표시를 해뒀는데 사흘 동안 그대로예요. 그 얘긴 밀리가 사흘 동안 아무 데도 가지 않았다는 거예요."

나는 한숨을 내쉬었다. "엔조, 그게 왜요? 둘이 여행이라도 갔나 보죠."

"아니요. 그 자식 차는 나가는 걸 봤어요."

나는 짜증난다는 듯 눈알을 굴렸다. "그러면 둘이 같이 타고 갔겠죠. 밀리가 운전하지 않았을 수도 있잖아요."

"다락방에 불이 켜져 있어요."

"그게…" 나는 사람들이 듣지 못하게 자리를 이동해서 물었다. "당신이 그걸 어떻게 알아요?"

"뒷마당에 가봤어요."

"당신은 해고됐잖아요."

"확인하고 싶었어요. 다락방에 분명히 누군가 있어요."

어찌나 휴대폰을 꽉 쥐었던지 손가락이 얼얼했다. "그래서요? 다락방은 원래 밀리 방이에요. 자기 방에 있는 게 그게 왜요?"

"정말 몰라서 묻는 거예요?"

현기증이 났다. 이 모든 걸 계획할 땐 그저 밀리가 나를 대신해주길 바랐다. 그리고 시간이 지나면서 그녀가 그 개자식을 죽여주기를 바랐다. 하지만 그뿐이었다. 다른 건 깊이 생각하지 않았다. 후추 스프레이를 양동이에 넣어두고 방 열쇠까지 줬으니 괜찮을 거라고 생각했다. 그런데 내가 엄청난 실수를 저지른 것 같았다. 밀리가 다락방에 갇혀 앤디의 말도 안 되는 고문을 견디고 있다고 생각하니 속이 메스꺼웠다.

"엔조, 당신이 들어가서 확인해 봐요."

"벨을 눌러도 대답이 없어요."

"화분 밑에 열쇠 있잖아요."

"열쇠가 없어요."

"그러면…"

"나나." 엔조가 내 말을 자르며 말했다. "지금 나보고 무단침입이라도 하라는 거예요? 그러다가 잡히면 내가 어떻게 될지 알잖아요. 그렇지만 당신한텐 열쇠가 있죠. 그 집에 들어갈 권리도 있고. 당신이 들어가면 같이 갈게요. 나 혼잔 안 돼요."

"하지만."

"그건 다 변명이에요!" 그가 버럭 소리를 질렀다. "당신이 당한 대로 밀리가 당하도록 그대로 두겠단 얘기에요?"

나는 숙소 쪽을 다시 한번 쳐다봤다. 씨씨가 가방을 끌고 나오고 있었다.

"좋아요. 갈게요. 그런데 한 가지 조건이 있어요."

57

밀리

다음 날 아침, 나는 게스트룸에서 눈을 떴다. 제일 먼저 앤드루의 휴대폰을 집어 들었다.

앱을 켜자 다락방이 보였다. 화면을 뚫어져라 바라보던 나는 등골이 오싹해졌다. 화면에 아무런 움직임이 보이지 않았다. 앤드루가 방에 없었다.

그가 다락방에서 탈출한 걸까?

나는 왼손으로 이불을 움켜쥐고 혹시나 앤드루가 이곳에 숨어들었나 싶어 방안을 둘러봤다. 순간 창문 쪽에서 움직임이 포착됐다. 이윽고 날갯짓하는 소리가 들렸다. 심장이 멎는 줄 알았다. 다행히 새였다.

앤드루는 어디로 간 걸까? 어떻게 다락방에서 나왔을까? 내가 모르는 안전장치 같은 게 있는 걸까? 이런 상황이 일어났을 때를 대비해 그만 알고 있는 탈출 방법이 있었던 걸까? 나로선 알 수가 없었다. 그런데 생각해 보면 그는 사타구니에 책을 올려놓고 몇 시간씩 있었다. 만약 방법이 있었다면 진즉에 방에서 나갔을 것이다.

어찌 됐든 그가 방에서 탈출했다면 지금 화가 머리끝까지 나 있을 터였다.

그렇다면 나는 당장 이 집에서 도망쳐야 했다. 지금 당장.

다시 화면으로 시선을 돌렸다. 그때 무언가가 움직였다. 나는 천천히 숨을 골랐다. 앤드루였다. 앤드루가 간이침대에 이불을 덮고 누워있었다.

나는 화면을 뒤로 돌렸다. 책들이 사타구니를 찍어 누르자 엔드루는 얼굴을 찡그리며 바닥에 누워있었다. 5시간. 그렇게 5시간을 버텼다. 약속대로라면 이제 그를 꺼내 줘야 했다.

나는 자리에서 일어나 뜨거운 물에 한참 동안 샤워를 했다. 따뜻한 물이 몸에 닿자 뻣뻣했던 목덜미가 좀 나아졌다. 이제 다음 단계로 넘어가야 한다. 나는 마음의 준비를 했다.

편안한 티셔츠에 청바지로 갈아입고 지저분한 금발 머리를 하나로 묶은 뒤 앤드루의 휴대폰을 주머니에 넣었다. 그러고 나서 어제 차고에서 가져온 물건을 다른 주머니에 숨겼다.

삐걱거리는 계단을 따라 다락방으로 향했다. 그동안 여러 번 이 계단을 오르내렸더니 특정 계단 몇 개만 삐걱거리지 모든 계단이 다 삐걱거리는 게 아니라는 걸 알게 됐다. 특히 두 번째 계단과 맨 마지막 계단이 제일 삐걱거렸다.

다락방에 도착해서 문을 두드렸다. 휴대폰 화면을 보니 앤드루는 침대에서 꼼짝도 하지 않고 있었다.

걱정이 목부터 스멀스멀 올라왔다. 앤드루는 24시간을 먹지도 마시지도 못했다. 지칠 대로 지쳐있을 게 뻔했다. 어제 물을 간절히 원했을 때 내가 어땠는지 생각났다. 앤드루가 의식을 잃었으면 어떡하지? 그렇다면 이제 어떻게 해야 할까?

그때 앤드루가 매트리스 위에서 꿈틀거렸다. 그러곤 안간힘을 쓰며 자리에서 일어나 앉아 손등으로 눈을 비볐다.

"앤드루, 나 왔어."

그가 고개를 들고 카메라를 응시했다. 문이 열렸을 때 그가 내게 할 짓을 생각하니 몸서리가 쳐졌다. 아마 내 머리채를 움켜잡고 나를 질질 끌고 가 저 방에 가두고 반쯤 죽여 놓을 것이다. 그리고 영영 문을 열어주지 않을지도 모른다.

앤드루가 휘청대며 일어나 문으로 걸어오더니 그 자리에 털썩 주저앉았다. "하라는 대로 했어. 문 열어."

그래, 좋았어.

"그런데 있잖아. 비디오 녹화가 안 됐지 뭐야, 어떡하지? 미안하지만 다시 해야겠어."

"못 해." 그의 얼굴이 상기됐다. 후추 스프레이 때문이 아니었다. "지금 당장 문 열어, 밀리. 농담 아니야."

"열어줄게." 나는 잠시 뜸을 들였다. "지금 말고."

앤드루가 문을 뚫어져라 쳐다보다 뒤로 한 발짝 물러났다. 또다시 한 발짝, 또 한 발짝. 그러더니 문을 향해 돌진했다.

어찌나 세게 들이받았는지 경첩이 흔들렸다. 하지만 문은 꿈쩍도 하지 않았다.

그가 다시 뒤로 움직이기 시작했다. 이런 젠장.

"진정해. 꺼내 줄 테니까. 다른 걸로 딱 한 가지만 더 해."

"닥쳐. 네 말을 믿을 줄 알아."

그가 다시 문을 향해 돌진했다. 문은 흔들리기만 할 뿐, 부서지진 않았다. 이 집은 비교적 지은 지 얼마 안 된 신축인 데다가 제법 튼튼하게 지어졌다. 아무리 해도 문이 부서질 것 같지 않았다. 앤드루는 아직까지 괜찮아 보였지만, 저러다가 탈진할 것 같았다. 더군다나 경첩이 바깥에 있어서 안에서 부서트리기가 쉽지 않아 보였다.

앤드루가 거칠게 숨을 몰아쉬더니 문에 기대어 숨을 골랐다. 얼굴이 조금 전보다 훨씬 더 빨개졌다. 더 이상 남은 힘이 없어 보였다. "내가 뭘 해야 하지?" 그가 힘들게 물었다.

나는 차고에서 가져온 물건을 꺼냈다. 앤드루의 공구 상자에 있던 펜치. 나는 펜치를 문 밑에 난 틈으로 밀어 넣었다.

문 반대편에서 앤드루가 몸을 숙여 펜치를 집어 들고 이리저리 살폈다. 그러곤 인상을 찌푸리며 물었다. "이걸 왜? 이걸 가지고 뭘 하라는 거야?"

"그게 말이야. 책을 올려놓는 건 시간을 정확히 재기가 쉽지 않네. 그래서 말인데 이게 좀 판단하기가 쉬워. 한 번에 끝나거든."

"무슨 말이야?"

"간단해. 방에서 나오고 싶으면 이 하나를 뽑아. 그러면 끝."

나는 휴대폰 화면으로 앤드루의 표정을 살폈다. 입술이 일그러지더니 펜치를 바닥에 내동댕이쳤다. "장난해? 뭘 하라고? 난 못해."

"그래? 물도 없는 데 거기 더 있어 봐. 그럼, 생각이 바뀔 거야."

그가 다시 뒤로 물러났다. 그리고 온 힘을 끌어모아 문을 향해 돌진했다. 이번에도 문은 흔들리긴 했지만 좀 전과 별반 차이가 없었다. 그가 주먹으로 문을 내려치기 시작했다.

"문 열어." 그가 나를 향해 악다구니를 썼다. "지금 당장 이 빌어먹을 문 열어!"

"방에서 나오려면 어떻게 해야 할까?"

앤드루가 몸을 완전히 숙여 무릎을 꿇고 앉아 왼손으로 펜치를 집어 입 쪽으로 가져갔다. 나는 숨을 죽인 채 휴대폰 화면으로 그 모습을 지켜봤다.

그가 정말 이를 뽑을까? 나는 차마 그 모습을 볼 순 없어 눈을 감았다.

그가 고통 속에 울부짖었다. 그 소리는 오래전 내가 서진으로 던컨의 머리를 내려쳤을 때 던컨이 낸 소리와 똑같았다. 눈을 떴다. 화면에 여전히 앤드루가 있었다.

그가 무릎을 꿇고 고개를 숙인 채 어린아이처럼 울어댔다.

이제 거의 한계점에 다다른 것 같았다. 더 이상 견디기 힘들어 보였다. 그는 방에서 나가기 위해 기꺼이 이 하나를 잡아 뺐다.

하지만 이건 시작에 불과하단 걸 앤드루는 알지 못했다.

58

니나

일이 계획대로 흘러가지 않았다.

집 앞에 차를 세우는 순간 집안에서 뭔가 끔찍한 일이 벌어지고 있다는 것을 직감했다. 내 온몸이 그렇게 말하고 있었다.

이곳에 다시 오기까지 한 가지 조건이 있었다. 내가 집에 가 있는 동안 엔조가 세실리아를 데리고 있어 주겠다는 것, 목숨 걸고 우리 씨씨를 지켜주겠다는 것. 이 세상에 내 딸을 믿고 맡길 데라곤 아무 데도 없었다. 이 동네 여자들이야 많이 알고 지냈었지만 하나같이 앤드루에게 속아 넘어갔다. 그 사람들에게 내 딸을 맡겼다간 앤드루에게 넘기고도 남았다.

내가 이곳에 돌아온 데는 다른 이유도 있었다.

일주일만인데 꽤 오랜만에 온 것 같았다. 나는 밀리의 차 뒤에 차를 세웠다. 차에서 내려 밀리의 차 뒤에 웅크리고 앉아 엔조가 붙여뒀다는 표시를 찾았다. 어제도, 그제도 그 자리에 그대로 있었을까? 그건 내가 알 수 없다.

"니나? 니나 맞지?"

수잔이었다. 나는 밀리의 차에서 물러서며 자리에서 일어났다. 수잔은 보도 위에 서서 이상하다는 듯 고개를 갸웃거렸다. 그녀를 마지막으로 봤을 때도 바싹 말라 뼈만 남았었는데, 살을 더 뺀 모양이었다.

"니나, 별일 없지?" 수잔이 물었다.

나는 입술에 미소를 장착했다. "그럼, 물론이지. 별일 있을 게 뭐 있겠어?"

"저번에 점심 약속에 네가 안 나왔길래 무슨 일인가 싶어서 왔어."

그제야 생각났다. 우리는 일주일에 한 번씩 만나 점심을 먹었다. "미안. 깜빡했어."

수잔이 뾰로통한 표정을 지었다. 앤디가 내게 한 짓을 털어놓자 고개를 끄덕이며 안타까워하더니 뒤에서는 몰래 앤디에게 일러바친 여자다.

난 그 일을 절대 잊을 수 없다. 그녀는 나보다 앤디를 믿기로 선택했다. 그때의 배신감은 두고두고 생각날 것 같다.

"어이없는 소식을 들었지 뭐야. 사람들이 그러는데 네가 집을 나갔대. 앤디랑 헤어졌다나 뭐라나. 혹시 앤디가 너를…."

"가정부 때문에 앤디가 나를 버렸다고 그러지?" 내가 수잔의 얼굴을 쳐다봤다. 정곡을 찌른 모양이었다. 사람들이 나를 놓고 수군댔을 게 뻔했다. "어쩌지, 사실이 아닌데. 아니 땐 굴뚝에 연기가 또 났네. 세실리아를 데리러 캠프에 갔었어. 그게 다야."

"그랬구나." 수잔의 얼굴에 실망한 기색이 역력했다. 그녀는 재미난 가십거리를 바라고 있었다. "다행이다. 얼마나 걱정했다고"

"걱정할 거 없어." 억지로 웃었더니 볼에 경련이 일 것 같았다. "차를 오래 운전했더니 좀 피곤하네. 미안한데 그만 들어갈게…."

내가 현관으로 걸어가는 내내 등 뒤로 수잔의 시선이 느껴졌다. 세실리아는 어느 캠프에 갔느냐, 왜 차고에 차를 세우지 않고 문밖에 세웠느냐 등등 묻고 싶은 게 참 많아 보였다. 하지만 꼴도 보기 싫은 여자에게 모든 걸 일일이 설명할 시간이 없었다.

밀리와 앤디에게 무슨 일이 일어나고 있는지 알아봐야 한다.

밖에서 보니 1층에 불이 꺼져 있었다. 일주일 전, 앤디는 내게 자기 집에서 나가라고 했다. 그래서 나는 들어가지 않고 벨을 누르고 누군가 나올 때를 기다렸다.

2분을 현관문 앞에 서 있었다.

결국 가방에서 열쇠 꾸러미를 꺼내 A라는 글자가 새겨진 황갈색 열쇠를 찾아 열쇠 구멍에 넣었다. 수백 번 수천 번은 했던 행동이다. 그렇게 한때 내 집이었던 곳의 문을 열었다.

아니나 다를까 집 안은 깜깜했고 저 죽은 듯 조용했다.

"여보?" 앤디를 불렀지만, 대답이 없었다.

나는 차고 쪽 문으로 갔다. 문을 열어보니 앤디의 BMW가 그대로 있었다. 차가 있다고 둘이 여행을 떠난 게 아니라고 단정 지을

순 없었다. 늘 하던 대로 라과디아 공항*까지 택시를 타고 갔을 수
도 있었다.

하지만 그게 아니란 걸 직감적으로 느꼈다.

"앤디?" 나는 더 크게 불렀다. "밀리?"

여전히 대답이 없었다.

나는 계단 쪽으로 걸어가 인기척이 있나 보려고 2층을 빼꼼 올
려다봤다. 하지만 아무것도 보이지 않았다. 그런데 왠지 모르게 사
람이 있는 것 같았다.

계단을 한 발짝 한 발짝 올랐다. 다리가 후들거렸다. 두 사람이
불쑥 튀어나올 것만 같았다. 그래도 꾹 참고 계단을 올라가 2층에
도착했다.

"앤디?" 목이 메었다. "저기…. 위에 누구라도 있다면 대답해봐
요…."

아무런 인기척이 없어 나는 방을 하나하나 확인하기 시작했다.
침실은 비어있었다. 게스트룸도 비어있었다. 세실리아의 방도 마찬
가지였다. 홈시어터에도 아무도 없었다.

이제 한 곳만 남았다.

다락으로 올라가는 통로의 문이 열려있었다. 늘 그랬듯 다락으
로 올라가는 계단은 어둠침침했다. 나는 계단 난간을 잡고 위층으
로 올라갔다. 분명 인기척이 느껴졌다.

밀리가 다락방에 갇힌 게 틀림없었다. 결국 앤디는 밀리를 다락
방에 가두고 말았다.

---

* 뉴욕주에 위치한 맨해튼에서 가장 가까운 공항

그렇다면 앤디는 지금 어디에 있을까? 집에 없다면 차는 왜 차고에 있을까?

열네 개의 계단을 간신히 올라 다락에 도착했다. 저 복도 끝에 결혼 생활 내내 지옥 같은 날들을 보낸 방이 있다. 방에 불이 켜져 있는 듯했다. 불빛이 문 밑으로 새어 나왔다.

"밀리, 이제 괜찮아." 나는 혼잣말로 중얼거렸다. "내가 도와줄게."

엔조 말이 맞았다. 밀리를 여기 두고 가는 게 아니었다. 그녀는 나보다 강할 거라고 생각했다. 하지만 그건 나만의 착각이었다. 양심의 가책이 느껴졌다. 제발 그녀가 무사하기를 바랐다. 내가 곧 그녀를 꺼내 줄 것이다.

가방에서 열쇠를 꺼내 열쇠 구멍에 넣고 열쇠를 돌렸다. 그리고 문을 열었다.

59

"맙소사." 나는 나지막이 탄성을 터트렸다.

예상대로 다락방은 불이 켜져 있는 게 맞았다. 두 개의 전구가 천정에서 깜빡거렸다. 조만간 전구를 교체해야 할 것 같았다. 깜빡이는 불빛 사이로 앤디가 눈에 들어왔다.

아니, 정확히 말해 앤디의 시체가 보였다.

60초 동안 나는 그대로 얼어붙었다. 구역질이 올라왔다. 너무 긴장해서 아침을 먹지 않았기에 망정이지, 아니었다면 그대로 다 토할 뻔했다.

"니나, 안녕."

뒤에서 들려온 소리에 심장이 멎는 줄 알았다. 눈앞의 광경에 정신이 혼미해져 다락에 올라오는 누군가의 발소리를 듣지 못했다. 나는 소스라치게 놀라 뒤를 돌아봤다. 밀리였다. 밀리가 내 얼굴에 후추 스프레이를 겨냥하며 서 있었다.

"밀리." 나는 외마디 비명을 질렀다.

그녀가 창백한 얼굴로 손을 떨고 있었다. 마치 내 모습을 보는 것 같았다. 하지만 그녀의 두 눈엔 분노가 가득했다.

"스프레이 내려놔요." 내가 최대한 침착하게 말했다. 하지만 그녀는 내 말을 듣지 않았다. "나는 당신을 공격할 생각이 없어요. 진짜예요." 나는 바닥에 있는 앤디의 몸뚱이를 쳐다보고 다시 밀리를 쳐다봤다. "이 사람, 여기 며칠이나 있었어요?"

"5일쯤?" 그녀의 목소리엔 힘이 없었다. "아니, 6일인가? 잘 모르겠어요. 세다가 말았어요."

"죽은 거죠?" 죽었다고 확신했지만 나도 모르게 죽었냐고 물었다. "죽은 지 얼마나 됐어요?"

밀리는 계속 후추 스프레이를 겨냥하고 있었다. 잘못 움직였다간 큰일 날 것 같았다. 나는 그녀가 어떤 사람인지 알고 있다. "죽은 게 확실해요?" 밀리가 물었다.

"확인해 볼까요? 당신이 원하면 확인해 볼게요."

밀리는 잠시 주저하더니 고개를 끄덕였다.

나는 스프레이를 맞고 싶지 않아 천천히 움직였다. 스프레이를 맞으면 어떻게 되는지 너무도 잘 알고 있기 때문이었다. 나는 바닥에 누운 앤디의 시체로 다가가 몸을 굽혔다. 아무래도 죽은 게 맞는 것 같았다. 앤디는 두 눈을 뜬 채였다. 볼은 움푹 패고 입은 벌어져 있었다. 심장의 움직임이 없었다. 그리고 입 주변과 흰 셔츠에 피가 말라붙어있었다. 그런데 벌어진 입 사이로 치아가 몇 개

없어진 게 보였다. 토할 것 같았지만, 꾹 참았다.

맥박을 확인하기 위해 앤디의 목으로 손을 가져갔다. 갑자기 앤디가 내 손목을 확 움켜쥐면 어쩌나 무서웠지만 그런 일은 일어나지 않았다. 그는 미동조차 없었다. 맥박을 눌러봤지만 잡히지 않았다.

"죽었어요." 내가 말했다.

밀리가 잠시 나를 노려보더니 스프레이를 내려놓고 간이침대에 주저앉아 손으로 얼굴을 감싸 쥐었다. 그제야 자기가 얼마나 끔찍한 일을 저질렀는지 실감이 난 모양이었다. 그녀는 사람을 죽였다. "세상에. 이건 아니야…."

"밀리…."

"이제 어떻게 될지 당신도 알잖아요." 그녀가 고개를 들어 충혈된 눈으로 나를 바라봤다. 분노는 사라지고 두려움에 가득한 눈빛이었다. "또다시 감옥에 들어가 평생 썩어야 해요."

눈물이 밀리의 뺨을 타고 흘렀다. 그녀의 어깨가 소리 없이 들썩였다. 그 모습이 흡사 들키지 않으려고 몰래 우는 세실리아 같았다. 밀리는 아직 어렸다. 아직 젊었다.

그 순간 나는 결심했다.

밀리 옆에 앉아 그녀의 어깨에 조심스럽게 손을 올렸다. "괜찮을 거예요. 당신은 감옥에 가지 않아요."

"그게 무슨 말이에요?" 밀리가 눈물로 범벅이 된 얼굴을 들었다. "내가 앤드루를 죽였어요. 이 방에 일주일을 가둬서 죽게 했어요! 그런데 어떻게 감옥에 안 가요?"

"당신은 이곳에 없었어요."

밀리가 손등으로 눈물을 닦으며 물었다. "그게 무슨 말이에요?"

사랑하는 내 씨씨야, 엄마를 용서해 주렴.

"얼른 이곳을 떠나요. 경찰한테는 내가 집에 있었다고 할게요. 당신은 일주일 휴가를 간 거예요."

"하지만."

"그것밖에 방법이 없어요." 내가 단호하게 말했다. "내겐 빠져나갈 구멍이 있어요. 하지만 당신은 아니에요. 나는…. 나는 정신병원에도 다녀왔고, 상태도 점점 더 나빠지고 있었고…." 나는 심호흡을 했다. "다시 정신병원에 입원하면 돼요."

밀리가 코가 빨개져 인상을 찌푸린 채 내게 물었다. "당신이 후추 스프레이를 양동이에 넣어뒀죠?"

나는 고개를 끄덕였다.

"내가 앤드루를 죽이길 바란 거죠?"

나는 또다시 고개를 끄덕였다.

"왜 직접 죽이지 않았어요?"

그 질문에 쉽게 대답할 수 있다면 얼마나 좋을까! 나는 잡힐까 봐 두려웠다. 감옥에 갈까 봐 무서웠다. 내 딸이 나 없이 살아갈 수 있을지 걱정됐다.

하지만 나는 앤디를 죽이지 못했다. 그럴만한 용기가 없었다. 그래서 더 끔찍한 짓을 저질렀다. 밀리가 앤디를 죽이게 만들었다.

결국 그녀는 앤드루를 죽였다.

내가 나서지 않으면 밀리는 평생 죗값을 치러야 했다.

"밀리, 얼른 이 집에서 나가요." 눈물이 핑 돌았다. "마음 바뀌기 전에 빨리 가요."

밀리는 더 묻지 않고 허둥지둥 자리에서 일어나 서둘러 방을 나갔다. 그녀의 발소리가 계단을 따라 멀어졌다. 그리고 현관문이 닫혔다. 이제 나는 이 집에 혼자 남았다. 천정을 바라보는 앤디와 나. 이제 끝났다. 정말 끝났다. 이제 할 일은 단 하나.

나는 휴대폰을 꺼내 911을 눌렀다.

60

이 집을 나가면 내 손목에는 수갑이 채워질 예정이었다. 이젠 달리 방법이 없다.

나는 무릎을 움켜쥔 채 가죽 소파에 앉아있었다. 형사가 다락에서 내려오면 이제 이 소파에 앉는 것도 마지막이 되지 않을까. 나도 모르게 커피 테이블 위에 놓인 가방을 움켜잡았다. 형사가 올 때까지 최대한 담담한 척 앉아있어야 했지만, 충동을 이기지 못하고 휴대폰을 꺼내 최근 통화 목록을 열었다. 그리고 맨 위에 있는 번호를 눌렀다.

"니나? 무슨 일이에요?" 엔주가 걱정 어린 목소리로 물었다. "왜 그래요?"

"경찰들이 집에 와 있어요." 목이 메었다. "…상황이 좋지 않아요. 경찰들이 내가…."

나는 크게 말할 수가 없었다. 경찰들은 내가 앤디를 죽였다고 생각했다. 하지만 내가 죽였다는 증거를 찾지 못했다. 그는 탈수로 죽었다. 하지만 경찰들은 그의 죽음에 내 책임이 있다고 생각했다.

밀리가 그랬다고 말하면 간단히 해결될 일이었지만, 그럴 수는 없었다.

"내가 증언할게요. 그가 당신에게 무슨 짓을 했는지 말할게요. 당신이 다락방에 갇힌 걸 내가 봤다고 할게요."

엔조의 말에는 진심이 담겨 있었다. 그는 나를 위해서 무슨 일이든 하겠지만 경찰들은 엔조를 내 숨겨둔 연인으로 몰아갈 터였다. 그런 남자가 하는 증언은 크게 의미가 없을 것이다. 더군다나 그들이 하는 말을 부인할 수도 없다. 나는 그와 하룻밤이지만, 어쨌든 잔 건 사실이니까.

"씨씨는 잘 있어요?"

"잘 있어요."

나는 천천히 숨을 고르며 눈을 감았다. "씨씨는 지금 TV를 보고 있나요?"

"TV요? 아니요, 아니에요. 씨씨에게 이탈리아어를 가르쳐주고 있었어요. 아주 잘해요."

이 상황에서도 웃음이 났다. 내가 나지막이 말했다. "씨씨 좀 바꿔 줄래요?"

잠시 후 씨씨가 전화를 받았다. "차오, 마마!"

나는 울음을 삼켰다. "안녕, 우리 딸. 잘 있지?"

"베네(좋아). 언제 와요?"

"금방 갈게." 거짓말이었다. "이탈리아어 잘 배우고 있어. 엄마가 금방 갈게." 나는 크게 숨을 들이셨다. "엄마가… 엄마가 사랑해."

"나도 사랑해요, 엄마."

코너스 형사가 쿵쿵거리며 계단을 내려왔다. 발걸음이 마치 총소리 같았다. 나는 휴대폰을 후다닥 가방에 집어넣었다. 경찰들은 앤드루를 자세히 살펴봤으니 아까와는 다른 질문을 내게 할 것이다. 맞은편에 앉은 그의 얼굴이 모든 걸 말하고 있었다.

"남편 몸에 멍이 들었던데 왜 그런지 아세요?"

"멍이요?" 몰랐던 일이다. 이가 빠진 건 눈치챘지만 다른 건 밀리에게 자세히 묻지 않았다.

"복부 아래쪽이 온통 멍투성이에요. 그리고… 사타구니 주변이 검게 변했어요."

"아…."

"왜 그런지 아세요?"

나는 눈썹을 치켜뜨며 물었다. "내가 때리기라도 했다고 생각하세요?" 어이가 없었다. 앤디는 키도 나보다 한참 컸고 몸도 다부졌다. 그에 비해 내 몸에선 근육이라곤 찾아볼 수 없었다.

"다락방에서 무슨 일이 있었는지 전 몰라요." 나는 그의 눈을 피하지 않았다. "당신 말은 남편이 우연히 다락방에 갇혔고 당신은 남편이 거기 있다는 걸 몰랐다는 거죠? 맞나요?"

"저는 남편이 출장을 간 줄 알았어요. 출장 갈 땐 공항까지 택시를 타거든요."

"그 사이 문자도 전화도 없었는데 걱정되진 않았나요?" 그가 날

카롭게 파고들었다. "당신의 시부모님과 통화해보니 지난주에 남편이 당신을 내쫓았다고 하더군요."

나는 그 말을 부인하지 않았다. "네, 맞아요. 그래서 서로 연락을 하지 않았어요."

"빌헬미나 캘러웨이 씨는 어디 있죠?" 코너스 형사가 주머니에서 작은 수첩을 꺼내더니 수첩에 쓴 내용을 보면서 물었다. "이 집에서 일하는 사람 맞죠?"

나는 어깨를 으쓱해 보였다. "휴가를 일주일 정도 줬어요. 딸이 캠프에 가서 도우미가 없어도 될 것 같았거든요. 그래서 일주일 동안 얼굴도 못 봤는걸요."

경찰은 틀림없이 밀리와 연락을 시도할 것이다. 그래도 나는 밀리를 최대한 용의선상에서 멀어지게 하려고 노력했다. 그게 내가 밀리에게 용서를 구할 수 있는 최소한의 방법이었다.

"성인 남자가 휴대폰도 없이 다락방에 갇히는 게 가능하다고 생각하세요? 그것도 잠금장치가 밖에 있는데." 코너스가 눈썹을 바짝 올리며 물었다. "거기다 자기 스스로 이를 네 개나 마구잡이로 뽑았다고요?"

형사가 그렇게 말한다면….

"윈체스터 부인, 남편이 정말 그랬을 거라고 믿습니까?"

나는 떨리는 몸을 감추려고 소파에 기댔다. "아마도요. 형사님은 제 남편이 어떤 사람인지 모르시잖아요."

"이게 상식적으로 말이 된다고 생각하세요?"

내가 형사를 쏘아봤다. "네?"

상황이 점점 좋지 않게 흘렀다. 머리가 희끗희끗한 형사는 나이를 가늠해 보니 시아버지의 골프 친구일 가능성이 있었다. 아니면 윈체스터가로부터 막대한 수혜를 입은 사람일 수도 있었다. 수갑이 채워질 걸 생각하니 손목이 얼얼한 것 같았다.

"나는 당신의 남편을 개인적으로 모르지만, 우리 딸이 알아요."

"형사님… 딸이요?"

그가 고개를 끄덕였다. "우리 딸 이름이 캐슬린 코너스예요. 세상 참 좁죠? 아주 오래전 당신의 남편과 약혼했었습니다."

내가 화들짝 놀라 그를 쳐다봤다. 캐슬린. 나와 만나기 전 앤디가 헤어졌다고 말했던 그 약혼녀. 수없이 그녀를 찾으려 했지만, 그때마다 번번이 허탕만 치고 찾지 못했던 여자. 캐슬린이 이 형사의 딸이라니. 이게 도대체 무슨 인연이란 말인가?

그가 목소리를 낮추고 들릴락 말락 조용히 말하는 바람에 나는 잔뜩 신경을 쓰고 귀를 기울여야 했다. "당신의 남편과 헤어지고 나서 딸이 많이 힘들어했어요. 지금도 그때 일은 입 밖에 내지 않아요. 멀리 이사를 하고 이름까지 바꿨어요. 그러고 나선 남자는 거들떠보지도 않고 있어요."

심장이 요동치기 시작했다. "아, 제가…."

"앤드루 윈체스터가 도대체 우리 딸에게 무슨 짓을 했길래 딸아이가 달라졌는지 꼭 알아내고 싶었습니다." 그가 입술을 꽉 다물었다. "그래서 일 년 전쯤 이곳으로 근무지를 이동했고 당신들 부부를 살피기 시작했습니다. 그가 당신을 다락방에 가뒀다는 당신의 주장이 솔깃했지만, 당신의 말을 증명해 줄 사람이 없더군요.

사실, 아무도 당신 편이 되어주려 하지 않는 것 같았습니다. 플로리다로 이사했지만, 윈체스터 집안은 이곳에 든든한 연줄이 많아요. 특히 경찰 쪽에." 코너스가 잠시 말을 멈췄다. "하지만 난 아니에요."

나는 말이 나오질 않아 입을 벌린 채 그저 그를 바라만 봤다.

"이 집 다락방은 위험해요. 여차하면 갇히기 십상으로 보이네요." 그가 소파에 기대앉으며 원래 목소리로 말했다. "남편에게 벌어진 참사는 유감입니다. 시체 검시관으로 있는 내 동료도 똑같은 생각일 겁니다. 뭔가 경고성 메시지 같다는 생각이 드는군요."

"맞아요. 경고성 메시지, 그런 것 같네요." 나는 간신히 몇 마디 내뱉었다.

코너스 형사는 마지막으로 나를 한참 쳐다봤다. 그러곤 동료들이 있는 다락으로 올라갔다. 어쩌면 놀라운 일이 일어날 수도 있을 것 같다.

이 집을 나갈 때 수갑을 차지 않아도 될 것 같다.

61

내가 남편의 장례식까지 가게 될 줄은 몰랐다.

이 악몽을 어떻게 끝내야 할까 수많은 방법을 생각해 봤었지만, 앤디가 죽으면서 끝날 줄은 꿈에도 몰랐다. 내겐 그를 죽일 만한 배짱이 없었으니까. 죽인다고 해도 그가 끝없이 다시 살아날 것만 같았다. 그는 절대 죽지 않을 사람처럼 보였다. 단풍나무 관에 누운 앤디의 잘생긴 얼굴을 내려다봤다. 밀리가 시켜 억지로 뽑은 이 네 개를 보이고 싶지 않았던지 앤디는 입을 꽉 다물고 있었다. 마지막으로 나를 겁주기 위해 갑자기 눈을 번쩍 뜰 것만 같았다.

'내가 정말 죽었다고 생각해? 어림도 없지. 다들 놀랐지? 난 안 죽었어! 니나, 다락방으로 올라가야지.'

아니, 그럴 순 없다. 두 번 다시 다락방엔 안 갈 테야.

두 번 다신 가지 않을 거야.

"니나." 누군가 내 어깨 위에 손을 얹었다. "괜찮아?"

고개를 들었다. 수잔이었다. 한때 가장 나와 친하다고 생각했던 여자, 앤디가 괴물이라고 털어놓은 나를 바로 앤디에게 보냈던 여자.

"겨우 버티고 있어." 나는 오른손에 휴지를 움켜쥐고 한껏 슬픈 척 연기했다. 온종일 쥐어짜도 눈물 한 방울 나오지 않더니 장례식용으로 내가 사준 장식 없는 단순한 검은 드레스를 입은 세실리아의 모습에 눈물이 핑 돌았다. 씨씨는 나와 같은 드레스를 입고 금발 머리를 풀어 헤친 채 내 옆에 앉아있었다. 앤디가 이 모습을 봤다면 난리를 쳤을 것이다.

"많이 놀랐지?" 수잔이 내 손을 잡았다. 손을 빼고 싶었지만, 꾹 참았다. "어쩌다 이런 일이 일어났는지…."

그녀가 동정과 연민을 담아 나를 바라봤다. 하지만 죽은 사람이 자기 남편이 아니라 내 남편인 것에 안도하는 모습 같았다. '니나, 불쌍도 하지. 어쩌면 이렇게 지지리 복도 없나 몰라.'

그녀는 내 남편의 실체를 전혀 모르고 있다.

"그러게." 나는 대충 얼버무렸다.

수잔은 마지막으로 앤디를 한번 보곤 자리를 떴다. 그녀는 장례식장 모드에서 다시 현실 모드로 돌아갔다. 내일 장례식이 끝나면 이제 그녀를 볼 일도 없을 것이다. 손톱만큼도 아쉽지 않았다.

나는 조용한 빈소에 앉아 술을 마시며 검은색 단화를 가만히 내려다봤다. 조문객들을 맞으며 그들의 동정을 받는 것도 싫었고, 괴물이 죽었는데 망연자실한 척하는 것도 싫었다. 빨리 장례식이 끝나고 새로운 삶을 시작하고 싶었다. 이제 내일이면 슬픔에 빠진 미망인 역할도 끝이다.

발소리에 문 쪽을 올려다봤다. 엔조가 긴 그림자를 드리우며 문 앞에 서 있었다. 그의 발소리가 조용한 장례식장에 총소리처럼 울려 퍼졌다. 엔조는 짙은 색 양복을 입고 있었다. 우리 집 정원에서 일할 때도 멋있었지만 양복을 입으니 백배는 더 멋져 보였다. 촉촉하고 짙은 그의 눈동자가 내 눈과 마주쳤다.

"안타깝지만." 엔조가 아주 나지막하게 말했다. "난 안 될 것 같아요."

심장이 덜컥 내려앉았다. 엔조는 남편의 죽음이 안타깝다는 게 아니었다. 우리 둘 다 앤디의 죽음을 슬퍼하지 않았다. 그는 내가 어제 한 제안에 대한 답을 말하고 있었다. 장례식이 끝나면 나와 같이 저 멀리 서쪽 해안에 가서 사는 게 어떠냐고 물었다. 물론 그가 단번에 승낙할 것 같아 물은 것은 아니었다. 하지만 정작 그의 거절을 들으니 마음이 좋지 않았다. 엔조는 내 삶의 구원자며 영웅이었다. 내게 엔조와 밀리는 그런 존재다.

"새롭게 시작해요." 그렇게 말하는 엔조의 미간에 살짝 주름이 생겼다. "어딜 가도 여기보단 좋을 거예요."

"네."

엔조의 말이 맞다. 우리에겐 끔찍한 기억이 너무 많았다. 새롭게 시작하는 게 맞다. 하지만 엔조가 그리울 것이나. 그가 나를 위해 얼마나 노력했는지 절대 잊지 못할 것이다.

"밀리를 계속 돌봐줘요, 알았죠?" 내가 말했다.

엔조가 고개를 끄덕였다. "그럴게요. 약속해요."

그가 손을 내밀어 마지막으로 내 손을 잡았다. 엔조도 수잔처럼 다신 못 볼 것이다. 앤디와 살던 집을 부동산에 내놓았다. 그 집에서 한시도 있고 싶지 않아 씨씨와 나는 호텔에서 지내고 있었다. 그 집에선 앤디의 모습을 한 유령이 나올 것만 같았다.

저만치 세실리아가 의자에 앉아 몸을 비틀어 댔다. 씨씨와 나는 어젯밤 한 침대에서 잤다. 비쩍 마른 씨씨가 나 때문에 불편했을 것이다. 엑스트라 베드를 달라고 할 수도 있었지만, 씨씨는 내 옆에서 자고 싶어 했다. 씨씨는 한때 아빠라고 불렀던 사람에게 무슨 일이 일어났는지 잘 모른다. 하지만 씨씨는 묻지 않았다. 그저 아빠가 주위에 없다는 것에 안도했다.

"엔조, 씨씨 좀 데려가 줄래요? 여기 너무 오래 있어서 배가 고플 거예요. 데려가서 먹을 것 좀 사 줘요."

엔조가 고개를 끄덕이곤 세실리아에게 손을 내밀었다. "가자, 씨씨. 가서 치킨 너겟이랑 밀크셰이크 먹을까?"

그 말에 세실리아가 의자에서 폴짝 뛰어내렸다. 엔조가 두 번 물어볼 필요가 없었다. 내 옆에 앉아있어도 됐지만, 씨씨는 아직 어렸다. 그리고 이 일은 나 혼자 감당해야 하는 무게였다.

엔조가 씨씨를 데리고 나가고 얼마 지나지 않아, 빈소 문이 활짝 열렸다. 빈소에 들어선 사람들을 보고 나도 모르게 뒤로 한 발짝 물러났다.

에블린 윈체스터와 로버트 윈체스터였다.

그들이 빈소로 들어오자 숨이 쉬어지질 않았다. 앤디가 죽고 나서 처음으로 그들을 대면하는 것이다. 언젠가 이날이 올 거란 걸 알고 있었다. 그들은 여름을 맞아 몇 주 전에 플로리다에서 왔다. 그런데 오늘에서야 에블린을 봤다. 그녀는 그동안 딱 한 번 전화를 걸어 장례식 준비에 도울 게 있냐고 물었고 나는 없다고 말했다.

솔직히 하나뿐인 외아들을 죽게 만든 내가 그녀와 무슨 얘기를 나눌 수 있겠는가?

코너스 형사와의 약속대로 앤디의 죽음은 사고사로 처리됐고, 밀리도 나도 조사를 받지 않았다. 내가 집을 비운 사이 앤디에게 다락방에 갇히는 사고가 일어났고, 탈수로 사망한 것으로 처리됐다. 하지만 그것만으로는 멍과 빠진 치아를 설명할 수 없었다. 시체 검시관이 코너스 형사의 친구였지만, 윈체스터가는 이 지역 최고의 힘과 영향력을 가진 집안이었다.

그들은 내가 앤디의 죽음에 연루돼 있다는 사실을 알고 있을까?

에블린과 로버트는 빈소를 가로질러 관이 놓인 곳으로 성큼성큼 걸어갔다. 나는 로버트에 대해서는 잘 몰랐다. 그는 아들처럼 잘생긴 얼굴에 짙은 색 양복을 입고 있었다. 에블린은 그녀의 새하얀 머리와 대조되는 검은 색 옷을 입고 흰색 단화를 신었다. 로버트는 눈이 부어있었지만, 에블린은 방금 숍에서 관리라도 받고 나온 사람처럼 말끔했다.

그들이 나를 향해 다가오자 나는 고개를 떨궜다. 로버트가 목소리를 가다듬고 내게 말을 건넸다. "니나." 거칠고 굵은 목소리였다.

나는 고개를 들고 침을 한 번 꿀꺽 삼켰다. "네…"

"니나." 그가 다시 한번 목소리를 가다듬었다. "네가 알아둘 게 있다…"

'네가 우리 아들을 죽인 걸 알고 있다. 나나, 네 짓인 걸 안다.' 그는 내게 이렇게 말할까? 아니면 '너를 평생 감옥에서 썩게 만들어 주고 말 테다.'라던가.

"네 곁에는 이제 앤디가 없구나. 하지만 에블린과 내가 네 곁에 있다는 걸 알아줬으면 좋겠구나. 세실리아랑 네가 필요한 게 있으면 뭐든 도와주마."

"고맙습니다." 눈물이 찔끔 났다. 로버트는 최고의 아버지까지는 아니더라도 묵묵히 제 할 일을 하던 평범한 사람이었다. 앤디 말로는 어릴 때 아버지는 일이 바빠 거의 집에 없었고 어머니가 주로 자기를 키웠다고 했다. "그렇게 말씀해주셔서 감사합니다."

로버트가 손을 내밀어 아들의 어깨를 어루만졌다. 그는 앤디가 괴물이라는 사실을 알고 있을까? 어느 정도 눈치는 채고 있지 않았을까? 어쩌면 앤디가 철저히 숨겼을 수도 있다. 나 역시 다락방 문을 손톱으로 할퀴기 전까진 전혀 눈치채지 못했으니까.

로버트가 손으로 입을 틀어막더니 고개를 저으며 울먹였다. 그러곤 아내에게 '잠깐만'이라고 말하며 빈소를 뛰쳐나갔다. 이제 나와 에블린만 남았다.

에블린과 단둘이 있는 게 죽기보다 싫었다. 그녀는 바보가 아니었다. 그녀는 내가 결혼생활에서 겪은 어려움을 분명 알고 있었다. 로버트처럼 앤디가 내게 저지른 일까진 자세히 모르더라도 우리 사이가 삐걱거린다는 건 분명 눈치챘을 것이다.

그녀는 내가 앤디를 어떻게 생각하는지까지도 알고 있었을 것이다.

"니나." 그녀가 차갑게 말했다.

"네."

그녀가 앤디의 얼굴을 내려다봤다. 그녀의 표정을 읽으려 했지만, 보톡스 때문인지 늘 같은 표정 때문인지 도무지 알 수가 없었다.

"경찰서에 있는 내 오랜 친구와 앤디에 대해 이야기했단다."

위가 쪼그라드는 기분이었다. 코너스 형사는 사건이 종결됐다고 했다. 앤디는 자기가 죽으면 경찰서로 편지가 갈 거라며 늘 나를 협박했다. 하지만 경찰서에 도착한 편지는 없었다고 했다. 처음부터 편지 따위는 없었던 건지 아니면 코너스 형사가 없앤 건지는 알 수 없었다.

"그러셨군요." 나는 달리 할 말이 없었다.

"그래." 그녀가 목소리를 낮춰 말했다. "경찰이 처음 앤디를 발견했을 때 앤디의 상태가 어땠는지 말해주더구나." 그녀가 날카로운 눈빛으로 나를 뚫어져라 쳐다봤다. "치아가 빠져있었다던데."

맙소사. 그녀는 진실을 알고 있다.

진실을 아는 게 틀림없다. 처음 앤디를 발견했을 때 앤디의 치아 상태를 본 경찰은 그의 죽음이 사고가 아니라고 생각했다. 펜치로 자기 치아를 뽑는 사람은 없다. 스스로 그런 짓을 할 사람이 어디 있겠는가?

이제 끝이었다. 장례식장을 나가면 경찰이 나를 기다리고 있을 것이다. 그들이 내 손목에 수갑을 채우고 미란다 원칙을 고지하고 나는 감옥에 갇혀 평생을 보내게 될 것이다.

그래도 밀리 얘기는 하지 않을 생각이었다. 그녀는 감옥에 갇힐 이유가 없다. 그녀는 내게 자유로워질 기회를 줬다. 그녀를 이 일에 다시 끌어들일 순 없었다.

"어머니," 목이 메었다. "제가… 제가 그런 게 아니에요…."

그녀의 시선이 다시 아들에게로, 영원히 감겨 있을 긴 속 눈썹으로 향했다. 그녀가 못마땅한 듯 입술을 삐죽거렸다. "난 늘 앤디에게 치아 건강이 얼마나 중요한지 말해왔단다. 매일 밤 양치질을 해야 한다고 교육했지. 양치질을 하지 않으면 벌을 줬어. 규칙을 어기면 벌을 받아야 하니까."

뭐라고? 지금 이게 무슨 소린가?

"어머니…."

"양치질을 하지 않는 사람은 치아의 소중함을 모르는 거야. 그러니까 치아를 뽑아버려야 마땅해."

"네?"

"앤디는 그걸 잘 알고 있었단다. 내가 항상 말해왔으니까." 그녀가 고개를 들었다. "펜치로 젖니를 하나 뽑았더니 그제야 이해하더군."

나는 겁에 질려 아무 말도 못 하고 그녀를 쳐다봤다. 그녀 입에서 어떤 말이 나올지 너무 두려웠다. 그리고 이어지는 그녀의 말에 나는 경악을 금치 못했다.

"그때 제대로 깨닫지 못했었다니 정말 창피한 일이야." 에블린이 말했다. "정말 수치스러워. 그런데 네가 직접 가르쳐 줘서 기쁘구나."

나는 충격에 입을 다물 수가 없었다. 에블린은 마지막으로 아들의 셔츠 매무새를 만지고 나만 남겨 둔 채 빈소를 나갔다.

에필로그

"밀리, 당신은 어떤 사람이죠?"

나는 대리석 주방 카운터를 사이에 두고 리사 킬퍼의 맞은편에 서 있었다. 리사는 흐트러짐 하나 없이 완벽한 모습이었다. 윤기 나는 검은 머리는 정교하게 땋아 뒤로 묶었고, 크림색 짧은 소매의 단추가 새롭게 인테리어를 마친 것 같은 주방의 채광창으로 들어오는 빛에 반짝거렸다.

이 집에서 일하게 되면 근 1년 만에 제대로 된 일자리를 얻는 셈이다. 나는 그 일이 있고 난 후, 이곳저곳을 다니며 별 시답지 않은 일을 했다. 그동안은 앤드루의 죽음이 사고사로 결정되자, 곧바로 니나가 통장에 입금해준 월급 1년 치의 퇴직금으로 그럭저럭 먹고살았다.

니나가 앤드루의 죽음을 어떻게 사고사로 처리할 수 있었는지 모르겠다.

"글쎄요⋯." 내 소개를 시작했다. "저는 브루클린 출신이에요. 제 이력서를 보면 아시겠지만 여러 집에서 가사 도우미로 일했습니다. 아이들도 무척 좋아하고요."

"다행이에요!"

리사가 흡족한 미소를 지었다. 지원자가 수십 명이었을 텐데 리사는 이 집에 들어올 때부터 내게 큰 관심을 보였다. 심지어 나는 지원조차 하지 않았다. 청소와 육아 서비스를 제공하는 구직사이트에 내가 올린 글을 보고 리사가 직접 연락해왔다.

월급도 상당했다. 하긴 돈 냄새가 풀풀 풍기는 이런 집에선 그 정도 액수는 놀랄 일도 아니었다. 주방은 전부 최신 가전제품으로 번쩍번쩍했고, 거실은 따로 손대지 않아도 청소용 로봇이 대리석 바닥을 깨끗하게 청소해줄 터였다. 이 집에서 일하고 싶은 마음에, 일에 대한 자신감을 드러냈다. 순간 오늘 아침 엔조가 보내온 문자 메시지가 생각났다.

[밀리, 행운을 빌어요. 당신 같은 사람을 만나다니 그 집은 복 받았네요.]

그리고 이렇게 덧붙였다.

[면접 잘 보고 오늘 밤에 만나요.]

"정확히 어떤 일을 해야 하나요?" 내가 물었다.

"뭐, 다들 하는 대로요." 리사가 내 옆쪽으로 와 주방 카운터에 기대더니 자신의 블라우스 깃을 잡아당겼다. "청소와 세탁, 그리고 가벼운 요리 정도요."

"제 전문 분야예요." 내 상황은 1년 전과 별반 달라진 게 없었다. 여전히 신원조회 때문에 골치가 아팠다. 전과 기록은 영원히 나를 따라다닐 테니까.

리사의 손이 무심코 카운터에 놓인 칼꽂이로 향했다. 그녀는 칼 손잡이 가운데 하나를 만지작거리더니 칼 하나를 뽑아 들었다. 그러자 머리 위로 비치는 햇살에 칼날이 반짝거렸다. 나는 왠지 모를 불편함에 자세를 고쳐 잡았다. 한참 만에 그녀가 입을 열었다. "니나 윈체스터가 당신을 아주 강력히 추천했어요."

그 말에 놀라 입이 떡 벌어졌다. 그녀 입에서 니나 이야기가 나올 줄은 꿈에도 몰랐다. 니나에게선 오랫동안 아무런 연락이 없었다. 그녀는 앤드루의 장례식을 치루고 모든 걸 정리한 뒤 세실리아를 데리고 캘리포니아로 떠났다. 그녀는 SNS도 하지 않았다. 몇 달 전인가 니나는 세실리아와 바닷가에서 찍은 사진을 간단한 인사와 함께 보내왔다. 두 사람 모두 햇볕에 그을린 모습이 행복해 보였다.

'당신 덕분이에요. 고마워요.'

내게 고마운 마음을 표현하려고 그녀가 이 집에 나를 추천한 모양이었다. 그렇다면 리사가 나를 고용할 게 확실했다. "니나가 그렇게까지 해 줬다니 정말 감사한 일이네요. 니나는⋯ 좋은 고용주였어요."

리사가 칼을 계속 만지작거리며 고개를 끄덕였다. 그러더니 또다시 다른 손으로 블라우스 깃을 잡아당겼다. 순간 나는 멈칫했다.

시퍼렇게 멍든 팔뚝.

누군가의 손가락 자국.

나는 그녀의 어깨 너머로 냉장고를 바라봤다. 키가 크고 체격이 건장한 남자와 함께 찍은 사진 한 장이 눈에 들어왔다. 남자는 카메라를 뚫어져라 바라보고 있었다. 사진 속 저 남자가 리사의 가녀린 팔에 시퍼런 멍 자국을 남긴 장본인일 것이다.

심장이 어찌나 쿵쾅거리던지 현기증이 났다. 그제야 니나가 왜 나를 이 집에 강력히 추천했는지 알 것 같았다. 니나는 진짜 내 모습을 알고 있다. 어쩌면 나보다 날 더 잘 알고 있는지도 모른다.

"그래서 말인데요." 리사가 칼을 제자리에 꽂으며 자세를 바로 했다. 그녀의 파랗고 커다란 눈동자가 불안해 보였다. "밀리, 도와줘요."

"네, 걱정하지 말아요."

옮긴이 김은영

이화여자대학교 영어교육과를 졸업하고 서울대학교 대학원에서 영어교육과 석사과정을 마쳤다. 현재 글밥 아카데미 수료 후 바른번역 소속 번역가로 활동 중이며, 옮긴 책으로《불편한 사람과 뻔뻔하게 대화하는 법》,《고독의 창조적 기쁨》,《실키의 여행》,《포터링》,《수이사이드 클럽》등이 있다.

하우스 THE HOUSEMAID 메이드

초판 2024년 12월 1일 4쇄
저자 프리다 맥파든
옮긴이 김은영
ISBN 979-11-90157-55-1   03840

출판사 북플라자
주소 서울시 강남구 논현동 118-13 5층
홈페이지 www.bookplaza.co.kr

영화 판권, 오탈자 제보 등 기타 문의사항은 book.plaza@hanmail.net으로 보내주세요.
잘못된 책은 구입하신 서점에서 교환해 드립니다.